講談社文庫

# 小説会社再建

高杉 良



講談社

# 目次

# 小説会社再建

# 第一章　非常呼集

## 1

松山市北持田《きたもちだ》の坪内寿夫《つぼうちひさお》邸に、日本商工会議所会頭の永野《ながの》重雄《しげお》が秘書の西堀《にしぼり》を伴《ともな》って訪ねて来たのは、昭和五十三年五月五日金曜日、午後二時過ぎのことである。来島《くるしま》どっくを中核とするグループ百数十社を率いるオーナー経営者の坪内には、日曜も祭日もない。この日も、引きも切らず来客が続いていた。来客といっても、ほとんどが関連企業の幹部社員である。

平日より時間を割《さ》いてもらえるから、休日に自宅へ押しかけて来る者が少なくない。連絡を密にせよ、と坪内は社員に厳命している。瑣事瑣末《さじさまつ》と考えられることがらでも、ときとして大局に影響を及ぼす問題が潜《ひそ》んでいないとも限らないので、万遺漏《ばんいろう》無《な》きを期《き》せと言うわけであろう。

坪内は、部下の意見、提案に熱心に耳を傾けるし、よかれと判断すれば直ちに採用するが、判断の正確を期するためにも、情報は多いに越したことはないとつねづね考えている。

大ぶりな赭《あか》ら顔で、耳、鼻、口の造作《ぞうさく》がやたら大きいが、細い小さな眼と奇妙なバランスを保っている。眉毛《まゆげ》と眉毛の間隔が広く、異相というより福相で、親しみを持たれる顔だ。

居間のソファで佐伯正夫《さえきまさお》と話している坪内は浴衣《ゆかた》がけだが、佐伯はスーツに身を包み、ネクタイも着用している。

佐伯はこの日五人目の来客だが、重要事項の報告は済み、雑談になっていた。

「昨日、知事の記者会見に今年採用したばかりの女性記者を取材に出しよりました。つね日頃《ひごろ》から一番前の席に座れと言うてますが、そしたら、うしろからほかの記者に、女子《おなご》のくせになんや！　どかんか！　といわれ、しょげて帰ってきおったんですわ。悔《くや》しいと言うてベソを掻《か》いてました」

「可哀相《かわいそう》なことをしたな。めしでも食うて慰めてあげなさい」

多汗症《たかんしょう》の坪内は、会社でも家でも冷たいおしぼりを片時も離さないが、顔の汗を拭《ふ》きながら眼のあたりをこすったところを見ると、眼がしらが熱くなっていたのかもしれない。坪内には涙もろいところがある。

佐伯は、まだ三十三歳の若さだが、「日刊新愛媛新聞」の取締役総局長として、実務面を担当している責任者だ。

観光、映画、ホテル部門も受けもたされているが、仕事がめしよりも好きで、一年三百六十五日、一日も休日を取らないという変りダネである。坪内好みの猛烈社員で、佐伯の真似《まね》をできる者は一騎当千《いっきとうせん》の来島マンの中にもさすがに一人もいない。

「女性記者を活用しろというオーナーのアイデアは、目下《もっか》のところすこぶる好評です」

「そうじゃろう」

坪内がうれしそうに返したとき、お手伝いの佳子《よしこ》が居間へ入って来た。佳子は、妻の紀美江《きみえ》の遠縁で、今年二十二になる。色白で眼鼻だちのはっきりした娘だ。

「永野さんとおっしゃるかたがお見えです」

「永野さんって、永野会頭のことかね」

「さあ。お年寄りのかたです」

「こんなところへ、永野さんが見えるわけがないじゃろう？　どちらの永野さんか訊《き》いてくれんか」

「はい」

佳子は、ほどなく今度は名刺を一枚持って引き返して来た。見ると「新日本製鉄株式会社取締役相談役・名誉会長永野重雄」とある。ソファから起《た》ちあがって、坪内の手にある名刺を覗《のぞ》き込んだ佐伯が調子の外れた声を洩《も》らした。

「ほんまに永野会頭ですね。どうしましょうか。わしがおらん言うてきましょうか」

「そうもいかんじゃろう」

坪内はかすかに眉宇《びう》をひそめた。佐伯が居留守を提案したのは、坪内が永野に会いたくない理由を承知していたからだ。いわば永野は、坪内にとって招かざる客であった。

「永野さん、お一人か」

「いいえ。お二人です」

「とにかく応接間へ案内してお茶を出しなさい。紀美江はまだ帰らんのか」

「間もなくお帰りになると思います」

佳子が廊下を小走りに立ち去って行く足音を聞きながら、坪内は、三時以降の予定をキャンセルするよう秘書に命じ、「永野さんも熱心なことじゃのう」とひとりごちてから、百キロの巨体をゆすぶるように寝室に運び、浴衣をワイシャツとダブルのスーツに着替えてから応接間へ顔を出した。

永野が、五月の連休にわざわざ来松《らいしょう》したのは、なんとしても佐世保《させぼ》重工業（ＳＳＫ）の経営を坪内に引き受けさせたいと考えていたからである。

経営危機に直面している佐世保重工業の救済問題が表面化したのは四月初めだが、第一勧業銀行を幹事会社とする銀行団と、来島どっく、日本鋼管、新日本製鉄、日商岩井の四大株主間の思惑《おもわく》、利害が複雑に絡《から》み合って、いまだに漂流を続けている。長崎県、佐世保市の地元自治体、および福田《ふくだ》政権を巻き込んで、ＳＳＫの救済策が模索されていたが、調整役に担《かつ》ぎ出された永野は、坪内をＳＳＫの社長に引っ張り出し、経営主体を確立することが先決だと考えていた。もちろん、希望退職者千六百余人の退職金八十三億円をいかに工面するか、この債務保証をどうするか、再建計画の具体的なプログラムをどう固めていくかなど難問を抱えているが、坪内さえ首をタテに振ってくれれば、再建に向けて体制を整備することはできると読んでいた。そのために、坪内がＳＳＫの経営を引き受けられる環境づくりを永野なりにすすめてきたつもりだった。

もちろん、永野はアポイントメントも取らずに坪内を訪ねて来たのだが、万一、坪内が留守で、会えなくても、情誼《じょうぎ》に厚い坪内のことだから、そのことを多《た》としてくれるはずである。ここまでやって、坪内があくまで拒否し続けるなら、そのときはきっぱり諦《あきら》めよう、と肚《はら》を決めていた。

ノックの音が聞こえ、坪内の巨体が応接間にあらわれた。

「やあ、お休みのところを恐縮です。ちょっとそこまで来たんで、寄らしてもらいました」

秘書を帯同して松山くんだりまでやって来て、ちょっとそこまでもないもんだ、と思いながらも、永野のそのひとことで、坪内は気持がほぐれ、永野の差し出した手を笑顔で握り返した。

「お待たせして申し訳ありません」

「門前払いを食わされると思いましたよ」

「失礼しました。まさか永野さんがお見えになるとは思いませんでしたから。さあどうぞお座りください」

腰をおろしかけた秘書の西堀が「つまらんものですが」と包みをテーブルに乗せた。

「ありがとうございます」

「会頭、わたしは席を外してましょうか」

と、西堀が中腰の姿勢で永野のほうをうかがった。

「うん。そうしてもらおうか」

「わたしのほうは構いませんがな」

「いや、坪内さんと内緒話もしたいから、外してもらおうか」

「そうですか」

坪内は、佳子を呼んで、西堀を別間に案内させた。

二人になったところで、坪内が言った。

「こんな田舎《いなか》の陋屋《ろうおく》へよくお出《い》でくださいましたなあ」

「さすがは坪内さんじゃ、空港でタクシーを拾って、坪内寿夫さんのお宅と言ったら、すぐ運んでくれましたよ。なかなか風情《ふぜい》のあるいい家じゃないですか」

永野は、あたりを眺めまわしながらお上手《じょうず》を言ったが、〝四国の大将〟にしては質素なたたずまいに内心びっくりしている。

日本銀行松山支店長の旧役宅を買い取ったのだが、昭和初期の建築だから、相当な年代ものと言える。柱は太くて立派だし、ガタがきているというほどのこともないが、隣接地に建てられた瀟洒《しょうしゃ》な現役宅とはまことに対照的である。一年前まで、坪内夫妻は北持田から徒歩十分ほどの一番町に住んでいたが、訪ねて来た客が探しあてるのに苦労するほど文字どおりの陋屋だった。

永野が緑茶をひと口すすって、さりげなく切り出した。

「坪内さんは、醜女《しこめ》の深情けだと思ってるんでしょう？　迷惑千万でしょうが、どう考えてもあんたしかおらんのです」

きたな、と坪内は思った。

先月二十七日に東京で会ったときも、永野は坪内をかき口説《くど》いた。

「天下国家のためにひと肌脱《はだ》いでくださいよ」

「佐世保重工の経営責任者になれるのは坪内さんを措《お》いてほかにいません」

「あなたが受けてくれないと、僕は日商会頭を辞《や》めなければならない。僕を男にしてくださいよ」

財界の大御所《おおごしょ》といわれる天下の永野重雄がそこまで言って、頭を下げたのである。

しかし、坪内は受けなかった。

「永野さんの熱意とご努力にはいくら感謝してもし切れるものではありません。しかし、日本鋼管と第一勧業銀行が前面に出るべきです。それが筋というものです」

つい一週間ほど前のことだが、あのときの永野の、なんとも切なそうな顔が思い出される。また、同じシーンを繰り返さなければならないのか――そう思うと坪内は胸がふさがってくる。

「永野さんにお会いした次の日じゃったから先月の二十八日じゃったと思いますが、中村《なかむら》次官と謝敷《しゃしき》局長に、お受けしかねるとお伝えしました。わたしとしては最後通告のつもりです」

坪内のいう中村次官とは、運輸省事務次官の中村大造《たいぞう》のことであり、謝敷局長は同省船舶局長の謝敷宗登《むねと》を指している。事実、このことは四月二十九日付で各紙にとりあげられた。例えば、「日本経済新聞」は次のような坪内の談話を掲載している。

永野さんは私に佐世保重工業の経営をやってほしいようだったが、私はきょう（二十八日）運輸省の中村次官に佐世保重工業の経営に乗り出さないことを伝えた。三年前なら、経営を引き受けられたが、今のように悪くなってしまってからではできない。もし、経営を引き受けたら、来島どっくの業績にも悪い影響が出てしまう。

「坪内さんが受けてくれなければ佐世保は潰《つぶ》れますよ」

「いままでの経緯《いきさつ》から言っても、日本鋼管が出るのが筋です。槙田《まきた》社長を口説いてください」

「坪内さん、本気ですか。仮りに槙田君が受けてくれたとして、佐世保重工を再建できると思いますか。思っとらんでしょうが」

「……………」

坪内は言葉に詰まった。八十三億円の融資について第一勧銀などの銀行団が大株主四社に保証を求めているのは、再建の見通しを厳しくみているからでもある。四十八年末の第一次オイルショック後、造船不況は日増しに深刻の度合いを深めている。坪内が率いる来島どっくグループは、厳しい合理化努力によって、不況を乗り切ったし、今後も生き残れる自信はあるが、造船部門を持つ日本鋼管は、主力の鉄鋼部門の不振もあって、経営が悪化していると伝えられている。おそらく、佐世保重工どころではあるまい。それ以上に坪内は社長の槙田久生《ひさお》の経営手腕を評価する気になれなかった。佐世保重工を再建できる者がおるとしたら、わししかおらん——。

永野は、坪内の胸中を忖度《そんたく》していると見え、ここを先途《せんど》と語勢を強めた。

「仮定の話をしても始まらんでしょう。槙田君は、佐世保の再建に乗り出すつもりは毛頭ないんです。だいたいあの男は、誠実さが不足している。それに佐世保が潰れたらどうなりますか。佐世保の倒産が引き金になって瀬戸内周辺の中小造船所は将棋倒しです。軒並み倒産しちゃいますよ。佐世保市は潰滅的《かいめつてき》な打撃を受けるでしょう。地域社会、地域経済の混乱にとどまればまだいいが、造船大手の一角が崩れれば、日本全体の景気回復に水を差す結果になりますよ。大変な社会問題です。坪内さんは佐世保の株式の二五パーセントを保有している。四十五億円の資本金の二五パーセントなら十一億円強だが、株を買ったときは三倍以上してるでしょうが。三十億円以上の株が紙クズになってしまっていいんですか」

「それは仕方がないですよ。ひと様に迷惑をかけるわけではなく、わたしが損するだけですから……」

坪内は苦笑したが、すぐに表情をひきしめた。

「わたしは筆頭株主でありながら、経営上のことで口出ししたことはただの一度もありません。いや、口を出させてもらえなかったのです。三年前、白洲次郎《しらすじろう》さんの斡旋《あっせん》で、大洋漁業の中部《なかべ》さんから、佐世保の株を買うたとき、佐世保の経営を頼まれ、会長になってくれと言われたので、お受けしたら、槙田さんはいったんは了承しておきながら断わってきました。わたしにあの時点で佐世保の経営をやらせてもらったら今日《こ》のようなていたらくにはしてません。村田《むらた》社長にしても、中間配当を実施しておきながら、期末で無配にする始末です。こんなでたらめな経営姿勢がありますか」

坪内は顔を真っ赤に染めて話している。

永野は、じっと耳を傾けていたが、初めて聞く話ではなかった。しかし、辛抱強く聞いていた。坪内の無念な気持は痛いほどよくわかる。

「槙田さんは卑怯《ひきよう》ですよ。鋼管から社長を出しておきながら、鋼管とは無関係とは、なんていう言いぐさですか。わたしの会長就任を拒否した鋼管がこの期《ご》に及んでわたしに佐世保の社長をやれとはよう言えんでしょうが。永野さん、どう思われますか」

「…………」

永野は、黙ってうなずくしかなかった。槙田に対する坪内のわだかまりは相当根が深い。三年前、自分に佐世保をまかせてくれれば、こんな経営危機を招くことはなかったのに、と切歯扼腕《せつしやくわん》する思いなのである。

「永野さんのお心をわずらわせて、ほんとうに申し訳ないことですが、家内も、会社の幹部も、来島どっくのメインバンクも、みんな佐世保の経営を引き受けることに反対してるんです。わたしも、経営を引き受けないと中村次官に伝えました。じゃから、みんなホッとしてます。せっかくお出でいただいたのに、お役に立てなくて申し訳ありませんが、奥道後《おくどうご》の温泉にでもつかって、ゆっくりしてってください」

坪内はテーブルに手を突いて深々と頭を下げた。

永野があわてたもの言いで返した。

「困ります。頭を下げなければならないのはわたしのほうですよ。坪内さん、きょうは多少手土産《てみやげ》も用意してきましたから、それを見てから、結論を出してください」

「手土産ですか」

坪内は、怪訝《けげん》な顔でテーブルの包みにちらっと眼をやった。

「それは、菓子折りです」

眼鏡の奥でやわらかいまなざしに微笑がにじんでいる。

「徳田《とくだ》銀行局長がハッスルしてるんですよ。おととい日債銀の勝田《しょうだ》さんに会って、坪内さんの出馬について了承方を求め、ＯＫを取りつけてくれました。それから坪内さんが佐世保を引き受けてくれれば、興銀は佐世保のメインバンクになってくれると思います。頭取の池浦《いけうら》さんが外遊中なので、帰国し次第、これも徳田さんが責任をもって説得すると言ってます」

「そこまでやってるんですか」

坪内は絶句した。

永野の言う手土産は、坪内が考えている以上に中身の濃いものだったのである。

大蔵省銀行局長の徳田博美《ひろみ》が佐世保救済に懸命な取り組みをみせていることは承知していたが、来島どっくのメインバンクである日本債権信用銀行の勝田龍夫《たつお》会長に会って、わしが佐世保の再建に乗り出すことを了承させるとは、並々ならぬ政治力ということができる。おとといと言えば、五月三日だから憲法記念日だが、祭日にわざわざ勝田邸へ出向いてくれたのだろうか――。しかも日本興業銀行の池浦喜三郎《きさぶろう》まで表舞台に引っ張り出そうとしている。坪内は、苦《にが》み走った徳田の顔を眼に浮かべながら、粛然《しゅくぜん》とした思いになっていた。

外堀は埋められつつある――。坪内は気持が揺れ動いていた。絶対に受けてはならぬと胸に誓ったはずなのに、おまえならやれる、おまえ以外に佐世保を救えるものはこの世にいない、という囁《ささや》き声がどこからともなく聞こえてくる。まるで神の啓示ででもあるかのように。

2

坪内にはノックの音が聞こえなかったが、永野が居ずまいを正したところをみると、それと気づいたようだ。

「留守をしてまして、申し訳ございません。ようこそお出でくださいました」

紀美江は、長袖《ながそで》のワンピースの小ざっぱりした身なりで顔を出した。

「突然押しかけて来てすみません。奥さん、じきに退散させてもらいますから、おかまいなく」

「せっかく松山へいらしたんですから、温泉につかってください」

紀美江は、テーブルに麦茶と水羊羹《みずようかん》を並べながら、坪内のほうへ視線を移した。

「お食事は、奥道後のほうがよろしいでしょうね」

「うん」

「温泉につかりたいのは山々ですが、あしたマニラに行かなければならんのです。ですから夕方六時の飛行機で東京へ帰ります」

「まあ、大変ですこと。一日延ばすわけにはまいりませんの？」

紀美江はもちまえのゆったりした口調で訊いた。

永野が笑顔で返した。

「太平洋経済委員会に出席することになってるんです。奥道後の温泉はあらためてゆっくりつからさせていただきますよ」

「日帰りで来られたんですか」

坪内は、永野の熱意と衰えを知らぬエネルギッシュな行動力に、感動にも似た思いにとらわれていた。明治三十三年七月生まれの永野は、間もなく七十八歳になるが、矍鑠《かくしゃく》としたなどというありきたりな形容では失礼になると思えるほど肌も艶《つや》やかである。低音の話し声にも気力がみなぎっていた。

「マニラからいつお帰りですか」

坪内の質問に、永野は「八日です」と短く答え、コップに手を伸ばした。

「いただきます」

誘われて、坪内も冷たい麦茶を飲んだ。

紀美江は、坪内の隣りに腰をおろした。

「奥さん、いつお会いしてもたおやかでおきれいですね」

紀美江は、永野にお愛想を言われて、ふっくらした気品のある顔をあからめた。

「永野さんがお世辞を言うのは、下心があるからじゃ」

坪内に半畳《はんじょう》を入れられて、永野は頭を搔いている。

「見破られたかな。しかし、お世辞抜きにいつもそう思っとりますよ」

「永野さんこそ、お若いですわ」

「あなたのご主人のバイタリティにはかないません」

「主人は、永野さんより一廻《ひとまわ》り以上も若いんですから。でも、永野さんのほうがお若く見えます」

「心にもないことを言いなさんな。やり返されたから言うわけじゃないが、奥さんも応援してくださいよ。不肖《ふしょう》永野重雄、一世一代のお願いがあります。佐世保重工の再建をぜひとも坪内さんにお願いしたいのです」

永野は真顔で、紀美江に向かって拝むようなポーズをとった。

「これは、佐世保だけは堪忍《かんにん》してくれ言うてますんじゃ。佐世保を手がけるくらいなら、愛人を囲ってもろうたほうがましじゃ言うてます」

「あなた！」

紀美江は、坪内を軽く睨《にら》んだ。

いつかも、こんなことがあった、と紀美江は思う。若かりしころの坪内寿夫をモデルに『大将』を書いた柴田《しばた》錬三郎《れんざぶろう》に、「一度も浮気をせんなんて男の風上《かざかみ》にもおけない。奥さんが厳しいからいかんのです」と焚《た》きつけられて、本気で悩んだことがあった。今東光《こんとうこう》からも浮気をすすめられ、紀美江は、どうせ浮気をするんなら、と相手の歳廻《としまわ》りや姓名を真剣に考えたことがある。

大正三年九月生まれの坪内は六十三歳、紀美江は三歳下だが、結婚して四十年ほどの間、坪内に浮いた噂《うわさ》は一度もない。そのことをしつこく聞きたがるもの好きが跡を絶たないが、「若いころのことはわかりませんが、少なくとも四十歳になってからは一度もないと思います」と紀美江は答えることにしている。ついでながら紀美江は姓名判断に凝《こ》っており、社名を来島船渠《せんきょ》から来島どっくに変更したのも紀美江のすすめによる。

「奥さん、佐世保の再建は、男子一生の仕事ですよ。しかも坪内さん以外にこれをやれる人はおらんのです」

永野が麦茶を飲み乾《ほ》して言った。

「この人がこれ以上忙しくなるのは困ります」

紀美江は、にこやかに返した。

「手厳しいですねえ」

「主人は仕事のことをわたくしに相談するようなことは一切ありませんが、佐世保だけは話してくれました。きっと気が進まないからだと思います。わたくしも、厭《いや》な予感がするんです」

「まいったまいった」

永野は降参だというように両手を挙げた。

「失礼ばかり申しました」

紀美江が湯呑みを片づけて、退席したあとで、永野が吐息《といき》まじりに言った。

「厭な予感がする、などと言われると、口説くほうも気が咎《とが》めますな」

「槇田さんにお願いしてください。鋼管が然《しか》るべき人を社長に出すのが筋だと思います」

「あれは駄目です。槇田君はあてにできません。そのくらいなら、銀行が考えているように更生会社にしたほうがましですよ」

「………」

「しかし、更生会社にしたら、再建はおぼつかないんじゃないですか。更生会社に造船を発注する者はおらんでしょう」

永野は腕組みして、考え込んでいたが、気を取り直したように面《おもて》をあげた。

「池浦さんは、坪内さんなら必ず佐世保を再建するだろうと言ってたが、わたしも同感です。池浦さんは再建劇をたくさん見てきた人だが、あの人の折り紙付きだから、わたしもすっかりその気になってるんですよ。池浦さんは、坪内寿夫という男は端倪《たんげい》すべからざる人物だとまで言っている」

「財界の重鎮といわれる永野さんや池浦さんに、そんなに褒めてもろうて光栄です」

坪内の細い眼がひとすじの糸になって見えなくなった。

「ついでに言いますが、徳田局長からの手土産はまだあるんですよ。徳田局長は、謝敷局長から政府の新造船の優先発注計画を文書で取りつけたそうですよ。運輸省の口約束だけでは信用ならんというわけでもなかろうが、私信のかたちでレターを提出させたそうだから、再建計画に大きな援軍になると思うんです。相当キメ細かく書き込んであると聞きました」

永野がちらっと腕時計に眼を落とした。五時十分前である。

「もうこんな時間か」

永野がつぶやいたとき、西堀が顔を出した。

「会頭、そろそろお時間ですが」

永野は、西堀に眼でうなずき返してから、坪内をまっすぐとらえた。

「坪内さん、きょう返事をしてくれとは、なんぼわたしが図々《ずうずう》しくてもよう言いません。しかし、お国のために、ここはよーく考えてください。あなたの出番ですよ。あなたが受けやすい条件づくりをするために、わたしはもうひと働きさせてもらいます」

「永野さんにこんなにまでお骨折りいただいていることに、佐世保の株主の一人として心から感謝申しあげます。感服しております。ご期待に添えないかもしれませんが、二、三日考えさせてもらいます。マニラは暑いところですから、お躰《からだ》に気をつけてください」

坪内は、ソファから起ちあがって、丁寧に挨拶した。

紀美江が、ちりめんじゃこなど干魚の詰め合わせを二包み用意して応接間へ戻って来た。佐伯が気をきかせて会社の車を五時に呼んでいるという。

坪内夫妻は、門の外まで永野と西堀を見送り、車が見えなくなるまで佇《たたず》んでいた。西日が眼に眩《まぶ》しかった。

3

永野が帰ったあと、坪内は居間のソファに躰を凭《もた》せかけてじっと考え込んでいた。眼を閉じていることが多いので、どうかすると居眠りをしているのではないかと、紀美江は思い違いをすることがあるが、三十分でも一時間でも身じろぎもせずに一心不乱にただひたすら仕事のことを考えている。

佐世保重工業の再建劇から逃《のが》れることができるかどうかわからないが、逃れ切れれば、永野さんと池浦さんに大きな借りができてしまうな、と坪内は思う。

こう考えること自体、すでに躰が前のめりになっている証拠ではないのか。永野さんほどの人が松山までやって来て、わしを引っ張り出そうと懸命になっている。それに気持をゆさぶられていることは否定できないが、佐世保の経営を引き受ける気はないと宣言したのは、つい一週間ほど前だったのに……。それにしても二年前、佐世保の会長を受けるつもりになっているわしの気持に水を差した人たちの罪はあまりにも大きい。いったいどの面下《つら》げて、わしの前に出られるというのだろう。まずわしに謝罪して然るべきなのに、恥を知らないというべきか、いまだに一言の挨拶《あいさつ》もない——。

坪内の思考は逸《そ》れ、ついそこにゆきがちである。

坪内は、東京の松平忠晃《まつだいらただてる》に電話をかけることを思いたった。少なくとも永野が来松したことだけでも連絡しておかなければならない。

松平は、埼玉銀行の会長だが、日本銀行の出身で、松山支店長として松山に赴任《ふにん》してきて以来の畏友《いゆう》であり、二十年になんなんとする旧《ふる》いつきあいである。同じ大正三年生まれという誼《よしみ》もあって、坪内は刎頸《ふんけい》の交わりを続けている。

坪内と佐世保重工の結びつきも、元をただせば、松平がとりもったのである。松平が日銀松山支店の支店長に就任していなかったら、坪内と佐世保重工の取り合わせはなかったとも考えられる。

「おい！」

二度目の「おい！」で紀美江が駆けつけて来た。

「はいはい」

「松平さんに電話をかけてくれんか。おったら、わしが出る」

坪内は、会社にいるときも家にいるときも電話に直接出ることはないし、自らダイヤルを廻《まわ》すこともない。電話番号も秘書まかせ、紀美江まかせで、いちいち憶《おぼ》えていないから、会社では秘書を呼んで、電話を頼む仕儀《しぎ》となる。

「いらっしゃいましたよ。松平さんのほうから電話を入れようと思っていたそうです」

坪内は、紀美江から受話器を手渡され「もしもし……」と呼びかけた。

「坪内です。先週は東京でいろいろお世話になりました」

「こちらこそ」

「実は、永野さんが見えたんです。二時過ぎに見えて、一時間ほど前に帰りよりましたが、さんざん口説かれて、まいりましたがな」

「それで、なんと返事したんですか」

松平は、至極冷静であった。あたかも永野の来松を当然と受けとめているような口ぶりである。坪内は松平は、事前にこのことを知っていたのではないか、と怪しんだ。

「あなた永野さんが松山に見えることを聞いとったですか」

「二十分ほど前に、徳田局長から電話をもらったんです。えらい心配してましたよ。徳田局長がわたくしに電話をかけてきたのは、坪内—永野会談の様子が知りたかったからでしょう」

「えらい熱心な局長さんじゃなあ」

「あの人は使命感で行動してるんでしょうね。で、どうだったんですか」

「永野さんほどの人に押しかけられると、つれない返事もできんので困っとるんですよ」

「先週、池浦さんとも話したんですが、坪内さんなら、必ずやり遂《と》げるだろうと言ってましたよ。三年ぐらいは想像を絶するような困難に直面するだろうが、成功して佐世保が日本一、いや世界一の造船所によみがえることは間違いないとも……」

「たしか松平さんは、火中の栗《くり》を拾うことはない、という意見じゃったと思うてましたが」

「たしかにそう言いましたが、気が変わりました。そろそろ決断のときかもしれませんね。ただし、坪内さんが引き受けるためには、それなりの条件があると思うんです。受ける肚づもりで、可能な限り有利な条件を引き出すことを考えるべきです。わたくしからも永野さん、池浦さんによく話しておきますが、まだまだ態度を表明する時期ではないと思います。しかし、肚をくっておいてもいいんじゃないですか」

「どんな条件を引き出そうが、火中の栗を拾うことは変わらんじゃろうと思いますよ。松平さんは最後まで反対し続けると思うてました」

「うーん……」

唸《うな》りとも嘆息ともつかぬ声が聞こえ、五秒ほど沈黙が続いた。

堪《たま》りかねて坪内が促すと、松平は「わたくしの気持も複雑なんですよ」と笑いながら返してきた。

「もしもし……」

「心千々《ちぢ》に乱れるというところですかね。たしかにリスキイではある。成功の確率は五割以下でしょう。友人として、およしなさいというのが筋かもしれません。しかし、一方では、わたくしは池浦さんほど楽観的ではありませんけれど、坪内さんならやり遂げるだろう、いや、やらせてみたいと思う気持があるんですよ」

「永野さんにも、お国のために頑張《がんば》ってくれと言われて、弱りました」

坪内は、言葉とは裏腹《うらはら》に張りのある声で言った。

傍《そば》で、紀美江が眉《まゆ》をひそめたのに坪内は気づいていない。坪内は半ばその気になっている。もうだめだわ、と紀美江は思った。これまでにも坪内は潰れかけた造船会社をいくつも再建してきた。それこそ寝食を忘れ、部下を叱咤激励《しったげきれい》し、汗みどろになって、すべてに全力投球しなければ気が済まない人なのだ。会社の再建劇に男のロマンを求めているのだろうか。

しかし、佐世保だけは、なんだか厭な予感がする。連日、佐世保重工の経営危機を新聞が書き立てているから、否応《いやおう》なしに眼に入ってしまうが、いままでのローカル企業の再建とはわけが違うように思える。それこそ、失敗したら来島どっくグループがゆらぎかねない。夫にブレーキをかけられる人はいないだろうか——。

紀美江は松平に頼んで、佐世保にはのめり込まないよう説得してもらうつもりだったが、電話の様子では、逆に松平は賛成に廻ったふしがみられる。

紀美江は憂鬱《ゆううつ》だった。

4

坪内は、松平との電話の長話が終わったあと、照れ臭そうな顔を紀美江に向けたが、紀美江は、ぷいと顔をそむけ、夕食の仕度に台所へ立って行った。

夕食のとき、坪内はいつになく饒舌《じょうぜつ》だった。いつもなら、口数は少なく、もりもりと食事をたいらげる。健啖家《けんたんか》の坪内はなにを出しても、美味《おい》しそうに食べてくれるから、料理をつくるほうも張り合いがある。

しかし、きょうは様子が違っていた。

「佐世保はやらん」と宣言しておきながら、その舌の根も乾かないうちに前言を取り消そうとしているのだから、極《きま》りの悪いことおびただしい。

「永野さんは偉い人じゃ。世のため人のために滅私奉公《めっしほうこう》しよる」

紀美江は相槌《あいづち》を打つわけにもいかず黙って聞いているほかはない。

聞き手の反応がないので、坪内はひとりごとを声高《こわだか》に話しているような按配《あんばい》である。

「財界のリーダーといわれる人が、祭日にわざわざ松山までわしを訪ねてくれよった。頭が下がる。ああいう人柄《ひとがら》じゃから、財界でも人気があるし、永野さんの言うことならとみんなが従《つ》いていくんじゃ。永野さんに見込まれたんじゃから、わしも本望《ほんもう》じゃ」

坪内が遠まわしに、佐世保の経営を引き受けざるを得ないと伝達していることは明らかだが、紀美江はかたくなに口をつぐんでいた。

「誰かが佐世保をやらんかったら、潰れてしまう。佐世保市は、あの会社でもっとるのじゃから、人口二十五万人の地域社会が崩壊《ほうかい》してしまうんじゃ。ひいては国全体の経済活動にも影響する……」

坪内は、一息ついて、大きな掌《て》の中にある茶碗《ちゃわん》を口もとへ寄せ、飯をかき込みながら紀美江をうかがった。紀美江は思い詰めた眼で夫を見返した。

「その誰かがあなたでなければならないことはないでしょう。さっき、あなたが永野さんとお話ししているときに佐伯さんとちょこっと話したのですが、いくら永野さんに頼まれても佐世保はようやらんでしょう言うてましたよ。あなたが、佐世保はやらんと約束したので皆さん安心してるんです。社員を裏切らないでください」

「佐伯は、にっかん（日刊新愛媛新聞）のことはまかせとるが、造船のことはよう知らんのじゃ」

「そんなことがありますか。どの新聞にも毎日毎日、佐世保のことが大きく出てるじゃありませんか。来島グループの社員で佐世保のことを知らない人はひとりもおらんじゃろうと思います。わたしが知ってるんですから……」

「新聞は大袈裟《おおげさ》に書くんじゃ。危機感を煽《あお》りよる」

「そうは思いません。佐世保の社長になり手がおらんいうことがなによりも事態の難しさを教えてくれよります。みんなが厭がり、逃げているのを、なぜあなたが受けなければいけないのですか」

「誰もやらんからわしがやるんじゃ」

坪内は駄々《だだ》っ子《こ》のように言い放って、また飯をかき込んだ。

「わたしは、会社のことで差しでがましいことを言ったことは一度もありません。ですから一生に一度ぐらいわたしの言うことを聞いてくれても罰《ばち》は当たらんじゃろうと思います」

坪内はむすっとした顔で、食事を片づけにかかっている。めんどくさいから「女子《おなご》が口出しすることか！」と怒鳴《どな》りつけたいところだが、「佐世保はやらない」と宣言したのはつい先週のことだから、そうもいかない。

普段《ふだん》、決して仕事のことで意見がましいことを言ったり、しゃしゃり出る紀美江ではない。その紀美江が眦《まなじり》を決して食いさがってくる。佐世保重工の姓名判断でもやって、悪い卦《け》でも出たのだろうか、と気を廻したくなってくる。

坪内が空《から》になった茶碗を紀美江の前に突き出して、二膳《にぜん》目のお替わりを要求しながら言った。

「松平さんが、わしにやらせてみたいと言いよったんじゃ。あの人はわしの味方じゃから、傾聴に値《あたい》する意見と思うじゃろうが」

「永野さんも松平さんもあなたの味方です。でも、あの人たちがやるわけではありません。ですから、無責任なことが言えるんですよ」

「わしは成功の確率は六割と見とるんじゃ。ただしわしがやればの話じゃ。わし以外の誰がやっても成功の確率はゼロじゃと思う。来島どっくの経営方式を佐世保に応用すればいいんじゃから、成功の確率はもっと高いかもしれん」

「四割も失敗の確率があるんですか」

紀美江は眼を剝《む》いた。

「もし失敗したらどうなるんですか。家族を含めたら何万人という人たちが来島グループにおるんじゃないですか。その人たちが路頭に迷うことにでもなったらどうするんです」

「万一失敗しても来島グループは大丈夫じゃ。わしらが財産投げ出せばいいんじゃ。わしが乗り出して佐世保を救えると考えたら、あらゆる困難を克服してもやろう思う気になるじゃろうが」

「佐世保を救うのはお国にまかせたらどうですか。お国がやることでしょうが」

「政府では救えん。じゃからみんながわしに頼みよる」

「………………」

「わしら幸か不幸か子供がおらん。なんぼカネや財産を残しても墓場まで持っていけるものでもなかろうが。世のため人のため、来島グループの社員のため、カネを有効に使えばいいとわしは思うとる」

「わたしたちに子供がおったら、あなたも佐世保を引き受けるなどという気持にはなれなかったのと違いますか。子供ができなかったことがこんなに悔《くや》しいと思ったことはありません。子供がおったら、子供に引っ張られて、佐世保を引き受けるなんて無謀なことは考えなかったでしょうに……」

紀美江は胸がいっぱいになって、指の先でそっと涙をぬぐった。

坪内もつらい気持になってくる。子供ができなかったのは残念だが、百点満点の女房である。いや、子供ができなかったからこそ、その分を仕事に向け、全身全霊を社業に打ち込んでこられたとも言える。子供がいたら、どんなに出来の悪い子供でも社業を継がせたいと思い、財産を残してやろうと考えたかもしれない。わしに限って子供に気持を奪われることはない、と言いたいところだが、歴史に残る偉人、賢人といわれる人でも、またどんなに優れた業績を残した事業家でも、しょせん実子には弱く、親バカぶりを発揮している事例に思いを致すと、やはり自信はない——。

「子供がおらんことはかえってよかったんじゃ。じゃから、わしは社員を自分の子供だと思うとる。社員のためにも、佐世保の再建を成功させて、来島グループを一流といわれる企業集団にしたいんじゃ」

「あなた……」

紀美江はくぐもった声で呼びかけてから、潤《うる》んだ眼で坪内を見上げた。

「結局はあなたがお決めになることじゃろうと思いますが、社員の人たちの意見をよく聞いてくださいね。これだけはお願いしておきます」

「うん」

坪内は、女房に泣かれて、さすがに気持がぐらついたが、〝必ずやり遂《と》げてみせる〟という思いのほうが勝《まさ》っていた。

5

五月七日、日曜日の午後三時過ぎ、来島どっくを中心とする来島グループの主要幹部が続々とホテル奥道後六階のプレジデントルームに集まって来た。坪内が緊急会議を招集したのである。中には、東京、大阪、神戸などに駐在していた者もいる。もちろん、造船部門にとどまらない。

五十三年当時の来島どっくの経営陣は、社長坪内寿夫、副社長杉山董《すぎやまただし》（四十二年に川崎重工から転入、六十六歳）、専務石水煌三《いしみずこうぞう》（営業担当、五十歳）、常務檜垣律雄《ひがきりつお》（工作担当、四十九歳）、同神野純一《じんのじゅんいち》（業務担当、五十一歳）、同三好金太郎《みよしきんたろう》（資材担当、六十三歳）、取締役井出元一《いでもといち》（新造船営業部長兼修繕船営業部長兼アフターサービス部長、五十七歳）、同梁井泉《やないいずみ》（設計部長、五十一歳）らだが、沖守弘《おきもりひろ》（業務部次長、三十七歳）、一色誠《いっしきまこと》（営業部次長、三十六歳）、細川道弘《ほそかわみちひろ》（業務部課長、四十歳）、村上肇《むらかみはじめ》（教育課課長代理、四十八歳）、渡部浩三《わたなべこうぞう》（社長付、二十九歳）、ら幹部社員の顔もみられる。

石水は義弟、一色は姪婿《めいむこ》で坪内と姻戚《いんせき》関係にある。一色は三十九年に東大法学部を卒業して東京海上火災保険に入社したエリートだが、四十三年に来島どっくに転出した。また渡部は伊豫《いよ》銀行頭取渡部七郎《しちろう》の一人息子である。神戸大学を出て、坪内の秘書を務めたあと、二十五歳の若さで愛媛県議に立候補し、坪内の支援もあって上位当選した。政治家志望で、中央政界入りを夢見たこともあるが、両親に泣かれ、坪内からも説得されて県議一期でＵターンしてきた。渡部はまだ独身である。

　このほかオリエンタルホテル、「日刊新愛媛新聞」の社長を兼務している河野良三《こうのりようぞう》（四十七歳）、奥道後温泉観光バス社長の玉柳只浩《たまやなぎただひろ》（三十七歳）、昭和漁業・昭和起重機社長の坪内正光《まさみつ》（三十五歳）、大洋鉄鋼社長の綿崎定夫《わたざきさだお》（六十一歳）、鼎《かなえ》商事専務の稲田耕三《いなだこうぞう》（六十四歳）、さらにはスクーター通勤で勇名を馳《は》せた東邦《とうほう》相互銀行社長の安部茂春《あべしげはる》も列席している。

　坪内正光は甥《おい》、綿崎は義弟、稲田は姪婿で、いずれも坪内の親戚《しんせき》である。

　佐伯正夫も呼び出され、おっとり刀で駆けつけて来た一人だ。佐伯を含めて、楕円《だえん》形《けい》のメインテーブルからはみ出した者は、後方の椅子に座って議長席の坪内のほうへ顔を向けていた。全員夏服にネクタイを着用している。坪内は紺地《こんじ》のダブルのスーツを着ていたが、会議が始まる前に脱いで、ワイシャツ姿になった。

　どの顔もこわばっている。日曜日の会議は珍しくもないが、緊急会議ともなれば緊張しないほうがおかしい。私語するものもいないし、咳《せき》ばらい一つ聞こえない。

「きょうはご苦労さんです。急に集まってもろうたのは、佐世保重工のことについてみなさんの意見を聞かしてもらいたいからです。……」

坪内は、いくらかハスキーな、だが気魄《きはく》を込めた声で話し始めた。

「実はおととい永野さんがわしの家に訪ねて来られた。永野さんが佐世保再建のための体制づくりに調整役として乗り出されていることは皆さんもご承知のことと思うが、忙しい日程をやりくりしてわざわざ松山までやって来た目的は、わしを佐世保の社長に引っ張り出したいからじゃ。佐世保を再建できるのは坪内しかおらん言うて、三時間もねばってわしを口説いて帰られました。わしは、先週、諸君に佐世保はやらんと申しあげた。じゃが、永野さんの熱意に胸をうたれたことは事実です。二、三日考えさせてください言うて永野さんにお引き取り願ったが、わしとしては前言をひるがえすのはみっともないんじゃが、佐世保の経営を引き受けようと思うとります……」

会場がどよめき、突き刺すような鋭い視線が坪内に集中した。

「わし一人で佐世保を再建するわけにはいかん。政財界あげて支援してもらわなならんが、なによりも諸君の協力が必要なんじゃ。来島グループが結束し、火の玉となってからなければ、成功はおぼつかないと思うとりますが、しかし、諸君がどうしてもやめい言うなら、わしとしても考えなければならん。みなさんの意見を聞かしてください」

全員がわれ先に意見を述べようとしたが、長老格の杉山、石水、三好らがまず発言した。もちろん、賛成する者は一人もいない。

石水は東京駐在で、東京支店の支店長を兼務している。上背が百七十センチをゆうに超《こ》えた堂々たる押し出しで、若いころから専務として坪内を補佐してきた。

「佐世保重工は、ダンピング的な営業をやっていたのでおかしいと思ってました。技術力には見るべきものがあるんでしょうが、営業力が弱過ぎます。大型タンカーで名を売り、過去の栄光に酔いしれ、世の中がどんどん変わっているのに、それに対応しようとしなかった。仮りに社長が経営を引き受けたとしても、あの営業力では船の注文は取れないでしょう。来島どっくにも仕事を回してやれるほど余裕はないと思います」

営業の責任者らしく、石水は佐世保重工の営業力の弱さを指摘した。

「河野君、どんな？」

〝どんな？〟とは、坪内独特の言い回しで、「おまえどう思う」「なにか意見はないか」「報告すべきことはないか」といったニュアンスが込められている。

　坪内に指名されて、河野が話し始めた。

「問題はいろいろありますが、労愛会《ろうあいかい》（佐世保重工労働組合）なる組合の存在が気になります。オリエンタルホテルは、左翼的な組合でしたが、佐世保重工は同盟の傘下《さんか》に入ってますから、民社党系です。一見穏健《おんけん》と考えがちですが、いじいじしたところがあるようですし、組合の力が強過ぎて、人事権まで組合長にあるような話を聞いたことがあります。非常に厄介《やっかい》な存在で、組合との関係があとあとに禍根《かこん》を残すように思えてなりません」

　河野は、オリエンタルホテルの経営を通じて、組合対策で苦労している。佐世保重工の労愛会なる組合組織について、河野なりに研究していたのである。

　九人目にやっと番が廻って来た一色は、色白の顔を赤く染めて、理路整然と反対論を展開した。

「佐世保重工が倒産しますと、関連企業を含めた負債総額は三千億円に及ぶと言われてます。佐世保重工が関連企業に相当額の債務保証をしてますが、これが重荷になると思いますし、構造的な造船不況の中で、佐世保重工を再建することは至難中の至難です。千六百人が退職し、四千五百人体制になりましても、仕事量からみてなお二千人以上の余剰《よじょう》人員を抱えていると考えられます。河野さんからも話がありましたが、労愛会なる労働組合の存在も障害になると思います。佐世保は組合が強過ぎます。ベースアップ一つみても、大手の妥結《だけつ》額をみて、それに何パーセントか上積みして決めるというやりかたで、賃金ベースは来島どっくの一五パーセントは高いとみてよろしいでしょう。労使ともにたるみ切った甘えの構造に抜本的《ばっぽんてき》な問題があると思うのです。突き放した言いかたをすれば、倒産すべくして倒産したということになります。佐世保の経営を引き受けることはあまりにもリスキイです。危険率が高過ぎます。社長は、佐世保の会長を受けるつもりになったときに、日本鋼管に断わられるという屈《くつ》辱《じょく》的な思いをしておられるはずですが、どうかそのことをいま一度思い出してください。社長自身、いままでの経緯《いきさつ》からみても、日本鋼管と第一勧業銀行が佐世保の経営を引き受けるべきだと何度も申されているではありませんか」

一色の話は、すでに発言した者と重複《ちょうふく》している点もあったが、繰り返し言わずにはいられなかったのである。一色は松山の出身だが、東京駐在であり、学生時代も含めて、東京の生活が永いせいか、ほとんど伊予《いよ》訛《なま》りはない。

一色に続いて、発言した者も口々に反対を唱えた。あたかも事前に打ち合わせをしたと思われかねないほど、それは徹底していた。

オーナー社長の坪内がいったんこうと決めたら否も応もない。しかも、坪内は結論を先に出している。一人ぐらいそれに迎合《げいごう》する者がいてもよさそうなものだが、誰一人として賛成に廻る者はいなかった。忌憚《きたん》なく言えば、「殿《との》、乱心《らんしん》めさるな」と言いたいものばかりだから、それも当然である。

坪内は出席者全員に発言の機会を与え、三時間ほどの間、反対論に耳を傾けていた。眼を瞑《つむ》ると、永野の顔が浮かんでくる。「子供がおったら……」と言って涙ぐんだ紀美江の言葉が聞こえてくる。

坪内は、頭を一振りしてカッと眼を見開いた。

「諸君の言っとることはいちいちもっともじゃと思う。失敗したら来島グループが潰れてしまうと心配しとる者もおるじゃろうが、断じてそんなことはない。百億ほど注《つ》ぎ込むことになるかもしれんが、万一失敗してもそんなことで来島グループはびくともせんから、心配しないでもらいたい……」

坪内は、あらかじめ用意されている冷たいタオルで顔の汗を拭きながら話をつづけた。

「あるいはわしのわがままかもしれんのじゃが、佐世保の再建は経営者としてやり甲《が》斐《い》のある仕事であり、わし以外に誰にもできんことじゃと思うとる。わしはこれまでにも六つの造船会社を再建してきた。佐世保は一部上場の一流企業といわれた造船会社じゃし、いままでに手がけた造船会社とは規模も違えば、経営内容も違うが、来島と同じことをきちっとやれば、必ず蘇生《そせい》するはずじゃ。合理化、企業努力を怠った報《むく》いじゃから、佐世保は潰れても仕方がない。それが自由経済ではないかという者もおるだろうが、佐世保が倒産したら、日本の造船産業全体が大きな影響を受けることになる。佐世保に限らず、会社が倒産すればいろんな人に迷惑がかかる。大きな社会問題じゃから、潰さんに越したことはない。ましてわしと佐世保とは因縁《いんねん》浅からぬ仲じゃ。三年前に中部謙吉《けんきち》さんに頼まれて、佐世保の経営に意欲を持ったことがあるが、倒産寸前になって、わしに白羽の矢が立ったのもなにかの縁じゃろうと思う。わしは佐世保に執念を持っとる」

坪内は、もう一度汗を拭いて、水差しの水をコップに注いで、喉《のど》へ流し込んだ。

誰かが発言しかけたが、坪内は手で制し、「もう少しわしの話を聞いてくれんか」と、笑いかけた。

「わしは、諸君に厳しい注文もつけるし、口うるさいことも言うとるが、無理を言うたり間違ったことは言うとらんつもりじゃ。しかし佐世保については、百パーセント自信があるか、と問われたら、正直にないと答えざるを得んのじゃから、無理を言うとるのかもしれない。じゃが、なんとしてもやらねばならんと思うとる。ほかにやる人がおらんのだから、わしがやらねばならんと思うとる。わしは、日本一の経営者になりたいんじゃ。佐世保を再建すれば、ちっとはわしの経営を認めてもらえるじゃろう。坪内の経営、坪内のやりかたを認めてもらい、わしの経営を手本にしてもらうことは、世のため人のためになると思うんじゃ。諸君にお願いしたい。佐世保の経営を受けさせていただきたいんじゃ。佐世保に取り組むために、万全の協力態勢を固めて臨《のぞ》みたいんじゃ。どうかわしの力になってもらいたい」

坪内は、不意に立ちあがって頭《こうべ》を垂れた。

オーナーがここまでホゾを固め、頭を下げているのだ。みんなその気にならぬわけがなかった。胸を熱くこがし、喉もとにこみあげてくる熱いものをもてあましている者も少なくない。

「わかりました。頑張り抜く覚悟です」

後方の席で、大声を放った者がいた。佐伯である。

佐伯はサービス部門を担当しているので、佐世保とは直接かかわりはない。しかし、そう答えずにはいられなかった。いわば銃後《じゅうご》の守りはまかせてください、と言いたかったのである。

佐伯は周囲の者に視線を向けられて、さすがに顔を赤らめた。誰からともなく拍手が起こり、坪内の決意表明は全員に受け入れられたかたちである。

拍手が鳴りやんだあとで、一色が訊《き》いた。

「社長、決意表明を新聞に発表される時期についてはお考えですか」

「いや、まだ先のことじゃ思うとる。きょうの会議は、秘密会議じゃ。佐世保を引き受けると世間に公表するのはずっと先のことです。大口株主、銀行から最大限の協力を取りつけなければならんじゃろうし、佐世保の組合にも協力してもらわなならん。政財界の支援も引き出さなければならないから、その時期、タイミングはわしにまかせてもらいたい。永野さん、池浦さん、松平さんたちともよく相談して決めるつもりじゃが、みなさんは、その心づもりでおってもらいたいんじゃ。いろいろ佐世保のことを勉強してください。用意周到に準備おさおさ怠りなく、しっかり勉強して来島グループの力がどんなものか、坪内イズムというものを世間に示してください」

「そうしますと、条件が整わなければ、引き受けないことも考えられるわけですね」

「そういうこともあるじゃろうな」

「よくわかりました」

一色は大きくうなずいた。深い読み、布石《ふせき》の打ちかた、ツボの押さえかた、どれ一つとってもケチのつけようがない、といつもながら感心させられるが、来島グループが佐世保重工の再建に向けて、大きく舵《かじ》を切った日として五月七日は忘れられぬ日になりそうだと一色は思った。不安がないと言えば嘘になるが、坪内の言うことを信じて従《つ》いて行けば、必ずや道は拓《ひら》けるに相違ない――。

# 第二章　安楽死の声

## 1

佐世保重工が経営危機に陥《おちい》る三年前に、坪内は佐世保の経営を見てもらえないか、と打診を受けた。話を持ち込んだのは白洲次郎（元終戦連絡事務局次長、大沢商会会長）である。

五十年六月二十五日の夜、目黒三田《めぐろみた》の松平邸で、世界最大のマーチャントバンクであるウォバーグ商会のエリック・ローン夫妻の歓迎パーティが催されたが、坪内も招待され、松平から白洲を紹介された。当時、白洲は大洋漁業の顧問をしていたが、パーティの席上、大洋漁業のオーナーである中部謙吉が同社の保有している佐世保重工株を売却したがっていることを坪内に伝えたことがそもそもの発端《ほったん》である。

松平、白洲が双方の窓口となって、何回かの意見調整が行なわれ、翌月の七月十日に帝国ホテルの一室で坪内、中部、白洲、松平の四人が昼食を共にした。もちろん、坪内は中部とは初対面である。中部は終始上機嫌で、坪内の経営力に一目《いちもく》も二目も置いているともちあげた。

「坪内さんに佐世保の経営をおまかせするのがいちばんいいと思います。わたしの眼にも、経営に厳しさが欠如《けつじよ》しておるように見受けられますから、坪内さんに会長か社長をお願いして、鍛《きた》え直してもらうのがいいと思っとるんです。どうですか、受けてもらえますか」

「佐世保重工さんの大型船台には魅力があります。検討させてください」

坪内は、即答を避けたが、気持は大いに動いた。

中部が造船不況を見越し、佐世保重工の経営危機を予測していたかどうかはつまびらかではないが、当時の佐世保重工首脳に「世の中には奇特な人がおる。来島どっくの坪内さんが、佐世保の株を買《こ》うてくれるそうや」と話しているところをみると、売り急いでいたことはたしかであろう。

十一月初めに株式の売買契約が成立し、十一日の夜、帝国ホテルで大洋漁業、来島どっく、佐世保重工三社の首脳と仲介の労をとった白洲、松平が一堂に会し、晩餐《ばんさん》会が開かれた。株式譲渡成立のセレモニーで、出席者は大洋漁業の中部謙吉社長、栖原《すはら》繁《しげる》副社長、佐世保重工の中村常雄《つねお》社長、村田章《あきら》専務、それに坪内、石水、白洲、松平の八名である。

譲渡実行は二週間後の十一月二十五日と決まったが、会食の席上、中部は二千二百五十万株の全株を譲渡せず、七百五十万株は留保したいと申し出、坪内を驚かせた。坪内は、全株手中にできるとばかり思っていたのである。

株式の譲渡価格は一千万株が一株百五十七円、五百万株が百五十六円なので、総額二十三億五千万円の買い物となるが、これによって来島どっくは佐世保重工の資本金（四十五億円）の一六・七パーセントを取得、日本鋼管の二五・三パーセントにつぐ第二位の大株主となったわけだ。十一月十五日ごろから、証券市場で佐世保重工の株価が上昇し、大洋漁業と来島どっくの取り引き終了後急落、坪内はかなりの差損を被《こうむ》ったことになるが、白洲は「工作はしていないはずだが……」と語っている。

来島どっくが佐世保重工株を取得することが内定した十一月初めの時点で、坪内は松平の紹介で、日本鋼管社長の槙田久生、第一勧業銀行会長の西川正次郎《にしかわしょうじろう》を表敬訪問し、鄭重《ていちょう》に挨拶《あいさつ》し、中部の勧《すす》めで佐世保重工の会長職に就く用意のあることを伝えている。槙田も西川も、坪内が佐世保重工の経営に乗り出すことに賛意を表明した。坪内は五十一年六月の定時株主総会で取締役に選任されたあと、代表権を持った会長に就任することが約束されていたのである。

翌年三月中旬、坪内は中部から淡路島《あわじしま》に大洋漁業が所有している別荘の買い取り方を求められたので、部下に調べさせたところ食指が動く代物《しろもの》ではないことがわかり断わった。中部は、残りの七百五十万株と抱き合わせで、物件を引き取らせたいと考えたようだが、結局、合意が得られず、四月四日に一株百二十円で来島どっくに譲渡し、この時点で来島どっくは二五パーセントの出資比率となり、二四・一九パーセントに後退していた日本鋼管を抜いて佐世保重工の筆頭株主に躍り出たのである。いわば、坪内が会長職を受ける条件は整備されたということができる。

四月四日に坪内は大手町《おおてまち》の新日本製鉄本社に田坂輝敬《たさかてるよし》副社長を訪問した。田坂も愛媛県の出身で、両人は昵懇《じっこん》の仲である。来島どっくが佐世保重工の筆頭株主になったことの挨拶をかねて田坂と久しぶりに旧交を温めたが、佐世保重工の大株主の一人である日商岩井の副社長の海部八郎《かいふはちろう》を交えて、一度飲もうという話になった。善は急げということで九日の夜、築地《つきじ》の料亭〝吉兆《きっちょう》〟に松平も誘って四人が集まった。この席で、坪内は、どうせ佐世保の経営に乗り出すんなら、マジョリティ（過半数）をとって、本腰を入れて取り組みたいという意味の大胆な発言を行なっている。

事実、田坂、海部と酒を酌《く》み交わした直後、坪内は興銀の池浦頭取のサジェッションで富士銀行の松沢卓二《まつざわたくじ》頭取を通じて、日本鋼管の槇田に佐世保重工株の譲渡方を申し入れている。しかし、槇田は応じなかった。

五十一年五月十四日の午後、久しぶりに上京した坪内は、新日鉄の役員応接室で田坂と会った。

田坂から、会いたいと電話がかかり、松山まで出向く、と言われたが、坪内はそれには及ばぬ、東京でほかに所用もあるからと、上京して来たのである。

田坂はソファに座るなり、「まいった、まいった！　困ったことになっちゃったよ」と、長い顔をしかめてぼやいた。

坪内はあれこれ思いをめぐらせてみたが、思いあたることはない。なにがまいったのか、どう困っているのか、さっぱりわからなかった。

田坂は腕を組んでみたり、溜息《ためいき》をついたり、脚を組んで天井を仰いでまた吐息《といき》を洩《も》らしたり、妙に落ち着かなかったが、意を決したように坪内のほうへ向き直った。

「怒らないで聞いてほしいんだ。あんたとわたしの仲だから恰好《かっこう》つけても始まらんから、率直に言わせてもらうよ。稲山《いなやま》会長から厭《いや》な役を仰《おお》せ付かってしまったんだ。佐世保重工の会長の件だけど、なかったことにしてもらえないかなあ。つまりあきらめてもらいたいってことです」

田坂はがぶりと緑茶を飲んでから、改まった口調でつづけた。

「こんな筋みちの立たないことを頼める義理ではないんですが、曲げて聞き届けてもらいたいんです。このとおりお願いします」

田坂に頭を下げられて、坪内は当惑した。

「稲山さんの意見ですか」

「いや、そうじゃない。なにもかも話しちゃうが、鋼管の槙田社長が何日か前に稲山を訪ねて来た。佐世保の会長または社長に坪内氏を選任することには反対するという趣旨のことを伝えに来たわけだ。社長は、もともと村田専務が昇格することになっている。この点は中部さんも了承してたらしいから、坪内さんの会長就任に反対ということになるが、槙田さんは、第一勧銀の西川会長にも同様のことを話しに行ったらしい。西川会長もオーケーしてるらしいんだ。稲山としてもノーとも言えず、坪内さんと親しいわたしに説得役が廻《まわ》って来たというわけだ」

坪内の顔色が変わっている。中部から佐世保の経営を見てほしいと頼まれてから、ちょうど一年経《た》つ。佐世保重工株式の二五パーセントを取得し、筆頭株主にもなった。槙田も西川も、わしの会長就任を了承しておきながら、定時株主総会を目前にしていまさら反対とはどういうことか。人を虚仮《こけ》にするのも大抵にしてもらいたい、と坪内は思った。

「これは、わたしの推測を交えての話だが、佐世保重工の中村社長、村田専務、鋼管の植田副社長の三人は造船関係の元海軍技術将校だから、佐世保を他人に渡したくないという執念みたいなものがあるんじゃないかなあ。坪内さんは剛腕で鳴る経営者だから、煙《けむ》ったいのかねえ。佐世保の労組も、辻《つじ》市長も反対してると聞いたことがある」

坪内は膝《ひざ》の上で拳《こぶし》を握りしめた。

「労組がトップ人事という経営権の根幹にかかわる問題に介入するとはなんたることですか。それに佐世保市の市長にそんなことを言う権限があるんじゃろうか」

「労組と市長のことは、この際措《お》くとして、大株主の鋼管に拒否権を発動されると、どうしようもないでしょう」

「新日鉄はどうなんです?」

「稲山が槙田さんに了解を与えてしまったかたちだからねえ」

「わたしの立場はどうなるんです。あっちこっちへ頭を下げて歩いたんですよ。稲山さんは、どうして槇田さんの申し入れに異議を唱えてくださらなかったんですか。いまからでも遅くないですよ。巻き返してください。日商岩井も、賛成してくれてるんですから、大株主四社のうち三社が賛成なら問題はないでしょう」

坪内はこんな理不尽《りふじん》な話は断じて容認できないと腹の中が煮えくり返っていた。

「坪内さん、ここはわたしに免じてこらえてくれませんか」

「わたしは佐世保重工の経営が現状でいいとは決して思ってません。わたしが経営を引き受ければ強い企業に生まれ変わるはずです」

「いずれ坪内さんにお願いすることがあるかもしれませんが、いまは村田さんにまかせてやってくれませんか」

「…………」

「うちあけた話、坪内さんをよう説得し切れんようだと、わたしは新日鉄の社長になれんのです。わたしを社長にするためにも、ここはこらえてくださいよ」

坪内は返す言葉がなかった。初めは冗談と取った。しかし、田坂の顔は真剣そのものである。

「稲山の顔を潰《つぶ》すようなことをしたらわたしの社長の目はない。これだけははっきりしてますわ。稲山はわたしの器量を試してるんですよ」

「わかりました。わたしが引き下がれば田坂さんは新日鉄の社長になれるんじゃね」

「ええ」

「それでは諦《あきら》めます」

坪内は、割り切れないものが残ったが、田坂ほどの男がそこまで真情を吐露《とろ》して頭を下げているのだ。世界一の鉄鋼会社であり、日本一の巨大企業である新日本製鉄の社長に、郷土出身の友人がなれるんだったら、鉾《ほこ》をおさめざるを得ないではないか――。

「ありがとう。恩に着ます」

田坂は満面に笑《え》みを湛《たた》え、ソファから起《た》ちあがって、坪内の大きな手を両手で包むように固く握りしめた。田坂の笑顔を坪内は脳裡《のうり》に刻み込んだ。そうでなければ、屈《くっ》辱《じょく》的な鋼管の横車を我慢できるわけがない。

その田坂は、「新日鉄の社長になる」という坪内との約束を果たしたものの五十二年一月十八日に急逝《きゅうせい》、奇《く》しくも中部謙吉が幽明境《ゆうめいさかい》を異《こと》にしたのも同じ年の一月十四日である。

## 2

五十三年に入ると、佐世保重工の経営状況は急速に悪化し、会社は一月十七日に、大幅な人員削減《さくげん》を伴う合理化が不可欠だと労愛会（佐世保重工労働組合）に説明するなど事態は深刻の度合いを強めていた。

造船産業は昭和三十年代の中ごろから十数年間順調に成長を遂《と》げてきたが、四十八年秋のオイルショックを契機に構造不況に突入、特に佐世保重工は陸上機械部門への出遅れ、大幅な余剰人員、メインバンクの不在などがマイナスに相乗作用《そうじようさよう》し、未曾有《みぞう》の経営危機に直面していた。五十二年度は新造船受注が激減し、機械部門の受注は目標の三〇パーセントも達成できず、修繕船部門では大型改造工事で契約金額を約二十億円も上まわる赤字を出すていたらくである。

同月二十三日、会社は労使協議会で次のような合理化案を労愛会に提示した。

一、九百二十名の希望退職者の募集（管理職については別途八十名募集）

二、五十三年度の定期昇給およびベースアップの中止

三、五十三年四月以降、係長以下社員の基準賃金一〇パーセントの減額

四、五十三年度の一時金の支給取りやめ
五、福利厚生関係費用の削減・圧縮
①通勤費一部自己負担制の実施
②住宅資金貸付制度の臨時的措置
③給食費負担割合の変更
④体育文化会に対する会社醵出《きょしゅつ》金の減額
⑤夏期対策保健支給品の廃止
⑥永年勤続表彰制度の中断
⑦安全靴貸与基準の一部改訂
⑧社宅、寮、保養所等厚生施設利用料の改訂
六、その他（一時休業制度の実施、時間外労働の規制強化、社員等級進級の見合わせなど）

難局を乗り切るためには、なりふりを構ってはいられないといった厳しい合理化案である。希望退職者募集人員で、組合は減員を要求、これに対して、会社側は本来なら二千名の余剰人員を抱えているのだから、しぼりにしぼった人員だと主張して譲《ゆず》らなかったが、双方が譲歩《じょうほ》して七百七十名とすることで妥結した。

こうしたさなかの二月二十二日の午後、松山の坪内に日商岩井の海部八郎副社長から電話が入った。

「佐世保重工の株を積み増しするつもりがおありですか」

海部は濁声《だみごえ》で切り出した。

坪内は一瞬返答に窮した。会長就任を拒否されてから、佐世保に対する意欲が減退していることは否定しようがない。

「まさか日商岩井さんが株を手放すというわけではないんでしょう？」

「鋼管の槙田さんから手放してもいいと言ってきたんです。坪内さんにそのつもりがあれば、藤井丙午《ふじいへいご》さんを間に入れて折衝したいそうですから、接触してみてくださらんか」

「承知しました。考えさせてもらいます」

坪内は海部の好意を無下《むげ》にもできなかったから、そう答えたものの、鋼管の身勝手さに腹が立った。佐世保重工の業績が悪化し、経営危機に陥っているために佐世保重工から手を引き株を手放したがっていることは見え見えではないか。

しかも、選挙を控えている藤井に仲介をさせたいというのも、なにやらわざとらしい。藤井は、新日鉄の副社長時代に会長の永野重雄と衝突し、参議院選挙に出て当選したが、永野に近い坪内としては藤井と接触することにいさぎよしとしないものもあった。それ以上に、かつて興銀池浦—富士銀行松沢の線で槙田にアプローチしたことに思いを致せば、そのルートを尊重するのが礼儀であり筋ではないか、と思う。

坪内は、松平に相談した結果、松平が藤井と接触することになった。松平は藤井と面識があることでもあり、さっそく土曜日の午後、都内の病院に腎臓透析《じんぞうとうせき》のため入院していた藤井を見舞いがてら訪問した。

「槙田君から話を聞いてくれたんだね」

「ええ。わたくしは、坪内さんに頼まれて、参ったのですが、坪内さんはS社株を買い取る意思がないでもないのですけれど、海部さんを通じて話が持ち込まれたことに奇異な感じを持ったようです」

「どういう意味かね」

「一昨年のいまごろでしたか、興銀の池浦さんに相談したところ富士銀行の松沢さんに頼むのがよろしかろうということになって、松沢さんを通じて槙田さんにS社株の譲渡について打診したんです。けんもほろろの返事でした」

「そんな話は聞いてないねえ」

藤井は見事に禿《は》げあがった頭をつるっと撫《な》でて眉《まゆ》をひそめた。

「当然、藤井さんのお耳に入ってると思ってましたが……」

松平が端整な顔をしかめて、つづけた。

「坪内さんから鋼管にそういうアプローチがあったこともご存じないんですか」

「初耳だよ。槙田君はどういうつもりなんだろう」

「坪内さんは非常に気を遣《つか》う人なんです。海部さんと藤井さんのラインで話を進めれば、池浦さん、松沢さんの顔をつぶすことになると考える人ですから、仮りに鋼管からS社株を買い取るにしても、池浦―松沢ラインによるのでなければ困るということだと思います。お気を悪くされると困りますが、坪内さんの気持を汲《く》んでいただけますか」

「よくわかった。人間不義理するのがいちばんよくない。坪内君の考えはもっともだと思う。坪内君によろしく言ってくれたまえ」

藤井は快く了承した。

槙田が池浦―松沢ラインのルートに乗せて話を蒸し返して来たら、坪内は鋼管が保有している佐世保重工株をこの時点で買い取っていたかもしれないが、槙田にもメンツがあるから、そのままこの話は立ち消えになった。

松平が藤井に会った直後、日本鋼管の三人の副社長の一人である坪内肇《はじめ》から、電話で「坪内さんは買う意思があるのに断わるのはおかしいじゃないですか」とクレームをつけてきた。松平が経緯《いきさつ》を説明すると、坪内肇は絶句してしまったという。してみると、坪内が池浦―松沢ラインで持ち込んだ話は槙田の独断で断わったことになるのであろうか。

3

佐世保重工の合理化案は、あっという間に佐世保市内に広まり、地元の資材納入業者が現金取り引きを要求し始めたため、信用不安に火がつき、「佐世保が危ない」という噂《うわさ》は東京にも飛び火した。
社長の村田は二月一日の午後大手町の経団連会館で記者会見し「合理化案は、経営危機に陥らないための事前措置《そち》で、現に今三月期は経常段階で五、六億円の黒字が見込まれている。余剰人員の削減に伴《ともな》い五十億円の退職金が必要なので、第一勧業銀行、東海銀行などに協調融資を要請している」という趣旨《しゅし》の発言を行ない、信用不安を打ち消したが、逆に佐世保の経営危機を広くマスコミに知らしめることになり、結果的には火に油を注《そそ》ぐことになった。

三月二十二日から受け付けられた希望退職者の募集は、最終的に八十三名の管理職を含めて、千六百八十一名に及び、労愛会に大きなショックを与えた。会社側が打ち出した募集人員を一人でも減らすことにどれほどエネルギーを注《つ》ぎ込んできたかわからないが、そうした組合執行部の努力をあざわらうかのように、在職者の四分の一が応募したのだから、執行部の受けた衝撃は小さくなかった。難破寸前の船からいつの間にか鼠《ねずみ》が姿を消すような現象ととれないこともない——。不吉な予感に不安をつのらせている者は少なくなかった。

希望退職者が予想を大きく上まわったことによって、会社が手当てすべき退職金の支給額は八十三億円に膨《ふく》れあがったことになる。

当然のことながら坪内寿夫も、佐世保重工のゆくすえに重大な関心を寄せていた。しかし、第一勧銀を幹事銀行とする銀行団が協調融資に応じ、鋼管が再建に乗り出すはずだ、と坪内はみていた。

ありていに言えば、二年前に会長の就任を拒否された坪内は、気楽な立場である。鋼管さんのお手並み拝見と高みの見物を決め込むわけにもいかないが、立場上、鋼管は意地でも佐世保を支援しなければならないはずなのだ。少なくとも来島どっくは、佐世保重工の尻《しり》ぬぐいをさせられるいわれはないし、その立場でもない——。

来島どっくの幹部の中には「大将は運がいい。あのとき会長に就任してたら、経営責任を問われて大変なことになっていた」と考えた者もいるが、坪内の受けとめかたは違っていた。

「なぜ、あのときわしに佐世保の経営をまかせてくれなかったのだ。わしが会長になって経営をみていたら、こんなぶざまなことにはしていなかった」と無念な思いに胸をこがしていたのである。


松平が、池浦に呼び出されて、大手町の日本興業銀行の本店を訪ねたのは三月二十八日の夕刻のことだ。

二人は、お互い気心も知れた仲である。松平は東大十二年卒、池浦は十四年なので、松平のほうが二年先輩だ。

のっけから佐世保重工の話になった。

「えらいことになりましたね」

「ほんとうですね。坪内さんにまかせてたらこんな結果にはならなかったと思いますよ」

松平は、コーヒーを一口すすり、コーヒーカップをセンターテーブルに戻して、話をつづけた。

「ここに来る前に坪内さんと電話で話したのですが、ずいぶん悔《くや》しがってましたよ。こんなことなら田坂さんの言うことを聞くんじゃなかったと思ってるんじゃないですか。田坂さんの顔を立てて、会長就任をあきらめたばっかりに……」

池浦は、眼鏡の奥で眼をしばたたかせたところをみると、それを肯定《こうてい》したのかもしれないが、話を先に進めた。

「大蔵省も情報をキャッチしてるようだが、S社の業況は想像以上に悪いらしいですね。第一勧銀がどう出るかまだわからないが、メインバンクとは思っていないんじゃないですか。函館《はこだて》ドックも経営危機が伝えられてるが、メインバンクが富士とはっきりしてるから、富士が支援するでしょう。S社の場合は一勧が及び腰で、更生会社にするようなことになれば、注文はこなくなるだろうし、再建計画が軌道に乗るかどうか非常に微妙です。なんとか更生会社にしないで再建できればいいのだが、株主四社の関係もぎくしゃくしてるようだから、誰か適当な調整役というか世話役というか、然《しか》るべきそういう人が必要なんじゃないですか。松平さん、どう思います?」

「おっしゃるとおりですね。池浦さん、隗《かい》より始めよと言いますから、あなたどうですか」

池浦は大きく手を振った。

「わたしは、その任に非《あら》ずです。興銀がメインバンクならともかく、錚々《そうそう》たる都銀が名前を連ねているところへしゃしゃり出たら、叱《しか》られますよ」

ちなみに五十三年三月現在における佐世保重工の主要取引銀行と借入金残高をみると第一勧業三十億七千四百万円、東海二十一億二千九百万円、東京十八億五千七百万円、大和十六億四千二百万円、三菱十億九千八百万円、太陽神戸四億七千万円となっている。池浦の言うようにたしかに、興銀との関係は薄い。

「ただ、坪内さんとは知らない仲ではないし、経営者として立派な人ですからお手伝いしたいとは思ってるんですよ。それに大蔵省からも応援するように言われてるので、黒子《くろこ》として、陰でお手伝いするぐらいのことはさせてもらうつもりです。松平さんも、坪内さんと近過ぎるから、調整役としては不向きですね」

「ええ。わたくしの立場ははっきりしてます。坪内さんの相談相手に過ぎません」

「土光《どこう》さんか、永野さんということになるのかなあ」

池浦がつぶやくように言った。

松平がわが意を得たりといった顔で返した。

「わたくしも、お二人の名前を考えてたところです。土光さんは、石川島播磨重工《いしかわじまはりま》との関係がありますから発言しにくいんじゃないですか。その点永野さんなら、日本商工会議所会頭として地域社会のことにも眼を配らなければならない立場にありますし、海運造船合理化審議会の会長でもあるんですから、うってつけでしょう」

「そうねえ。永野さんが適任でしょうね。わたしから、永野さんに話してみましょうか」

この時点で、池浦は永野をかつぎ出す肚《はら》を固めたようだ。

永野が調整に乗り出すのは四月中旬になってからだが、長崎県出身の財界人である中山素平《なかやまそへい》（興銀相談役）、今里広記《いまざとひろき》（日本精工会長）、松園尚巳《まつぞのひさみ》（ヤクルト社長）、それに松根宗一《まつねそういち》（アラスカ石油開発会長）からも調整役を受けてほしいと強く要請されていた。さらに福永《ふくなが》運輸相にも口説《くど》かれるが、永野を動かす決め手になったのは「表には出られないが、陰で最大限協力する」という池浦のひとことであった。

4

坪内は三月二十八日に上京、四月七日まで滞在し、坪内なりに佐世保再建の可能性を模索しながら精力的に動いた。この十日ほどの間にいろいろな要人に会って意見を交換したが、富士銀行頭取の松沢が「更生法によらず、これと同等の整理計画の可能性を検討し、来島の保証で金融を取り付けることは考えられないか」と示唆《しさ》したことが印象的であった。しかし、この段階では、坪内に佐世保の経営を引き受ける意思はまったくと言っていいほどなかったと考えられる。

四月四日には、松平と二人で大蔵省に吉瀬維哉《よしせこれや》事務次官、徳田博美銀行局長を訪問した。このとき吉瀬は「佐世保はおっとりし過ぎています。いまさら坪内さんにお願いできる筋合いではありませんしね」と含みのある発言をしている。坪内の気を引いてみた、と取れないこともないが、坪内は「鋼管さんが乗り出してくれるでしょう」と答えている。

この日の夕方、辻一三《いちぞう》佐世保市長が宮島《みやじま》市長公室長を伴って常宿《じょうやど》のパレスホテルに坪内を訪ねて来た。

辻は、かつて咽喉癌《いんこうがん》に冒され、手術で声帯を除去したため、発声が思うにまかせない。腹の底からしぼり出すような声で話すので、聞いてるほうが胸苦しくなるほど痛々しい。七十五歳と高齢であることも同情を誘う。

パレスホテルの一室で、坪内は辻を迎えた。

坪内の東京滞在中は来島どっく東京支店営業部の石岡政剛《いしおかまさたけ》が秘書として付く。石岡は三十歳だが、二年前秘書になりたてのころは坪内の厳しさに従《つ》いていけないと思ったこともある。

こんなことがあった。

夕方五時過ぎに愛媛県選出の代議士から石岡に電話がかかり、松山に電話したら坪内は東京へ向かっていると聞いたが、できれば今晩会いたいので連絡を取って欲しい、と言う。坪内は、取引先と宴会の約束があるため、羽田空港から宴席へ直行することになっている。まず時間のやりくりはつかない。石岡は坪内を羽田まで出迎えることになっていたが、「今夜は連絡をつけられません」と答えた。仮りに坪内に話しても「今夜は無理だ。放《ほ》っとけ」と言うに決まっている。羽田から赤坂までの車の中では連絡事項が多かったため、代議士の件を伝えることを忘れてしまったが、石岡は九時過ぎに料亭へ迎えに行き、クルマの中で、坪内にそのことを話した。

パレスホテルへ着くと、坪内は「ちよっと話がある。部屋まで来んか」と石岡を誘った。ベッドルームへ入るなり、坪内は顔を真っ赤にして怒り出した。首の付け根まで染めて、文字どおり烈火のそれである。

「連絡とれん言えと誰かに言われたのか！」

「いいえ。自分で判断しました」

「連絡がとれん言うことは、会いたくない言うてるのと一緒じゃ。専務の石水も東京におる。代わりの者ではいけませんか、となぜ答えられんのだ。誰がおまえにそんな教育をしたのか！　上の者に相談もせんで、勝手な返事をして、それで秘書が務まるか！」

石岡はなぜ坪内がこうも哮《たけ》り立つのかわからなかった。自分では機転を利《き》かしたつもりなのである。

「おまえは秘書として最大限努力しているか！　しておらんじゃろ！」

「はい。わたしの落度《おちど》です。申し訳ありませんでした」

「おまえはひとつもわかっとらん。口先だけじゃ。あすの朝七時に石水たちおまえの上司を全員ここへ呼べ！　おまえにそんな教育しかしとらん幹部がいかんのじゃ」

「上の人たちには関係ありません。わたしが独断でやったことですから」

「いいから、すぐ電話をかけろ！　石水、矢野《やの》、一色、徳永《とくなが》、毛利《もうり》の五人をここへ集合させろ！」

坪内は電話を指差した。石岡が愚図愚図《ぐずぐず》してると、「早くせんか！」と坪内の怒声が飛んでくる。

そのへんのものをつかんで投げつけかねない勢いである。

石岡はふるえる指でダイヤルを回した。石水は在宅していた。

「申し訳ありませんが、明朝七時に社長がお泊まりになっているパレスホテルの××号室へお出でください」

「どうしたの？」

「申し訳ありません。わたしが悪いんです」

石岡は涙声である。

「ちゃんと説明せんか」

ベッドに腰かけている坪内が背後から、叱りつけるが、石岡としては説明のしようがなかった。

「なんだか知らんが、七時に行けばいいんだな」

石水の声が低くなった。剣呑《けんのん》な気配を察知したようだ。

「わたしだけか」

「いいえ。一色次長や矢野係長も一緒です」

「そんなどえらいことをやらかしたのか」

「はい」

「わかった。そこでは話しにくいんだろう。あとで、家に帰ったらもう一度電話を入れてくれ」

石水は優しく言って電話を切った。

一色以下とのやりとりもほぼ同じだった。

石岡は、目黒の自宅へ帰ってから、再び石水たちに電話をかけ直し、こうなった経緯《いきさつ》を説明した。情けなくて、涙がこぼれて仕方がなかった。なぜこんな目にあわなければならないのか。これが石水専務や一色次長を巻き添えにしなければならないことなのか。こんなひどい社長の秘書はもうたくさんだ。あした辞表を出そうと石岡は思った。

石岡が眠れない夜を過ごして、腫《は》れぼったい顔で、翌朝タクシーを飛ばして七時五分前にパレスホテルへ着くと、一色、矢野、徳永、毛利の四人はすでに来ていた。四人とも直立不動の姿勢で坪内の前に立っている。石水は七時ちょうどに顔を出した。

「石岡がえらいことをやらかしたそうで申し訳ありません。わたしの監督不行き届きです」

石水は心得たもので、ソファに座っている坪内の前へ進み出て、一礼した。

「おまえたちは、石岡にそんな教育しかしておらんのか。部下の教育一つできんで幹部が務まるのか。やる気があるのかないのか。やる気がないなら、やめてしまえ！」

坪内は口をきわめて罵倒《ばとう》した。石岡は歯をくいしばって涙を堪《こら》えた。悔しいというより自分の落度で上司に迷惑をかけたことが辛《つら》かった。いたたまれなかった。自分一人が叱られるなら辛抱《しんぼう》できるが、なんで関係のない幹部がこれほどまでに叱責《しっせき》されなければいけないのか——。

「社長がおっしゃるとおり、石岡に教えてなかったわたしたち幹部の責任です。今後そういうことのないようにしっかり教えます」

坪内のお説教は小一時間もつづいた。石水も一色も矢野も、みんな何度も何度も坪内に頭を下げている。石岡は、そのたびに身の縮《ちぢ》む思いだった。

お説教が終わって、部屋から出て行く五人を玄関まで見送りがてら、石岡が用意してきた辞表を渡そうとすると、「なんじゃこれは……」と、石水は笑いながら、二つに破った。「気にするな」「たいしたことじゃないよ」

一色たち四人も口々に石岡をなぐさめている。四人が先に帰ったあとで、石水と石岡はホテルのロビーで立ち話をした。

「石岡には社長のやりかたがまだわからんだろうな。こんなことでみんなが会社をやめてったら、一人もおらんようになってしまう。みんなこのぐらいのことはやられてるよ。殴《なぐ》られたやつだって数えきれないほどおる。社長は憎くて叱ってるんじゃない。なんとか一人前の社員にしたいからだ」

「しかし、それだったらわたし一人を叱りつければいいじゃないですか。上司全員を呼びつけるなんて行き過ぎです。異常ですよ」

「社長は石岡をだしにして、石岡にかこつけて、俺たちを叱ったんだよ。社長の眼には東京支店の空気が弛緩《しかん》しているように見えたんだろうな。ゆるんだ箍《たが》を締めようとしたんだ。代議士先生のことなんか、ほんとうは取るに足らないことで、どうでもよかったんじゃないかな。しかし、済まないと思ったら、仕事で返してくれればいい。俺なんか人前でどれだけ社長に怒鳴《どな》られたかわからんよ。なにも人前で怒らなくたっていいじゃないかと思ったこともあるが、社長は恥を掻《か》いた分だけ効き目があると考えてるようだし、こっちの反発を誘ってるようなところもある。だが、社長が指摘したことは百パーセント正しいから、いくら言われても仕方がないな」

石岡は、石水になぐさめられて気持が楽になった。翌朝、いつものとおり七時にパレスホテルへ坪内を迎えに行くと、「今晩はあいとったか」と訊《き》かれた。

「はい。四時に来客がありますが……」

「久しぶりにめしでも食おうか。なにがいい？　好きなものをいいなさい」

坪内はにこやかに言って、外出の仕度《したく》にかかった。石岡は、そのときの坪内の温顔がいまでも忘れられない。


石岡は、三人分の煎茶《せんちゃ》を淹《い》れてソファの前へ運んだ。坪内は硬い顔で、辻と宮島に向かい合っている。

「坪内さんが社長になってSSKを再建していただけませんか」

思い詰めたような顔で辻が言った。ひどく聞き取りにくいが、佐世保重工を再建できるのは坪内さんを措いてはほかにいない、なんとか助けて欲しい、と懸命に訴えている。辻に代わって宮島が話した。

「佐世保市の工業製品出荷額に占めるSSKのウエートは五〇パーセントを越えています。納入業者を含めた人員は約五万人で、人口の二〇パーセントを占めており、市はSSKでもっていると言っても過言《かごん》ではありません。SSKが潰れますと、市そのものが消滅してしまいます。SSKを見捨てないでください」

坪内は、きっとした顔を辻に向けた。

「三年前、わたしは佐世保重工の会長を受けるつもりになりました。ところが、みなさんに反対された。辻さんも組合も反対したのと違いますか。坪内のような田舎《いなか》ものにまかせられるか、と思ったのと違いますか」

「誤解です。わたしは、坪内さんがSSKの会長になられることに反対した憶《おぼ》えはありません」

辻は頬をふるわせて、声をしぼり出した。

「組合はいざ知らず市長は反対したことはないと思います。そういうふうに坪内社長に伝わっているとしたら、ためにするとしか思えません」

宮島も弁明これつとめた。

出し抜けに辻はソファから起ちあがって、直立不動の姿勢を保った。

宮島が不思議そうな顔で、辻を見上げた。坪内も呆気《あっけ》にとられている。

「天地神明に誓って、申しあげます。わたしは断じて坪内さんの会長就任に反対したことはありません」

なにかしら芝居がかった感じがしないでもないが、辻にしてみれば坪内にそっぽを向かれたら佐世保市は潰滅《かいめつ》的な打撃を受けてしまうという危機感に駆られて思わずそうした突飛《とっぴ》な行動をとったともとれる。

辻は、坪内が了承してくれなければ座り込みでもしかねない気魄《きはく》をみせたが、だからといっていまの段階で「わかりました。お受けします」などと言えるわけがなかった。

辻は、井上末雄《いのうえすえお》佐世保市議会議長、宮島室長を帯同して何度も上京し、関係各方面へ猛烈な陳情を展開する。四月二十日には福田総理にも会い、佐世保重工の救済を訴えている。

坪内は、松平と共に七日の昼に運輸省の謝敷船舶局長、熊代《くましろ》総務課長と会食した。謝敷はすでに日本鋼管、新日本製鉄両社の首脳に個別に会っていたが、両社とも、一株主に過ぎないとの態度に終始し、両社が佐世保再建にイニシアティブを取る考えのないことはわかっていた。

謝敷は、坪内に期待していた。三年前に来島どっくが佐世保重工株を取得したことは、坪内が佐世保の経営に並々ならぬ意欲を持っていることの証左《しょうさ》でもあるはずだ。三年という時間の経過を無視することはできないにしても、乃公出《だいこうい》でずんばの思いが坪内にないとは限らない——。謝敷は胸をわくわくさせながら会食に臨《のぞ》んだが、坪内の返事はつれなかった。

「鋼管さんがめんどうみるのが筋じゃ思います。わたしが佐世保を助けなければならないいわれはありません。だいいちそんな力はありませんよ。佐世保の村田社長は、鋼管の人じゃないですか」

「鋼管の槙田社長は、村田さんは鋼管の人間じゃないと言ってるそうですよ。鋼管から常務で出向させたことは事実ですが、社長で送り込んだわけではないし、村田さんをSSKの社長にしたのは前社長の中村さんであり、亡くなった大洋漁業の中部さんだと主張してます」

「そんな詭弁《きべん》が通りますか。鋼管が佐世保と前後四回も業務提携契約を更新している事実をどう説明するんですか。わたしの会長就任を拒否したのは槙田さんですよ」

坪内は色をなして言いたてた。

謝敷は絶望的な気持になっていた。坪内の会長就任を拒否したことのツケがいま回って来たのだ。これでは坪内を佐世保再建の切り札《ふだ》として引っ張り出すことなど、夢のまた夢という感じである。

坪内は四月八日の土曜日にひとまず松山へ帰るが、十四日再び上京し、二十日まで東京に滞在する。この間、調整に乗り出した永野や福田総理の女婿《じょせい》である越智《おち》代議士、さらには大蔵省、運輸省の幹部にも面会するが、この時期、坪内は鋼管と第一勧銀こそ佐世保再建のイニシアティブを取るべきだと主張してやまなかった。

越智代議士から福田総理が佐世保問題に重大な関心を寄せていること、坪内に圧力をかけることは筋違いであること、鋼管と第一勧銀が手を引くようなことがあれば社会的な責任を問われるのではないか、と話していると聞き、坪内は意を強くしたのではあるまいか。

坪内は十九日は新日本製鉄の斎藤英四郎《さいとうえいしろう》社長、武田豊《たけだゆたか》副社長と会談した。

第一勧銀は、退職金八十三億円の融資について、株主四社の保証を要求していたが、これについて新日鉄がどう対応しようとしているのか知りたかったのである。

斎藤は「銀行から保証するかと正式に訊かれたことはないが、訊かれたら、その気はないと答えるだけだ」と冷ややかな態度を示した。斎藤は、その後佐世保重工の増資問題が表面化した時点で、「カネをドブに捨てるような増資に、なぜ現行株主だけが応じなければいけないのか。政治救済と言うなら広く政財界の関係者に株を持たせるべきではないか。たとえば永野、中山、今里らに佐世保の株を持ってもらったらいいではないか」という意味のことを某銀行首脳に述懐したという。

財界の大勢《たいせい》は、佐世保救済、佐世保再建に疑問を持っていたと考えてさしつかえあるまい。その代表格は真藤恒《しんとうひさし》日本造船工業会会長（石川島播磨重工社長）、井深大《いぶかまさる》（ソニー名誉会長）、佐々木直《ささきただし》経済同友会代表幹事らで、構造改善、すなわち過剰《かじょう》設備の廃棄《はいき》を迫られている造船産業にあって佐世保重工の倒産はむしろ業界にとって歓迎すべきことではないか、と考えていた財界人は少なくなかった。

こうした財界の思惑《おもわく》に呼応するかのように脇村義太郎《わきむらよしたろう》東大名誉教授（運輸省海運造船合理化審議会造船部会長兼海運対策部会長）は、「佐世保重工は安楽死《あんらくし》させるべきだ」と注目すべき発言を行なっている。

脇村は「この期《ご》に及んでへたな処方箋《しょほうせん》を書いても解決にはならない。佐世保重工は安楽死させて、静かに葬式を出すことを考えるべきだ」と言う意見だったが、「学者になにがわかる。実態がわかっていない学者の寝言」と反発した人もいたのではなかろうか。

## 5

永野と運輸省首脳の根回しが実って、四月二十六日の午後、運輸省大臣室で、来島どっく、日本鋼管、新日本製鉄、日商岩井の四大株主首脳が顔をそろえ、佐世保重工の再建問題について話し合った。

坪内は、二時五分前に永野と一緒に大臣室へ入った。福永大臣、中村次官、謝敷局長らの運輸省首脳、槙田日本鋼管社長、坪内副社長、武田新日本製鉄副社長、山村謙《やまむらけん》二郎《じろう》日商岩井副社長らがすでにソファに座り、一同を報道陣が取り巻いている。カメラマンがフラッシュをたいている中を永野と坪内は議長席の福永に近い席に並んで腰をおろした。報道陣の数は二十人や三十人ではなかった。人いきれでむんむんする。

さかんにハンカチで顔の汗を拭《ふ》いている坪内に、福永が話しかけた。

「坪内さんはええ体格してますなあ。きょうはあなたが主役ですよ」

坪内はにこやかに黙礼を返した。カメラマンの注文に応じて笑顔で、槙田と握手をかわすサービスもしたが、報道陣が締め出されたあと、坪内は硬い顔で終始した。

冒頭、福永が挨拶した。

「総理も佐世保のゆくすえを非常に心配しておられます。福田内閣あげて深刻に問題を受けとめ、政府としても可能な限り支援する考えですから、佐世保再建のために率直な意見の交換をお願いします」

福永は、ごく手短かに切りあげて、そそくさと退席し、国会へ駆けつけて行った。

会議は永野が議長役になって始まり、午後二時十五分から四時半まで二時間余にわたってつづけられた。

「佐世保重工が倒産した場合、社会に及ぼす影響の重大さは測りしれないものがあります。ここは株主四社が結束し、協力し合って佐世保重工を再建することが強く望まれると思います」

永野の発言に異を唱える者は一人もいなかった。佐世保重工を更生会社にしてはならない、という点で四社は合意したことになるが、経営主体の問題になってから、坪内と槙田の間にやりとりが行なわれた。

「槙田さん、どうでしょうか。鋼管さんで受けてもらうわけにはいきませんか」

永野に水を向けられて、槙田は「わたしのところはちょっと……」と言葉を濁しながらも、はっきり拒絶の態度をあらわした。

槙田がイエスと言うわけはない。これは、予測できたことだが、槙田が「坪内さんにお願いしたらよろしいんじゃないですか」と発言したため、必要以上に坪内の反発を招く結果になった。これが永野の口から出ていれば、坪内の反応も違ったものになっていたかもしれない。

「鋼管さんは卑怯《ひきょう》ですよ。村田さんを鋼管の人でないと言うに及んでは言語道断《ごんごどうだん》です」

「村田君を佐世保の社長にしてくれなどと頼んだ憶えはありません。人事権を持っていたのは中部さんでしょう。それに佐世保の経営に干渉したこともありません」

坪内はむすっとした顔で押し黙った。それなら、なぜわしの会長就任に拒否権を発動したのか、と訊きたいところだったが、場所柄を考えてさすがに言葉を呑《の》み込んだ。

まず、そのことを謝罪するのが順序ではないか、と坪内は思っている。満座の中で恥を掻《か》くのがいやなら、事前に一言あって然るべきではないか。そのことには口をぬぐっていて、佐世保を押しつけようとは虫がよすぎると坪内は言えるものなら言いたかった。

「坪内さんが言われるように鋼管さんが受けるのが筋かもしれないが、みんなが坪内さんに期待しているんだから、ひとつ佐世保の経営を受けてくれませんか」

永野は、槙田の気を引いてみるようなことはせずに初めから坪内に頼むべきだった、と悔《く》いを覚えながら、坪内に話しかけた。

武田も山村も「坪内さんにお願いしたい」と賛成したが、坪内は固辞しつづけた。

経営主体をどうするかについては簡単に決められる問題ではないが、坪内を説得できないようだと〝佐世保丸〟は沈没してしまう。永野は、坪内との対話不足を痛感した。別途に坪内と話し合う時間をつくろうと思いながら銀行側が要求している債務保証問題に話題を変えた。

武田が「政府が全力で支援すると言明し、株主四社も協力することで合意しているのだから、銀行が四社の債務保証に拘泥《こうでい》するのはおかしいんじゃないですか」と発言し、これに三社の首脳が合意するかたちで、「債務保証には応じない」ことがあっさり決まってしまった。

翌朝の新聞は一斉に四大株主首脳会談について大きなスペースを割《さ》いた。

たとえば、「読売新聞」は〝佐世保重工再建で一致＝大株主四社会談〟〝協調融資、早急に要請〟〝債務保証はしない〟の大見出しで、次のように書いている。

深刻な経営危機に陥っている大手造船会社・佐世保重工業（本社・東京、村田章社長）の救済問題で、運輸省は二十六日午後二時すぎから、大株主四社首脳を運輸省に招き、初の大株主会談を開いた。この結果、「政府、大株主四社が一致協力して同社再建を進め、会社更生法適用申請という事態は絶対に避ける」という点で意見が一致した。また、当面必要な退職金などの協調融資の前提条件として焦点になっていた大株主の債務保証については「大株主の一致協力体制が十分保証に代わりうるものだ」と判断し、株主の協力体制をもとに運輸省を通じて大蔵省、銀行側に協調融資の実現を早急に要請することになった。このため、今後の問題は大蔵省、銀行側との金融支援折衝に移ることになった。

この日の会談では、これからの再建の具体的な進め方も協議され、特に筆頭株主である来島どっく（本社・愛媛県松山市）の坪内寿夫社長に対し、同社の経営に直接乗り出すよう永野重雄日本商工会議所会頭をはじめ他の株主も一致して要請した。これに対し同社長は即答を避けた。

このため、大株主各社は今後さらに協議のうえ、できるだけ早く経営権の問題を含めた具体的な協力体制を煮詰めるが、新再建計画が最終的にまとまり次第、坪内社長が佐世保重工の経営に乗り出す見通しが強い。

この日の会談は午後二時すぎから運輸省大臣室で、約二時間にわたって行なわれた。調整役の永野会頭、中村大造運輸省事務次官のほか、来島どっく・坪内寿夫、日本鋼管・槙田久生両社長、新日鉄・武田豊、日商岩井・山村謙二郎両副社長が出席、会談冒頭に福永運輸相が佐世保重工救済について株主間の一致協力体制を要請した。

会談では、まず運輸省側が佐世保重工と協力して策定した同社再建計画の大筋を説明するとともに、政府としても受注面などで最大限の支援をする意向を表明した。これに対し、各株主とも計画をほぼ了承し、同社の最悪事態を避けるために、過去のいきさつにこだわらず協力することを約束した。

ただ、退職金融資などの債務保証問題では、「保証をしない」という点で一致したが、運輸省や大株主は、株主の再建への一致協力体制ができたことは「これまでにない前進」と見ており、今後、大蔵省などとの折衝で、融資時期が遅れ、今月末が期限だった退職金支払いが来月にずれ込むことは予想されるものの、最終的には協調融資が実現するものと期待している。

また会談では、今後の佐世保重工の経営権問題も話し合われ、各株主とも直接の経営乗り出しには一応積極的な見解を述べた。しかし「(株主のうち)だれかが引き受けなければならない」(永野会頭)という見方では関係者が一致しており、造船会社の経営手腕が評価されている坪内社長に対し、再度、経営参加が要請されたものと見られる。

運輸省、大株主は、今後、同日の合意に基づいて具体的な協力策を出し合い、新しい再建計画作りを進める一方、経営権問題をさらに煮詰め、協調融資問題とともに決着を急いで、できるだけ早く同社再建を軌道に乗せたい考えである。

過去のわだかまりを捨て一致協力して……と書いた新聞も多いが、和気藹々《わきあいあい》とした雰囲気《ふんいき》とはほど遠く、過去の感情問題が大株主四社の首脳会談で水に流されたことにはならなかったし、債務保証を拒否したことが銀行の不信感を増幅したことも否定できない。

二十七日、第一勧銀は銀行団を代表して、「債務保証なくして融資はあり得ない」と大蔵省に伝えた。さらに小林粲《こばやしあきら》担当常務は村田佐世保重工社長を呼びつけて「大株主四社首脳が債務保証はしないと決めたことは大変なマイナスです。あんな首脳会談ならやらないほうがましだ。退歩もいいところです」と怒りをぶちまけた。西川会長、羽倉信也《はくらしんや》副頭取、小林常務のトリオが佐世保重工問題の第一勧銀サイドの責任者だが、これら首脳の中には「永野さんはどういうつもりなんですか。あんな首脳会談で前進したと考えているとしたら、頭がおかしいとしか思えない」とあまりにも感情的な発言を新聞記者の前でしたものもいる。

それでなくても、会社更生法の適用申請を考えていた第一勧銀首脳にとって、あらぬ方向へどんどん変えて行こうとしている永野はゆるしがたい。そんな思いが感情的発言に結びついたと見てとれるが、険悪な銀行団の空気をほぐそうと考えたのか、大蔵省の吉瀬次官と徳田銀行局長が二十八日の夕刻、記者会見した。日頃口数の少ない徳田にしては珍しく多弁で「政府や民間金融機関が犠牲を払う覚悟をしているのに、株主と経営者は一滴の血も流そうとしないのは理解できません。更生会社にしたくないと言うからには、それなりの責任が伴わなければおかしい」とまくしたてた。

二十九日付「日本経済新聞」朝刊によると、吉瀬、徳田の発言要旨は次のようになっている。

一、経営体制をどういう形にするかをつめるには時間がかかるから、当面は金融が問題だ。つまり、銀行が融資できるよう大株主が債務保証など具体的な責任のあかしを示すことだ。債務保証は必ずしも全部ということではないが、金融機関が判断しここまでは（絶対必要）という限度ということがある。

一、（以下は同席した徳田銀行局長の話）政府や金融機関がある程度犠牲を払う覚悟をしているのに、株主、経営者が一滴の血さえ流そうとしていない段階では、まだ金融の話にはならない。株主、経営者は応分の支援をすべきである。更生会社にしないというなら、それなりの責任のあかしをたててほしい。責任をもっていない株主が一致して「更生会社にしない」というのは、矛盾《むじゅん》したことだ。更生会社にしないというのだから（株主が）指一本動かさないというのでは困る。債務保証をしないということは、佐世保重工の経営をやってみてうまくいかなかったら、しっぽをまいて逃げ出すということではないか。

# 第三章　作家の忠告

## 1

五月の連休明けのあと、坪内はホテル奥道後の一室に閉じ籠《こも》って、たまりにたまった書類の決裁など社業に専念し、佐世保重工問題で動くことはしなかった。坪内の私設相談役を以《もっ》て任じている松平が上京を促してくれば出て行かざるを得ないが、そうでない限り松平にまかせておけば安心である。

永野、池浦、福永、それに銀行や株主三社の言動については松平と来島どっく東京支店の幹部から逐一《ちくいち》報告してくる。永野が銀行と株主のサンドイッチになって苦慮していることは手に取るようにわかるし、坪内は佐世保の経営を引き受けるとは伝えていないから、永野の苛《いら》だちも眼に見えるようだが、まだ態度を表明する時期ではないと坪内は思っていた。環境が整わず、自分の出番がなければそれはそれでけっこうだ、紀美江や社員の反対が天に通じたということになるのだから——と坪内は考えていた。

五月十二日に、柴田錬三郎が出版社の編集者を連れて奥道後へゴルフをしにやって来た。

坪内夫妻は、ホテル奥道後の中に特別にしつらえた数寄屋《すきや》造りの離れで、一夜柴田を歓待した。

紀美江は、柴田自身が描く眠狂四郎《ねむりきょうしろう》を思わせる痩身《そうしん》でニヒルなところのあるこの作家に好感を持っていたが、『大将』の中で「千津《ちづ》は、一歩毎《ごと》に、大きく上半身を右に傾けた」と書かれたことが気にならないでもなかった。『大将』の主人公、野呂内《のろうち》大太郎《だいたろう》のモデルが坪内寿夫であることは、この作品を読んだ者なら知らぬ者はいない。読者が大太郎と結婚する千津を坪内夫人、すなわち紀美江に置き換えて読むのはごく自然だから、この世の中に紀美江を右脚の不自由な女と誤解している者がいないとも限らないが、紀美江は、いたって健康である。

紀美江が坪内と結婚したのは昭和十五年で、数えで二十四歳のときだ。紀美江は神戸製鋼所に勤めるごく平凡なサラリーマンの娘であった。神戸育ちで、神戸の高等女学校に学んだ。愛媛県の松前町《まさき》で坪内と同郷の向頭《こうどう》という男が紀美江の母方の叔母夫妻と懇意《こんい》にしており、その向頭の紹介で、紀美江は坪内と見合いしたのである。

坪内の上背は一メートル六十九センチだから、当時の日本人男子の平均をかなり上回っている。体重は、若いころは八十キロほどだった。お世辞にも男前とは言いかねるが、紀美江はきれいな笑顔に魅《ひ》かれた。

男らしく寡黙《かもく》なのも悪くない。

しかし、紀美江は断わった。芝居小屋を経営している興行師の息子という点にこだわったのだ。しかし、叔母夫婦から興行師といってもヤクザがかったところはまったくない、良縁ではないかと熱心にすすめられた。坪内も結婚を望んでいると聞かされ、紀美江は坪内と交際してみる気になった。

何度か坪内の実家にも遊びに行ったが、農家のように質素で、派手な感じはなかった。坪内の祖母が農家の出身と聞いて合点《がてん》がいくが、母親も毎月坪内家の墓参をかかさない信心深い人で、紀美江は安心して嫁いで来られるような気がしてきた。

ほどなく紀美江は坪内のプロポーズを受けるが、結婚後、坪内夫妻は満州《まんしゅう》（現中国東北部）に渡る。坪内が南満州鉄道に勤務することになったからだ。

満州で召集された坪内は、終戦後にソ連の捕虜《ほりょ》となり、三年半もシベリアに抑留《よくりゅう》され、極寒《ごっかん》のイルクーツクで重労働に従事させられた。この世にこれ以上の苦労はない、この生き地獄に耐えられれば、どんな苦労でも耐えられるはずだ、と坪内は思ったが、夫の応召中にハルピンで終戦を迎えた紀美江もまた言語に絶する辛酸《しんさん》をなめ尽くした。頭を坊主刈りにして男装し、着のみ着のままでハルピンの街を一年以上も逃げ惑《まど》い、二十一年の秋に引き揚げて来たが、生きて故国の土を踏めたことが不思議でならなかった。

坪内が復員船に乗船するのは、それから二年後のことである。

柴田錬三郎は毒舌家として知られている。三年先輩の坪内に対しても、遠慮なしにずけずけしたもの言いをする。浴衣《ゆかた》から食《は》み出した毛臑《けずね》をたたきながら柴田が言った。

「坪内さんは、四国の大将でいいじゃないですか。だからこそ価値があるんだ。佐世保重工には手を出さんほうがいいな」

「先生は、そんなことまで知っとるんですか」

「毎日、新聞に出てるじゃないの。俺だって新聞ぐらい読むさ」

「……………」

「佐世保の経営を引き受ける気になってるようだから、水をかけに来たんだよ」

柴田は煙草《たばこ》を気ぜわしげにすぱすぱやりながら話している。

坪内がぎょっとした顔で柴田を見やった。神がかり的に勘のいい柴田は、わしが受ける気になっている腹の裡《うち》を見透《みすか》しているのだろうか。

「新聞には、わしはやらんと書いてありますじゃろうが」

「それならいいがね。大将は頼まれると否《いや》とは言えないほうだから、ちょっと心配してたんだ」

「先生、よく言ってやってください」

紀美江が弾《はず》んだ声で口を挟んだ。

「やっぱりそうか。やる気になってるんだな」

「迷っとりますんじゃ」

坪内は、盃《さかずき》を乾《ほ》して、紀美江の酌を受けながらつづけた。

「ゴールデンウィークに永野重雄さんが松山へ来よりまして、えらい口説《くど》きよりました」

「噂《うわさ》じゃ福田総理まで、大将を引っ張り出すために躍起《やっき》になってるそうだが、寄ってたかって、あんたに貧乏くじ引かせようっていう魂胆《こんたん》だな。よしたほうがいいね」

「先生にそこまで言われると、やる気がなくなります。これも一生のお願いじゃ言うて止めよりますんじゃ」

「それじゃあ、まるでやる気になってると一緒じゃないの」

「そうでもないですよ」

坪内ははにかんだような笑いを浮かべて浴衣の袖《そで》を引っ張っている。

紀美江を含めて、四人とも浴衣がけである。

柴田は、三輪田《みわた》という中年の編集者と並んで座り、テーブルを隔てて坪内夫妻と向かい合っている。三輪田はときおり相槌《あいづち》を打つだけで、黙って二人のやりとりに耳を傾けていた。

「一生に一度ぐらい奥さんの言うことを聞いてやりなさいよ。苦労ばっかりかけてるんだから」

「わしは先生のように女道楽はようせんですよ」

「一本取られたな」

柴田は、まいったというように後頭部を叩《たた》いたが、

「わしが佐世保をやることは、世のため人のためになるとは思わんですか」

「さあ、どうかねえ。仮りにそれが世のため人のためになるとしても危険が大き過ぎ

るし、坪内さんだけが押しつけられるちゅうこともないんじゃないのかね。ロマンだけで事業はできないよ」

「わしもロマンだけで事業をやっとるつもりはないんじゃ。佐世保はわしがやれば必ずよみがえると思うとります。会社はつぶしてはいかん思います。会社がつぶれたら、路頭に迷う人がようけ出る。生かせるものなら生かしてやりたい思うとるんじゃ。しかし、先生のおっしゃることは肝《きも》に銘《めい》じておきます」

坪内は微笑を浮かべて返したが、柴田に「よしなさい」と言われたことはあとあとまでかなり気になった。

2

翌朝起き抜けに、紀美江を除く三人で、来島どっくの大西《おおにし》工場に向かった。昨夜、「あしたもゴルフをなさいますか」と紀美江に訊《き》かれたとき、柴田は「大将自慢の造船所とやらを見学させてもらおうか」と答えて、坪内をびっくりさせたのである。柴田は何度となく奥道後に来ているが大西工場を見学したことは一度もなかった。大西工場は来島どっくの造船グループの中核工場である。

所在地は愛媛県越智《おち》郡大西町。年間生産能力は八十万総トンで、大型コンピュータを駆使《くし》して開発された省エネ造船所として知られている。

坪内に「どうせ見学してくださるなら、わしがご案内しますから早起きしてください」と言われ、柴田と三輪田は、五時半にフロントからモーニングコールで起こされたのである。

柴田は、昨夜は酔っぱらってて気がつかなかったが、テーブルのクリスタルガラスの花瓶《かびん》に季節の花が活《い》けてあった。坪内の心づくしであろう。薔薇《ばら》、トルコ桔梗《ききよう》、霞草《かすみそう》などが眼に痛いほどきれいだった。

小さな赤いリボンをつけた白い小型の封筒がテーブルの上に乗せてあった。あけてみるとカードに「本日はようこそおこしくださいました。厚くお礼申しあげます。どうぞごゆっくり、おくつろぎくださいますように。来島どっく坪内寿夫」とある。

ゆき届いた男だ、と柴田はいまさらながら坪内の気くばりに感服した。

六時過ぎにホテル奥道後を出発した。坪内はワイシャツ姿だがネクタイをつけている。柴田たち二人はスポーツシャツで、ゴルフにでも出かける身じたくである。大西工場まで所要時間は車で約一時間。

坪内は、前夜のうちに秘書に命じて午前中の予定をキャンセルし、大西工場の案内を買って出た。

「この世の見納めじゃあるまいし、そんな早起きしなけりゃいかんのかね」

柴田は呆《あき》れ顔で言ったが、乗りかかった船で、あとへ引けなくなっていた。

タクシーの中で、ホテルで用意したサンドイッチとミルクの朝食をとった。

「工場は朝八時が始業時間ではないのですか」

三輪田が訊いた。

「来島では七時から部課長会が始まりますんじゃ。七時半までには全員出勤してます。じゃから八時には完全就業いうことになります」

坪内が説明したとおり七時を過ぎたばかりだというのに、あとからあとから従業員が自転車で通勤して来る。社宅は徒歩十分ほどのところだから、急ぎ足で構内に入って来る者も少なくない。

守衛の前に立っている坪内に気付いた者はおやっという顔をして「おはようございます」と元気よく挨拶《あいさつ》して通り過ぎて行く。坪内は眼を細めて「おはよう」と挨拶に応《こた》えている。

工場事務所二階の会議室から、ときならぬ掛け声が聞こえた。右手の拳《こぶし》を高く突き出して、なにやらスローガンを唱和しているようだ。

「部課長会は毎朝やっとるのかね」

工場事務所でヘルメットを支給され、それを被《かぶ》りながら柴田が訊いた。

「十分ほどですが必ずやっとります。部課長会で決められたこと話題になったことは係長会に伝達され、さらに現場長へ伝わり、現場長から全従業員に流されるまでに三十分とはかからんじゃろうと思います。工場の中を見てもらいましょうか」

坪内は歩きながら話をつづけた。

「以前、先生にはお話ししたことがあると思いますが、昭和二十八年に来島船渠《せんきょ》を引き受けたとき、わしはみんなと同じことをやっていたのではいかんと思いました。そこで貨物船の標準化を考えたんです。船というのは一船一船注文を取って設計し、建造するオーダーメードが常識じゃった。コストも高くつくし、日数もかかる。洋服にはレディメードでその場で買えるものがあって、値段もオーダーメードに比べてずっと安い。わしは、既製服のやりかたを採《と》り入れたんです。つまり標準船じゃが、これなら設計も一度で済むし、部品も同じだからコストダウンができると考えたわけです。もう一つは船の割賦《かっぷ》販売です。一杯船主《いっぱいふなぬし》にとって全額払いは大変じゃが、大型船にして実入《みい》りを多くすれば、月々の支払いも可能じゃと考えたんじゃ。四千万円ぐらいの船価で、積載能力九百トン、速力もある鋼船をつくることを思いたって、直ちに設計を命じました。もちろん運転資金のすべてを自分でまかなうことはできないから銀行のお世話にならないかんのじゃが、割賦販売を銀行がなかなかわかってくれんのです。零細《れいさい》の一杯船主が相手だから、銀行もよう信用してくれよらんのです。銀行に日参して説得した結果、個人保証して商工中央金庫、中小企業金融公庫、伊豫銀行からそれぞれ一五パーセント、海上保険と船主の頭金が各五パーセント、そして残りの四五パーセントを来島が船主に融資することにして、返済期間六年の割賦販売がスタートしたのは三十一年じゃった。七月に来島型標準船の第一号・第八長久丸《ちようきゆうまる》が進水したんじゃ。三十二年に三隻《せき》、三十三年に七隻の注文がとれましたんじゃ」

坪内は三輪田を相手に話していたが、足を止めた。

作業場で小集会が開かれていたのにぶつかったのである。

二十歳代と思える現場の若い係長が、部下の現場長を集めて、手帳を見ながら連絡事項を説明していた。十数人の現場長は全員メモを取っている。

「今週の土曜日は休日の予定でしたが、作業が遅れ気味なので出勤日とします。気持を引き締めて頑張ってください。次に……」

坪内たち四人がゆっくりと通り抜けたのも気づかずに、係長は声を張りあげて話している。

坪内が話のつづきをし始めた。柴田は、一度聞いた話と見え、きょろきょろあたりを見回している。大型のクレーンが始動し、造船所らしい空気が漂《ただよ》い始めた。

「三十四年は勝負の年じゃ思いまして、元旦に幹部社員を前に、船主が陸《おか》にあがっている正月の五日間が勝負じゃ、現場の人も事務の人も売り込みに出かけてもらいたい、もちろんわしも売り込みに出かける、誠意をもって体当たりでぶつかってほしいとハッパをかけたんじゃ。一週間後、十七隻分の契約書を前にしたときは、やったと思いました」

坪内は話が一段落したので、工場の説明を始めた。

三号ドックには百五十トンの大型クレーンが二基、八十トンが二基備えられている。新造船の生産能力は七万五千トンで、全長二百七十六メートルの大型ドックだ——というように……。

「造船といえば、労働集約型産業のはずですが、それにしてはずいぶん人が少ないですねえ」

三輪田の質問に坪内はうれしそうに答えた。

「少数精鋭です。ウチの社員はよう働きよります」

「社長が一番働くから、社員が従《つ》いてくるんだろう」

坪内は柴田のほうをふり返って、にこっと笑った。

「わしも先生と同じで、ほんとうは女子《おなご》が好きなんじゃ。しかし、二号、三号を囲ったらよう仕事をせんようになります。社員は、わしを見とるんです。わしの背中を見ながら仕事しよるんです。わしがずるけだしたら、社員もずるけよる。じゃから、わしは辛抱しよるんです」

「わかった、わかった」

柴田は手を振って、ずんずん先へ歩いて行く。

最後に、友愛寮《ゆうあいりょう》を見学した。

友愛寮とは、松山刑務所大井《おおい》造船作業場の別称で、塀《へい》のない刑務所として聞こえている。昭和三十年に大井村と小西《こにし》村が合併して大西町になった。同作業場の名称が旧大井村に由来していることがわかる。

昭和三十二年三月、坪内は松山刑務所長の後藤信雄《ごとうのぶお》に頼まれて、松山更生保護会の理事になった。更生保護会は犯罪者が仮出所したときに身元引受人になって、社会復帰の手助けをする保護司の連絡機関である。坪内は、後藤が犯罪者の更生に並々ならぬ熱意を持っていることに胸を打たれ、更生保護会の理事職を受けたが、これが縁で初犯者を収容する松山刑務所を見学しているとき、大西工場の一角に受刑者のための宿舎をつくり、来島の従業員と一緒になって技術を身につけるようにしたら、かれらの社会復帰に役立つのではないか、という考えがひらめいた。当時、松山刑務所の受刑者は竹籠《たけかご》を編む作業をしていたが、竹籠の需要量からみても竹細工職人になれる者は限られているはずだと坪内は考えた。

塀もなければ鉄格子《てつごうし》もない。食事もみんなと一緒にとる。宿舎は受刑者が自主的に管理する——。坪内の考えに後藤は大いに共鳴し、二人で法務省に働きかけたが、なかなか許可してくれない。そのとき、坪内に協力したのは、愛媛県伊予郡の出身で元東京都副知事の住田正一《すみたしょういち》である。

住田の助力もあって、やっと法務省の許可がおりたが、今度は従業員と地元住民の反対に手こずることになる。

友愛寮は、八万坪の敷地を有する大西工場の奥にある。鉄筋コンクリート三階建て、延べ八百坪の宿舎に、五十数名の受刑者が収容されている。殺人、強盗、強姦《ごうかん》など、ありとあらゆる犯罪者が収容されていると思うと、あまりいい気持はしないが、柴田たちは寮の中を見て回った。居室には二段ベッドが二台据《す》えてある。壁に向かって勉強机が四つ並び、本立てに技術書や専門書、手引き書が認められる。国語辞典は必携書《ひっけいしょ》なのか、どの机の上にも置いてある。部屋は見事に整頓《せいとん》され、掃除がゆき届いている。居室は四人一組で、施錠《せじょう》はなく、開放されている。壁に貼《は》り出された標語に柴田の眼が止まった。「大井五姿勢」とある。

一、「はい」という素直な心。

二、「どうもありがとうございました」という感謝の心。

三、「どうもすみませんでした」という謙虚《けんきょ》な心。

四、「私がやります」という奉仕の心。

五、「お先にどうぞ」という譲りあいの心。

坪内がうれしそうに説明した。

「受刑者の自治会で相談してつくりよったんじゃ。わしが〝大井七則〟というものをつくりよりまして、食堂に貼り出したら、それを参考にして、まとめよったんじゃ」

ちなみに①みずから考える②教えをきく③謙虚である④責任を果たす⑤礼儀正しい⑥静座をする⑦技術を学ぶ——が〝大井七則〟である。

たまたま一階の教室で、昨日収容されたばかりという若い受刑者が三人、先輩受刑者らしき男の前に整列していた。一人の男が何度も何度も名前を名乗らされている。

「声が小さい。もう一度」とやられるたびに、絶叫調で「はい！　××××です！」と答えるが、なかなかオーケーが出ない。

「しごかれてますね」と、三輪田が言った。

受刑者を見かけたのはその四人だけで、あとは作業場で一般従業員の中に融《と》け込んで作業に勤《いそ》しんでいるという。

一階には、看守室、図書室、食堂、浴場などがあり、二階、三階が受刑者の居室である。三十六年の開設だから、すでに十七年の歳月を積みかさねたことになるが、電気溶接、ガス溶接、危険物取り扱い、クレーン取り扱いなどの資格を取得し、社会生活に復帰した人たちも少なくないという。

「受刑者に賃金は支給されるんですか」

「もちろんです……」

三輪田の質問に坪内は丁寧に答えた。

「来島どっくから愛媛県の最低賃金より若干《じゃっかん》多めの賃金が支給されよります。時給三百五十円くらいですかね。しかし直接本人に支給されるわけではなく、いったん国庫に入り、月額で六千円足らずのものが支給されとるようです。どういう計算か知らんが、ちょっと少ないような気がします。受刑者じゃから、仕方がないのじゃろうかねえ」

「来島どっくの設備を使って、受刑者に技術指導しているわけですから、技術指導料のようなものを国からもらってもよろしいんじゃないですか」

「奉仕の精神じゃ。友愛寮はわしのポケットマネーで建てたんです」

「塀がない、鉄格子がないということが逆に精神的なプレッシャーになって、緊張感を持たせ、自覚を促《うなが》している」という法務事務官の説明に、柴田は口をへの字に曲げた気難しい顔で、しきりにうなずいている。

友愛寮から車で五分ほどの本社事務所の応接室でコーヒーを喫《の》みながらの話になった。本社事務所は、昔の小学校の払い下げを受け、ほとんどそのまま利用しているというだけあって、大きな地震に襲われたら、いっぺんでひしゃげてしまいそうな、いかにも見すぼらしい木造二階建ての建物だ。

「刑務所とあべこべじゃないか」と柴田が皮肉ともつかずつぶやいたが、もちろん冷暖房など望むべくもない。応接室に、年代ものの扇風機が一台あるきりだ。

「友愛寮の土地も建物も寄付するような奇特なことをしておきながら、この本社事務所はいただけないねえ。建て替えたらどうかね。社員のほうを受刑者より粗末に扱ったら、社員が怒り出さんか」

「まだまだ使えるじゃろう」

坪内が応接室を見回しながらつづけた。

「造船所の作業場の夏の暑さといったらないんじゃ。露天じゃから焦熱地獄《しようねつじごく》は大袈裟《おおげさ》じゃが、相当な暑さです。作業員が苦労しよるのに、事務部門だけがクーラーの利《き》いた部屋で涼しい思いをしてるのは不公平じゃ思います。現場の連中がいかに苦労しよるかを考えたら文句もよう言えませんじゃろう」

「なるほど、大将らしい発想だな」

「それにしても、塀のない刑務所を地元の人たちがよく受け容《い》れたね」

「それが苦労しましたんじゃ。社員もみんな反対しよった。道楽もいい加減にせんか言うた者もおる。町の有力者にも反対した者が大勢おるが、わしは一人一人説得しましたんじゃ。初犯で、模範囚の人たちばかりだから心配せんでいい、根っからの悪党を刑務所が外へ出すはずがない。真人間《まにんげん》になろうとしている人たちを温かく迎えて、大西工場で仕事を覚え、技術を身につけさせて、社会へ送り出すことに協力してください、と頭を下げて回りよりました。ある会合で婦人会の幹部の七十歳近い婆《ばあ》さんに、囚人に強姦されたらどうしてくれる、と詰めよられたのにはまいりました」

坪内は従業員が持ってきたおしぼりで顔に吹き出る汗を拭《ふ》き拭き話している。

「〝誰《だれ》がおまえなんか強姦しよるか、気色《きしよく》の悪いことを言うなや〟と、わしに加勢してくれた者もおるが、その婆さんえらい自信もっとるんじゃ。〝わしだって女じゃけん、襲われるかもしれん〟言うて、頑張るんじゃ……」

坪内も破顔《はがん》しているが、聞いている柴田も三輪田も笑っている。

「わしは言うてやりましたんじゃ。万一、あんたが襲われたら、すぐに廃止します。わしが全責任を持ちますと……。かれらが自分の息子《むすこ》だったらどうしますか。なんとかまともな人間にしてやりたいと思うでしょう、と言うたんじゃが、それでみんな納《なっ》得《とく》してくれました」

「友愛寮といっても刑務所だから、食事は刑務所並みなんだろうね」

「ええ」

坪内は、柴田の質問に表情を翳《かげ》らせた。

「そうなんじゃ。造船所の仕事は重労働だから、なんとか腹いっぱい食べさせてやりたい思うとるが、規則じゃ言うて、差し入れを認めてくれんのじゃ。受刑者は卵が食べられないようになっとる。丼《どんぶり》めし一杯と、味噌汁《みそしる》におかずが少々じゃから必要なカロリーは得られない。それなのに、可哀相《かわいそう》なんじゃが食費の援助を受けてくれんのです」

坪内は、シベリアに抑留されて、ひもじい思いをしてきたから、その点はとくに気になってならないらしい。

「一計を案じて卵を多少加工して、お菓子ということで差し入れすることにしたんじゃ。受刑者の誕生日のお祝いということにしてるから、六十人おれば月平均五回差し入れできるわけです」

「大将は、ヒューマニストなんですよ。そこらの経営者とはわけが違う。大将の爪《つめ》の垢《あか》でも煎《せん》じて飲ませてやりたいやつがそのへんに仰山《ぎょうさん》おるじゃないか」

柴田が怒ったような口調で言った。坪内は照れくさそうにおしぼりで顔をこすっている。

3

なんだか自慢話めくので柴田には話すのをやめたが、坪内は、昨年の五月下旬に一通の手紙を受け取った。

差出人は友愛寮の受刑者である。年齢はわからないが、しっかりした文面や文字からみて、そう若くはない、おそらく三十歳代の後半、いや四十歳になっているかもしれない。

入梅期にあるとは思えないほどに、じっとしていても汗が吹き出してくるような蒸し暑い日が続く今日この頃《ごろ》でございますが、その後、社長さんはじめ、御家族の皆様には益々《ますます》御健勝にてお過ごしのことと心からお喜び申し上げます。

私たち作業員も、常日頃から社長さんの心暖まる御支援、御協力により、このような天候の如何《いかん》を問わずに、現場作業、寮内生活共に毎日、一生懸命になって努力しております。

いつも乍《なが》ら想うに、収容所とは思えないほどの恵まれた環境で、毎日が意義ある生活を送らせていただいている私たちは、心底《しんそこ》から幸せを味わい、ほんとうに感謝の気持でいっぱいでございます。

そのような折から、此《こ》の度《たび》はまた更に、社長さんの愛蔵されている書物、百数十冊を、私たち作業員のために図書室に寄贈して下さり、誠に有難うございました。

今の私たちに必要なことは、ひたすらに自分を磨《みが》くことであり、健全なる精神や肉体を培《つちか》う静座は勿論《もちろん》のこと、良書を読むことは無限の喜びでもあります。

特に、私にとりましては、入所する前は零細ながらも店を構えておりましたが、私自身の一時的な感情（感傷というべきかもしれません）からこのような結果を招いたものですから、尚更《なおさら》、私は〝冷静なる心〟を育てていかなければならないはずです。そして出所後の、今一度の社会への貢献を目指すためにも、読書にいそしみ、教養を身につけたいと思っております。

そんな時に社長さんから贈られた数多くの良書を見ることとなり、とても心強くなっております。そして、良書を読んで感想文を書くことにしています。

よって、これからも時間の許される範囲内で一生懸命になって読書することとし、社長さんのご期待に添うよう、また、自分自身の向上を目指して日夜、精励努力していく所存です。

取り急ぎの手紙ゆえ、乱文乱筆にて失礼いたしましたが、これまでの感謝の数々と、今回のお礼にかえさせていただきたく存じます。

このたびの御寄贈、ほんとうにありがとうございました。

坪内は、作業場長と相談して、寮生（受刑者）に自由時間の活用法の一つとして月二冊以上の読書と感想文の提出、それに就寝前十五分間の静座を義務づけた。

友愛寮の起床時間は六時四十五分、朝食は七時十分、出勤時間は七時四十五分、始業時間は八時である。午前中の作業は十二時までで、寮に戻って昼食をとり、一時から午後の作業が始まる。終業時間は四時半（土曜日は三時半）、入浴後五時半から夕食、九時の消灯までに、クラブ活動や技術訓練などがあるから、自由時間はそう多くはないが、月二冊の本を読み、感想文を書く時間は十分ある。寮生のほとんどは読書になじんだことがない。すぐにカッと頭に血をのぼらせて乱暴を働くのは視野が狭いせいではないのか。自己中心的な考え方を改めさせるためにも読書を取り入れる意味はあるはずだ――と坪内は考えた。入寮当初は、寮生にとって読書は相当苦痛だったらしい。しかも、感想文を書かされるとなると、なおさらである。だいいち、ハガキ一枚書いたことさえない者が大半を占めているのだ。ところが、読書の習慣がついてくると読書のたのしみがわかってくる。初めは小学生の作文よりひどいと思った感想文がみるみる上達し、二、三ヵ月もすると見違えるような文章になっている。忙しい坪内が感想文のすべてに眼を通すわけにはいかないが、それを読むのがたのしみになってくる。精神的に成長していく様子がよくわかるのだ。読書をすすめてよかった、と坪内はしみじみと思う。

胸をつき動かすような感動が、感想文を持つ手に量感を伴って伝わってくることがある。原稿用紙の鉛筆の文字がにじんで見え始め、坪内は目頭《めがしら》をぬぐうが、どうにも涙が止まらず、読み進めなくなったことも一度や二度ではない。

読書によって学ぶことのよろこびをかれらに教えていると同時に、働くことのよろこび、そしてそれが人間にとって生きがいになっていることも、かれらは身をもって実感しているはずなのだ。

友愛寮の開設までに、言うに言われぬ苦労をした。地元自治体や地元民の激しい反対にあい、途中で投げ出してしまおうと思ったこともある。妻の紀美江が挫《くじ》けそうになる坪内を「あなたらしくない」と言って励まし、婦人会との対話にも出てくれた。後藤や住田の支援もありがたかった。

いま、坪内は、友愛寮をやってよかったと充足感にひたっている。

# 第四章　大将の出番

## 1

　佐世保救済劇は、五月八日に福田首相が「政府ができることは金融面でも可能な限り協力してほしい」と村山蔵相に指示したことによって新しい局面を迎えていた。福田を表舞台に引っ張り出したのは永野の功績と言われているが、大蔵、運輸両省の根回し、とりわけ福永運輸相の動きには見るべきものがあった。

　十四日の夜十時過ぎに、東京の松平から松山の坪内に電話が入った。例によって受話器を取ったのは紀美江である。

　紀美江は、「定期便ですよ」と言って、坪内に受話器を渡したが、実際、連日のように松平から電話がかかってくる。もちろん坪内からかけることもあるが、時間も、夜十時から十一時までと決まっていた。両者共に在宅している確率が高いから、自然この時間になる。もっとも、この日は日曜日だったから時間にこだわることはなかったかもしれない。松平は、いまや参謀総長のような役割を担《にな》っている。松平自身、坪内と一体のつもりで、佐世保重工問題に取り組んでいた。坪内がやる気でいることも重々承知している。埼玉銀行と来島どっくとの間に、多少取り引きはあるが、松平の肩の入れようはそうした枠《わく》を超《こ》えている。

「親和《しんわ》銀行の坂田《さかた》頭取がえらいことを言ってるようですが、坪内さんのお耳に入りましたか」

「いいえ、聞いてませんよ」

「二十億円も無担保・無保証で、佐世保重工に融資する用意があると言ってるらしいんです。坂田さんはごく最近上京して、永野さんに会ったようですが、永野さんの催眠術に罹《かか》ってしまったんですかねえ。それにしても、強力な援軍があらわれたものです」

「第一勧銀はかんかんに怒ってるじゃろうねえ」

「そうでしょうね。株主の保証がなければ絶対に八十三億円の退職金を融資しないと言っているそばから、無担保・無保証で融資に応じると言い出したんですから。第一勧銀としては神経を逆撫《さかな》でされたというか、裏切られた思いでしょう。ほかの銀行の眼にも坂田さんの言動は不協和音と映ってるんじゃないですか」

「坂田さんは、佐世保商工会議所の会頭じゃから、永野さんとのパイプはもともとあるわけじゃが、永野さんがチエをつけたというよりも、佐世保重工ひいては佐世保経済界のことを考えて、自発的に発言しとるんじゃろう思います」

「あるいはそうかもしれません」

「第一勧銀は動くでしょうか」

「いや、坂田発言に誘発されて、保証なしの融資で銀行団をまとめるつもりもないでしょうし、そんな度量もないですよ」

「D（旧第一）とK（旧勧銀）の対立が伝えられてますが、佐世保問題はK側で担当してるようじゃから、必要以上にD側を気にするということはあるんじゃろうねえ」

「一勧は、この期《ご》に及んでも更生法を諦《あきら》め切れないみたいなんです。西川会長か羽倉副頭取か知りませんけど、佐世保を更生会社にすることで大蔵省と話がついていると新聞記者に話した人がいるらしいですよ。それをスクープしようとした新聞もあって、運輸省も大蔵省も、それから永野さんもみんな緊張したみたいです。徳田局長の耳に入って、徳田局長が西川会長に深夜電話をかけ、記事にすることを差し止めてほしいと指示して、ことなきを得たようですが、新聞に出ていたら、大変なことになってたと思います」

「そんなことがあったんですか」

「それから、ついいましがた越智代議士から電話がありました。坪内さんが佐世保重工の経営を引き受けるにせよ、引き受けないにせよ、条件が熟するまで黙っててほしいと言ってました。つまり当分の間、イエスともノーとも言うなということです。福田総理のサジェッションだと思いますが、もちろんそのつもりだと答えておきましたよ」

「…………」

「ほかになにかなかったかな。きょうはこんなところですかね」

「いつもながらどうもありがとうございます」

長い電話が切れた。

事態は確実に動いている。親和銀行の坂田頭取とは面識はなかったが、この微妙な時期に「無担保・無保証で融資に応じる」と発言することは、かなり勇気が要る。ずいぶん剛気《ごうき》な人らしいが、どんな人か会ってみたい、と坪内は思った。

坂田重保は、今年六月に喜寿《きじゅ》を迎える。小柄《こがら》な躰《からだ》のどこにそんなエネルギーが潜んでいるのかと首を傾《かし》げたくなるほど活動的で、間もなく八十歳になる老爺《ろうや》とは思えない。〝坂田天皇〟といわれるほどの超ワンマンである。いまだに朝七時の出勤を励行し、毎朝国旗、行旗の掲揚に参列する。

「長崎新聞」が、親和銀行の融資問題についてとりあげたのは五月二十一日のことだ。

〝坂田親銀頭取会見〟〝佐世保重工再建に二十億円〟〝協調融資に応じる〟〝傍観できぬ地元の混乱〟の見出しにつづいて次のように報じている。

〔佐世保〕親和銀行（本店・佐世保市島瀬《しまのせ》町、坂田重保頭取）は、佐世保重工再建のため退職金、運転資金など緊急を要する資金として同行で二十億円程度の協調融資に応じる方針を固めた。二十日、坂田頭取が長崎新聞社の中野広《なかのひろし》編集局長のインタビューで明らかにしたもので、同頭取はまた「SSKは絶対倒産させてはならない。再建のため本県出身の有力財界人とも接触を続けている」と語り、同社再建支援への努力を今後も続けることを強調した。

同頭取は、難航している協調融資問題に触れ「大蔵省の考えでは協融団は第一勧銀、日本興銀を柱に地元四行、都銀九行、信託二行の計十七行の構成にするようだ」と語り、地元四行については、親和銀行のほか十八、福岡、佐賀銀行であることを明らかにした。協調融資は、退職金八十三億円、運転資金七十億円の計百五十三億円程度とされている。

ただ協調融資の債務《さいむ》保証をめぐって大株主間の思惑《おもわく》が絡み、なお流動的な情勢が続いていることを懸念《けねん》、同頭取は「この際大蔵省や日銀が、協調融資に強い指導力を発揮すべき」と述べ、「政府主導で協融団が結成され、政府が融資をすれば、当行としてはいつでも応じる態勢をとっている。二十億円程度は考えている」と語った。

同頭取は「事態はすでに地銀の手におえない状況になっている」としているものの、二十億円程度の協調融資に応じる方針を固めたのは「同社を倒産させ、六千五百人の従業員を路頭《ろとう》に迷わせるのは忍びない。退職者に対する退職金支払いが遅れ、不満も出始めており、地元銀行として傍観するわけにはいかない」とその理由を語った。

このため同頭取は、協調融資の方針を固めるとともに今里広記・日本精工会長、中山素平・日本興銀相談役、松園尚巳・ヤクルト社長(長崎新聞社長)ら本県出身の有力財界人と接触を重ねている。また社長就任が有力視されてきた来島どっくの坪内寿夫社長に対して「坪内氏の社長が実現しないと大変。同氏の経営手腕は伝え聞いており、期待している」と評価、こうした状況を踏まえ「今後も再建のバックアップに労を惜しまない」考えである。

## 2

坪内は十七日に上京、同日夕刻、ホテルニューオータニの一室で、永野と会見した。途中から中村運輸事務次官も同席し、佐世保重工の社長就任を要請されたが、坪内は即答を避けた。ただ、これまでのようにはっきり否定しなかったので、永野も中村も、「受けてもらえそうだ」という感触を持ったもののようだ。

そうした永野、中村の感触が紙面に反映したのだろうか、〃坪内氏、社長就任に前向き〃（長崎新聞）、〃坪内氏が引き受け〃（毎日新聞）と書いた新聞もある。

翌十八日も、坪内は永野に会った。永野は執拗《しつよう》に受諾《じゅだく》を迫ったが、坪内は最後まで首をタテに振ることはしなかった。ただ「条件が整えば……」と含みをもたせた発言もしている。

坪内は十九日の午後、松山へ帰るが、夜遅く何人かの新聞記者につかまり、質問攻めにあった。
五月二十一日付の「朝日新聞」は、〝退職金の負担メドつけば経営受諾ありうる〟の見出しで、次のように書いている。

佐世保重工業救済問題の焦点となっている坪内寿夫・来島どっく社長は、十九日、地元の松山市で「佐世保重工の経営を引き受けてくれとの要請に、私はまだOKは出していない。その前に、これまでの経営失敗のツケである退職金を日本鋼管、第一勧銀などが負担するのがスジだ」と述べた。しかし、そうした一連の体制づくりをした上で再度頼まれた場合、「それでもいやだといえば男がすたる」ともいい、条件が整えば、経営を引き受ける可能性もあることを示唆《しさ》した。また、大株主や金融機関が、現在まで消極的姿勢を崩していない点については「(表面はともかく)裏ではそうかたくなではない。事態は流動的だ。結局、収まるべきところに収まるだろう」との見通しを述べた。

坪内氏の発言は次の通り。
一、永野日商会頭から、具体的な条件が示されていないのに、私が一人で責任をかぶるようなかっこうで(経営を)引き受けられるはずがない。いま、私の方から何かいい出せば、経営を押しつけられてしまう。まだ「待ち」の段階だ。東京での永野氏との二回の会談も、実りがなかったので松山に引き揚げてきた。先方で再度の案を作っているだろう。お呼びがかかれば、株主なので上京する。

一、問題はカネをどこが出すかだ。その際、これまでの経営責任のツケと、今後の資金計画は、切り離して考えるべきだ。今後の融資体制を決める前に、(ツケである)退職金八十三億円を、日本鋼管と第一勧銀が出すべきだ。そのメドがついた後、大株主会を開いて今後の経営体制を考えるのが順序だ。そのスジを通さず、とにかく頼む、では、話にならない。

一、大株主が債務保証するかしないかで、もめているが、債務保証ではなく、直接佐世保重工にカネを貸す形式なら、各社のメンツが立つのではないか。各社がその方式で納得して出すというなら、私だけがいやだというわけにはいかないだろう。

一、いまのところ、各社とも建前論を繰り返しているが、裏はそう単純ではなく、永野氏がうまく調整できる余地は多分にある。更生会社にしたら注文はとれないし、社員も困るので、避けるべきだ。私は結局、収まるべきところへ収まるとみている。政府が本腰を入れられるのは成田問題が一段落後だが、世間の目がそちらにクギづけになっている間に佐世保問題を片付けたい、と考えている人もいるようで、事態は流動的だ。

この坪内発言を受けたかたちで、槙田日本鋼管社長の談話が同じ「朝日新聞」の紙面に出ている。

ついでながら、この時期は各紙とも経済部、政治部、社会部などでプロジェクトチームを編成し、佐世保問題に対して並々ならぬ取り組みをみせている。

〝鋼管に責任なし〟〝ＳＳＫ救済、槙田社長、硬い姿勢〟の見出しに続く記事の内容は次のとおりである。

佐世保重工業救済問題で態度が注目されている槙田久生日本鋼管社長は十九日夜、鋼管としては債務保証に応じるなど経営に責任を持つつもりはない、などと次のように語った。

私としてはどんなに圧力がかかっても日本鋼管の社長という立場を貫き、債務保証に応じたり、経営に責任を持つ役員を出すつもりはない。こういう事態に追い込まれてきたので、とにかくその基本方針を守ったうえで、なにか手を打てないか、考えてみるつもりだが、いまのところチエはない。

佐世保重工問題について日本鋼管の責任だという声が出ているが、日本鋼管はこれまで佐世保の経営に乗り出そうとしたこともなければ、人事に介入《かいにゅう》したこともない。村田佐世保重工社長は、鋼管の部長クラスから佐世保に出て、たまたま社長になった人。親しい人もいるので時折、鋼管に話をしに来たことはあるが、本当の意味で経営の相談を受けたことはない。業務提携も、営業や技術についてのもので、お互いの経営権は尊重してきた。

しかも、つい数年前までは大洋漁業が圧倒的な親会社で、その後も大洋漁業の持ち株は来島どっくや新日本製鉄などに分けられ、日本鋼管の発言権が強まったわけではない。このことは運輸省や永野さんに何度も説明してあるのに、何かといえばすぐ鋼管の責任を問おうとするのは理解できない。

3

二十三日の深夜、坪内は自宅で松平から電話を受けた。

「池浦さんから電話がありました。おとといの新聞に出た坪内さんの発言を少し気にしてるようでしたよ」

「まずかったですか」

「いや、たいしたことはないと思います。坪内さんが受けるとしても、全然見返りがないんじゃあんまり気の毒だし、坪内さんもおさまらないだろうからって言ってました。永野さんに頼まれて、池浦さんなりに調整案をいろいろ考えるそうです。退職金については裸で融資がつく可能性があるといってました」

「二十二日に永野さんと西川さんが会《お》うたようですね」

「ええ。西川さんは相も変わらず、株主の百パーセント保証を繰り返し主張したと新聞は書いてましたが、ニュアンスは変わってきてるようですよ。百パーセント保証が望ましいといった言いかたに変わってるんじゃないですか」

「そうですか」

坪内の声が和《なご》んだ。しかし、それも束《つか》の間《ま》であった。

「佐世保の労基署がきのう六月末までに退職金を支給するように村田社長に勧告してきたそうですね」

「一色から連絡してきよりました。急がないと暴動が起きるかもしれません」

坪内は沈痛な声で返した。

「現地に〝退職者の会〟なるものができて、長崎地裁に法的手続きを取ると騒いでいるらしいじゃないですか。ところで、今度はいつ上京しますか」

「三十日の園遊会に招かれてますんじゃ」

五月三十日に赤坂離宮《あかさかりきゅう》で開かれる春の園遊会の招待客千七百人の中に坪内は入っていた。当日午後二時過ぎ小雨けむる中で参列している坪内のもとへ歩み寄られた高松《たかまつの》宮様《みや》が「新聞を見ると、いろいろ大変なようですね。がんばってください」とお声をかけられた。高松宮様は友愛寮を見学されたことがあり、坪内を印象深く憶《おぼ》えていたのである。

「はい」

坪内はかしこまってこたえた。

福田総理からは肩をたたかれ、「時の人、よろしくたのむよ。いよいよ大将の出番だね」と冷やかされた。いや、冷やかしではない。福田一流のやりかたで激励したというべきであろう。

この日午前の閣議後、福田は、村山大蔵、福永運輸両相に「佐世保重工を再建できるのは坪内氏しかおらん。そのことを両省の次官に伝えて、然《しか》るべき善後策《ぜんごさく》を講じるように」と指示していたのである。このことは運輸省の中村次官から松平に電話で連絡してきており、すでに坪内の耳にも入っていた。坪内が福田の前で笑顔を見せながらも、内心緊張していたのはそのためである。

園遊会からパレスホテルへ戻った坪内は、待ち構えていた記者団に囲まれた。坪内は問わず語りに、銀行批判をやり始めた。

「銀行が前へ出よらん企業救済など聞いたことがありません。わしはいろんな会社の再建を手伝《てつど》うたが、銀行が頼みにきよったから受けたんじゃ。佐世保の場合は、銀行も株主もへっぴり腰であかん言うとるんじゃから助けとうても助けられん。銀行はすぐに担保じゃ、預金じゃ言うて自分の安全ばかり考えよる。会社がつぶれても損せんようになっとる。じゃが、退職金もろうとらんで、生活に困っとる人が大勢いることを考えてやらないかん。銀行はもっと社会的責任を考えないかんのと違うじゃろうか。皆さんどう思いますか」

扱いこそ小さいベタ記事だったが、翌三十一日付で、坪内の談話は各紙にとりあげられた。

「西日本新聞」は〝金融支援体制確立が大前提、坪内来島どっく社長語る〟の見出しで、次のように書いている。

佐世保重工業（ＳＳＫ）再建で出方が注目されている筆頭株主の坪内寿夫来島ど

っく社長は三十日、東京・赤坂離宮で開かれた春の園遊会に出席後、東京都内のホテルで「SSKの経営をだれが引き受けるにしろ、まず金融支援体制が固まるのが大前提だ。この大前提をもとに金融側が頼みに来る姿勢がなければ、だれも経営の引き受け手はないだろう」と語った。また、金融支援体制について「現在融資している金融機関が協力できないというならば、大蔵省、日銀が行政指導で別の金融支援体制を再編する必要がある」と暗に主力の第一勧業銀行から他の〝主力銀行〟への組みかえの必要を示唆した。

4

六月二日午前八時羽田発松山行き第一便の全日空の後方におさまった村田は、すぐにベルトを締め、眼をつぶった。全日空機が離陸したのは定刻より十分ほど遅れたが、機首を上げてぐんぐん上昇していくときも、水平飛行に移った直後に気流の中で機体が揺れたときも眼を閉じたまま姿勢を変えなかった。

日本鋼管から佐世保重工へ転出してから今日までの来《こ》しかたがしきりに思い出される。村田は今年七月で六十三歳になる。日本鋼管の清水《しみず》造船所長を最後に、四十五年十一月に佐世保重工に常務で転出、四十七年十一月専務に昇進し、五十一年六月社長に選任された。

いまにして思えば、社長を受けるべきではなかった、と村田は思う。しかし、サラリーマンにとって究極の目標は社長になることだ。まして東大工学部船舶工学科を出たエリートの村田にしてみれば、なおさらその思いは強かった。当時、鋼管の社長だった赤坂武《あかさかたけし》に、佐世保重工への転出で因果《いんが》を含められたとき、次期社長含みのような口ぶりだった。いわば村田は社長になることを約束されていたと言える。

来島どっく社長の坪内が、大洋漁業から佐世保重工株の譲渡を受けた五十年の時点で、佐世保の経営に意欲を持ったであろうことは充分忖度《そんたく》できる。あの時点で、坪内に社長を譲り、自分は補佐する立場にとどまっていたら、いまの佐世保の凋落《ちょうらく》はなかったのだろうか――。さしもの坪内でも、造船不況を乗り切れたとは思えない。いや、乗り切れたと思いたくない。

坪内の会長就任にも反対した。会長であれ、坪内に乗り込まれたら、拘束されてやりにくくって仕方がない、と考えたからだが、そのことで坪内が自分を快く思っていないことも察しがつく。経営は結果がすべてである。社長になりたいばっかりに、坪内を社長として迎える気になれなかったことと、会長にも反対したことで、自分は二度も大きな錯誤《さくご》を犯したことになるのだろうか――。

過去をふり返っても詮無《せんな》いことだ。いまは、佐世保重工を救済するために最後のご奉公をするときだ、と村田は思った。そのためにはなんとしても坪内を引っ張り出さなければならない。

村田は、昨夜坪内から「松山で会おう」と電話で連絡を受け、早起きして、羽田へ駆けつけたのである。

村田は九時四十分に松山空港からタクシーでホテル奥道後へ向かった。村田はエレベーターの前に待ち受けていた若い秘書に六階のプレジデントルームへ案内され、窓側を背に会議用の大テーブルの前へ座らされた。

ほどなく黒地のダブルの背広に巨体を包んだ坪内が、部屋へ入って来た。村田は背《せ》凭《もた》れの高い椅子から腰をあげ、「ご無沙汰《ぶさた》しております。本日はお忙しいところを時間を割《さ》いていただきまして、ありがとうございます」と丁寧に挨拶《あいさつ》した。

「遠いところをご苦労さんです」

坪内は硬い顔で返して、向かい合うかたちでテーブルに着いた。

さっきの秘書がコーヒーを運んで来た。坪内は女性秘書を使わない。松山では新入社員を一年交代で秘書に使っている。

従って、茶の用意は男性秘書か、ホテルの従業員の役割となる。クーラーは利《き》いていたが、蒸し暑い日で、話を始める前に坪内は背広を脱ぎにかかった。秘書が素早く背後に回って、手を貸している。

「あんたが社長やりたい言うから、まかせたんじゃ。責任は感じておるんじゃろうな」

「もちろんです。こんな事態になって申し訳ありません」

「わしは、鋼管と第一勧銀がけしからん思うとる。村田さんはどう思うとるんじゃ」

坪内にじっと見据《みす》えられて、村田は眼鏡に手を触れ、つらそうに顔を歪《ゆが》めた。

「あんた、鋼管を定年になって、佐世保に入りよったんですか」

「いいえ。鋼管を理事職のまま出向したんです」

坪内の表情がかすかに動いた。

「そうじゃろうが。鋼管はあんたが定年後、佐世保に入ったようなことを言うとるが、鋼管は村田さんを派遣しよったんじゃ」

坪内は、だからこそ鋼管の責任は大きいのだと言いたかったのである。このことは、村田にもよくわかっている。

「わしは周囲の者に佐世保だけは引き受けんでくれと反対されとる。株を買《こ》うたので、三十億円ほど注ぎ込どるが、佐世保を引き受けたら、もっと大火傷する言われて往生《おうじょう》しよる」

「しかし、坪内社長に助けていただく以外にありません。助けてください。お願いします」

村田はテーブルにおでこをこすりつけるようにして、何度も何度も頭を下げた。

「鋼管が責任ない言うのは卑怯《ひきょう》や思いませんか」

坪内が話を蒸し返した。

「思います」

村田はかすれ声を押し出した。

「佐世保をこんなひどい事態に追い込んだ責任の一半は村田さんにもあるんじゃから、ここは、社員のために頑張らないけません。鋼管にもそれなりのことをしてもらわななりません。それは村田さんの仕事じゃろ思うとります」

村田は思い出したようにコーヒーカップに手を伸ばし、ぬるくなったコーヒーをすすった。

「わたしも鋼管がなんとかしてくれると思ってました。裏切られた思いがしておりま
す」

古巣を非難するのはつらいが、事実だからやむを得ない。当然のことだが坪内への迎合もないとは言えなかった。

「先月二十六日の大株主会のことは石水から聞いとりますが、ようやった思うとります」

初めて、坪内に褒《ほ》められて村田は苦笑を洩《も》らした。

同大株主会には石水煌三来島どっく専務、坪内肇日本鋼管副社長、武田豊新日本製鉄副社長、山村謙二郎日商岩井副社長、それに佐世保重工の村田ら幹部が出席した。ここで村田は、用意してきた資料を株主四社に提出したのである。その中には拘束《こうそく》預金が第一勧銀八億九千五百万円、東海六億九千七百万円、東京六億八千六百万円、大和五億五千三百万円、富士四億五千万円、三菱三億八千八百万円、太陽神戸一億五千万円など約百億円もあることを示すデータが含まれていた。このほか佐世保重工が市内原分町《はるぶんちょう》に所有している九ホールのゴルフ場が無担保物件として存在していることも書かれてある。

銀行団が拘束預金を解除するとは思えないが、こうした資料が銀行、とくに第一勧銀に対する圧力になることは否定できないところだ。

「わしは不思議に思うとるんですが、人員削減のための合理化資金いうのは、普通、銀行団がよろこんで貸しよるのと違いますか。それなのに第一勧銀はしつこく保証を求めてきよる。じゃから希望退職者を募集するに際して、第一勧銀に相談せんかったと思うたりしとるんです」

坪内は上眼遣《うわめづか》いに村田をとらえて質問をつづけた。

「村田さんの独断としか考えられんのじゃが、違うとりますか」

「とんでもない。第一勧銀から山中《やまなか》という常務が派遣されてきておりますし、人を減らすことについては銀行から強いサジェッションを受けたからこそ踏み切ったんです。わたしが独断で、そんな大《だい》それたことをするわけがありません」

「村田さんの言うとるとおりじゃとすれば、銀行がいまになって保証、保証と騒ぎよるのはおかしいいうことになるのと違うじゃろうか」

坪内はつぶやくように言った。

昼食を摂《と》りながらの話になった。ビールが入って、二人ともうっすらと顔を赤く染めている。鯛《たい》や平目《ひらめ》の刺身や煮魚がテーブルの上に並んだが、村田には馳走《ちそう》を賞味するゆとりはなかった。朝食もジュースを一杯飲んだきりなのに、食欲がなかった。ただ、やたら喉《のど》が渇くので、冷たいビールだけは美味《うま》いと思った。

「もし、佐世保が再建できなければ、自殺する覚悟です。ここまで追い込んだ人たちを恨《うら》みます。佐世保を再建できるのは坪内社長しかおりません。お願いです。このとおりです」

村田は、頭《こうべ》を垂れて、ぽろぽろ涙をこぼした。アルコールが入ったせいで、激情に駆られたのかもしれない。

坪内は「受けるつもりだ」と喉まで出かかった言葉を呑《の》み込んだ。まだどうなるかわからない。迂闊《うかつ》なことを口にすべきではない、と思い直したのである。坪内の決意表明が遅れているため来島グループにも、「大将は受けないつもりなのではないか。厭《いや》けが差して当然だ」といった観測が出はじめていた。

「わしは佐世保重工の非常勤取締役じゃが、それまでやめることは考えてません。債務保証も個人としてするつもりです。村田さん、人間死ぬ気になれば、なんでもできるのと違いますか」

坪内は、村田の奮起を促すにとどめた。

村田が松山を去ったのは三時過ぎである。

あくる日の午後、村田は新大手町《しんおおてまち》ビルの佐世保重工本社に連日のように詰めかけて来る新聞記者たちを応接室に通して、雑談風に話し始めたが、その内容は、記者たちにとって相当ショッキングなものであった。鋼管批判、銀行批判が村田の口を突いてぽんぽん飛び出したのである。

顔をこわばらせ、とき折りメモに眼を走らせたりする村田の様子は、雑談というより記者会見に近かった。

「昭和四十五年の一月末でしたか、当時わたしは鋼管の清水造船所長をしてましたが、たしか博多《はかた》に出張中のことだったと記憶してます。急に本社に呼び戻されまして、赤坂社長から鋼管の理事のまま佐世保重工へ出向しろと指示されたんです。遠山《とおやま》副社長の推薦だったと思います。佐世保重工へは定年後入社したわけではありません」

「鋼管にも佐世保重工の経営責任があるという意味ですか」

記者の質問に対して、村田は間髪《かんはつ》を入れずに「そのとおりです」と答えた。

「わたしの独断で希望退職者を募集したと思っている人がいるようですが、とんでもない誤解です。金融機関の強い示唆と要請があったからこそ踏み切ったんです。いまになって融資を渋るのはおかしいですよ。債務保証のこともそのときは言ってなかったんです。まったく心外です。経営計画にもとづいて細かい合理化案をまとめ、組合とも詰め、金融機関との合意の上でことを進めて来たんです。しかも、新造船の受注に努力しているのに、ＳＳＫでつくるんなら金融機関として信用保証できないと、危機を煽《あお》るような発言をする。銀行の社会的責任はどこにあるんですか、まるでわれわれが生き残ることが困ると言わんばかりの非協力ぶりじゃないですか」

村田はいかにも忿懣《ふんまん》やるかたないと言いたげに声をふるわせて不満をぶちまけた。

翌日の六月四日は日曜日だったので、村田発言は五日の新聞で大きくとりあげられた。

「朝日新聞」は〝希望退職をすすめながら銀行も鋼管も冷たい〟〝SSK社長不満ぶちまける〟と四段見出しで報じ、「西日本新聞」はカコミ記事で〝まるでつぶれろだ、社会的責任はどこに〟〝村田SSK社長、大株主、銀行をヤリ玉〟と書いた。

5

浜町《はまちょう》の料亭〝平田〟の奥座敷で床柱《とこばしら》を背に坪内と松平が並んで座り、テーブルを挟んで池浦が向かい合っている。六月七日午後六時過ぎのことだ。

七時を過ぎたころ興銀常務の中村金夫《かねお》があらわれた。中村は先約があったのだが、急遽《きゆうきよ》、池浦からこの日の会合に出席するよう命じられて、途中で切りあげて駆けつけて来たのである。

「このメモは、ないチエをしぼってつくったものですが、自分も生身《なまみ》ですからね。生き証人として中村常務を出席させたんです」

池浦は冗談めかしてそんなことを言いながら、背広の内ポケットから手書きのコピーを取り出してテーブルの上にひろげた。

週刊誌大のコピー用紙数枚からなる書類の上書きに「佐世保重工再建に関する合意メモ」とある。池浦が練りに練り、熟考の末まとめた佐世保重工再建に関する調停案である。

「鋼管、新日鉄、日商岩井の三社には、五月三十一日に手交し、二日までに回答がありました。三社とも了解してくれました。ま、三方一両損ということになると思いますが、坪内さんも不満はあるでしょうけれど、わたしとしてはぎりぎりの妥協《だきょう》案、調停案だと考えてます。ご賢察いただければ幸いです」

「頭取、ありがとうございます。いろいろお骨折りいただきまして申し訳ありません」

坪内は居ずまいを正して、礼を言った。

松平も坪内にならって低頭した。

「池浦さん、ご苦労さまでした。あなたがチエを出してくれたお陰で、やっと大詰めを迎えることができましたね」

「自分は最初から、坪内さんしか佐世保重工を再建できる人はいない、また、坪内さんならやり遂《と》げるだろうと言ってきた。坪内さんに惚《ほ》れた弱みみたいなもので、自分なりに努力したつもりです」

「坪内さんは、恩に着てますよ。あとは池浦さんの期待にこたえて佐世保を再建するだけです」

「松平さんも、坪内さんの参謀役を充分果たしましたね」

池浦が松平の盃《さかずき》に酌をしながら返した。

「今夜は酒が入ってますので、後日あらためてご返事をさせていただきます」

坪内は〝佐世保重工再建に関する合意メモ〟を押し戴《いただ》くようにして、背広のポケットにしまった。

〝佐世保重工再建に関する合意メモ〟は、坪内体制による再建を前提にまとめた調停案で、
①退職金八十三億円の大半を金融機関が無担保・無保証で協調融資する
②残りを坪内が個人で債務保証する
③鋼管、新日鉄、日商岩井の三社は自社保有の佐世保株を担保用として坪内に寄託

するが、寄託後三年間は坪内氏のオプションによって時価の一〇パーセント引きで買い取れる

④五十三年度における佐世保重工の不足資金を金融機関の協調融資（無担保・無保証）と既存債務の繰り延べ、金利減免などでまかなうとともに増資によって調達する

——などが骨子《こつし》となっている。いわば、坪内に見返りがあるとすれば、③の「オプションで買い取れる」という点だが、これとても再建が軌道に乗ればの話である。

「坪内さんが再建を引き受ければ、佐世保重工の株は少しは上がりますかね」

「きみ、少しは上がるなんてもんじゃないよ。高騰《こうとう》する。間違いなく高騰するよ」

池浦は、中村の質問に答えたあと、松平のほうへ視線を向けた。

「あなたもこっそり買っておいたらどうですか」

「坪内人気で多少は上がるでしょうが、佐世保の株がそんなに上がりますかねえ」

「二、三週間のうちに三倍になるんじゃないかな」

「まさか」

池浦と松平のやりとりを坪内は微笑を浮かべて聞いていた。

「きみたちも、おカネがあったら買いなさい。悪いことは言わない。佐世保重工の株

は絶対に買いだよ」

池浦は、芸者たちにも熱心にすすめている。

佐世保重工の株価は、五十円の額面スレスレのところにある。それが、二、三週間で百五十円になるとはいかになんでも信じられない。

坪内も半信半疑だった。

「しかし、坪内さんはまだ佐世保重工の経営を引き受けるとは言ってませんよ」

中村に言われて、「そうでしたね。もちろん坪内さんが社長にならなければ、話は別ですよ」と、池浦が答えた。

第一勧銀などの金融機関に対しては、〝佐世保重工再建に関する合意メモ〟にもとづいて徳田銀行局長が根回しに入っている。これで決着がつけられるはずだと池浦は読んでいた。右から左へものを移すようにすんなりことが運ぶとは思えないが、徳田が辣腕《らつわん》を発揮するだろう。銀行団の幹事役である第一勧銀はもともと更生会社を指向しているのだから不満が残って当然だが、更生会社では再建しにくいと池浦は考えている。坪内の経営手腕には端倪《たんげい》すべからざるものがある。このことは、坪内の軌跡が愚図愚《ぐずぐ》図《ず》あますところなく示しているではないか――。徳田とも話したことだが、いま愚図愚図言っている銀行も、何年かあとに必ず坪内に喝采《かっさい》を送るはずだ。不良債権と諦めていたものが回収されるのだから、当然である。

池浦は、坪内が乗り出すことによって、佐世保重工の株価が高騰すると、確信していたのである。

これで俺《おれ》の使命は終わった――。黒子《くろこ》に徹し切れたかどうかわからぬが、われながら及第点は取れたと池浦は満足していた。

6

あくる日の六月八日は、前夜のぐずついた空模様が嘘《うそ》のように晴れあがった。気温も上昇し、梅雨期《ばいうき》を飛び越えて、夏が来たような陽気だった。

この日、坪内は、福永運輸相、村山蔵相、河本《こうもと》通産相の三人から、佐世保重工の経営引き受けを正式に要請された。

運輸大臣室では、永野のほかに途中から久保勘一《くぼかんいち》長崎県知事が同席し、「四国の御大師様《おだいしさま》、お願いします。長崎でお会いしましょう」と坪内に向かって手を合わせて拝んだ。

福永運輸相との会談は午前十一時半から十二時半までの一時間、村山蔵相とは午後一時から、徳田、永野、松平らが同席して三十分、河本通産相とは夕方五時半から永野と二人で会い、二十分ほど話した。

村山、河本との会談は、福永が当日両大臣に要請して実現したもので、福永が佐世保重工再建にいかに執念を燃やしているかをうかがわせる。

三大臣とも坪内に支援を約束した。大蔵省が示した金融支援策の内容は、
①希望退職者に払う退職金八十三億円については三分の一を坪内寿夫来島どっく社長が個人保証、三分の一を他の三株主が坪内氏に寄託する株式を担保とした銀行融資、残る三分の一を金融機関の無担保・無保証融資でまかなう
②今年度中に必要な経営のための資金の不足額は二百九十億円と見込む。うち九十億円を増資（三倍増資）で調達する。残りの二百億円の半分は金融機関の無担保融資と返済猶予《ゆうよ》で調達する
③残りの百億円のうち五十億円を商社の手形決済延期（ジャンプ）など、三十億円を日本輸出入銀行の返済猶予、二十億円を金融機関の担保付き融資でまかなう
④これまでの金融債務のうち民間金融機関から借りている四百二十億円については、かなりの部分をタナ上げ、金融減免する
——などとなっている。

また、河本通産相は「陸上部門の仕事を確保できるよう全面的に応援する」と確約し、これを受けて同省の和田敏信《わだとしのぶ》事務次官は「下請け企業救済や雇用安定のため通産省としても可能な限り支援したい。その際、下請けの広域あっせんも考えたい」などと記者団に話している。

この夜、赤坂の料亭〝中川〟で、坪内、永野、松平、それに今里広記、中村運輸次官、謝敷船舶局長らが出席して、宴席が持たれた。坪内の実質的な佐世保重工の経営引き受け宣言を祝うセレモニーとみることができる。

記者団の要請で、〝中川〟の洋間で時ならぬ記者会見が行なわれたのは午後八時半である。

永野が同席して行なわれた坪内の記者会見の内容を「日本経済新聞」は次のように一問一答で報じている。

**問**　現在の考えはどうか。

**答**　永野さんの姿勢には感心している。株式会社だから株主総会や大株主会が済まないうちにどうのこうのとは言えない。これ以上は勘弁してほしい。

**問**　もう引き受けたと考えていいのか。

**答**　金融機関など力を貸してくれた人たちの了解を得ないと何も言えない。健康上の理由で（佐世保重工の社長就任を）とめられてもいる。
**問**　金融支援問題など難問はすべて進展したのか。
**答**　金融問題は最初と違って理解ができつつある。金融支援の内容も聞いているので関係者に相談したい。
**問**　政府の支援姿勢はどうか。
**答**　満足していないが内容はよくわかった。
**問**　坪内氏が経営を引き受ける条件は何か、それを永野氏らに提示したのか。
**答**　条件は永野さんに言っておいた。条件の中身は言えない。
**問**　正式に経営引き受けの答えを出すのはいつか。
**答**　そう遠くはない。（回答する前に）辻市長や佐世保重工の組合の委員長にも会いたい。こうした地元の人の話を聞かせてもらわないと、（自分が経営に乗り出して）中途で立ち往生しては困るということもある。
**問**　金融機関が坪内氏が出馬したあとハシゴをはずす恐れはないか。
**答**　それはないと思う。しかし、一部に不安もある。銀行側は全部とは言わないが構造不況下の造船業が果たして仕事がとれるのかを心配している。だから受注見通しをつくる必要がある。そうすれば銀行の不安も消える。

**問** 正式受諾はどういう形になるのか。

**答** 市長や地元の財界有力者にまだ会ってない。株主総会で正式に決めることだ。（以下永野氏の発言）株主総会で社長を決めるのが筋。その前に大株主への根回しをやることになろう。

**問** 永野さんの出番はこれで終わったのか。

**答** ここで逃げられたんじゃ困る。八五％終わったが一五％残っているし……。

**問** 佐世保重工の経営を引き受けたとして最初にやることは何か。

**答** つつましやかにやっていきたい。遠慮をしながらだ。（合理化の必要性は）工場を見たことがないしまだわからない。（原子力船問題などは）田舎《いなか》にいるからそういう難しい問題はわからない。

**問** （永野氏に対し）ここまでこぎつけた最大の決め手は何か。

**答** 企業の重要性、目先の緊急性に加え坪内氏を金融、労働、地元の関係者が理解し始めたということだろう。

翌九日には、中村運輸省事務次官が坪内日本鋼管副社長、武田新日本製鉄副社長、山村日商岩井副社長の三氏を運輸省に招き、佐世保重工の坪内新体制について協力を求めたところ三氏とも異存はないと答え、株式寄託についても合意した。

しかし、第一勧銀など銀行側の抵抗は、永野や池浦が考えていた以上に根強かった。池浦が九日の午後、記者会見して、興銀の協力姿勢を打ち出したのは、煮え切らない第一勧銀を多分に意識し、牽制球《けんせいきゅう》を放《はな》ったということになろう。

「日本工業新聞」は十日付で〝金融支援は検討に値《あたい》する〟〝興銀頭取、佐世保再建で積極姿勢〟の見出しで、次のように書いている。

日本興業銀行の池浦喜三郎頭取は、九日午後、東京・丸の内の同行本店で記者会見し、佐世保重工業救済について「社長を引き受けることになった坪内氏にしても金融の支援がなければ動けない。大蔵省から提示された金融支援案は検討に値する」と佐世保再建に前向きの姿勢を示した。金融支援に占める興銀の役割については「銀行団のワン・ノブ・ゼムにすぎない」と語った。

池浦興銀頭取の発言要旨は次の通り。

一、資本金四十五億円の佐世保重工は、このままでいったら一年以内に債務超過企業になってしまう。問題はあるが増資せざるを得ない。その場合は一般増資だと思う。

一、坪内氏が社長を引き受ければ（佐世保は）何とかなる。しかし、金融の方のラチがあかないと坪内氏も引き受けまい。近いうちに関係銀行が集まることはあり得る。その場合、興銀はワン・ノブ・ゼムにすぎない。

一、主力銀行の第一勧業銀行が株主四社の債務保証に固執《こしつ》するのは現実的ではない。株主四社といっても、株主四社は〝仲間〟ではないし、坪内氏のポジションはまったく異質のものだ。その四社をひとつにくくることは現実問題としてむずかしい。

一、大蔵省が提示した金融支援案に不満は残っても検討に値する。考え方としては〝ハシにも棒にもかからない〟ものではなく、ひとつのタタキ台になるだろう。

「毎日新聞」は十一日付朝刊で、〝第一勧銀はなお疑問点〟と次のように報じている。

第一勧業銀行の小林常務は九日夜、大蔵省が先にまとめた金融支援案の内容について「大蔵省から詳しい内容を聞いていないが〝金融の筋〟に乗らない疑問点が多いので今の段階では協力するとは言えない」と興銀の池浦頭取発言とはかなりニュアンスの違った考え方を明らかにした。第一勧銀側が疑問点としている主なポイントは①佐世保重工の大株主が同社の保有株を担保に入れることで新規の融資を求めていること②協調融資団に求められている無担保・無保証融資の比率が大き過ぎること——などで、いずれも従来の大蔵省の行政指導の線に外れているとして、大蔵省案に強く反発している。

また、海外出張から帰国した第一勧銀の西川正次郎会長は十日夜、羽田空港で記者団に「佐世保重工の株式を担保に融資するというのは論外だし、無担保・無保証も多過ぎる。大蔵省案では金融は乗るわけにはいかない」と語っている。

坪内が正式に受諾すると表明できないのはこうした銀行の優柔不断な態度にあったことは明らかである。

坪内は十三日の午後、運輸大臣室で辻一三佐世保市長と会った。福永運輸相、中村弘海《こうかい》代議士（自民、長崎二区選出）、井上末雄長崎市議会議長らが同席したが、辻は、腹の底からうめくような声をしぼり出して、佐世保市民がいかに坪内の佐世保重工の再建に期待をかけているかを訴えた。

「坪内さん、早く正式に引き受けたと言ってくださいよ」「この期に及んで絶対にノーとは言わんでしょうね」

井上と中村にも迫られて、坪内は答えた。

「退職金の支払いが先決じゃろう思います。八十三億円を調達するためにわたしは個人で三〇パーセント債務保証することにしてますが、銀行が大蔵省案をどう受けとめるか心配しよるんです。銀行が受け入れてくれれば、わたしも皆さんに返事ができるんですがねえ。わたしも早くすっきりしたいと思うとるんじゃ」

坪内は、当初一〇パーセント個人保証すると言い、それが二〇パーセントになり、いまは三〇パーセントになっていた。

「退職金を支払うために、佐世保市も十億円の損失補償をするつもりです」と、辻が言った。

坪内は辻に握手を求められて、強く握り返したが、会談後の記者会見で「銀行が大蔵省案を呑《の》んでカネを出してくれれば退職金はすぐにでも支払えるはずなんじゃ。わたしは頼まれて佐世保重工の社長を引き受けようとしているわけじゃから、再建案については金融機関も協力すべきなんじゃ」と不満を示した。

同じ十三日の午後、丸の内の第一勧業銀行本店役員会議室で十八行の常務クラスが会合を開き、佐世保重工に対する金融支援問題について協議した結果、大株主増資が大前提、という点で意見が一致した。

これに対して大株主の一つである新日本製鉄の稲山嘉寛《よしひろ》会長は十四日の記者会見で「うしろ向き資金である退職金八十三億円に使うための増資には応じられない。増資のためには増資後確かに採算がとれることを示した増資目論見書《もくろみ》が必要だ。再建計画もなしに退職金に使うため増資するというのは、債務保証と同じことで、新日鉄の株主に説明がつかない」と語り、十八行常務クラスの結論に水をかけている。

この段階でもなお増資が先か融資が先かの綱引きがつづけられていたことになるが、十五日の午後、謝敷運輸省船舶局長が大蔵省に徳田銀行局長を訪ね、佐世保重工の五十三年度事業計画と資金規模について説明した。それによると、これまで大蔵省は三百八十億円程度の資金需要を見込んでいたが、運輸省が洗い直したところ大幅に下方修正できることがはっきりしたという。

会談後、謝敷局長は記者会見したが、十六日付の「日刊工業新聞」は次のように書いている。

謝敷局長は、大蔵省が事業計画を厳しくみたことにより開きが出たとの判断を示し、こんごの資金調達は運輸省が示した金額を基準にすすめられるとの見通しを明らかにした。同局長はさらに、十五日、十六日中に行われる予定の第一勧業銀行、佐世保重工業、来島どっくの三者による実務者レベルの資金需要調整で、金融との基本的な了解が成立するとみている。また退職金はこの日話題にならなかったものの、坪内社長の債務保証と株主寄託で解決できるとの考え方に立っていることを示唆した。

# 第五章　饅頭《まんじゆう》事件

## 1

　六月十七日土曜日の午前十時半に、坪内は松平と連れ立って、大手町の興銀本店に池浦を訪問した。この日、坪内は早起きして松山空港八時発の一番機に乗り込んだのである。羽田空港に松平と石岡が出迎えに来ていた。松平の専用車で大手町へ直行して来たのだが、幸い新聞記者につかまることはなかった。坪内は十五日の夜、東京から松山に帰ったが、羽田空港でも松山空港でも新聞記者に包囲された。このところ坪内は四六時中《しろくじちゆう》新聞記者にマークされている。あの巨体だから、どこにいても目立つし、逃げも隠れもできないが、できることなら、きょうは記者たちにつかまりたくなかった。つかまっても、本音《ほんね》を洩《も》らすわけにはいかなかったからである。

前夜、松平と相談して、急遽上京《きゅうきょ》して来たのは、池浦と永野に会うためだ。もちろん両者のアポイントメントは松平から取ってある。

石岡を控室に待たせて、坪内と松平が頭取応接室に入ったのは十時三十五分過ぎである。

「この時間ですと朝が早かったでしょう。ご苦労さまです。松平さんにもご苦労をかけますね」

池浦は二人にこもごも眼をやって、ねぎらいの言葉をかけた。

「早起きは苦になりませんのじゃ。ひと風呂《ふろ》浴びて来よりました」

坪内は笑顔で答えた。

「松平さんから電話で聞いてます。わざわざお出かけいただくには及びませんのに……」

「いの一番に池浦さんと永野さんにご挨拶《あいさつ》するのが礼儀いうものです。永々お世話になりましたが、今後ともくれぐれもよろしくお願いします」

坪内は、やおらソファから腰をあげて、一礼した。

「こちらこそ、坪内さんには無理なお願いをして申し訳ないと思ってます」

池浦も起《た》ちあがって挨拶を受けた。

「〝佐世保重工再建に関する合意メモ〟の返事が遅れてしもうて、どうも……。了承させてもらいます」

坪内は律儀《りちぎ》にもう一度頭を下げてから、ソファに躰《からだ》を沈めた。この瞬間、坪内は事実上佐世保重工の社長に就任して、再建に乗り出すことを表明したことになる。〝佐世保重工再建に関する合意メモ〟の受諾《じゅだく》回答は、決意表明の証《あかし》にほかならない。

松平が補足した。

「大蔵省の修正案でどうやら銀行側もおさまりそうです。頭取の読み筋どおり徳田局長がまとめてくれました。坪内さんが佐世保重工の社長を受ける条件が整ったということになるわけです。ま、内諾といいますか、池浦さんと永野さんにまずご報告したいとおっしゃるものですから……」

松平は坪内の横顔を見ながら話をつづけた。

「銀行がまだすっきりしない面があることと、佐世保の組合に協力を約束してもらいませんと、正式に受諾するというわけにはいかんのでしょうが、それも時間の問題だと思います」

「退職金を一日も早く支払ってやりたいと思うてますんじゃ。十四日でしたか、組合の幹部と会《お》うたんじゃが、佐世保の現地は爆発寸前で、このまま放《ほ》ったらかしにしておいたら暴動が起きよる言うとりました」

坪内は、十四日の午前十時にパレスホテルの一室で、労愛会の国竹七郎《くにたけしちろう》会長と大塚《おおつか》昇《のぼる》生産対策部長の陳情を受けた。労組幹部に会うのは初めてである。

二人の労組幹部から一日も早く正式に社長引き受け表明をしてほしいと迫られたが、坪内は「なんとか期待に応《こた》えたいが、もう少し待ってもらいたいんじゃ」と答えるしかなかった。金融機関の支援体制がいまひとつはっきりしなかったから仕方がないが、逆に、坪内は佐世保重工の経営を引き受けた場合には、再建のために全面的に協力するとの約束を組合側から引き出していた。

「佐世保市議会の井上議長から、第一勧銀へデモをかけたらよろしいとハッパをかけられたと言うとりましたが、組合としては、そういう気持になりたくもなるのと違いますか」

「デモはおだやかではないが、第一勧銀も往生際《おうじょうぎわ》がよろしくないですねえ」

松平が坪内に相槌《あいづち》を打ち、池浦は微笑を浮かべて二人の話を聞いている。

坪内と松平は三十分ほどで池浦との話を切りあげ、丸の内の東商ビルへ車を走らせた。

日本商工会議所会頭室で、永野は二人があらわれるのを待ちわびていた。

坪内と松平が秘書の案内で会頭室に入ると、永野はドアまで出迎え、坪内と固い握手をかわした。

「永野さんに真っ先にご挨拶したかったのですが、十一時いうことじゃったので、池浦さんに先にご挨拶して来ました」

「佐世保の問題では池浦さんと僕は一体だから、あと先は関係ないですよ。坪内さん、ありがとう。よく引き受けてくれました」

「永野さんが端午《たんご》の節句《せっく》に松山へおいでくださった日のことは生涯《しょうがい》忘れられんと思うとります。わたしは、あの日の夜、決心したようなものなんです」

坪内は、永野の手を放し、松平をふり返りながらソファに腰をおろした。

「そうでしたね。夜、坪内さんからわたくしに電話があって、永野さんがお見えになったと話してましたね」

「僕は、池浦さんや中山素平さん、それから福永運輸大臣などいろんな人から世話役を頼まれたが、頼まれる前から佐世保重工を再建できるのは坪内さんしかおらんと思ってました。池浦さんも初めからそう考えてたようだが、坪内さんに断わられたら、もう更生会社しかない。更生会社では注文もとれないので佐世保は再建できないから、あとはつぶれるのを待つだけです。銀行がなんで更生会社に拘泥《こうでい》するのかわからなかった。財界の中には、永野のおっちょこちょいが、よけいなことに手を出してと陰口《かげぐち》たたくのも大勢おったし、坪内さんを知らないで、どこの馬の骨だかわからないという眼で見ていた者もあった。わたしは、岩崎弥太郎《いわさきやたろう》の再来だと言ってやりました。坪内さんは伊予で、岩崎弥太郎は土佐《とさ》だが、二人とも同じ四国の出身だから共通している。先見性というか発想のよさ、剛腹《ごうふく》な人柄、かてて加えて人情味、奉仕の精神ですねえ。三拍子そろっているのも二人に共通している。ご本人を前に褒《ほ》めるのもきまりが悪いが、誇張なしにそう思ってるんですよ」

永野は饒舌《じょうぜつ》だった。しゃべらせておけば何時間でもしゃべりつづけたかもしれない。うれしくてうれしくて仕方がないといったところであろうか。上気した顔でしゃべりつづける。

「僕は、坪内さんに断わられたら、世をはかなんで隠居《いんきょ》するつもりだったんですよ。引っ張り出せる自信は、まあ五分五分《ごぶごぶ》だった。池浦さんが陰になり日向《ひなた》になりして応援してくれたし、途中から徳田局長も援軍に回ってくれた。福田総理までわたしに頑張り抜くように激励してくれた。ともかくこれで万々歳《ばんばんざい》です。坪内さんが受けてくれさえすれば、佐世保は安泰です。これで、西海鎮守府《さいかいちんじゅふ》、旧海軍工廠《かいぐんこうしょう》を守ることができました。労働組合と、これからいろいろあるんでしょうが、いくら厳しい合理化案が出ても、会社がつぶれるよりはなんぼましかわからん。会社がつぶれて、雇用保険をもらっても六〇パーセント給付だし、永久に給付が受けられるわけでもない。それにしても、坪内さんがそんなに早い時期に決心してるとは夢にも思いませんでしたよ。もっと早く教えてもらえたら、こうも気を揉《も》むこともなかった……」

「しかし、鋼管さんが出るのが筋や思うてましたし、頼まれもせんのに、出しゃばるわけにはいかん思うてました」

坪内が照れくさそうな顔で言うと、松平が「われわれからぎりぎりまで受けると言ってはいけない、とクギをさされてましたからね」と言い添えた。

「頼まれもせんのに、ということはないでしょう。僕をはじめみんなで頼んだじゃないですか」

「いや、銀行を含めて全員一致の要請にはなかなかならなかったですよ。一人でも反対する人がいたら坪内さんは受けなかったと思います」

「なるほど、そういうことですか」

永野がうなずいた。

坪内は、池浦、松平とパレスホテルで昼食をとり、午後の飛行機で松山へ帰った。

## 2

その夜、夕食のあと坪内は茶を飲みながら久しぶりに紀美江と話し込んだ。ここのところ東京へ出かけることが多かったし、松山にいるときでも帰宅は十二時、一時を過ぎることが多く、自宅は寝るだけという生活がつづいていた。佐世保重工にかまけて社業を留守にするようなことは、坪内の性格からしてできるわけがない。率先垂範《すいはん》は坪内にとっていわば座右《ざゆう》の銘《めい》である。

紀美江は、夫の健康が気がかりだったが、気が張っているのだろうか、目下のところは疲労困憊《ひろうこんぱい》という様子はみられなかった。

「きょう永野さんと池浦さんに会《お》うて、佐世保を引き受けると言うて来たんじゃ。おまえの期待に添えなくて悪いが、わしが出なおさまらん言われては仕方がないんじゃ」

「もうとっくに覚悟はできてますよ。ですからあとは思う存分おやりになってください」

紀美江は浴衣《ゆかた》の裾《すそ》を合わせながら返した。決して投げやりな言いかたをしたつもりはないが、坪内には拗《す》ねてるようにとれたらしい。いじらしいほど懸命に話している。

「永野さんも言うとったが、佐世保重工がつぶれたら、佐世保全体が潰滅《かいめつ》的な打撃を受けることになるんじゃ。昔の西海鎮守府であり旧海軍佐世保工廠である佐世保をつぶすわけにはいかんのじゃ。佐世保に限らん。わしは会社をつぶすことは罪悪じゃ思うとる。会社をつぶす経営者の罪は深い思うとるんじゃ。大勢の人が職を失って路頭に迷うことになるんじゃから、死んでも死に切れんじゃろう。じゃから救えるものなら救いたい。助かるものじゃったら助けてやりたい。前にも言うたが、佐世保が再建できる確率は六割じゃが、助け甲斐がある、苦労のし甲斐がある思うとる。じゃから、わしは身を挺《てい》して気張るつもりなんじゃ。おまえにも心配かけるし、社員にも苦労かけるが、必ず再建するつもりじゃ」

「あなた、わかってますよ。あなたならやり遂《と》げるでしょう。いまからそんなに力《りき》んでて途中で息切れしないようにしてください」

紀美江は微笑《ほほえ》みかけてから、茶を淹《い》れ替えて、二つの湯呑《ゆの》みを満たした。

「おまえ、厭《いや》な予感がする言うとったが……」

「そんなにまで苦労しよることはないと思うてましたが、きっとわたしの思いすごしですよ」

「柴田さんもきつう反対しよったが……」

「いまさらなんですか」

坪内は、逆に紀美江から励まされて、バツが悪そうに顔をしかめた。

あくる日の日曜日は、夫婦そろって奥道後へ散歩に出かけた。ロープウェイで杉立《すぎたて》山に登り、山頂の別荘で一休みし、ホテル奥道後のジャングル風呂でゆっくり温泉につかって、水入らずで夕食をとり、その夜は山荘に泊まった。坪内も紀美江も、久しぶりにくつろいだ気分に浸ることができた。坪内にとって束《つか》の間《ま》の休息であった。

翌十九日、坪内は朝早く大西工場へタクシーを飛ばした。

大西工場の部課長を含めた来島どっくの幹部社員を大会議室に集めて、佐世保重工の再建を受諾したことを伝え、全員火の玉になって、わしに従《つ》いて来てほしい、と熱っぽく訴えた。

「佐世保重工の社員を鍛《きた》え直すことが再建の第一歩じゃとわしは考えとります。佐世保のレベルがどの程度のものかは、佐世保の現状をみればおおよその察しはつくが、来島どっくのすべてを教え込み、吸収させることがきみたちの使命だと思うてください。なまなかのことでは再建できません。甘えが組織を蝕《むしば》み、社員一人一人が骨の髄《ずい》まで腐ってるかもしれんのじゃから、鍛え直すのは大変じゃが、わしらならそれがでける。わしらがやらんで誰がやるんじゃ。誰もおらんのです。佐世保を再建したときは、来島グループは日本一、いや世界一の造船会社になることが約束されとるんじゃから、全力で頑張り抜いてください」

坪内は高揚していた。幹部社員を叱咤《しった》激励《げきれい》したあと、直ちに主だった幹部を大西総合事務所に呼びつけて、労愛会に提示すべき合理化案について協議した。

来島どっくと佐世保重工の給与水準等を比較し、データを持ち寄って、あらゆる角度から検討を加え、まとまったのが以下の合理化六項目である。

一、週休二日制の廃止
二、最近三ヵ月の平均給与の一五パーセントダウン
三、就業時間の一時間延長
四、三ヵ年間、昇給、賞与の停止
五、D2P教育の実施（来島どっくが現在実施している）
六、看板方式の実施（来島どっくが採用している）

D2P教育とは、氏家《うじけ》康二《こうじ》氏によって開発されたダイナミック・パワーアップ・プログラム訓練教育のことである。看板方式はトヨタ自動車で始められた生産合理化シ

ステムのことで、〝誰《だれ》でもわかる目で見る管理〟として知られているが、来島どっくでは、トヨタ方式を参考に、造船所の特性を加味して、来島方式を考え出し、一年前の五十二年四月から採《と》り入れていた。

3

六月二十一日の夕方上京した坪内は、さっそく羽田空港で記者団に取り囲まれた。この日午後二時から第一勧銀など十八行の担当常務クラスが会合し、佐世保重工に対する金融支援策について協議したことを坪内は一色からの電話連絡で知っていたが、結果は聞いていなかった。

――八十三億円の融資が決まりましたよ。既往《きおう》融資のうち今年度返済予定分の元本返済猶予《ゆうよ》、金利の減免《げんめん》なども含めて大蔵案を呑んだかたちです。感想を聞かせてください。

坪内は、出迎えに来た石岡に背広をあずけ、ワイシャツ姿になっていたが、蒸し暑い日で、躰中《からだじゅう》じっとり汗ばんでおり、顔の汗を拭《ふ》き拭き記者の質問に答えている。

「詳しいことを聞いておらんので、即断はできませんが、だいたい協力してやろういうことじゃろう思います。みんなが気持よう理解してくれれば話は先へ進むんじゃ。地元が困ってるのじゃから、早《はよ》うしたいと思うとるんですよ」

坪内は銀行の論理、バンキングディスプリン（銀行の秩序）をふりかざして佐世保救済に迅速な行動を起こそうとしない銀行に苛《いら》だちを感じていたので、それが言葉のはしばしに出てしまう。

——銀行側は増資を前提にしてますが……。

「大株主のみなさん賛成してくれとる思うてます。わたしは異存はありません」

——経営の引き受けはあしたの大株主会で表明することになりますか。

「株主の意見を聞いて、おまえやれいうことになれば、そこで受けることになるじゃろうと思います」

ちなみに協調融資団を組む銀行は、第一勧銀、東海、東京、富士、大和、三菱、日本興業、日本長期信用、日本債券信用、三菱信託、中央信託、佐賀、福岡、十八、親和、西日本相互、福岡相互、九州相互の十八行である。これらの十八行は二十一日の会合で「十八行は佐世保重工業の新経営体制が確立し、経営再建の見通しが明らかにされた場合には金融の原則にのっとり、できる限りの協力をする」ことを確認、合意事項は、

①既往融資の元本の返済猶予
②既往融資の金利減免（いずれも五十三年度いっぱい、その後は再協議する）
③退職金八十三億円の融資
――の三点となっている。また、金融支援の前提条件として、
①新経営責任者などによる所要増資の実施
②新経営責任者による所要の債務保証
③佐世保重工の再建計画に対する大株主、国、地方自治体などの支援
④商社の債権の決済繰り延べ
⑤関係大株主の供給物資値引き
などの支援をあげている。

ともあれ、徳田銀行局長らの強力な行政指導によって、曲がりなりにも第一勧銀など十八行の融資態勢は整ったことになる。

しかし、二十二日の大株主会でも坪内は、社長就任の引き受けを正式に表明することはしなかった。というより、できなかったと言うべきであろう。

この日午後三時に、新大手町ビルの佐世保重工本社会議室で、坪内、村田、国竹、大塚、それにオブザーバーとして松平が出席し、労使会談が行なわれた。坪内は、四

時に予定されている大株主会の前に、組合（労愛会）の協力をとりつけておきたいと考えたのである。

　坪内は用意してきた手書きのメモを国竹に示した。週休二日制の廃止など六項目の合理化案である。

　メモには横書きで「佐世保重工（株）再建に関し労働組合に対する要望事項」とあり、六項目のあとに「以上六項目の完全実施と組合の全面的協力を求める。若《も》し、これをおこなっても再建が出来ない場合には、第二次人員合理化を行ない、造船関係に従事する従業員数を約二千名に減員する」と書き込まれてあった。

　国竹はメモを受け取ると、隣席の大塚のほうへ躰を寄せた。国竹と大塚がメモに眼を走らせている間、坪内も左右の村田も松平も息を詰めるようにして、二人を凝視していた。

　国竹が顔をあげ、なにか言おうとしたとき、坪内が機先を制した。

「厳しい要望事項と思われるかもしれませんが、いまは非常時です。会社がつぶれるか生き残れるかの瀬戸際《せとぎわ》なのじゃから、しばらく辛抱してもらわななりません」

　国竹が口をもつれさせながら言った。

「それは無理です。労使間のルールを無視した一方的な申し入れを受け入れられるわけがありましぇん」

「あなたがた二人は組合のリーダーじゃろう。約束して、組合員を説得してもらいたいんじゃ」

坪内もいくらか早口になっている。

「独断的なことはできましぇん。労使が正式機関で時間をかけて、討議すべきことがらです。正規のテーブルについて……」

「金融にも無理をしてもろうて、退職金を支払えるメドがついた。わしが社長になっても無給で、佐世保から一銭たりとももらうつもりはない。みんなが辛抱しよらんかったら、佐世保はどうなるんじゃ」

坪内は声を励ました。この期《ご》に及んで杓子定規《しゃくしじょうぎ》はない。労愛会の会長として、「わかりました。なんとしても組合執行部を説得しておみせする」となぜ言えんのか。危急存亡のときにルールも正規のテーブルもないではないか、と坪内は思うのだ。いまこそ組合のリーダーとしてリーダーシップを発揮すべきときではないのか。国竹の度量と気魄《きはく》を以《もっ》てすれば、組合を説得することは可能なはずだ。会社の倒産を採るか、いっとき辛抱しても存続を採るかの二者択一《にしゃたくいつ》を迫られて、なお「労使が正式機関にかけて時間をかけて討議すべき」などと悠長なことを言ってるやつの気が知れない。

「やってみましょう」と胸をたたいて組合員を説得し切れなかったら、辞表を出せばいいではないか――。

坪内は、胸がむかむかしてきた。

「わかってもらえんようじゃ、わしは受ける気にはなれん」

坪内は言いざま、つと椅子から起ちあがった。退席しようとする坪内に、大塚が追いすがった。

「社長！　お待ちください」

大塚に手を取られるようにして、坪内は巨体をテーブルの前まで戻さなければならなかった。

「わしは無理なことは言うとらんつもりじゃ。給与一五パーセントのダウンは、来島どっくのベースに合わせてもらういうことなんじゃ。助けられるほうが助けるほうより高い給料取りよるのは不合理じゃろうが。昇給、賞与にしても三年間だけ辛抱してくださいとお願いしとるんです」

「しかし、ルールはルールです。坪内さんが正式に社長に就任されたのちに、労使のルールに沿って協議していくべき性質の問題です」

「国竹さんも、大塚さんも、先日会《お》うたときは全面的に協力する言うとったんじゃないですか。とにかく、この要望事項を受け入れてもらえんようじゃったら、わしは社長を受けないつもりじゃ。それが大前提です。じゃから、受け入れられんのなら受け入れられんとはっきり言うてください」

「受け入れるべく最大限の努力をするつもりですが、少し時間をいただきたいと思います」

大塚がとりなすように言ったが、この日の労使会談は時間切れで結論が出ないまま閉会となった。

午後四時から開催された大株主会には、坪内、村田のほか坪内（肇）日本鋼管副社長、武田新日本製鉄副社長、井上日商岩井専務らが出席した。席上、村田が坪内に佐世保重工の社長就任を要請したのに対し、坪内は「労組の全面的協力を取りつけた時点で経営引き受けを正式に表明する」との態度を示し、大株主三社もこれを了承した。坪内が大株主会でも、組合に対する六項目の要望事項について説明して、了承方を求めたところ、全員賛成であった。

大株主会が開催された翌日の朝、村田がパレスホテルに坪内を訪ねて来た。

「昨夜、国竹君、大塚君と話し合ったのですが、こんなところでいかがでしょう」

村田は背広の内ポケットから四つにたたんだ便箋《びんせん》状の一枚のメモをひろげながら坪内に示した。みると、「株式会社来島どっく社長坪内寿夫殿、佐世保重工業労愛会会長国竹七郎」と、横に手書きしてあり、「会社再建に関する労愛会の基本的見解」の表題につづいて、次のように書かれてあった。

現在及び将来に於《お》ける造船不況の中での会社再建は誠に厳しいものがあり、尋常の手段を以てしては事態の克服ができないことは十分認識致しております。

したがって、今後の経営に関しましては労使一体となって、更に緊密な協調を維持しながら、会社再建のため不可欠と判断される各種の合理化対策については常に前向きの姿勢をもって対応することは勿論《もちろん》、事態の厳しさについて組合員になお一層周知徹底をはかります。

貴台《きだい》の御要請につきましても厳しい合理化の必要性のあることは理解できますが、今後引続き上記の見解に基づき、労使間において協議を重ね、できるだけ早期に合意に達するよう努力していく所存であります。

「わかってくれたんじゃろうか」

「そう思います」

「村田さんは六項目の要望事項をきついと思ってますか」

「いいえ。昨日、坪内さんが言われてましたように非常時ですから」

「国竹さんは、どうしてああ杓子定規なんじゃろう。わしだって、重い荷背負わされて途方に暮れる思いですよ。じゃが、気張らないかん思うてます。死んだ気になってやろう思うとります。国竹さんにしても、そういう気持にならなおかしいんじゃ。責任をもって六項目を受け入れます言うて、大見得《おおみえ》切って、それで執行部をよう説得できよらんなら、いさぎよく会長を辞《や》めたらええんじゃ。その程度の気概見せてもええじゃろう思います」

「この文面にも決意のほどが読みとれるような気がします。これは誓約書ですから、組合員を説得するつもりになっていると思いますが……」

「それならええんじゃが」

坪内は、誓約書と言われて、納得したようである。六項目を受け入れるとは書いてないが、受け入れるべく努力するととれる。

この日の午後二時に、坪内は永野とともに第一勧銀本店に西川会長と村本《むらもと》頭取を表敬訪問した。

「坪内さんは、銀行を助けてくれる大経営者だそうですから、大いに期待してますよ」

西川はのっけから皮肉っぽく浴びせかけた。

坪内に「銀行を助けると思って佐世保重工の経営を引き受けてほしい」と言ったのは徳田である。

更生会社になれば裁判所の指導で債権はタナ上げされ、銀行は担保物件も処分できなくなってしまう。徳田はそのことを言いたかったはずなのだが、西川は更生会社しかないと考えていたようで、永野や坪内の言動に心おだやかならぬものがあっただけに、つい皮肉の一つも言いたくなった、ということであろうか。

会談後四人はそろって記者会見したが、西川は「関係各方面の調整に努力していただいた永野氏と、困難な仕事を引き受けていただいた坪内さんにお礼を申しあげたいと思います。お二人のお話では大株主も佐世保重工の労組も坪内さんに社長就任をお願いしているということですから、われわれとしても金融支援を実行したいと思っています」と外交辞令そのままの発言をしている。西川は、両者に感情的対立はなかったとも言ったが、〝合同記者会見、にじむ違和感〟〝全体に白々しさが漂う再建劇の幕切れ〟と書いた新聞もある。

わだかまりはないのか、と記者に質問されて、西川は「ないんじゃないですかね。金融は金融の考え方、坪内さんには坪内さんの考え方があって当然です。相互に立場を尊重し合ったうえで、それをお互いに詰め合ったということです」と微妙な言い回しで答えている。

六月二十九日に開催された佐世保重工の定時株主総会および取締役会で社長に選任された坪内は、昼前記者会見に臨《のぞ》んだ。坪内の発言要旨を「西日本新聞」は次のように書いている。

一、私が（SSKの内容を）勉強するのに二か月の期間が必要。一日も早く、SSKを元の姿にするのが目的だ。いま、詳しく言えないが、一つ一つ腹を決め二か月後の臨時総会後、どういう形で再建を進めるか報告したい。

一、退職金は一日も早く出したい。社長に就任するまでは自分で動くことを控えていたが、今日からは銀行にお願いに回る。先日、第一勧銀の西川会長と会ったが親切だった。銀行とはお互い信頼してやっていけると思う。

一、（組合への合理化提案について）厳しいというが、SSKはいま生きるか死ぬかの瀬戸際だ。つぶれると家族ぐるみの不幸になる。佐世保の人は知らないかもしれないが、私は近く（波止浜《はしはま》など瀬戸内）の造船所で多くの不幸を見ている。一、造船業界は、この円高でますます厳しい。来島が注文を取れる体質にするのに二年かかった。この合理化経験がどこまでSSKに通じるか未知数だ。これから、よほどふんどしを締めて努力しなければならない。一、来島どっくとSSKの合併は考えていない。人事交流なども考えていず、SSK内部で、適材適所に配置転換することはありうる。

正式に佐世保重工社長に就任した坪内は、さっそくその日の午後からエネルギッシュに動き回った。大蔵、運輸、通産関係各省への挨拶、関係銀行への挨拶と早期融資の要請など、七月初めも石水や一色を従えて駆けずり回った。

六月二十一日に上京してから約二週間、松山へ帰らず東京でホテル住まいを余儀なくされるが、側近の石水や一色があきれるほど坪内は精力的で、若い石岡が顎《あご》を出し、ふーふー言いながら坪内のあとから従いてゆくようなありさまで、まさに率先垂範ぶりをいやというほど見せつけていた。

坪内が柴田錬三郎の訃報《ふほう》に接したのは、佐世保重工の社長に就任した翌三十日のことだ。坪内は、さすがにその日は力が抜けてしまい、スケジュールは機械的にこなしたが、足が地に着かなかった。

「大将、どうかしてるぞ」と柴田に嘲笑《ちょうしょう》されてるような気がしてならなかった。

4

七月二日の夜、松平がパレスホテルの坪内の部屋へ訪ねて来た。

ウィスキーの水割りを飲みながら二人は話した。

「さっき池浦さんと話したんですが、二十八億円の個人保証に対して担保を出すことは断わるべきじゃないかという意見でしたよ。第一勧銀の責任にも言及してましたが、銀行の言いなりになることもないでしょう」

「わしは佐世保に助けに来たんじゃから、もう少し親切にしてくれてもええ思うこともありますが、銀行さんはどこも厭々ながらの融資じゃから、ええ顔をせんのです。株券出せ、預金を出せ、担保の積み増しせい言うて毎日いじめられよります」

坪内はこぼすともぼやくともつかずに笑いながら言ったが、腹に据《す》えかねている面がないでもなかったのである。

第一勧銀に、小林常務と岸田《きしだ》営業部長を訪ねたときの、けんもほろろの応対には、われながらよくぞ堪《こら》えたと思ったほどである。

その日、坪内は一色から小林常務と岸田部長にぜひ挨拶をしてほしいと言われていたので、第一勧銀を訪問したのだが、初対面だったからことさら丁寧に挨拶したつもりなのに、二人ともなにしに来た、といった態度で、初めから喧嘩腰《けんかごし》であった。あるいは手ぐすね引いていたとも考えられる。

第一勧銀にしてみれば、政治救済で金融の筋を曲げられたうえに幹事銀行の体面をつぶされたという思いがあるのか、坪内に対してふくむところがあったとみえる。

「坪内さん、よくもまあ引き受ける気になりましたねえ」

まず厭味たっぷりに言われた。

「来島どっくという会社はどんな会社なんですか。あなたの個人会社らしいが、われわれにはその実態が皆目《かいもく》わからない。まず、どんな会社か教えてくださいよ」「あなた個人保証すると勇ましいことを言うが、大丈夫ですか」「無担保・無保証で融資しろとは言いも言ったりですな。まさか本気でそう考えたわけでもないでしょう」

二時間近く、坪内は言われっぱなしだった。

坪内はズボンのポケットのあたりの布地を握りしめて耐えに耐えた。浅野《あさの》内匠頭長矩《たくみのかみながのり》が松の廊下で吉良上野介義央《きらこうずけのすけよしなか》に刃傷《にんじょう》に及んだ場面が眼に浮かんだ、とあとで側近に語ったほどだから、このときの坪内の屈辱感《くつじょく》は察してあまりある。灰皿の一つも投げつけることができればどんなに胸がすーっとしたろう、と坪内は思った。

控室で待機していた一色の前に戻って来た坪内は、頭から湯気が立ちのぼっているかと思えるほど、顔を真っ赤に染めていた。

「社長、どうされました?」

「どうもこうもない。あの人たちは検事のつもりか」

坪内は吐き捨てるように言って、つんのめりそうな勢いで歩き出した。思い出すだに腹が立つ。どこの馬の骨ともわからん、といった眼でわしを見くだしよる——。

その日一日、坪内は不機嫌で、とりつく島もなかった。

そんな冷ややかな銀行団の中にあって、池浦頭取の親切はどれほどありがたかったことか——。坂田《さかた》親和銀行頭取の配慮も忘れられない。

第一勧銀など十八行は、七月十日、第一勧銀本店で会合を開き、希望退職者に支払う退職金を同月十五日に融資することと各行の負担額を決めたが、「朝日新聞」が十一日付朝刊で〝収束呼んだ親和の決断〟と書いたとおり、無担保・無保証での二十億円融資を打ち出した親和銀行の決断が促進剤、起爆剤の役目を果たしたことはまぎれもない事実である。

〝収束呼んだ親和の決断〟につづく記事の内容は次のとおりである。

佐世保重工業の退職金支払いに必要な資金をめぐる十八行の融資割合（シェア）が十日正式に決まったが、および腰の各行を動かし、収束に向けて走らせたのは、親和銀行（佐世保市）の無担保、無保証による融資だった。

「退職者の方々は大変お困りのようだし、うちのお客さんもいる。地元銀行として、清水《きよみず》の舞台から飛び降りるつもりで、早期決着に向けて一石を投じたわけでして……」と古賀《こが》克巳《かつみ》常務・営業部長。

過去の経緯《いきさつ》をあわせ考えると、親和のこの決断の意義はさらに大きい。というのは、親和のワンマン、坂田重保《しげやす》頭取と、佐世保重工業（SSK）のかつての大株主、大洋漁業との感情の行き違いなどから、両者のつき合いは決して深かったとはいえず、親和の融資残高は六億九千万円（四月末現在）。地元七行の中でも多い方ではない。今年はじめSSKがSOS信号を乱打し始めても、親和はどちらかというと冷たい目を向けていたものだ。

四月十五日付で退職した佐世保重工の希望退職者千六百八十一名の退職金が銀行振

り込みで各人に支払われたのは七月十七日の午後のことだ。

## 5

そよとの風もない。じりじり照りつける強い陽射《ひざ》しとアスファルトからの照り返しでむせかえるようであった。

坪内は南堀端町《みなみほりばたちょう》の伊豫銀行本店前でタクシーを降りて、流れ出る汗をハンカチで拭きながら、エレベーターの前まで歩いて行った。

伊豫銀行の役員応接室のソファで、坪内が会長の渡部七郎と向かい合ったのは七月十八日の午後一時過ぎである。

坪内は渡部の一人息子の浩三を来島どっくであずかっているが、浩三を佐世保重工に出向させることについて、渡部七郎の了解を求めにやって来たのだ。

「ご存じのとおり佐世保重工の経営を引き受けることになりましたが、ついては浩三君を出向させて、二、三年佐世保で仕事をしてもらおうと思うとるのですが……」

「それは願ってもないことです。こういうチャンスはそうめったにあるとは思えません」

七郎は、大乗り気だった。

「来島どっくから何人かの役員を派遣しますが、浩三君以外は全部兼務です。じゃから、現地に乗り込むのは浩三君一人ですが、ええでしょうか」

「けっこうですよ。なにごとも経験です。浩三が厭だと言うとるんですか」

「そんなことはないと思うとりますが、まだ話しておらんのです」

「厭や言うても、佐世保へやってくださらんか。人間若いうちに苦労せないけませんのじゃ。二、三年と言わず五年でも六年でもやってください」

七郎が浩三の佐世保行きに乗り気なのは、可愛《かわい》い子に旅をさせたいという思いもあったが、それ以上に浩三の恋愛問題に頭を悩ませていたことが大きい。このことは坪内の耳にも入っていたが、当時、浩三は商家の娘と恋愛関係にあった。渡部家は松山の名門である。家柄がどうのこうのとあまり言いたくはないが、一人息子だけに、つりあいのとれた結婚が望ましいと七郎は考えていた。

浩三を佐世保へ転勤させたいから了解してくれというのは、坪内らしい深慮というか配慮ではないか、と七郎は気を回した。佐世保へ行って頭を冷やせば、浩三もわかってくれるかもしれない。去る者は日々に疎《うと》しというが、どんな娘だか知らないけれどその娘との間に冷却期間を置くことによって、結果的に両親の希望する方向に話が進まないとも限らない。なにはともあれ、浩三の佐世保転勤は願ったり叶《かな》ったりだと七郎は喜んだ。

渡部浩三は一期とはいえ、県会議員を務め、政治の世界にも足を踏み入れ、度胸もすわっている。ぼんぼんらしい雰囲気《ふんいき》を漂わせてはいるが、ひ弱さはない。ただでさえ進駐軍的な見られかたはするだろうから、なにかと苦労は多いと予想されるが、人なつっこいところもあるし、頭も切れる。渡部のことだから、佐世保重工の社員とも融《と》け込んで、なんとかうまく対応してくれるに違いない。歳《とし》が若いという点で危惧《きぐ》の念をもたないでもないが、ここは渡部にやらせてみようと坪内は思った。

坪内は、渡部七郎と会ったその足で、大西総合事務所へ向かった。運転手付きの専用車を持たない坪内は、もっぱらタクシーを利用する。もっとも利用するタクシーは系列会社である奥道後観光のタクシーと決めている。

クーラーのない総合事務所の応接室で、お互い汗をだらだら流しながら坪内と渡部は話し合った。

「佐世保へ行ってもらおうと思うとるが、どうじゃ」

「けっこうですよ。あさって行かれるそうですが、社長の随行ですか」

渡部はよく通る太い声で返した。

「あさっても行ってもらうが、四、五年行ってもらうつもりなんじゃ」

「…………」

渡部は息を呑んだ。鼻筋の通った端整な顔を心もちかしげて、さかんに首筋の汗を拭いている。

「転勤じゃ。厭や言うなら考えんでもない」

「行かせてもらいます」

渡部はぐいと顎を突き出してつづけた。

「おもしろそうじゃないですか。なにごとも経験ですよ」

親父《おやじ》と同じことを言いよる、と坪内は思い、微笑を誘われた。

「まだわしの腹づもりじゃが、初めは監査役でやってもらい、じきに取締役副所長になってもらおう思っとる」

「取締役ですか。ぼくのようなチンピラで、そんな肩書もらってよろしいんですか」

渡部はそう言いながらも、まんざらでもなさそうな顔をしている。

「きみは、県会議員までやった先生なんじゃから、そのくらいの肩書もろうてもおかしくないじゃろう」

「恐縮です」

「ところで、どうなんじゃ、結婚相手はおるんかのう。この機会にそろそろ身を固めたらええと思うが……」

今度は、坪内が濡《ぬ》れタオルで顔をごしごしこすっている。カマをかけたようで、バツが悪かった。

「結婚したいと思うてますが、両親が反対なんです。とくにおふくろのほうが、絶対反対言いよりまして、弱ってます。社長から、両親を説得してくださいませんか。前々からお願いしようと思ってました」

渡部に真顔で迫られて、坪内は当惑したが、もちろん、そんなつもりはない。

「どんな娘さんか知らんが、反対するには反対するだけの理由があるんじゃろう」

「おふくろが高知の医者の娘と結婚させたがってるんです。たしかに、相手はそのへんの商店の娘ですから、つりあいがとれてないかもしれませんが、結婚の相手を両親から押しつけられるなんてまっぴらですよ」

「そういうたものでもないじゃろう。みんなに祝福されたほうがええに決まっとる。佐世保で頭を冷やして、清算したらええのと違うかね」

「そんなつもりはありません」

渡部はきっとした顔で返した。

6

七月十八日の午後五時過ぎに、長崎県佐世保市立神町《たてがみちょう》の佐世保重工佐世保造船所構内にある労愛会事務所で、国竹会長、高野《たかの》副会長、津志田《つしだ》書記長、大塚生産対策部長、緒方彰《おがたあきら》賃金部長ら中執のメンバーが雑談していた。

「坪内さんは予定どおり二十日の夜、佐世保に見えるんですか」

「造船所に来るのは二十一日の朝だが、あの田舎者《いなかもの》、土産《みやげ》にまんじゅう持って来るそうだ」

国竹は津志田に返事をしてから一同を見回した。

「こんな暑いときにまんじゅうなんか持って来て腐らんのかね。大社長のやることじゃないな。さっき勤労部長にも言うておいたが、どうせ土産を持って来るなら、もっと気の利《き》いたものにしてくれ、ボールペンとか石鹼《せっけん》とかタオルとかいろいろあるだろうに。だいたいこっちの希望を聞くのがスジだと思うがねえ」

「まんじゅうがタオルか石鹼に変わったんですか」

「頑固だからどうかな。わたしの言うとおりにしたら受け取ってもいいが、まんじゅうなら受け取り拒否や」

「事前協議もありませんしね」

「まんじゅうで買収されてはかないません。合理化六項目を認めさせる魂胆《こんたん》でしょうか」

誰ともなく国竹に迎合した。国竹が労愛会の会長職について久しい。〝国竹天皇〟の異名《いみょう》をもつほど、国竹の名前は近隣に鳴り響いている。

坪内が役員会で「初めて佐世保の造船所へ行くのに手ぶらで行くのもなんじゃから、手土産に母恵夢《ぼえむ》でも持参しようと思うとるんじゃ」と話したことが、国竹の耳に入ったのは役員の中にご注進に及んだ者がいたことを示している。一千六百名もの希望退職者を出したことによって労愛会会長の権威は著しく失墜《しっつい》したように思えるが、必ずしもそうではないらしい。

母恵夢は、松山の名菓といわれ、坪内もとき折り口にするが、ホテル奥道後の売店でも比較的売れゆきのよい土産ものである。

真空パックで傷《いた》む心配もない。坪内は、ポケットマネーで六千ケース買い入れ、十九日の夜、大型トラック二台に積み込んで、松山港からフェリーで運ぶように手筈《てはず》をととのえた。トラックは二十日の午前中に佐世保に着く予定だから、坪内が佐世保造船所入りする一日前に佐世保重工の社員、下請け全員に一箱ずつゆき渡っているはずだった。

坪内は労愛会が母恵夢の受け取り拒否を決めていたなどとは夢にも思わなかった。

坪内が沖、細川、渡部、石岡の四人を連れて大阪経由で長崎空港に到着したのは七月二十日午後五時四分のことである。

「四国の御大師様《おだいし》、長崎でお会いしましょう」と、おだてた久保知事が空港に出迎えてるとはまさか思わなかったが、辻市長の顔は見られるかもしれない。少なくとも役員、幹部社員、それに労愛会の中執を含めて十二、三人は出迎えてくれるだろうと坪内は考えていた。

とくに期待したわけではないが、今晩さっそく話したいこと打ちあわせたいこともたくさんある。

一行五人が空港ロビーへ出て来て、あたりを見回したが、それらしき人影はなかった。坪内の巨体を見落とすわけはないから、黙って立っていれば人が寄ってくるはずだ。

「お待ちしておりました」

ややあってからおどおどと坪内の前へ出たのは、部長クラスの社員二人きりだった。坪内は気落ちしたというほどではないが、はぐらかされたような気がした。

地元紙のカメラマンにフラッシュをたかれたが、坪内は硬い顔でタクシーに乗り込んだ。

坪内のあとから沖がつづき、細川、渡部、石岡の三人は別のタクシーに分乗して、佐世保駅前のホテル松蔵《まつくら》に向かった。

「勝手なもんじゃやなあ」

坪内がぽつっと言った。

聞き洩《も》らした沖が「なにか」と訊《き》くと、坪内は「佐世保というところは情《じょう》が薄いところなんじゃろうか」と暮れなずむ窓外の風景を眺めながらつぶやくように言った。

「そんなことはないと思います。みんなホテルのほうに集まってるのと違いますか」

沖も出迎えの少なさは心外だったから、坪内の胸中は察しがつく。しかし、ホテルに着いてからも結果は同じだった。空港からホテル松蔵までタクシーで約一時間ほどかかるが、いったん各自のベッドルームでシャワーを浴びてひと汗流し、八時半ごろ食堂に集まって夕食を摂《と》った。

その夜、坪内はマッサージにかかってから十一時過ぎに消灯したが、疲れていたのか早めに眠りについた。

7

あくる朝は全員六時に起床し、七時二十分にホテルからタクシーで造船所へ向かい、七時半に本館事務所に到着した。

取締役所長の大賀《おおが》秀輝《ひでてる》以下、十数名の幹部が出迎え、そこで坪内は簡単に自己紹介程度の挨拶をし、大賀ときょう一日のスケジュールを確認したが、その中で、八時に本館前の広場で全社員に挨拶したあと、八時半に労愛会事務所を訪問することがスケジュールに組み込まれている点に気持がひっかかった。

「わたしのほうが出向かないかんのか」

「はい。前社長もそうでしたが、慣行ですから」

「組合の幹部にも、八時からみんなと一緒に挨拶を聞いてもらえばええんじゃないですか」

「そうおっしゃらずにお願いします。いまから予定を変更するのもなんですから」

なんだか釈然としなかったが、つっぱねるのも大人気《おとなげ》ないと思い、不承不承《ふしょうぶしょう》従うことにしたが、坪内は明らかにおもしろくなかった。

午前八時ちょうど、坪内は本館事務所から姿をあらわし、演壇のマイクの前に立った。造船所を象徴する大小無数のクレーンが、広場を埋め尽くした社員のすぐ背後に迫っている。二百五十トンの超大型クレーンも演壇から望見できた。

ふりそそぐ陽射しをまぶしそうに受けながら、坪内は「佐世保重工の社長をお引き受けすることになりました坪内寿夫です。皆さん、よろしくお願いします」と自己紹介し、三方に深々とお辞儀をしてから、さびのある迫力のある声で四千五百人の従業員一人一人に語りかけるようにゆっくりと話し始めた。

「佐世保重工は大変な危機に直面しております。再建は難しいと思うとる人も大勢おるし、安楽死《あんらくし》させるべきだと言うた学者さんもおるほど、たしかに事態は深刻です。しかし、わたしは、再建はそう難しいことだとは思ってません。来島どっくという見本があるじゃないですか。会社の大小に関係なく、再建の方法はみんな同じです。来島どっくでやっていることをみなさんができないはずはない。理屈抜きでそのやりかたを実行しさえすれば、ええんです……」

坪内は吹き出す汗を拭《ぬぐ》おうともせず、一段と声を張りあげた。

「問題はやる気があるかないかです。労使が喧嘩ばかりやってってはいけない。労使が協調してやる気をみせれば銀行もカネを貸してくれます。いま、日本中が佐世保重工を注目しとりますが、構造不況であろうと、やる気さえあれば、必ず生き残れるんです。わたしは三年で黒字にする目標を掲げておるが、佐世保重工が失った信用を回復するためには、目標を達成するしかないんです。厳しい受注競争を勝ち抜くためにも、ハラを決め、やる気を出して、世間から見直してもらえる会社になろうじゃないですか」

坪内は流れ落ちる汗が眼に入りそうになったので、手の甲でぬぐった。

「倒産ほどみじめなものはありません。会社がつぶれたら、家族をどうやって養うんですか。会社をつぶしたらいかんのじゃ。自分たちの会社は自分たちで守らないかんのです。会社をつぶさないために、わたしはみなさんに遠慮せずお願いもするし、辛抱するところは辛抱してもらいます。みなさん、力を合わせどろまみれになって頑張ろうじゃないですか」

坪内は二十分ほど熱弁をふるって拍手の中を降壇した。

直ちに坪内は沖を伴って大賀の案内で労愛会事務所に出向き、二階の会議室で国竹ら八人の組合幹部一人一人に「坪内です。よろしく頼みます」と丁寧に挨拶したあと、沖を紹介した。

テーブルに向かい合ったときも坪内は柔和な顔を変えず、沖をほっとさせた。

もっとも、組合側で連絡したのか、新聞記者とカメラマンがテーブルを取り巻いてる中で、仏頂《ぶっちょう》づらを見せるわけにもいかなかったかもしれない。しかし、坪内の笑顔は三分とはつづかなかった。

国竹が切り口上で「退職金問題で会社はあれだけ迷惑をかけたんですから、迷惑料を支給するのは当然です。それを拒否しているのはおかしい。労愛会が保証して労働金庫から借りた五億円の返済が遅れているのも納得《なっとく》できません」とやり始めたため、坪内の顔がこわばった。坪内はいずれも初耳だった。大賀や会社幹部のほうをふり返ったが、みんな口をつぐんでいる。

坪内は両手をテーブルに突いて、国竹のほうへ身を乗り出した。

「五億円ぐらいすぐ返します。労使のパイプが通じていなければ通じるようにもします」

語気を強めて、坪内は一気にまくしたてた。

国竹が坪内の語勢に気圧《けお》されたように、黙り込んでしまい、部屋の中にしらじらとした空気が流れ込んできたようだった。

「ま、わしはずるい考えは持っとらんのです。仲よくやりましょう」

坪内は、雰囲気をほぐすように国竹に笑いかけて、おもむろに腰をあげた。

労愛会事務所を出たところで、坪内が大賀に訊いた。

「きょうは挨拶なんじゃから、急にいろいろ言われても困るんじゃ。国竹さんの言うたことをわしは知らんが、事実ですか」

「はい。ご報告が遅れて申し訳ありません。十八日の労使協議会でも話題になりました」

迷惑料のいきさつはこうだ。希望退職者の有志でつくっている「ＳＳＫ退職者の会」が退職金の支払いが遅延したことによって、精神的な苦痛を受けたとして、退職者に一律十万円の迷惑料を支払うよう労愛会を通じて会社側に要求していたが、この問題を一任された労愛会は三万円〜五万円に調整して会社側と交渉した結果、

①直接損害に対する償《つぐな》いとして総額九千万円の延滞利息を支払ったこと

②現状では会社側に資金的余力がないこと

――を理由に会社側はこれを拒否したというわけだ。労働金庫への返済問題は、会社側が各人に代わって長崎県労働金庫などに支払うことになっていた税金やローンなど約十億円の融資手当てがついていないことがわかったので組合が保証している労働金庫への支払い額約五億円だけでも早急に返済してもらいたいと会社側は労愛会から要求されていたのである。

「母恵夢はみんなに配ったんじゃろうな」

坪内が思い出したように大賀に訊いた。

誰も礼を言いよらん。催促するわけじゃないが……と坪内はちょっと気になったのである。

大賀はもじもじしていたが、伏眼《ふしめ》がちに、ぼそぼそした口調で答えた。

「それが組合は事前協議がなかった申しまして、受け取らんのです」

「事前協議！」

坪内は、咄嗟《とっさ》にはぴんとこなかった。

「組合は、事前に相談がなかったし、もらう理由もないと言ってます。それでとりあえず管理職だけでも配ることにしまして、冷凍庫に保管してあります」

「土産を持って来るのに、事前協議が必要なのか？　そんなもの抛《ほう》り捨てい」

坪内の顔色が変わり、声がふるえている。

# 第六章　幹部研修

## 1

「労愛会」「造船重機労連」と染め抜かれた赤旗がひるがえる中を組合員が続々と本館前広場に集合し始め、午後五時四十分には四千人余の組合員が広場を埋め尽くした。

立っている者、しゃがみ込んでいる者、コンクリートの路上に新聞紙を敷いて脚を投げ出すように座っている者、組合員は思い思いの姿勢で三方から、演壇を取り囲んでいるが、どの顔も暑さと仕事の疲れで、ぐったりしている。

けさがた同じ場所で、坪内新社長の訓示を聞かされたばかりだから、労愛会主催の〝危機突破集会〟に違和感を覚えた者も少なくない。

五時四十五分に副会長の高野が壇上に立った。

「お待たせしました。ただいまから〝危機突破集会〟を開催致します。この集会は坪内社長に対抗して開いたものではありません。労愛会の輝かしい歴史と伝統を踏まえて、今後いかに団結を強めていくかを位置づけるためのものです。それでは国竹会長に挨拶《あいさつ》していただきます」

高野が降壇し、国竹と入れ替わった。

国竹は壇上からあたりを睥睨《へいげい》するように見回してから、おもむろに話し始めた。

「千六百八十一人の仲間と訣別《けつべつ》したことは、労愛会として断腸《だんちょう》の思いですが、企業存続のためにはやむを得ないと涙を吞《の》んだのであります。この大合理化によって難局を乗り切れると判断したのですが、退職金問題が表面化したために一挙に今日の危機を迎えてしまったわけであります。いったい、誰がこの危機に陥《おちい》らせたのか、この責任はきわめて重大です。責任の所在は明らかにされなければならないし、また追及されなければならないと思います。もとより民主的な労働運動を行なってきた労愛会に責任はありません。経営側に情勢認識の甘さはなかったのでしょうか。経営感覚のない経営者にこそ問題があったのだと思うのです。さらに言えばいたずらに対立をむき出しにした大株主にも重大な責任があると思います。こんなことで金融の信用が得られるわけがありません」

　国竹は間《ま》を持たせ、ひと呼吸あってから、オクターブを高めた。

「ところで、坪内社長は一五パーセントの賃金カットなど六項目の合理化案を労愛会に突きつけてきましたが、これを受け入れると組合員の平均年収は約百五十万円に落ち込み、労働時間の延長を考えますと五八パーセントもの大幅なダウンとなります。これで企業は生き残れるかもしれないが、奴隷《どれい》のような労働条件を押しつけるのは、あまりにも一方的ではありませんか。ＳＳＫの組合員だけがなぜこんな過酷《かこく》な合理化案を押しつけられなければならないのか――。われわれは無用のトラブルを避ける気持に変わりはないが、一方的な合理化案を受け入れるほど寛容にはなれません。事前協議制の確立、労使慣行の尊重と交渉ルールの遵守《じゅんしゅ》など近代的な労使関係の中からしか、たくましい企業の再建、生活防衛はできないと考えます。労愛会にとって、これからがまさに正念場《しょうねんば》です。組合員のみなさんの団結と協力を求めてやみません」

　拍手がわき起こった。けさ坪内が訓示したときのそれを上回るほど盛大であった。いわば組合員迎合型のアジテーションだから受けるのは当然である。国竹は八月の労愛会役員改選を意識して、ことさらに人気取りを心がけたのだろうか――。

　本館三階の役員応接室の窓際《まどぎわ》に立って、ブラインドの隙間《すきま》から広場を見おろしている坪内の顔がこわばっている。坪内は、国竹の演説が始まってから、ずっと立ち尽くしていた。合理化案を激越な調子で非難する国竹の疳高《かんだか》い声は、スピーカーに乗って窓を閉め切っていても部屋の中に聞こえてくる。これでは挑発《ちょうはつ》であり挑戦ではないか。あの、誓約書はなんだったのか。

執行委員会を束《たば》ね、組合員を説得すると約束したのではなかったのか。わしが社長就任を拒《こば》めば、八十三億円の退職金の調達はできず、佐世保重工は確実に倒産したろう。

玉虫色の誓約書と言えば言えるが、組合員をアジる国竹に誠意のひとかけらもないではないか——。

合理化案を受け入れるより、会社が倒産して妻子が路頭に迷うほうを選択したいとでも言うのだろうか。それとも、わしをサンタクロースとでも思っているのか——。

「甘ったれるのもいい加減にせんか」坪内は思わずひとりごちていた。

この日、七月二十一日の朝八時から坪内は、社員に訓示し、労愛会事務所で国竹、高野ら幹部と会談したあと、九時から挨拶回りで佐世保市内を駆けめぐった。

市役所、商工会議所、海上自衛隊佐世保総監部、そして市内の全銀行など二十ヵ所以上も精力的に回り、協力、支援を頼んで、何度も何度も頭を下げた。

海自総監部では矢田《やだ》総監から「松山刑務所大井造船作業場（友愛寮）では受刑者が従業員と一緒に働いて、立派に更生されてるそうですね」と話しかけられ、大いに気をよくした。

もちろん矢田とは初対面だが、話が弾《はず》み、十五分のつもりが三十分以上も総監室で話し込んでしまった。

「働くことの喜び、学ぶことの喜びを受刑者に教えているつもりです」

「五誠の精神を指導されてると聞きましたが……」

「わたしが〝大井七則〟というものをつくりましたら、それを参考に〝大井五姿勢〟なるものを受刑者たちが自発的につくったんです。

〝はい〟という素直な心、〝どうもありがとうございました〟という感謝の心、〝どうもすみませんでした〟という謙虚《けんきょ》な心、〝私がやります〟という奉仕の心、〝お先にどうぞ〟という譲りあいの心、の五つです」

坪内は指を折りながら、うれしそうに話す。

「立派なことですね。佐世保重工の再建も、その精神でやってください」

「お引き受けしたからには全力を尽くします」

「基地がある都市の造船所は、修理態勢が整っていなければ戦力にはなりません。その点をひとつお考えいただきたいですね」

「十分ご期待に添うような造船所にしたいと思うてます」

親和銀行では、坂田頭取と感激の握手を交わした。坂田の細い手を坪内は部厚い手で包み込むように握りしめた。

「坂田頭取のご恩は忘れません」

「お役に立って光栄です。坪内さんがＳＳＫの社長を引き受けてくださったから、もう安心です。わたしは、あなたの経営哲学というものに敬服しております」

「恐れ入ります。一生懸命やらせていただきます。今後ともご協力、ご支援のほどをくれぐれもお願いします」

「できるだけのことはさせてもらいますよ」

小柄な躰《からだ》のどこに迫力がひそんでいるかと思えるほど坂田は気魄《きはく》のこもった声で返した。

佐世保市長の辻一三からは、例の腹の底から、ふりしぼるような声で、出し抜けに「地元におカネを落とすようにしてください」と訴えられ、戸惑《とまど》ったが、行く先々で熱い期待が寄せられ、坪内は身のひきしまる思いで夕方に造船所へ帰って来た。だが、本館前の広場には組合員があふれ、赤旗が林立しているではないか——坪内はなにかちぐはぐな気持になり、急に疲労を覚えた。

三階の役員応接室の窓から広場の異様な光景を眺《なが》めやっていたのは坪内だけではない。

沖、細川、渡部、石岡の四人の随行者も、名状しがたい複雑な気持で国竹の演説を聞いていた。

だれ一人口をきく者はいなかった。坪内の胸中は察して余りある。裏切られた思いであろう。饅頭《まんじゅう》の受け取り拒否といい、労愛会事務所での居丈高《いたけだか》な要求といい、どうして組合は坪内の感情を逆撫《さかな》でするようなことを平気でするのだろう。あげくの果てに国竹会長のアジ演説である。ひとの気持がわからないにもほどがある。

しかも、坪内が造船所入りした初日早々労使の対立を世間に露呈するようなことをして、再建に水を差すとはどういう料簡《りょうけん》なのか。

沖も細川も腹の中はふつふつとたぎっている。渡部も石岡も、坪内の感情がいつ爆発するか気が気ではなかった。

「団結強化！」

「危機突破！」

広場からシュプレヒコールが聞こえ、集会は終わったようだ。

「横着《おうちゃく》な連中じゃ」

坪内がつぶやくように言って窓際を離れ、ソファに腰をおろした。

沖が坪内の右隣りに座って、訊《き》いた。

「合理化案は、国竹会長が了承したのと違いますか」

「わしはそう理解しとった。国竹さんは執行部を説得するような口ぶりじゃったが、逆に反対じゃ言うて組合員を煽《あお》りよる。人間性を疑われても仕方がないじゃろう。下の者の突き上げを緊急避難じゃ言うて、抑えなならん立場のはずじゃが……」

坪内は忿懣《ふんまん》やるかたないと言いたげに頬をふるわせて、つづけた。

「カネさえ出してもらえばこっちのもの、と考えてるとしか思えない。国竹さんは三拝九拝して、わしに社長になってほしいと頼みよった。いま、こうして組合員をアジりよる国竹さんと同じ人間とは、とても思えん。経営者も管理職も組合もみんな甘え切っとるんじゃ。とくに組合はいままで自分たちの要求をすべて通してきたから、これからも通ると思うとる。甘えの構造を取り除かなければならん」

口をひきむすんだところに坪内の決意を読みとれる。

けさがたからの国竹ら組合幹部の言動を見るにつけ危機感を募《つの》らせていたのは坪内一人ではなかった。聞きしにまさる労愛会のはねあがりぶりである。

労愛会の歴史は旧《ふる》い。佐世保重工業の前身である佐世保船舶工業が設立されたのは昭和二十一年十月だが、労愛会はその一年前に結成されていた。

二十年八月の敗戦によって海軍工廠《かいぐんこうしょう》は解体されたが、千六百人ほどの労働者が労愛会を結成、労愛会も母体の一つになって造船会社をつくろうということになったのである。いわば労愛会も経営陣の一翼《いちよく》を担《にな》っていたということができる。伝統的に会社に対する発言力が強いのもうなずけよう。

人事権という経営権の中で最も重要な権限までが労愛会の会長の掌《て》に握られていたとする見方もあるほどで、国竹が人事を壟断《ろうだん》していたと証言する社員は少なくない。

渡部と細川がテーブルを隔てて坪内と向かいあい、石岡は少し離れたところに控えめに立っている。

渡部がぬるくなった煎茶《せんちゃ》の残りをすすってから言った。

「奥道後に研修に来ていた管理職が、人事異動について人事部から知らされる前に、組合の幹部から聞かされることがままあったと言うてました。つまり少なくとも事前に国竹会長に相談してたということだと思います。

国竹氏は佐世保の名士で通ってるそうですが、役員も管理職も組合員も、腫《は》れものにさわるようにかれの顔色をうかがうことがあったかもしれませんね。国竹氏の機嫌《きげん》をそこねたら、昇進にさしつかえるということになれば、顔色をうかがいたくもなりますよ。みんなで寄ってたかって〝国竹天皇〟にまつりあげてたんでしょうか。人事権を坪内社長に奪われることへの危機感めいたものが国竹氏にあって、反坪内で組合をあおっているのと違いますか」

「あるいはそうかもしれないが、人事権が組合側にあると考えているとしたら、思いあがりも甚《はなは》だしい。そういう人を労愛会の会長に選ぶことがまちごうとるんじゃ」

「社員研修を徹底する必要がありますが、早いところ研修の件だけでも組合に了承させなければなりませんね」

坪内は、渡部にうなずき返してから言った。

「甘えとるのは佐世保重工だけじゃない。市長も、納入業者も、町ぐるみが海軍工廠時代からの甘えにどっぷり浸《つ》かっとる。辻市長は市にたくさんカネを落としてくれ言いよるし、市内の納入業者は手形などの債権をすぐ支払ってくれと言いよるらしい。更生会社になっとったら債権はタナ上げされるし、倒産したら、永久に回収できんじゃろう。じゃから、わしが再建を引き受けたときみんな泣いてよろこんだ。こちらもつらいときだから、五年間支払いを待ってほしいと頼んどるのに、すぐ支払え言いよる。市外の業者でさえ五年先でけっこう言うて喜んで判をついてくれたのに、逆なんじゃから、いやになる。地元は遅れてもいいから、よそさまを先にしてやってください言うのが礼儀いうものと思うが……」

来島どっくグループの資材購入窓口である鼎《かなえ》商事の担当課長が十日ほど前に佐世保入りし、佐世保重工の資材担当者とともに市内の納入業者に対し「坪内社長が佐世保重工の社長に就任する以前に振り出した手形は、五年間タナ上げしてほしい」と協力を求めて歩いて回ったところ、色よい返事は得られなかった。

労務提供の構内、外注各下請けは、債権タナ上げが即倒産につながりかねないため、これらの業者は除外し、比較的余裕のある大手納入業者にしぼって、協力を要請したにもかかわらず、断わられたと聞いて、坪内はショックを受けていた。

きょうの挨拶回りで辻市長が「カネを佐世保市に落としてください」と言うてたが、市長はわしのことを〝カネのなる木〟とでも思うとるのだろうかと坪内はそれも気になっていた。

辻に対する坪内の不信は直感的なものだが、その直感が裏付けられるのは、わずか三ヵ月ほどのちのことである。

佐世保重工の鉄構部門は、橋梁《きようりよう》など陸上構造物を手がけてるが、当時唯一の黒字部門であった。辻一三は、佐世保市内で辻産業という会社を経営していたが、この会社は市内の橋梁工事を主力事業とし、いわば佐世保重工のライバル会社であった。辻は、こともあろうに佐世保重工鉄構部の設計部長以下十三人もの技術者を五十三年十月にごっそり辻産業に引き抜いてしまったのである。持ち去られた資料も少なくないというが、辻の背信行為について報告を受けたとき、坪内は怒り心頭《しんとう》に発し、しばらく身内《みうち》のふるえが止まらなかった。坪内はかつて新日鉄の田坂副社長から、辻が坪内の佐世保重工会長の就任を反対していたと聞かされたことがある。それとなく辻に質《ただ》したところ、辻は直立不動の姿勢で「天地神明に誓ってそんなことはない」と言い切った。涙ながらに、佐世保重工の再建を引き受けてほしいと訴えた辻の姿が眼に浮かぶ。あの人は、二重人格なんじゃ、と思わざるを得ない。

2

佐世保重工が五項目の合理化案を労愛会に文書で提案したのは七月二十五日のことだ。

「会社は、長期的構造不況を克服し、会社の再建を軌道に乗せるため、以下の合理化対策を実施すべく、社長命により提案するので協議願いたい」とあり、

①基準賃金カット一五パーセント
②定期昇給・ベースアップ・年間一時金三ヵ年ストップ
③週休二日制を廃止し週休一日制（土曜日を出勤）とする
④D2P訓練の実施
⑤看板方式の実施

——の五項目をあげているが、六月二十二日に、大手町の本社で坪内が国竹に示したメモから一項目（就業時間一時間延長）が削除されたのは、労働基準法との関係を考慮したためである。

この文書が労愛会事務所に届けられたのはその日の夕方五時過ぎだが、国竹、高野ら組合幹部はその夜のうちに「八月一日から組合の定期役員改選に入り、この間一時業務の停滞を余儀なくされることもあるので、新執行部確立後、速やかに協議に応じたい」と文書で回答した。

国竹らは、翌日、新聞記者に会社から五項目の合理化提案が行なわれたことをリークするとともにこれに反対する旨《むね》のコメントをつけ加えた。

労使が話し合う以前に、決起集会で反対をぶちあげたり、それを新聞に書かせたりする国竹のやりかたに、坪内が怒りを増幅させたであろうことは想像に難くない。

七月二十七日付朝刊で、各紙は一斉に五項目の合理化提案をとりあげたが、「長崎新聞」は〝生活が破壊される〟の見出しで、国竹七郎・労愛会会長の談話を載せている。

正式提案として受け取っている。組合は今春闘、夏季一時金とも自主的に凍結したが、この合理化を認めれば組合員の生活は完全に破壊される。組合員の生活を一方的に無視した会社再建は認められない。労使交渉は九月に入ってからやる。

また「毎日新聞」は、〝組合は「悪らつな労働条件であり、基本権をはく奪するものだ。しかも、これらの合理化には裏付けとなる情勢分析がない」と反発。九月以降新執行部体制のもとで改めて検討することにしている〟と書いた。

会社側は、労愛会の回答に対し、二日後の二十九日、D2P訓練の実施についてのみ切り離して、具体案を提示するので協議に応じてもらいたいと申し入れ、八月四日に具体的な実施要領を労愛会に示した。

その内容は、

①一グループ約三十人とする

②四泊五日制とする
③場所は会社施設研修所とする
④対象は係長、主任部員とし一般社員については後日訓練計画を示す
——などである。

D2P訓練に関する限り九月十二日に労使が合意し、協定書を取り交わし、直《ただ》ちに実施に移された。

他の四項目については労使交渉が行なわれるのは十月に入ってからだが、九月十三日、佐世保商工会議所主催の講演会出席のため佐世保市を訪れた坪内は、新聞記者の質問に答えて、「合理化は予定通り実施する」と不退転《ふたいてん》の決意のほどをのぞかせている。

十四日付の「朝日新聞」によると坪内社長は、

「賃金一五パーセントカットなどの合理化案は銀行の信用を得るためにも提案通り早急に実施したい。今後の運転資金の融資を受けるため、現在三十の銀行に協力を要請している。合理化の実施は、融資が受けられるかどうかのポイントだ。提案通りのんでくれないと再建はおぼつかない」

と語っている。

3

管理職を対象としたD2P訓練は、坪内が初めて佐世保入りした十日前の七月十一日から実施されていた。佐世保重工の管理職は、五十二年末まで約四百名を数えたが、経営危機に直面し、希望退職者が続出、二百名以上に及んだため、約百九十名に減少していた。

坪内は、副所長以下の管理職全員を六班に分け、順次奥道後に招いて、五泊六日の研修を受講させたが、費用は往復の運賃を含めて、一切合財《いっさいがっさい》、坪内のポケットマネーでまかなわれた。

造船部船殻《せんこく》課長の三甲野隆優《みかのたかまさ》は、第一班に組み入れられた。三甲野は三十九歳、剛《ごう》胆《たん》で少々のことには動じない男だが、松山へ出発する前夜は、妻の香代《かよ》に泣かれて、さすがに動揺した。三甲野は市内天神《てんじん》町一丁目に家を建てて小二の長女、幼稚園の長男の四人家族で住んでいるが、その日は麦焼酎《むぎじょうちゅう》の水割りを何杯飲んでも酔いが回ってこなかった。

「まさか、これで佐世保に帰れないなんてことはないでしょうね」

香代に心配そうに訊かれ、三甲野は「この世の別れみたいなことを言うんやなか」と叱《しか》りつけたものの、不安がないと言えば嘘《うそ》になる。「取って食われるわけじゃなかろうに。勉強しに行くだけばい。来島グループの会社に出させられたら、させられたときのことよ。坪内社長のお陰でＳＳＫはつぶれんで済んだのだから、俺《おれ》たちは喜ばんといかんとよ」

「躰に気をつけてくださいね」

「わかっとる」

三甲野は乱暴に返して、グラスを呷《あお》った。

船殻課は、船体をつくるところだから、造船部門の中枢部門で、生産設計、内業、組立、クレーン、外業などの五係からなり、千人以上の大世帯である。あらくれ男どもを束ね、取り仕切っている三甲野は、仕事の上で来島どっくの連中に負けないだけの気概を持っているつもりだが、Ｄ２Ｐ訓練なるものがどんなものか見当がつかないし、果たして訓練なり研修だけで佐世保に帰してもらえるのかどうかも不安であった。管理職の中には、奥道後で、出向かＳＳＫに残されるか、あるいはクビを馘《き》られるかの選別が行なわれるのではないかと噂《うわさ》する者もいるが、いまからびくびくしてどうする、あとは出たとこ勝負だと三甲野はわが胸に言いきかせ、揺れ動く気持に歯止めをかけた。

この三ヵ月ほどの間に、ずいぶん仲間が辞《や》めていった。しかし、三甲野はSSKを辞めようと思ったことは一度もない。会社がつぶれたらそれまでだが、ひとたびSSKを死に場所と決めた以上、最後の最後まで頑張《がんば》らなければいけないと腹をくっているつもりだった。

「あなた、出向言われたら、どげんするとです」

香代は、不機嫌そうな夫にこわごわ訊いた。

「そのときは従わな仕方がなかけんね。SSKでは役に立たん言われたら、しゃあないじゃないか。おまえは黙っとけ。俺が決めることよ」

三甲野は、香代を睨《にら》みつけて、乱暴に麦焼酎の瓶《びん》を引き寄せ、グラスに傾けた。なんでこんなに苛立《いらだ》つのか自分でもわからなかった。

七月十日の朝七時に三甲野たち第一班の三十二名は佐世保造船所からバスで大分へ向かった。

バスの中で口をきくものは誰もいない。全員深刻な顔で、考え込んでいる。うなだれたまま、顔をあげようとしない者がほとんどだ。

三甲野は、三人いる副所長の一人である戸上潮《とがみうしお》と並んで座ったが、重苦しい空気にたまりかねて話しかけた。

「松山には夜十時に着くと聞いとりますが、きょうは寝るだけでしょうね」

「そうだろう。きみ、研修の内容についてなにか聞いとらんか。D2Pってなんだろうね。相当しごかれるんだろうか」

「聞いとりませんが、なにもびくびくすることはなかとです。やれと言われたことを素直にやればいいのと違いますか。心配することはありませんよ」

三甲野はことさらに声高《こわだか》にしゃべった。重苦しい空気を払拭《ふっしょく》したかったし、いまからこんなに緊張してたら、身がもたないという思いもある。

「第一班とはついとらんね。これが二班とか三班だったら、少しは情報も入るから、対応のしようもあるんだが……」

戸上の表情は、一層沈み込んでいる。

「なるようにしかならんとですよ。坪内社長を信じて、従《つ》いていけばいいんじゃないですか」

「きみは神経が太いのかねえ。俺はこの二、三日めしもろくに喉《のど》を通らんよ」

戸上は、うらめしそうに三甲野を見やっている。

「悲壮がったってしょうがないじゃないですか」

「われわれは敗戦国みたいなもので、占領軍にはなにをされても堪《た》えなければいかんのだろうな」

「女房が佐世保に帰ってこられないんじゃないかって心配するから、阿呆《あほ》なことぬかせって言ってやりました。なにも、取って食われるわけじゃなかとです」

もっとも、三甲野は大型フェリーに乗船してから、次第に不安な気持になっている自分に気づいた。大型フェリーは午後三時過ぎに大分港を出港した。

三甲野は乗船後、自動販売機で缶ビールを買い込んで、三人の同僚とキャビンで飲んだが、胃袋がなかなか受けつけなかった。それは三甲野だけではない。みんな時間をかけて一本飲むのがやっとだった。二本目をあけたが、どうにも飲めなかった。ビールが喉を通らないという経験はついぞ憶《おぼ》えがない。そのくせ喉はからからに渇いているのだから、不思議な生理現象である。

自分ではリラックスしてるつもりなのだが、極度の緊張感で、胃の腑《ふ》が変調をきたしているのだろうか。

キャビンのポリエステル製の椅子《いす》に座って、ぼんやりしているときに、

「俺たちどげんこつになるんですかね」

誰かがぽつっと言った。

「俎《まないた》の上の鯉《こい》という心境にはなかなかなれんもんです」

「人質にとられに行くんじゃなかと」

「阿呆なことぬかせ。研修と工場見学や言うちょるじゃないの」

「坪内さんが社長になって、二週間になるのに、まだ退職金が出ておらんのはどげんしたとね」

「社長は金策に奔走《ほんそう》しとるとよ。そろそろなんとかなると思うがのう」

「去年、年末賞与が出ないと噂が立ち、上のほうからもゼロだと言われとったので、僕は部下に会社の厳しさを懸命に説明して、ボーナスは出ないから覚悟しておいてほしいと話した。ところが満額出たのには、変な言いかただけど、ショックやった。危機感をあおってなんや言われ、部下たちに合わせる顔なかったわ。そしたら、こんどは退職金払えん言うて大騒ぎや。この会社、いったいどうなってんのやと言いたくもなる」

設計部門の課長が悲憤《ひふん》慷慨《こうがい》している。

大型フェリーは定刻どおり夜十時に松山港へ入港した。三甲野たちは待機していたバスで奥道後へ向かい、十時半にホテル奥道後の別館（サンシャイン奥道後）の広間に集合した。

三十畳ほどの部屋に、座布団《ざぶとん》が敷き詰めてあるが、副所長の溝口《みぞぐち》、戸上以下三十二名は思い思いに座り込んだ。

緊張のあまり、正座している者も多いが、三甲野は膝《ひざ》をくずして座った。

この夜は、沖が挨拶したあと、来島どっく教育課の湯山《ゆやま》が研修のスケジュール、オリエンテーション（方向づけ）の説明をし、質疑応答が行なわれた。湯山は、研修の講師補佐で、年齢はまだ三十前と思えたが、要領よくてきぱきと話を進めていく。それでも沖の挨拶を含めて二時間近くかかり、三甲野たちをして研修の密度の濃さ、来島どっく側の意気込みといったものを予感させるに十分であった。

茶菓の代わりに牛乳と菓子パンが用意されてあったが、フェリーの中では夕食もビールも受けつけなかったのに、牛乳と菓子パンが喉を通るのが不思議だった。それどころか、三甲野はついぞ食べたことのないあんパンがこれほど美味《おい》しいものとは思わなかった。二個もたいらげて自分でもびっくりした。

どうやら、〝俎上《そじょう》の鯉〟の心境になれたのかもしれぬ、と三甲野は思った。

翌朝は、六時に起床、体操服に着替えて別館の会議室に集まり、自己紹介が行なわれた。昨夜のうちに第一班総勢三十二名の受講生が六人ないし七人の五グループに編成され、グループごとにキャップが決められていた。

頭髪の薄い五十過ぎの部長や中年ぶとりの次長たちが、脂汗《あぶらあせ》を流しながら懸命にしおから声を張りあげて、姓名を名乗っている。そのトレパン姿が三甲野の眼になにやら痛々しい。

自己紹介のときに声に力のないものは何度もやり直しを命じられる。

「声が小さい！　もう一度！」

若い講師の叱咤《しった》が飛び、二度三度とやり直される者も少なくない。

「もう一度！」

「○○部の×××です」

「もう一度！」

「×××です」

「声に力がない。大声は企業活動に積極性を生むもとです。もう一度！」

「はい。×××です」

やはり声に迫力がなかった。

いったいどうしたのだろう。躰に不調をきたしているのだろうか——。三甲野は眼をつむりたいような思いになっていた。意地になっているのか、講師のやり直し要求は執拗《しつよう》につづけられている。

三甲野が首をねじってこわごわと××のほうをうかがうと、その横顔がひきつっていた。しかし、もう一度観察すると、ひきつっていると見えたのは錯覚で、シニカルな笑いとも見てとれた。たしかに××は冷笑を浮かべていたのである。

エリート管理職の気概を見せているつもりなのか、大声で発声することを茶番と考えているのか沽券《こけん》にかかわると思っているのか、その態度は挑発的でさえあった。講師のほうも、やがてそれと気付いて、舐《な》められてたまるか、とばかり一層依怙地《いこじ》になっている。

だが、先に根負けしたのは講師のほうだった。××に鋭い一瞥《いちべつ》をくれてから、次へ移ったのである。

さすがに××以外はみんな、素直《すなお》に大声を張りあげている。

小水を漏らしそうになるほど緊張していたのに、ありったけの声で姓名を名乗った途端、信じられないほど気持がらくになっていることに三甲野は気づいた。煮て食おうが焼いて食おうがどうとでもしてくれとひらきなおった、ということなのだろうか。

七時に、会議室からホテル別館前へ移動し、整列させられた。

キャップが列から一歩進み出て、講師に報告する。

「第一班、総員六名、全員異状なし。報告おわります」

五人のキャップの中にも、「声が小さい」と講師から叱咤を飛ばされる者もいる。

整列のあと、三百メートルほど離れた湧ケ淵《わくがふち》公園まで隊列を組んでランニング。

「ファイト！」

「ファイト！」

走りながら、講師のかけ声に合わせて大声で唱和するが、息が切れて、声を出せない者も一人や二人ではない。わずかな距離なのに、しかも全力疾走でもないのに、息も絶え絶えで、この世の終わりのようななさけない顔をしている者さえ見受けられる。

三甲野もこんなことなら、ジョギングぐらいしておけばよかったかな、と思いながら走った口だが、顎《あご》を出すほどのことはなかった。

公園に着いたときは全身汗みずくである。

真夏の太陽がもうじりじり照りつけている。

「がんばるぞ！」

「燃えよ！」

講師に合わせて発声練習がつづく。

八時過ぎに朝食。味噌汁《みそしる》、卵、海苔《のり》、干魚《ほしざかな》などの和食だが、信じられないほど美味しい。この二、三日食欲のなかったことが嘘みたいだ。

少憩《しょうけい》のあと、講師の氏家康二から、
①経営のありかた、姿勢を内部指向から目標指向に改め、立てた計画は必ず実現しなければならない
②SSKは造船所、すなわち技術中心になっていたが、市場理念に立脚した営業中心の経営を目指さなければならない
③SSKの再建は坪内社長を中心に幹部以下の従業員が一丸となってやらなければ成功はおぼつかないが、そのためには幹部社員としてなにをなすべきか
——について話があり、午後は、グループごとにテーマを設定して討論し、夕食を挟んで十一時過ぎまで、ディスカッションがつづいた。

ちなみに氏家は、五十三年七月現在で四十三歳、五十二年に中央経営研究所を設立、D2P訓練を開発したが、来島グループの経営コンサルタントとして活躍していた。

# 4

研修三日目の午後、坪内が東京から駆けつけ、受講生をホテル別館の広間に集めて、三十分ほど話をした。

「起立！」「礼！」のあと、受講生たちは緊張した面もちで正座した。坪内は長袖《ながそで》のワイシャツ姿で立ったまま「みなさん、暑い中をご苦労さまです。らくにしてください」と語りかけたが、誰も膝をくずすものはいなかった。坪内は濡《ぬ》れタオルで顔の汗をぬぐってから、ゆっくりと話し始めた。

「きょうまで金融機関を回りまして一千六百八十一人の退職金の手当てにつとめましたが、やっと十五日にはお支払いすることができる状態になり、帰ってまいりました。みなさんがたも管理職としてつらかったじゃろうと思います……」

どよめきが会場を包んだ。最前列で坪内の話を一言も聞き洩《も》らすまいと耳を澄ましていた三甲野は胸が熱くなった。辞めていった仲間や部下の顔が眼に浮かんでは消える。やっと、大手を振って佐世保の街を歩ける――そんな思いが胸をよぎった。できることなら拍手したいくらいだ。

とくに、船殻課は大世帯だった関係で、百四十人からの従業員が退職して行ったが、課長の三甲野はかつての部下たちから「早く退職金を払わんか」「なにをやっとるんか」「××日までカネ払わんかったら、おまえの家に火をつけるぞ」などと恐喝《きょうかつ》まがいのいやがらせ電話で夜中まで悩まされ、退職金の支給の遅れが自分の責任みたいな錯覚に陥っていただけに、坪内の話は飛びあがりたくなるほど嬉《うれ》しかった。

三甲野のその思いは、副所長や部長たちにも共通していたのか、うしろのほうからむせび泣く声や、洟《はな》をすすりあげる音が聞こえてくる。

退職金支払いの遅延では、みんなどれほどつらい思いをしたかしれない。その工面がついた、と坪内から聞いて、感激せずにはいられなかった。

同時に暑い最中に資金手当てのために飛び回ってくれた坪内の苦労を思うと、申し訳ない気持で胸がいっぱいになってくる。

三甲野も鼻の奥のほうがじーんと熱くなり、あわててすすりあげた。

「わたしども、佐世保重工を引き受けた以上は一日も早く立派な会社にしたい。また、その責任もあると思っております。

こんどのような不幸があって、初めてみなさんがたもわかっていただけたと思うが、わたしどもは平素から、経営理念としてどんな不況がきても社員を路頭に迷わすことのないように心がけてきました。わたしどもは、二十年も前からいろいろな機会に不況がくるということを学びとってきました。

昔、鈴木商店という大きな会社があったことをご存じのかたもいると思うが、三《みつ》菱《びし》、三井《みつい》を追い越すほどの勢いをみせていた鈴木商店が倒産しました。

この鈴木商店の倒産の悲劇を勉強したことがありますが、要は銀行さんの信用が得られているかどうか、そして社員が愛社精神のもとに労使一体となって働く心がけがあるかどうかによって再建の成否が決まると思うのです。

銀行さんの信用が厚く、社員がそうした心がけを持っている会社は倒産しないのです」

坪内は、水差しの水をグラスに注《つ》いで、ひと口飲んで、話をつづけた。

「倒産を逃れるためには、ときには退却も必要です。不況が来た、退却しなければならないというときに、社員が不幸なことにならないよう、競争に打ち勝てる労使関係をつくりあげるために、わたしどもは平素から勉強しとるわけです。

じゃから造船不況というときには何パーセントの間接費を節減できるか、あるいはコストの安い船をつくるためにどのくらいの人員でやればいいのかを計算し、銀行さんが言われる前に早くから準備しておりましたから、不景気になれば思い切って退却できるわけです。

ふつうなら五、六パーセントの間接費を一パーセントにおさえる。あるいは船価もほかの造船所より一割五分安くできるように平素から勉強している。みなさんがたもこの研修のあとで、わたしどもの造船所をご覧いただければわかると思いますが、なにも難しいことではありません。誰《だれ》でもできることなんです。それから倒産した今治《いまばり》の波止浜造船所も見てください。

両方見ていただければよくわかると思いますが、倒産がいかにみじめなものか——、自分だけではありませんよ。家族ぐるみ不幸なことになるんです。

住宅ローンが払えん、子供の学費が払えん。こういうことを身近に見た社員は必死になって、合理化し、生産性をあげております。どこよりも安い船をつくることに生き甲斐を感じております。

いまからでも遅くありません。どうか、ひとつみなさんがたが先兵《せんぺい》となって、率先垂範していただきたい。佐世保重工がつぶれたら、佐世保市全体が混乱するんです。みなさんの責任も重大だということを自覚してください」

坪内はグラスを口へ運び、水で喉をうるおして、一同をゆっくり見回してから、また話し始めた。

「仕事の能率をあげ、ノルマを達成することが辛《つら》いと言う人がいますが、それは嘘じゃ思います。来島どっくの大西工場へ行って、従業員と話してみてください。ノルマを達成し、次のノルマに挑戦することが楽しみだと言うはずです。

それはどうしてなのか——。野球やテニスなどのスポーツをやる人ならおわかりになると思いますが、たとえば野球では練習しているうちに難しいボールでも捕球できるようになる。上達してくるにつれて、もっと上達したいと思うようになる。興味をもつようになります。これと同じなんです。

よその造船所は倒産しよるが、自分の働いている造船所はつぶれずに隆々《りゅうりゅう》と栄えている。構造不況というものを、夏の甲子園大会と考えればなんでもない。猛練習をした結果、不況に耐え、一歩一歩勝ち進んでいく。ところが呑気《のんき》にやってればいい、経営者もだらだらしてて遊びなのか指導なのかわからない——これでは生き残れるわけがありません。

こんなことで優勝できると思いますか。練習の成果が試合の中で出てくる。仕事もこれと同じで、泥《どろ》まみれになって働いて仕事の能率をあげ、家族ぐるみ幸せにならなければいけない。それをしなかったのが佐世保重工です。これでいいのか。これで社員が、家族が幸せになれるのか、ようく考えてください。

一部の考え違いをしてる人は、なんでも経営者に文句言ったらええと思ってるようですが、これでは幸せになれないんです。佐世保重工と来島どっくの違いは一時間も大西工場を見ればわかるはずです。佐世保重工には船の注文がないが、来島にはたくさん注文がきている。

それはなぜか――。安くて良い船をつくっているからです。コストの高い船に注文があるわけがないんです。船主のニーズにかなった船をつくるということの大切さを一人一人がいかに自覚するか――この自覚があれば能率はあがるはずです。そして、みなさんがたの部下にも、今回の研修、来島どっくの見学を通じて身を以《もっ》て体験したことを教えていただきたい。仕事のよろこびを教えてもらいたい……」

坪内は、張りのある声で諄々《じゅんじゅん》と説く。息苦しいほど静まり返った会議室で、坪内の声は三甲野の肺腑《はいふ》に沁《し》み込んでくる。

「佐世保重工では、二十五億円で決めた修繕船で二十億円も赤字を出している。それでも平気な顔をしている。わたしども、こんな莫迦《ばか》げた話を聞いたことはありません。誰がどう間違っているのか知らないがあまりにもひど過ぎる。

わたしどもは佐世保重工の社員全員に勤労の尊さ、勤労のよろこびを知ってもらいたいと願ってます。そして家族ぐるみ幸せになることを誓ってもらいたいと思っております」

若い男性秘書がそっと坪内に近づいて、新しいおしぼりを手渡した。坪内は軽く会《え》釈《しゃく》して、それを受け取り、首筋の汗を拭いている。

「大西工場では、十八年ほど前から受刑者をおあずかりして従業員と一緒になって働いてもらってます。友愛寮という松山刑務所の作業場が大西工場の中にありますが、そこを卒業した人が千五百人ほどおり、なんとその九八パーセントが真人間《まにんげん》になって更生しております。

国連に報告しましたところ、民間の施設を利用してそんなことができるのかと話題になり、三十ヵ国ほどの国連加盟国から専門家が見学に来てます。

見世物になってはいけないので、マスコミさんには取材を遠慮願っておりますが、なぜ多くの受刑者が生まれ変わったのか、その理由は仕事をすること、働くことのよろこび、楽しみがわかったからです。娯楽室にテレビも備えてますが、ニュースを見る程度で、あとは勉強している。じゃから、溶接などの資格試験の合格率は大変高い。わたしどもの本工はよその造船所に比べてレベルが高いが、友愛寮の受刑者の合格率のほうがさらに高い結果が出ています。

仕事がいかにおもしろくて楽しいものであるかをわかった者がいかに強い人間にな

るか、いかに生まれ変わって、社会復帰していったか、この点も勉強してもらいたいと思います。

やってもやらいでもいいとだらだらしてる人は不幸です。社員を幸せにするということに反対するような人をみなさんがたはどう思いますか。

社員を幸せにするということは会社がよくなることです。みなさんがたは家族のかたも含めてつらい思いをしたが、こういうことが二度とあってはならない。そのためにはわたしどもの話を謙虚に聞いてもらいたいと思います。

わたしども去年の十月には円が二百二十円になると想定して経営をやりました。二百円でもやれるという自信があります。だからこそ銀行が安心してカネを貸してくれるんです。

いつつぶれるかわからないような会社に銀行はカネを貸してくれません。

来島どっくは二千人の社員のうち四百人退却するのに二週間でやってしまう。じゃから、銀行さんが大丈夫ですか訊きよるときにはすべての準備が完了してます。工員さんは合理化できるということがおもしろくなり誇りをもつようになる。厭《いや》な顔一つしません。

おもしろくならないと駄目なんです。競争に勝てないんです。簡単にできる。簡単にできることをみなさんがたはやらなかったんです」

坪内はまたタオルで顔の汗をぬぐった。全身汗みずくになってるが、熱っぽく語りつづける。話さずにはいられない。どうしてもわかってもらいたい。理解してもらいたいという坪内の思いは三甲野にもじかに伝わってくる。胸が痛くなるほどびんびん響いてくる。

「わたしどもの会社にも頭の硬い技術屋さんがいます。まじめな技術屋さんの重役で、頭の硬いことを自慢してるようなところがある。こうしなさいと言っても、できませんと言いよります。

本人は使える人だから、しばらくじっと様子を見よったが、思い切ってどけてみた。あんたはここで見よってみなさいということで、課長に同じことを言うてやらしてみよったら、いっぺんにやりよりました。

ものの三月《みつき》もしたらコストが半分になった。これ、どうですか。頭が硬いくせに利口ぶって仕事の邪魔をしよる。これわかりますか。これを称して技術屋バカというんです。

また、上が合理化をやろうとしても、中間に頭の硬いのがおると下までそれが通らない。こうしたことも、あした実地にみなさんがたに説明します。おそらくみなさんがたが見たらびっくりすることもあると思いますが、どうか来島どっくという見本をじっくり見てください。そして自分の頭が硬いということを自覚してください。わたしは自信があるから言いよるんです。佐世保重工の再建に失敗したらわたしの責任です。責任のある者が責任をもって言ってるんじゃから、それに従ってもらいます。

やらずに文句を言うのがいちばんいかん。わたしに従いて来てもらいたい。そして佐世保重工を立派な会社にしようじゃないですか。社員も家族も地元の人たちによろこばれる会社にしようじゃないですか。

みなさんがたは造船が好きで佐世保重工に入社したんですよ。会社がぶっつぶれて、世間の人のもの笑いのタネにされ、悲惨な思いをするのがいいのか、立派な会社になりましたねえ、佐世保重工は生まれ変わりましたねえと世間から信頼される会社がいいのか、わたしが言わなくてもおわかりになるはずです。管理職のみなさんがたが率先垂範することがなによりも望まれているんですよ。

みなさんがたはやったらできるのにやらなかった。じゃが、いまならまだ間に合います。みなさんがたが心を入れ替えて、少々の困難があっても下の人たちを引っ張っていけば必ず佐世保重工はよみがえるんです」

坪内は一段と声を励まして結んだ。

「同じ働くなら、立派な幹部と言われる人になってください。人間チャンスが生かせないようでは駄目です。

みなさんがたにとっていまがチャンスなんです。みなさんがたの指導力で佐世保重工を救えるんです。

暑い日がつづいてますが、この訓練の最後の仕上げをしっかりやり、やれるという自信をつけて佐世保へ帰ってください。これをお願いして、わたしの話を終わらせてもらいます」

坪内の長い訓話が終わって、話し終わった坪内もそうだが、受講生のほうはもっと顔を上気させている。

副所長の溝口が坪内の前に直立不動の姿勢で立ち、答礼の言葉を述べた。溝口は発声訓練で大声を出し過ぎて、声が嗄《か》れているが、それでも精いっぱいの声を張りあげた。

「ただいまは身に沁みるご訓示をたまわり、ありがとうございました。感動しております。このたび四面楚歌《しめんそか》のSSKの経営をお引き受けいただきまことにありがとうございました。

この厳しい環境の中で坪内社長には言語に絶するご迷惑をおかけ致しております。まことに申し訳ありません。また、このような教育の機会をもっていただき、ありがとうございました。

わたくしたちはこの訓練が進むにつれて日一日と多くの反省点があることに気づきました。このような厳しい状況になっているにもかかわらず、わがこととして認識していませんでした。また、社長あるいは部下に迷惑をかけながらまだ甘えやわがままがあります。困難や苦難に立ち向かう勇気と根性にも欠けておりました。

今日このような局面に立ち至ったのは、ひとえにわたくしたち幹部の責任であります。わたくしたちはダラ幹であり無能でした。多くのかたがた、なかんずく坪内社長には言葉には言い尽くせないご迷惑をおかけし、慚愧《ざんき》の念に堪えません。心から反省しております。まことに申し訳ございませんでした。

これを肝《きも》に銘《めい》じ、本日ただいまより百八十度生まれ変わり、社長のご方針を真正面から受けとめまして、会社再建のため、なにがなんでも命をかけてやってやってやり抜きます。よろしくご指導をお願い致します」

溝口は答礼を終え一同に「礼！」と号令をかけ「ありがとうございました」と一斉に唱和し、坪内に向かって低頭した。

「しっかりお願いします」

坪内が声をかけると「がんばります」「よろしくお願いします」「ありがとうございました」と、整然と全員で返した。

あくる日は、研修三日目までより三十分早い五時半に起床し、朝食もそこそこに六時過ぎにバスで大西工場へ向かった。造船所をつぶさに見学して三甲野は完膚《かんぷ》なきまでに打ちのめされた思いがした。眼から鱗《うろこ》が落ちるとはこのことか、と思う。痩《や》せても枯れてもSSKは一流企業であり、腐っても鯛《たい》とでもいうか、技術面で来島どっくを凌《しの》ぐものがあるはずだと自負していた。

きのうの坪内社長の話の中で、眉《まゆ》にツバするほどではないにしてもその点だけは多少割り引きして聞いたのだが、まさに技術屋バカであった。百聞《ひゃくぶん》は一見《いっけん》に如《し》かずというが、悔《くや》しいけれど、これでは来島どっくにかなうわけがない——。来島どっくから学ぶべきことはあまりにも多い。それは頭を下げて謙虚に受け入れなければならないと思う。

省エネルギー技術、製造工程の簡素化など、どの角度からみても彼我《ひが》の格差が歴然としている。

だが、三甲野はむらむらと持ち前の負けん気が頭をもたげてきた。必ず来島どっくに追いつき追い抜いてみせる。三甲野は、大西工場の技術者と時間の経《た》つのも忘れて議論をしていて、何度唇《くちびる》を噛《か》みしめ、こぶしを握りしめたかしれない。

友愛寮も見学させてもらったし、黙々と汗を流して作業に勤《いそ》しむ受刑者たちの姿にも接し、感動を新たにした。

その夜、三甲野は奥道後ホテルの寝室で研修のアンケートに答えて、次のように綴《つづ》った。

SSK入社以来早十五年が過ぎましたが、研修を通じて、自分がいかに大企業の甘い椅子に座っていたか痛感させられ、反省することしきりです。例えば今日のSSKの厳しい状態はすべて経営者の責任だと信じていたのですが、われわれ管理職にも大きな責任のあることがよくわかりました。まことに恥ずかしい限りです。

私は生産部門を担当し、多数の部下をまかされておりますが、今日からは根性と魂《たましい》を入れ替えて、生産工程およびコストの低減を目指してがんばり抜き、実現したいと思います。当面五〇パーセントのダウンを目標とします。坪内社長に技術屋バカときめつけられましたが、まさにそのとおりだったと思わざるを得ません。部下を指導し、レベルアップさせるためにも、まず自分自身が生まれ変わらなければならないと思います。開拓精神を発揮し、事務部門とも連帯意識を強め、会社再建に微力を尽くし、社長に恩返ししたい気持でいっぱいです。

三甲野は、書き進むうちに熱いなにかが喉もとへ突きあげてきた。

5

研修五日目はバスで今治市まで出向き、倒産した波止浜造船所の見学である。活気に満ちている大西工場とは対照的な、廃墟《はいきょ》の造船所に息を呑む思いで、全員、声も出ない。三甲野はバスから降りたまま、しばし茫然《ぼうぜん》と立ち尽くした。

大小無数のクレーンが無残な姿をさらしている。建造中途で放置された船を眼《ま》の当たりにしたときは、涙がこぼれそうになった。波止浜の人たちの無念さを思い遣《や》ると息が詰まりそうになる。

皆《み》んなどこへ行ってしまったのだろう。佐世保重工も一歩間違えれば、波止浜と同じ悲惨な目にあっていたのである。背筋に戦慄《せんりつ》が走る――。

「倒産した波止浜造船所を見てください。倒産がいかにみじめなものか――。自分だけではありませんよ。家族ぐるみ不幸なことになるんです」

一昨日の坪内の訓話が思い出される。

「ぞっとするな。とても他人事《ひとごと》とは思えん。佐世保だって、危なかったんだ」

「まったくだ。波止浜の人たちはどんな気持だったろう」

「こんなことになったら、死にたくなるのと違うか」

三甲野は、同僚のやりとりを名状しがたい思いで聞いていた。

その夜、ホテルの別館の広間で研修打ちあげの小パーティが催された。

パーティに入る前に、D2P訓練の基本精神ともいうべき標語を全員起立して唱和した。

「実践　実践　また実践
修練　修練　また修練
やって　やって　やりとおす
おれがやらねば　誰がやる
今をおいて　いつできる
やって　やれないことはない

やらずに　できるわけがない
やって　やって　やりとおす」

皆んな嗄れた声をせいいっぱい張りあげている。発声練習で喉がつぶれてしまった者もいるが、どの顔も晴れ晴れとしている。

三甲野は、唱和の中に××の姿を認めて、胸ふくるる思いになっていた。××は三日目までは、気持のわだかまりがふっきれていないようなところがあったが、坪内の訓話を聞いたあたりから、眼の色が変わってきた。研修四日目の朝の点呼のときに、大声で姓名を名乗るほどになっていたのである。

七時過ぎからパーティが始まった。坪内の姿も見える。

ビールで乾杯したが、そのビールの美味《うま》さといったらない。

往路のフェリーで、ビールが喉を通らなかったことが、いまは懐かしい。

坪内がビール瓶《びん》を手に、大きな躰をゆったりと動かして、ひとりひとりに酌《しゃく》をしている。

三甲野の番になった。三甲野はポロシャツに、トレパン姿だが、坪内は背広こそ脱いでいるとはいえ、長袖のワイシャツにネクタイまで着けている。三甲野は胸がどきどきするほど緊張した。坪内に笑顔を向けられて、いくらか気持がほぐれたが、無理に微笑を返そうとしても顔がこわばってしまう。

「さあ、ぐっとあけなさい」

「はい」

三甲野は身を硬くして、グラスを乾《ほ》し、両手でグラスを持って坪内の酌を受けた。

「ありがとうございます」

「研修はどうじゃった？　きつかったかね」

「初めはつらいかなと思いましたが、大きな声も自然に出せるようになりましたし、〝やる気〟が出てきました。またとない貴重な体験をさせていただきました」

「波止浜を見て、どう思ったんじゃ？」

「胸がいっぱいになりました。ＳＳＫも、波止浜の二の舞いになってたかと思いますと、ぞっとします」

「そうじゃろう。会社は絶対つぶしたらいかん」

坪内は、表情をひきしめて首を左右に振ってから話をつづけた。

「佐世保重工の人たちは、経営者も管理職も、組合もみんな甘えとったんじゃ。このことがわかったかね」

「はい。肝に銘じました。弁解は許されないと思います。わたしはＳＳＫに入社して十六年になりますが、上司から叱られたことは一度もありませんでした。坪内社長から、その分をまとめて叱られたような気がします」

三甲野は話しているうちに、いつしか気持がうちとけていた。

「管理職のわれわれがやる気にならなければいけないとみんなで話しましたが、SSKは必ずよみがえると思います」

「大西工場はどうじゃった。少しは参考になったかね」

「なりました」

三甲野はつい大声で答えてしまい、周囲の者をびっくりさせたが、坪内はうれしそうに眼を細めている。

「大西工場を見学するまでは、技術的なレベルはSSKのほうが上だぐらいに思ってたのですが、とんでもない思いあがりであることがわかりました。技術屋バカだったと反省しております」

「技術屋さんは、とかく井《い》の中の蛙《かわず》になりがちじゃが、自信が過信になってはいかん」

「はい」

「現状維持は、即《そく》退歩です。技術の進歩に限りはない」

「はい」

「きみたち若い人たちが力を出し切らなかったら佐世保は立ち直れん。わたしは若い人たちの奮起を期待してるんじゃ」

「頑張ります」

三甲野は直立不動の姿勢で、またしても大音声《だいおんじょう》を発していた。

「しっかりお願いしますよ」

坪内は、三十二人の受講生全員にビールを注いで回った。そのたびに、返杯を受けることになるから大変である。

坪内にやさしく声をかけられ、励まされて、感激しない者はいない。

坪内は十時過ぎに帰宅したが、三甲野たちは夜中の二時過ぎまで飲んだ。何度乾杯したかわからない。

きょうから再生ＳＳＫはスタートする。ドラマは今夜から始まるのだ。いま、まさに幕をあけようとしているのだ――。三甲野はそう思った。

「おい、がんばろうな」

「死んだ気になってやろう」

「それこそ俺たちがやらずに誰がやるんだ」

みんな口々に言いあい、肩をたたき合っている。

うわずっていると思えるほど、気持を高揚させていた。

6

坪内は、六チームに分けて奥道後に招いた佐世保重工の管理職研修では、時間のやりくりをつけて必ず社長訓話を行なったが、七月二十九日の第五班に対するそれはいままでにない激しい気魄を見せ、並みいる受講生を圧倒した。

二十一日夕方の労愛会の決起集会で国竹が合理化案反対の演説をぶち、二十五日の会社側提案に対して反対する旨《むね》新聞発表する組合の挑戦的な対応を見せつけられるに及んで、坪内の胸中は沸騰《ふっとう》していたのである。

坪内は高ぶる気持を鎮《しず》めるように、水差しの水をグラスに注いで、時間をかけて半分ほど飲んでから、おもむろに話し始めた。

「みなさんがたもご存じのようにいま佐世保重工は大変な局面に立たされておりまず。わたしどもは佐世保重工の経営をお引き受けしましたが、まだみなさんがたにお話ししていないことがたくさんあります。銀行との折衝の状況、外部とのいろいろな契約の問題も残っております。

銀行をひとつ例にとりますと、わたしどもは銀行と個別に話しているところですが、運輸省が船舶振興協会のカネを十億円出そうということで、銀行も保証し、出るものと思っていたところ、いまだに出ていません。この十億円はみなさんがたの給料が半分、組合の労働金庫へ払う分が半分ということになっていたのですが、ぎりぎりになって第一勧銀が船舶振興協会のカネを受け入れられないと言い出したわけです。

どういうことかと言えば佐世保重工がつぶれても保証しなくていいと一筆入れてくれるのなら受け入れてもよいということですから、ずいぶん常識外れじゃと思いますが、第一勧銀がそういう態度じゃからほかの銀行も右へならえということになる。きのうも福岡へ行き、福岡銀行、西日本相互銀行を回ってきましたが、佐世保重工が立ち直れるかどうかわからないと見ていることがわかりました。

銀行というのは大事をとる、言いかえればずるいということになるが、坪内さんは労使一体で再建すると言うけれど、労働組合はなってないじゃないか、と言われれば返す言葉がない……」

静かに話していた坪内の声が急に高くなった。

「じゃから労働組合のものの考えかたというのは自分のことだけで会社のことや社員

のことを考えない。

わたしに再建をお願いしますと何度も頼んでおきながら、この期《ご》に及んでもがちゃがちゃやっている。まるでおどれのことしか考えていない。思いあがりも甚だしいが、こういう組合に誰がしたんですか……。

みなさんがたがしたんです。みなさんがたが甘やかしたんですよ。じゃから今後、造船の受注をどんどん取っていかなければならないのに、銀行の保証がなければ契約ができない。労働組合のつまらん新聞発表のために全部たたきこわされておるのが現状です。この事実をみなさんがたどう判断しますか。いったい労働組合というのはなんのためにあるのか、社員の幸せを願うためにあるのか、おどれが威張るためにあるのか。わけのわからんやつはヤクザ以下じゃないですか。こんなもののどこが怖いんですか。

社員を不幸にする。おどれのことしか考えていない、そんなやつのどこが怖いんですか。

こんな人たちをのさばらせておいて佐世保重工はよくなりませんよ」

坪内は「わかりますか！　まだわからんのか！」と一同を睨《ね》め回し、顔を真っ赤にして一段と声を張りあげた。

「よく考えなさい。つまらん新聞発表が大きなわざわいとなって、銀行はカネを貸してくれない。佐世保重工は立ち直れないと見てるんですよ。

これに対して管理職は無力じゃないですか。無力のくせに恰好《かっこう》だけは管理職。この点をよく考えなさい。

無能な部課長が会社を不幸にする。みなさんがたの無能ぶりを勉強して反省しなさい。佐世保の労働組合の幹部は、社員を幸せにするのか、不幸にするのか、おどれだけ威張るために存在するのかよく考えなさい。

労働組合の幹部はみなさんがたの部下が選ぶんですよ。考え違いがあれば、それを直していく勇気がみなさんがたになければいかんのですよ」

坪内は、水を飲み、タオルで顔の汗を拭いた。そして、声量を落とした。

「この研修が終わったらつぶれた会社をお見せするが、つぶれた会社の奥さんがたがなにをしていると思いますか。中には食うに困ってパンパンをやってる人もいます。自分の部下の奥さんがこともあろうにパンパンをやってる姿をみたら、あなたがたどう思います？

赤旗振って煽動《せんどう》した人たちは夜逃げして一人もおらん。誰が助けてくれるか。組合が助けてくれた例があるんですか。そのくせわけのわからんわがまま言いよる。

　管理職がしっかりしている会社はそんなわけのわからん組合を放《ほう》っておきませんよ。正しい議論なら通るんです。おかしな組合幹部は社員が相手にしなくなる。あなたがたの中にはおじいさんやお父さんが海軍工廠の世話になった人もおるじゃろうが、あなたがたの代に佐世保重工つぶしたら、奥さんや息子《むすこ》さんにどう言われます。あなたがたが無能なためにつぶしたら、そんな甲斐性《かいしょう》なしですか、と言われるんですよ」

　突然、坪内は前方の受講生の一人を指差して「わかるかね」と訊いた。

「わかります」

　元気な返事に、坪内はうなずき返した。

「佐世保の町の人たちがどれほどみなさんがたの勇気を望んでいるか……。労働組合では助かりやせんのです。みなさんがたの勇気と指導力で助かるんです。これを履《は》き違えんようにしてもらいたい。組合があんな横着では駄目だと銀行に言われてるんですよ。ここのところをようく考えてください」

　坪内は一息ついて、ぐっと声をひそめた。

「こういう銀行の様子を聞いて、新日鉄から派遣されていた役員がさっき躰の調子が悪いと称し、電話で辞任を申し出てきました。よろしい、去る者は追いませんということで受理しましたが、きのう役員会で決めてきょう辞表を出すとはなんですか、と永野さんに文句を言うておきました。

そんな腰抜けならおらんほうがいい。だいたいだらしなさ過ぎる。男じゃない。責任もなんにもない」

ここでまた声量があがった。

「みなさんがたには自分たちでしっかり会社を守るという気持になってもらいたい。躰を張ってでも守り、女房子供に顔向けでき、佐世保の市民にもよろこんでもらう、それがあなたがたの務めなんです。

外部の人までが佐世保重工をつぶさないように一生懸命になってるときに、自分を売り出したいのかつまらん発言をする。

なにが組合ですか。社員の幸せを願うのが組合の幹部じゃないんですか。労働組合の委員長とはなにか偉い人だと勘違いしている。

組合の委員長がカネの工面や注文を取ってきてくれるんですか。正しい判断のできる人を選ぶように、勇気をもって部下を指導してもらいたい。管理職が無能だから組合幹部が増長しよるんですよ。会社がつぶれて社員が幸せになりますか」

坪内は水を飲んで、空《から》になったグラスに水差しを傾けた。

「昨夜、東京から皆さんもよく知っている川崎《かわさき》さんに来てもらい、今度新しく役員になる人にも集まってもらって、きょうの午前中にどうしたら銀行に納得してもらえるかをよりより相談しよりました。最終案が固まり次第みなさんがたとも協議しますが、佐世保重工をつぶさないようにみんなが一生懸命になってるんですよ。

みなさんがたももっと根性を据《す》えた管理職になってください。無能では駄目なんです。無能な幹部は去ってください。やる気のない人はどうぞやめてください。おったって意味がない。労働組合の顔色だけうかがってて、よう部下を指導せん幹部が何人おったってなんにもなりません。

わたしどもは引き受けた以上、どんなことがあっても再建しようと意欲に燃えてます。佐世保に行ったら子供にまでご苦労さんと言われ、会う人ごとにご苦労さまと言われます。やる気のある人には従いてきてもらいますが、やる気のない人はやめてください。社員を不幸にするような労働組合の幹部とはとことん対決していきます。それ以外に方法はありません。

佐世保重工がつぶれたら、ほかに産業がないので今治より悲惨なことになりますよ。絶対にそんなことにしてはならない。来島どっくは韓国の『現代重工業』にも負けてませんよ。幹部も社員もみんなしっかりやっているからですが、あなたがた、私の発言を暴言だと思うかもしれない。しかし、こういう機会に徹底して言わんとみなさんがたの頭に入らない。生まれ変わるチャンスなんです。

二百人近い管理職のみなさんがたがわたしと一心同体になって一枚岩になってやれば、なんにも怖いことはないですよ。そんなものに怖《お》じる必要はない。組合の幹部を腫れものにさわるようにして甘やかしてきたことを反省してください。九州男児なら九州男児らしく根性を据《す》えなさい。このことを肝に銘じ、管理職らしい管理職になってください。

きょうは小言を言いましたが、これも佐世保の再建を願えばこそのことですから、この点はご理解いただきたいと思います。ひとつしっかり勉強してください」

坪内の訓話は終わった。ときには激昂《げっこう》に近い強い口調で受講生を叱りつけたが、労愛会のハネあがりに接し、銀行から危惧《きぐ》の念を表明されて、それだけ危機感を募《つの》らせたということであろう。

訓話の中に出てくる「川崎さん」とは佐世保重工筆頭常務の川崎孝一《こういち》のことである。ついでながら、前社長の村田章ら六取締役は七月二十五日付で退任、生え抜きの役員で留任したのは川崎一人だけである。

川崎も辞任を申し入れたが、坪内に引き留められたのである。七月二十八日の夜、初めて来松《らいしょう》し、奥道後ホテルに泊まった川崎は、二十九日の朝、坪内と朝食を共にしたが、ミルクとトースト一枚の自分の献立に坪内が合わせたのをあとで知って、いたく恐縮した。前夜、坪内の秘書から朝食の希望を訊かれ、「朝はミルクを二合飲むだけで、日によってトーストを一枚食べることもある」と答えておいたのだが、こんなことなら、坪内の献立を先に訊いてそれに合わせるべきだったと後悔した。

# 第七章　辞表提出

## 1

「松下《まつした》さんがえらいあなたのことを褒《ほ》めてましたねえ」

出し抜けに永野が言った。

場所は赤坂の料亭〝中川〟の奥座敷である。坪内は、永野と差しで飲むのは初めてであった。永野の招待だから、坪内は床柱《とこばしら》を背にして座っている。

上京したときには食事をしたいので必ず連絡するようにと秘書を通じて言われていたが、十月中旬のある夜、二人で会うことになったのだ。

時間はまだ七時前で、きれいどころの顔はなかった。二人ともワイシャツ姿のうちとけた感じで、日本酒を飲んでいた。女将《おかみ》と仲居《なかい》がとき折り顔を出すと、「こっちはかまわんでいいよ」と永野は人払いするふうでもないが、二人きりで話したい様子だった。

「松下さんって、松下幸之助《こうのすけ》さんのことですか」

「新聞見ませんでしたか」

「ええ」

「そうですか」

永野はうれしそうに言いながら腰をあげて、たたんである背広のポケットから新聞の切り抜きを取り出して坪内の前へ戻った。

「『大阪新聞』といって、関西では売れてる夕刊紙ですが、この一面トップに出てるんですよ」

永野は、新聞の切り抜きをテーブルにひろげながら、坪内に手渡した。切り抜きというよりも全面をつぶすような大きな扱いの記事なので、一ページを破いて持ってきたといったところだ。

〝二兆円減税よりも……〟の横見出しにつづいて〝税金いらん日本できる〟と眼を剝《む》くような八段ぶち抜きの大見出しがつづき、松下幸之助の大きなインタビュー写真を挟んで、〝経営の神様、松下さん大気炎〟〝坪内さんは経営を知っている〟の活字が躍っている。〝佐世保・関汽立ち直る〟ともあるが、リード（前文）は次のように書いてあった。

減税、増税論議がもり上がりをみせている矢先、〝経営の神様〟松下電器の松下幸之助さんが、「日本を税金のない国にすることができる」――という構想を打ち出した。いずれ増税は必至といわれている時代に、減税はおろか、税金なしの「無税国家」を実現するとは耳よりな話。大阪新聞社ではさっそく松下さんを訪ね、この夢あふれる構想を聞いてみた。当年とって八十三歳の幸之助さん、ことしがちょうど事業をおこしてから六十年の〝経営還暦《かんれき》〟を迎えたこともあって、その意気ますます盛ん。話は「無税国家論」から、最近の経済情勢、日常生活にまで及び「山下社長は満点に近い」「来島どっくの坪内（寿夫）さんは経営を知っている。佐世保重工、関汽は必ず再建される」「健康の秘けつは昼食抜きの少食にある」――など大いに語った。

それが永野の手になるのか、秘書にやらせたのかわからぬが、赤鉛筆で囲ってあるところに坪内は眼を走らせた。

ついで最近の経済、社会情勢についてもユニークな評論を披露。なかでも佐世保重工業、関西汽船の再建に乗り出した坪内寿夫・来島どっく社長評のくだりになると、ズバリの評価。

「かつて一度だけ五分間ほど会ったことがあるが、彼は経営を知っている。発想が優れている。国を助け、企業を助け、社員を助けられるのはワシ以外にないという腹をもっている。こういう腹をもっていると必要な知恵はあとからあとから出てくるんですな。それに率先垂範がえらい。とにかくあの人は無から有を生み出すだけの力をもっている。佐世保、関汽は立ち直りますよ。間違いなく」

私は造船の経営にはむいていないという松下さんは、驚くほど豊富なデータをもとに坪内氏に対して最高級の評価を与えた。経営の神様ともなると、優れた経営者かどうかは、たった五分の出会いで見抜いてしまうのかも知れないが、とにかく経営の神様が与えた〝おスミつき〟で坪内株はグーンと上昇しそう。

坪内が面《おもて》をあげるのを待ちかねたように、永野が言った。

「まったく同感です。さすが経営の神様といわれる人だけのことはありますよ」

「尊敬する松下さんに褒めてもらって光栄です」

「池浦さんは、坪内さんが再建に乗り出せば佐世保の株は高騰《こうとう》すると言ってましたが、そのとおりになりましたねえ。こんなことならわたしも買っておけばよかった。えらい損したような気持ですよ」

その話なら坪内も、興銀の池浦頭取から聞いたことがある。額面すれすれの佐世保重工株は、この時期、坪内人気で額面の三倍以上の百七十円にまで高騰していた。だが、坪内にしてみれば薄氷《はくひょう》を踏む思いなのだ。住友銀行に頼まれて経営難に陥っている関西汽船の再建も引き受けたが、両社ともまだまだ前途は険しい。ありていに言えば、こんなところでのんびり酒を飲んでいる心境にはなれなかった。

「じゃが、佐世保も関汽もこれからが大変です。松下さんに励ましの言葉をいただいたと思うてがんばります」

坪内は表情をひきしめた。松下さんに称揚されたことはたしかにうれしい。しかし、両社とも楽観はゆるされない。とくに佐世保は組合が合理化三項目（一五パーセントの賃金カット、定期昇給・ベースアップ・年間一時金の三ヵ年ストップ、週休二日制の廃止）に反対し、不穏な動きをみせ、再建に水を差されている。みんなが歯をくいしばって辛抱し苦労を分かち合おうとは思ってくれないのか――。しかも念書まで入れて協力すると約束したのに……。

坪内がかすかに眉《まゆ》をひそめたのを永野は照れているととったらしく、「どうぞ、この新聞はお持ちください」と、上機嫌で言った。

「いただいておきます」

坪内は新聞をたたみかけて、日付が八月二十三日であることに気づいた。永野さんは一ヵ月近くもこの新聞を持ち歩いていたのだろうか、そう思うと微笑を誘われる。

永野がころあいとみて、本題をもち出した。

「坪内さん、佐世保で〝むつ〟を受け入れてくださらんか」

「…………」

「〝むつ〟の問題は政治問題だから、わたしは触れたくないが、ここまでくるとそうもいかんのです。政府も自民党も、原子力事業団もほとほと弱っている。わたしに坪内さんをなんとか説得してくれと泣きついてきてるんです」

永野は居ずまいを正して、テーブルに両掌《りょうて》をついて頭を下げた。

永野さんも人が悪い、と坪内は中《ちゅう》っ腹《ぱら》だった。松下さんが褒めているとうれしがらせておいて、難題をぶっつけてくるとは……。

「わたしが佐世保の経営を引き受けてくれと言われたときは〝むつ〟の話はまったく

出てなかったのに、いまになっておかしいじゃないですか。初めから〝むつ〟の問題が絡んでいることがわかってたら、わたしはお引き受けしませんでしたよ」

坪内は、血相を変えるほどではなかったが、いくらか気色《けしき》ばんでいる。

「たしかにあなたのおっしゃるとおりです。しかし、あのとき〝むつ〟の問題を出してたら問題が複雑化して収拾がつかなくなってしまう。坪内さんをかついだわけじゃないんです。ご賢察ください」

永野は正座したままの姿勢で、また低頭した。

佐世保重工の救済劇に、福田首相まで乗り出すなど国をあげて大騒ぎになったが、一私企業になぜ？ という疑問は坪内ももたないではなかった。どうも〝むつ〟が怪しいと思わぬでもなかったのだが、まさか長崎県と佐世保市が政府と裏取り引きして、佐世保重工を〝むつ〟の修理工場に内定しているとは思いもよらなかったのである。もし、そこまで話が進展しているのなら、自分にひとことあって然《しか》るべきではないか。佐世保重工の再建を引き受けたあとで〝むつ〟をもち出すなんてフェアではない。どう考えても騙《だま》し討ちである。

わが国初の原子力船〝むつ〟は、昭和四十九年に試験航海に出たが、設計ミスによる放射線洩《も》れ事故を起こし、五十二年に地元の寄港反対運動でむつ市を追われ、海上を漂流していた。

政府としてはその威信にかけても〝むつ〟を修理し、再出発させたいと考え、長崎県と佐世保市に〝むつ〟受け入れを要請、五島《ごとう》列島の石油備蓄基地と火力発電所を松浦《まつうら》に誘致《ゆうち》することを交換条件に、県と市は政府との密約に応じた。九千億円と六千億円、合わせて一兆五千億の大プロジェクトである。しかも九州に新幹線をつくるときは長崎県を最優先するという一札《いっさつ》を久保知事が当時の大平正芳《おおひらまさよし》自民党幹事長から取りつけていたという。久保知事や辻市長が躍起になって、坪内詣《もう》でをやったのも無理からぬことだといえる。

坪内がこうした裏取り引きの存在を知ったのは、佐世保重工の経営を引き受けた直後である。佐世保重工の再建劇が政治救済と言われるわけだが、いくら永野に頭を下げられても、素直《すなお》にわかりましたと応じられるわけがなかった。坪内ならずとも、ひとをこけにするにもほどがある、と言いたくもなろう。

しかも、〝むつ〟を受け入れたとして、佐世保重工はなんのメリットも得られない。それどころかデメリットばかりである。なぜならば、いいところはライバルの三菱重工と石川島播磨重工に取られ、佐世保重工はリスクを押しつけられるだけだからだ。つまり、原子炉の修理は三菱重工が担当し、船体の修理は石川島播磨重工がやるいことになっていたのである。

放射線洩れを起こした危険な原子力船の受け入れには過激派グループが反対しているので、受け入れる以上は火炎瓶《かえんびん》やゲリラ活動から守るため、真ん中の一番重要なドックをあけなければならないのだから、再建しようとしている矢先にドックを占領される痛手は小さくない。なんのことはない、佐世保重工は最も危険で迷惑千万《めいわくせんばん》なところだけを押しつけられようとしているのだ。

そのことを知らされなかったことに対する感情論は措《お》くにしても、坪内が永野の説得に対して簡単にわかりましたと返事ができるわけがなかった。

永野がさかんに坪内に頭を下げて頼んでいる最中に芸者が一人座敷へ入ってきた。

「永野さん、そんなにかしこまってどうなさったんです」

「きみからも坪内さんにお願いしてくれ」

「いったいなにをお願いするんですか」

「いいから、坪内さんに頭を下げればいいんだ」

永野は本気とも冗談ともつかず年増《としま》の芸者とそんなやりとりをしている。

「坪内さん、どうかお願いします」

芸者はほんとうに坪内に向かって三つ指をついている。

「どうか天野屋利兵衛《あまのやりへえ》になったつもりで引き受けてください」

永野は、自分の演技に酔ってしまったように涙声になっている。

坪内は、まるで新派の芝居を見ているような錯覚にとらわれていた。

「もう、たいていにしてください。まいりました」

坪内は、手を振って制止したが、永野はまだ顔をあげなかった。

結局、坪内は〝むつ〟の受け入れを了承するのだが、そのいきさつを坪内は次のように書いている。


そして、ついに、「あと二時間で入港する予定になっているから、どうか了承してくれ」というところにまで事態は進んでしまった。もちろん、そんなスケジュールは向こうが勝手につくったもので、私にはなんの関係もない。

私はそのとき、東京の料亭に呼ばれて、永野さんから説得を受けていた。結局、それが最後の膝《ひざ》づめ談判になったわけだが、佐世保の大騒動をテレビで見ながらの交渉であった。

「むつ」が佐世保の沖にいて、その周囲を海上保安庁の巡視船が何隻も取り巻いている。佐世保港の入口には、反対派が長いロープを二本渡し、それに百隻ずつの漁船を数珠《じゅず》つなぎにしてピケを張り、漁船には一人ずつ人が乗っている。

そして、いままさに、タグボートを突進させて、ピケの一ヵ所を突き破り、そこから「むつ」を強行入港させようとしているところであった。

「あんなことをしたら、あの漁船に乗っている人らはどうなるんです」

「彼らは救命具をつけているから、大丈夫だ」

「救命具をつけていたって、タグボートのスクリューに引っかかることもある」

「タグボートが突進していけば、彼らは自分から海に飛び込むだろう」

「それだけわかっているなら、なぜやらんのですか?」

「あんたにゴー・サインを出してもらいたいんだ」

怪我《けが》人が出たときの責任は、誰もとりたくない。準備はできたが、実行に踏み切れないでいたのである。そして、実行命令を社長である私に出させて、責任まで押しつけようという腹だ。

私はあきれはててしまったが、永野さんに男泣きして頼まれ、とうとう私は、その料亭から電話でゴー・サインを出した。

しかし、もし、怪我人でも出て問題になったら、私は責任をとって、治療費や慰謝料を払ったうえで、就任したばかりの社長をやめる覚悟であった。

このときマスコミに、私は金のためには非人道的なことも平気でやる悪徳商人のようにいわれた。しかし、最後に私が責任をもったのは事実だから、なんの弁解もせず、世の非難を黙って受けたのである。（講談社刊『人を活かす！』）

もっとも、〝むつ〟受け入れに際して、坪内がまったく政治的な動きをしなかったかといえば否《いな》である。松平の手引きで十月十四日には安倍《あべ》官房長官を二人で訪問し、再建金融の見通しがつかない限り〝むつ〟の入港は拒否したい、との意向を伝え、安倍に善処を約束させている。さらに十六日には大蔵省の徳田銀行局長、十七日には吉瀬次官、運輸省の中村次官と会い、善処方を陳情している。

2

〝むつ〟の問題とともに、坪内の頭を悩ませたのは労愛会の存在である。箸《はし》にも棒にもかからない、煮ても焼いても食えない、再建の邪魔ばかりしよる、と坪内ははらわたが煮えくり返る思いになっている。合理化三項目には反対する、反研修キャンペーンは行なうといった具合で、どうにも手を焼いていた。

九月十四日から労愛会との合意にもとづいて係長クラスの研修が市内のSSK研修所で行なわれていたが、ある係長が佐世保労働基準監督署に労働基準法に違反すると文書で告発、これにもとづいて労基署が同月二十日、文書で会社に警告を発した。新聞各紙がこれをとりあげたのは二十一日から二十二日にかけてである。

「長崎新聞」は二十一日付で〝坪内イズムにクレーム〟〝D2P訓練　労基法違反の疑い〟〝残業料カットなど、佐世保労基署　是正指導に乗り出す〟〝内部告発で明るみに〟と一面トップで派手にあつかった。朝日、毎日、読売、西日本などは一日遅れてあと追いするが、いずれも五段、六段見出しで大きくとりあげた。

係長の告発が労愛会の差し金によるのかどうかつまびらかではないが、オブザーバーで係長研修に参加した労愛会のある執行委員が「組合の内部切り崩しに通じるものがあり、組合攻撃と無用化を意図している」と報告しているところをみると、労愛会の意を体して労基署に告発したとみるのが自然であろう。

「長崎新聞」は「労基法を守るのは当然。組合としても、訓練については執行部のオブザーバー参加を労使協定で決めており、今後、行き過ぎがないよう監視したい」と国竹七郎労愛会会長の談話を載せているが、一方、「西日本新聞」には「すべて労基法に準ずるのが望ましいが、教育であれば、ある程度の柔軟な対応があってもいいのではないかと思う。しかし、内部告発があったとすれば慎重にこの問題に対処したい」という大塚昇同書記長の談話が掲載され、国竹談話とはニュアンスに微妙な差がみられる。

労基署があげた疑問点は、

①会社側は、この研修は社員の自主参加なので参加者に時間外手当ては支払わないといっているが拘束を受ける労働時間なのかはっきりしない

②昼休みの一時間休憩が確実に与えられているかどうか不明

——の二点で、会社幹部が事情聴取を受けた。

自主参加ではなく実際は半強制的ではないのか、それならば時間外手当て（残業代）を支給してはどうか、というわけだが、労働と教育とは画然と区別できる。労基署は会社説明を了承し、改善命令を出すまでもなく一件落着した。ゆき過ぎのないことを認めたのである。

しかし、内部告発と事情聴取が誇大に報道され、労愛会も「人権無視」「炭鉱のタコ部屋もどき」「戦前の特高警察並み」と喧伝《けんでん》したため、研修アレルギーが拡大されたことは事実であった。

たまたま十月の下旬に現場の一係長が自動車の排気ガスで自殺をはかる事件が起き

た。遺書も残されず、動機は不明だが、あたかも研修ショックによるものだと一部の新聞が書いた。一緒に研修を受けた同僚たちが「大変ためになったと言って、張り切っていた」と証言しているにもかかわらず、記者の先入観がそう書かせたのであろう。

講師の氏家康二は、名誉毀損《きそん》、損害賠償請求訴訟も辞さずといきり立ったが、坪内は「世間様にはそのうち必ずわかってもらえます。マスコミ報道をいちいち気にしたりつきあっていたらきりがありません。好きに言わせておきましょう」とたしなめた。

しかし、その坪内も側近には激しい言葉でいきどおりをぶちまけている。取締役の一色誠も、その一人である。

「そんなに研修はつらいんじゃろうか。それとも残業代がほしいんじゃろうか」

「ごく一部の社員は、労働組合の考えかたに毒されている者がおるかもしれません」

「いったい誰のための研修なのか。自分自身のためとは思うておらんのか。どうしてそれがわからんのじゃ」

「あるいはわかっていても、労組にそそのかされて、告発したということも考えられます」

「労基署に告発とはどういうことか。直接、わしに言うたらええ。それがいやなら研修の現場で講師に話すなり、勤労にでも言うたらええじゃろうが」

「新聞に書かせるのが狙いかもしれませんね」

「労働組合は、佐世保重工を再建したくないのか」

「労愛会がいくら邪魔しようと、いやがらせをしようと研修の効果はてきめんに出ています。佐世保の上野所長から聞いた話ですが、管理職は全員、早朝出勤を励行し、勤務時間が始まる前にミーティングを開くようになったそうです。幹部の率先垂範に引っ張られて係長も現場長も始業十五分前には完全就労態勢を実践するようになり、一般従業員もそれに従うようになったと聞いています。それで労組幹部は一層いらいらしてるのかもしれませんね」

「労基署に内部告発した係長と同一人物かどうかわからんが、七月に管理職研修を奥道後でやったとき、わしをつかまえて、高いカネつこうて松山へ連れて行くくらいなら、従業員の給料に回してくれと言うたやつがおった。なにを勘違いしてるのか。わしのポケットマネーでやってるんじゃ。奥道後でやるのは、大西工場を見せたいからじゃ言うて叱《しか》りつけておいたが、根性が腐っとる」

「そういう人は、結局脱落していきますよ。これも、上野所長から聞いた話ですが、新聞の偏向記事に怒って新聞社に抗議し訂正記事を出させた係長もいるそうです」

一色は懸命になだめたが、坪内の腹の虫はなかなかおさまらなかった。

十月一日付で佐世保重工は大機構改革を断行した。会社は九月十八日に固定費削減を目的に造船所内二十部六十七課（現業部門二十四課、事務部門二十五課、設計部門十八課）を二十三部五課とする大規模な機構改革案を労愛会に提示していたが、労愛会が基本的に了承したため、実施に移したのである。

新設部は、機械営業部（造機械業務課を昇格）、設計部（将来別会社にすることを前提に大平工業など子会社、関連会社の設計業務を担当）などである。存続する課は、艦艇設計課、造船検査課、機械検査課、保安課、診療所の五課だけで、六十二課は全廃された。

3

合理化三項目をめぐる佐世保重工の労使交渉は難航していた。昭和五十三年十月五日に第一回労使協議会が開催されてから、十月中に三回（五日、十二日、十四日）、十一月に三回（五日、二十日、二十二日）、十二月に入って二回（四日、六日）開かれたが、両者の主張は平行線をたどり、まじわるチャンスはほとんどないように見受けられた。

会社側のメンバーは常務取締役佐世保造船所所長の上野則義を中心に副所長・勤労部長ら、組合側は労愛会会長国竹七郎、副会長高野健一、書記長大塚昇などの執行委員である。上野は佐世保重工の生え抜きである。なお、石水煌三、三好金太郎、沖守弘、一色誠の四人が来島どっく役員兼務のまま八月二十九日の臨時株主総会で、佐世保重工の取締役に選任されていた。

第一回労使協議会で、会社側は「三項目の実施は再建のため不可欠。直《ただ》ちに実施しなければ倒産という最悪の事態を招く」と主張、それに対し組合側は「今日の状況に至らしめた経営者の責任を置き去りにして一方的に働く者にだけ犠牲を強《し》いるやりかたに応じることはできない」と反論した。

第二回労使協議会で会社側は三項目について次のような見解を明らかにした。

一、週休二日制の廃止について

①週休二日制実現の背景(イ)高度成長継続維持の見通しがあった(ロ)日本造船業の優位性維持の見通し(ハ)ＶＬＣＣ連続建造体制の確立と能率向上維持——等を見越

して導入し一応は成功㈡当社も大型船の連続建造体制を前提にして導入に踏み切った）を考える必要がある。

この見通しと前提が根底からくずれ、いまは全く様相が変わったということを認識すべきである。

②週休二日制の廃止は時代逆行というが、これは状況変化への対応である。

顧客は低船価を求めており、そのため能率向上、経費節減等によりコスト・ダウンができなければ受注に結びつかない。受注可能な体制を確立できれば生産量は伸び、余剰《よじよう》人員は発生しない。

つぎに、業界の調和ということであるが、業界も大手を中心に大幅な合理化が考えられており、企業体質の弱い当社が他社に遅れをとることは脱落を意味する。当社も生き残るためには一刻も早くなりふりかまわず即応体制を作らねばならない。業界の調和に気をつかうあまり、元も子もなくしてはどうにもならない。非常事態になれば、どこでも他社のことなど考えてはおれないし、どこも助けてはくれない。

③社会的趨勢《すうせい》、行政指導の方向について組合の主張もわかるが、全従業員の生活維持すなわち全員が何とか食べていくための体制づくりが目下の急務であり、会

社存続の確立が第一義といわざるを得ない。

二、定昇・ベースアップ・一時金の三ヵ年停止について

①会社は一度つぶれかけ、多くの方々の協力と援助で救済してもらった。（すなわち融資返済の棚上《たなあ》げ、債務の履行猶予《りこうゆうよ》など長期間にわたってご迷惑をかける）

②中期経営計画では、これら諸対策を完全に実施しても累積赤字を解消するには昭和五十六年度いっぱいはかかる。従って、あと三年半程度は経営的にも苦しい状態がつづくが、一応三ヵ年を努力目標として掲げているものであり、三年間はどうしても辛抱してもらわねばならない。もはや、どこからも援軍はこないのであり、われわれの努力如何《いかん》が会社再建の鍵《かぎ》をにぎっていることを認識してもらいたい。

三、賃金カットについて

①現在の市況から考え赤字を消すためにあらゆる対策（例えば完全就労・能率アップなど）をとるが、それだけでは赤字は消えない。どうしても賃金カットに手をつけざるを得ない。

②賃金を調整してコストを下げ、競争力をつけることができないならば、受注の確保が困難となり、余剰人員の問題が出てくる。会社としては、極力この問題が

生じることは避けたい。そのためにも賃金カットはやむを得ない措置である。③賃金カットにより、従業員の生活レベルを落とし、生活費の調整をしなければならないことは十分理解できるが、何とか辛抱してもらい、全員生き残る体制を作らねばならない。

一方、組合側は、

「三項目が絶対と会社側は主張するが①生活の実態②地域経済社会への影響③各界からの孤立化④士気、希望、意欲の喪失——などを考えたとき、これを了承することはできない」

と反論している。

第五回労使協議会では、「SSKは多くの人々に迷惑をかけてきており、再建できないとすればそれらの人々に対して申し開きできない。事態は一刻を争うところまできており、十一月末までに解決してもらいたい。最悪の事態が避けられなければ不採算部門を切り捨てる以外にない」という会社側の主張に対し、組合側は「不採算部門を切り捨てるというが、やれるものならやってみるがいい。組合をおどして問題を解決する姿勢であることは前からわかっていたが、組合は微動だにしない。そうした考えが会社にある限り問題は解決するはずがない」と、ひらきなおるなど感情的なやりとりが行なわれた。国竹は、テーブルを叩いて激昂《げっこう》する場面もあり、労使の対立は深刻化する一方であった。この日、会社側は五十三年度上半期（四～九月）の中間決算を発表したが、それによると経常損益で七十九億二千万円の大幅な赤字を計上、十月～来年三月までの下半期分を含めると百七億円の経常赤字が予想されるという。三項目の合理化案に関する労使交渉が長引くようだと、新造船、造機部門などの不採算部門の縮小ないし切り捨てを実施せざるをえない、と労使協議会の席上で、会社側が発言したのは危機感の表明でもあった。

そして第七回労使協議会で、会社側は「坪内社長は、三項目を組合が理解し約束したと受けとめたからこそ社長就任を引き受けたのである。また、世間も労使が約束していながらいつまでも実施しないと見ていると思う」と強調したが、組合側は「約束ごとと交渉ごとは違う。三項目を呑《の》むと約束したことはない」と反論した。

十二月六日の第八回労使協議会でも労使双方の歩み寄りはまったくみられず、十四日に至り国竹ら組合幹部はとうとう県知事、県労働部長、経済商工部長らを訪問し、陳情活動を行なう挙に出た。この日を起点に組合側の陳情活動は大蔵、労働、運輸の三省をはじめ中央行政にまでエスカレートしていった。

上野が十五日の朝八時に、全従業員を本館前広場に集め、所長就任後初めて所長講話を行なったのは、組合の陳情活動に対抗しての行動とみてさしつかえあるまい。一日と十五日は〝安全の日〟と定められているが、ことし最後の〝安全の日〟にかこつけて、上野は演壇に立った。事実安全講話にも時間を割《さ》いたが、上野が言いたかったのは、合理化三項目の即時実施である。上野は最後にこの問題に触れ、熱っぽく訴えた。

「ＳＳＫの労使交渉はまだ解決しておりませんが、大手造船所も合理化に踏み切っている中で、再建途上のＳＳＫが合理化三項目を実施するのは当然だと思います。従業員のみなさん、どうか厳しい現状を認識し、この点を理解していただきたい」

このことを知った労愛会は、ただちに「会社側は労使交渉のテーブルを離れて労愛会の頭越しに、直接従業員に合理化実施を呼びかけるとは卑劣きわまりない」と所長講話に反発してきた。だが、組合側の県知事などに対する陳情と整合性がとれるのかどうか、むしろテーブルを先に離れたのは労愛会ではないか、と上野は思った。

4

上野から電話で報告を受けた坪内は熱《いき》り立った。

「組合が知事に陳情とはどういうことか！　約束したことを守れんから言うて、知事に泣きつき、わしを屈服させようというのか！　あんた、組合とどんな交渉をしよったんじゃ。まだ内々《うちうち》の話じゃろうが。おどれの恥を天下にさらすようなことをして、いったい国竹さんはなにを考えとるんじゃ」

「非常識きわまりありません。国竹会長は約束した憶《おぼ》えはないの一点張りです」

「それなら、なぜわしは佐世保の社長を受けたんじゃ？　組合が合理化を受け入れ、再建に協力すると約束したからじゃろうが。あくまで約束してない言いよるんなら、わしは社長を辞《や》めるまでじゃ。知事や、中央官庁にまで陳情とは、なにを考えとるのかさっぱりわからん。こんな暴挙をゆるしとったら佐世保はどうなってしまうんじゃ」

坪内は、佐世保重工の役員会に対して十二月十六日付で辞表を提出した。

労使協議会の交渉を通じて組合はわかってくれるはずだと坪内は祈るような気持

で、吉報を待っていたが、久保県知事らへの陳情によって、一縷《いちる》の望みも絶たれた。いわば堪忍袋《かんにんぶくろ》の緒《お》が切れた、というところであろう。

造船重機労連（土居山義《どいやまよし》委員長、約二十二万人）が十六日の臨時中央委員会で「たとえ倒産しても坪内体制下の合理化案はのむべきではない」と、翼下単組の労愛会を支援する特別決議を行なった（毎日新聞、十二月十七日付）ことで、坪内の怒りは頂点に達した。

「倒産したほうがましだと言うのなら、つぶしたらええ。わしが社長を辞めたら、佐世保は間違いなくつぶれるじゃろう」

坪内は、東京の石水からの電話連絡に、声をふるわせた。

坪内が怒《いか》り心頭《しんとう》に発するのも当然である。

合理化三項目の受け入れで組合を説得することが国竹ら執行部の責務であり、使命だったはずである。いまになって、約束した憶えはないと言うのは、カネさえ取ってしまえばこっちのものだ、と初めからペテンにかけようとしていたことを暴露《ばくろ》するようなものではないか。

しかも、こともあろうに理不尽《りふじん》な要求をごり押しするために知事や県当局に泣きつく。それで通ると思っている。

甘ったれるにもほどがある、と坪内ならずとも思うところだ。

長崎県労働部長の小田浩爾《おだこうじ》が「なんらかのかたちで労使のパイプ役を果たしたい」と調停に動き出し、十九日の午後、上野所長と大塚書記長からそれぞれ一時間ずつ事情聴取を行なったが、労組が三項目を呑むか呑まないかでその中間はないというのが坪内の認識である以上、小田の調停が徒労に終わることは眼に見えていた。

同じ十九日の夕刻、上京中の国竹は金属労協議長の宮田義二《みやたよしじ》、造船重機労連委員長の土居山義と東商ビルに日本商工会議所会頭の永野重雄を訪問し、佐世保重工の労使問題について説明した。永野は「とにかく当事者間で話し合うことが大切だ。いちど坪内さんに話してみよう」と言って国竹らを帰したあと、さっそく松山の坪内に電話を入れた。

自宅には不在だったが、紀美江夫人が連絡をとったとみえ、ほどなく折り返し坪内から永野に電話がかかった。

挨拶《あいさつ》もそこそこに永野が用件を切り出した。

「さっき国竹君が会いに来ました。坪内さん、いちど腹を割って国竹君と話したらどうですか」

「永野さんにまた心配をおかけして申し訳ありません」

「重大決意をせざるをえないと坪内さんに威《おど》されてるようなことを国竹君が話してましたよ」

「威しではありません。役員会に辞表を出しました」

ことなげに坪内が答えた。

「なんですって……」

永野は絶句した。受話器を握る手に力がこもる。数秒間、沈黙がつづいた。

「もしもし……」

たまりかねたように永野のほうから呼びかけた。

「はい、はい」

「坪内さん、辞表を出すなんて冗談じゃありませんぞ。あなたが辞めたら佐世保はどうなるんです」

「永野さんにまで恥をさらすとは度《ど》しがたい連中です。永野さんもご存じのように、組合が合理化案を了承したからこそ、わたしは佐世保の社長をお引き受けしたんです。銀行にも業者にもご無理を願っているし、経営者も管理職もみんな辛抱しよるのに、組合だけがわがまま言いよるとはどういう料簡《りょうけん》ですか。組合があくまで約束した憶えはないと言い張るなら、わたしは辞めざるをえないではありませんか。組合が呑んでくれなければ、銀行が信用してくれませんから、新規受注も期待できません。かりに受注できたとしても赤字が累積して倒産に追い込まれることになるでしょう。お引き受けした以上、佐世保を再建するのがわたしの使命であり責務です。再建の見通しが立たないとなれば、辞めるしかありません。いっとき辛抱してくれいうことがそんなに無茶なことですか」

永野には眦《まなじり》を決してしゃべっている坪内の顔が見えるようだった。

「約束していない、合理化案は呑めないと言うてる者に会《お》うても意味がないじゃないですか。研修にはケチをつけよるし、どうにもなりません。造船重機労連は、たとえ倒産しても坪内体制下の合理化案は呑むべきではないと決議したそうですが、それなら倒産したらええんです。組合が倒産のほうを選びたいと言うとるなら、そうしたらええですよ」

永野は、坪内の気魄《きはく》に押されてたじたじとなった。これでは坪内の気持を鎮《しず》めるどころか逆に火に油を注《そそ》いでいるようなものではないか——。しかし、なんとしても辞表を撤回させなければならない。

「永野さんや知事に泣きつけば、わがままが通ると思うとる。精神が腐っとるんです。倒産したほうがいいとはどういうことですか。倒産の厳しさも知らずになんていう言いぐさですか。甘え切ってるんです……」

「造船重機労連のことはあまり気にする必要はありませんよ。早い話、佐世保重工がつぶれたほうがいいと考えている造船会社ばかりなんですから……。しかし国竹君とはやっぱり会ったほうがいい」

永野は辛《かろ》うじて言葉を押し出した。

「永野さんから国竹さんに会えと言われてもそのつもりはありません。会《お》うてもなんにもなりません。時間の無駄です」

「愛想が尽きたというわけですね。国竹君がごねるのは、ほかになにか狙《ねら》いがあるんですかねえ」

永野はしきりに首をひねっている。結局、永野は坪内の凄《すさ》まじいまでの強い決意を確認したにとどまったが、労愛会をしてなんとか合理化三項目を吞ませる手だてはないものかと永野なりに考えていた。また、そうは言っても、一度国竹と会ったらどうか、トップ会談で活路を見いだす以外にないではないか、と思っていたふしがある。

翌々日の二十一日の午後、長崎県選出の中村弘海代議士が松山に坪内を訪ねて来た。坪内はホテル奥道後のプレジデントルームで中村と会った。

「久保知事も大変心配してましたよ」

「みなさんにご心配をおかけして申し訳ないと思うてます。じゃが、中村先生どう思われますか」

「合理化三項目は一度決めた方針ですから、引っ込めるべきではないと思います。まず佐世保重工を再建することが先決です。いっときつらい思いをしても、結局は組合員のためにもなることなんです」

「…………」

「徳田銀行局長にも、わたしの考えを伝えたところ賛成してましたよ。ここでヘタな妥協《だきょう》をしてはいけません」

「ありがとうございます」

坪内は、中村が久保知事の意向を体してなにか斡旋《あっせん》案でも用意してきたのではないかと勘ぐらないでもなかった。そうなら、断固拒否するのみである。そう思って身構えたのだが、中村は激励にわざわざ松山までやって来てくれたのだ。中村の熱意に、坪内は頭が下がった。

「中途半端なことをしたらSSKの再建はおぼつかないですよ。それじゃなんのために坪内さんにお願いしたかわからなくなる」

「じゃからわたしは、組合が合理化三項目を呑むか、わたしが社長を辞めるかどっちかしかないと言うとるんです」

「国竹会長にも、労働大臣に会ったりして問題大きくしたり、こじらせてはいかんと言っておきましたが……」

「ほんとうに組合員のことを考えて合理化三項目に反対してるのか、永野さんも言うてましたが、なにかほかに狙いがあるのかわたしにもわかりません」

「…………」

「国をあげてわたしに佐世保の再建を頼んでおきながら、引き受けたら、あとはわたしにまかせておけばいいと思ってる人が政財界に大勢おるような気がします。運転資金の調達にしても、なかなか思うにまかせんのですよ」

坪内にしては珍しく愚痴《ぐち》めいた口調になっていた。二階にあがったらハシゴをはずされたとでもいうか、孤立感を深めていたのであろうか――。

佐世保市議会議長の井上末雄と労愛会会長の国竹七郎が来松《らいしょう》したのは十二月二十六日の夕刻であった。

二人はその夜はホテル奥道後に泊まり、翌二十七日の朝九時に井上が坪内とプレジデントルームで会見した。労使トップ会談のための地ならしができればと井上は考えたが、坪内はトップ会談を応諾《おうだく》したつもりはなかった。ただ、辻一三佐世保市長の名《みよう》代《だい》として面会を求めてきた井上に会わぬわけにはいかない。もっとも辻市長本人だったらどうだったろう。佐世保重工から有能な社員を引き抜かれたことに拘泥《こうでい》があったから、素直に会えたかどうか——。

井上は、三時間に及ぶ会談の中で合理化三項目について修正する余地はないかと、執拗《しつよう》に念を押したが、坪内はとうとう首をタテに振らなかった。三項目は初めからの約束ごと、と考えている坪内は繰り返し、このことを強調し、組合が三項目を呑まない限り、佐世保重工の社長職を辞任する考えは変わらないの一点張りであった。

「組合が反対しているお陰で、仕事も取れないし、銀行も協力してくれんのです。譲歩や修正の余地があるわけがないですよ」

「三項目を呑むと生活できなくなる従業員がおると聞いてますが……」

井上に凝視《ぎょうし》され、坪内は視線をはずして考える顔になった。

「ほんとうにそういうことなら、別途救済方法を考える必要があるじゃろうと思います。社長のわたしが個人的に住宅ローンや生活資金を貸し付けて、従業員を救済する方法を考えてみましょう」

「なるほど。坪内社長としてはご自分が犠牲になっても会社の再建を優先するというお考えですね」

井上は、坪内の発言はまだ思いつきの域を出ていないにしても検討に価する提案だと受けとめた。

「貸し付け期間や貸し付け方法を具体的に検討させましょう。無利子で貸してあげたいが、それでは贈与と見なされるので、低利で融資することにします」

ここまで言われると、単なる思いつきではなくなってくる。さすがオーナー経営者はちがう、と井上は内心うなった。

「運輸大臣が造船各社の操業短縮案を打ち出しているので、SSKも一層厳しい対応が迫られますが、人員の削減は考えてますか」

「余剰人員は来島グループで吸収し、人員整理は極力避けたいと思ってます。しかし、さらに厳しい合理化が必要になるでしょうね」

「国竹君がわたしと一緒に松山へ来てます。別室で待たせてますが、会うつもりはありませんか」

「ありません」

坪内の返事はにべもなかった。

「そうおっしゃらずに、会ってやってくださいよ」

「井上さんにお話しした以上のことはありません。じゃから、あなたからよく話してください」

「まるっきり会わんというのもカドが立ちますから、挨拶ぐらい受けてくださいよ」

坪内は、井上のとりなしで、不承不承《ふしょうぶしょう》国竹の挨拶を受けた。

「井上議長に十分お話ししておきましたから、あとで聞いてください」

坪内は廊下の立ち話でそれだけ言うと、プレジデントルームへ引き取ってしまった。

5

年が明けた一月五日の朝、佐世保造船所内の年頭挨拶で、上野所長は四千五百人の従業員を本館前広場に集め、あらまし次のように話した。

「三項目合理化案は未解決のまま越年し、再建二年目を迎えてしまいました。三項目は中期経営計画の根幹をなすものだけに、どうしても実施しなければなりません。銀行、大株主、納入業者の間にＳＳＫに対する不信感が強まっており、このままでは重大な事態を招くことになると思います。坪内社長は退職金融資、増資、仕事量の確保と大変な努力を続けられてきましたが、三項目の実施が半年も遅れているため、せっかく社長が努力されても再建はおぼつかず、危機的な状態で、もう辞めたいと話しています。坪内社長はかけひきで社長を辞めたいと言っているのではありません。坪内社長が身を引いたらどうなりますか。SSKが崩壊するのは、火を見るより明らかです。合理化問題を一日も早く解決し、労使一体となって会社の信用を取り戻すことが坪内社長に思いとどまっていただくことであり、ひいては会社再建につながる途《みち》だと思います」

上野は、諄々《じゅんじゅん》と訴えかけた。前後するが増資（三十九億一千万円）の払い込みは五十三年十月二十五日に完了していたが、坪内は、松平にアポイントメントを取りつけてもらい、日本鋼管の槙田社長、坪内副社長、新日本製鉄の武田副社長、稲村常務など大株主の首脳を増資の挨拶で頭を下げて回ったのはその前日のことだ。槙田とは相互にわだかまりがある。しかし、佐世保重工の社長として大株主の日本鋼管社長に挨拶しないわけにはいかぬ。いやな役回りだが仕方がない。

翌六日には、松平が坪内のブレーンの立場で、久保勘一長崎県知事に都内のホテルで会った。久保は、予算折衝で上京していたのである。佐世保重工取締役の一色誠が同行した。

久保のほうから松平にアプローチがあり、松平が受けたのだ。

久保は、合理化三項目をめぐる佐世保重工の労使紛争が容易ならざる事態に立ち至っていることを憂慮《ゆうりょ》し、打開の方途をさぐるため、松平に協力を求めてきたのである。久保は九日の午後、帰任途中、松山に立ち寄り、新年の挨拶をかねて坪内さんと話したいのだが、どんなものだろうか、と切り出した。

「けっこうじゃないですか。わたくしは、お二人がお会いになるのはいいと思います。一色君どうですか」

松平は自分の意見を先に言ってから、一色に訊いた。

「よろしいんじゃないですか。坪内がどんなに悩んでいるか、久保知事に知っていただくためにも会っていただくのはけっこうだと思います。佐世保重工の再建のために坪内が払った犠牲は測りしれません。それはわれわれ側近がいちばんよくわかってます。三項目の合理化案は再建の大前提です。前提がくずれたら、再建どころではありません」

「組合が呑まないと、ほんとうに坪内さんは社長を辞めることになりますか」

「もちろんです」

「辞めるでしょうね」

一色と松平が同時に答えた。

「坪内さんは、もうあとへは引けないのと違いますか。膨大な資金を注《つ》ぎ込んでるから、いまさら投げ出せないんじゃないですか」

「組合に屈服して三項目をタナ上げしたら、確実にドロ沼に足を取られ、もっと手ひどいダメージを受けることになります。いまなら坪内個人の犠牲で撤退できますが、このままではジリ貧で、来島グループ全体に累《るい》を及ぼしかねません。坪内さんがやると言っても、みんな命がけで止めるんじゃないでしょうか」

一色が眉間《みけん》に深いしわを刻んで話した。

松平も深刻そうに表情を歪《ゆが》めている。

「坪内さんの性格からしても、組合が三項目を呑まない限り社長を辞めるでしょうね。あの人はハッタリやかけひきのできる人ではありませんよ。このままでは金融や株主に対して顔向けできないから、辞めてお詫《わ》びすると考える人です」

「坪内さんの決意のほどを聞かされると、わたしは労組を説得しなければならなくなりますねえ」

久保が冗談ともつかずに言い、三人とも沈痛な面もちで、口をつぐんでしまった。

坪内は、松平と一色の慫慂《しょうよう》に従って、九日の昼前、久保の訪問を快諾した。

坪内―久保会談は、ホテル奥道後のプレジデントルームで、昼食を挟んで三時間にわたって行なわれた。久保は、まさしく合理化三項目に対する坪内のなみなみならぬ決意のほどを肌《はだ》で感じることになる。このまま組合がつっぱっている限り、坪内は佐世保重工の社長を辞めることは間違いない、という感触を得た久保は、辻市長らとも協議して、労愛会説得に動き出す。

久保は、長崎に帰任するや十日の午後、辻と労愛会の高野副会長を知事公舎へ個別に招き、坪内との会談の結果を詳しく話して聞かせ、上京中の国竹会長とも連絡をとって労愛会として早急に対応策を講じてほしいと要請した。

「坪内さんはただならぬ心境のようだ。合理化三項目の実施は社長就任前の約束ごとであり、前もって組合に話したのはそれが再建の条件ということで金融、材料メーカー、大株主などと合意していたからでもある。坪内さんはそうした認識に立っている。労使間の交渉ごとに、知事の立場で仲介や斡旋に立つのはいかがなものかと思うが、これまでのいきさつから、よそごとだと放《ほう》っておくわけにはいかないので協力してほしい。なんとしても坪内さんを辞めさせてはならない」

久保の話は、こんな内容であったが、これを受けて辻は十一日に上京し、国竹とつっこんだ協議に入る。しかし、国竹は三項目を無条件で受け入れることはできないとなお抵抗し、辻の説得はカラ振りに終わった。

四十日ぶりに会社側の申し入れによって第九回労使協議会が開催されたのは一月十七日のことである。同協議会で会社側は同業他社の合理化内容を説明するとともに、受注活動で信用が失墜《しっつい》し、運営資金が窮迫《きゅうはく》しているなど厳しい経営状況を訴え、合理化三項目は約束ごとであるとの従来からの主張をくり返したが、生活貸し付け金などの救済措置を正式に提案した。

会社側が提案した救済措置の骨子《こっし》は、

①賃金カットなどで従業員が困窮《こんきゅう》に陥った場合は生活資金、教育資金の貸し付け制度を設けるとともに住宅資金の返済猶予などを講じる

②坪内社長が十億円のポケットマネーを出し、長期低利融資を行なう

——などとなっている。いわば合理化三項目完全実施の見返りとして提案された救済措置だが、組合側は回答を留保した。

十八日の夜、辻市長と井上議長は、労愛会の国竹、高野、大塚の三役を市役所の市長室に招き、三項目の受け入れを迫った。

会話の不自由な辻は事前に井上と意見を調整し、井上に代弁させた。

井上は熱弁をふるった。

「労使交渉が長びけば長びくほどＳＳＫの再建は難しくなりますよ。いまはメンツに

こだわっている場合ではない。再建を至上命令と労使ともに厳しく受けとめるべきです。坪内さんが社長を辞めたらＳＳＫは確実に倒産します。久保知事も絶対に坪内社長を辞めさせてはならないと言っている。坪内さんを社長として迎えるまでに、どれほど多くの人が骨を折ってきたかを思い出してください。ここにおられる辻市長にしてもそうです。辻市長の尽力をよもやお忘れになったわけではないでしょう。国竹会長自身も、尽力した一人じゃないですか。その努力を無駄にしていいんですか……」

「しかし、われわれは三項目を受け入れると約束した憶えはありません」

国竹が強引《ごういん》に口を挟んだ。

「約束ごとか交渉ごとかわたしは知りません。しかし、坪内さんはそう思い込んでいる。しかも労愛会の会長名で念書を出している。たしかに三項目を受け入れるとは書いてないが、そうとられても仕方がない面はある。もっとも、わたしに言わせれば約束ごととか交渉ごととかに拘泥するのはメンツ以外のなにものでもない。いまは、三項目を受け入れるか、坪内社長を辞任に追い込むかの問題で、メンツにとらわれているときではないでしょう」

「三項目の無条件受け入れは、組合員の生活破壊につながるから、呑めません」

国竹が憮然《ぶぜん》とした顔で返した。

「坪内社長は、生活困窮者には個人資金を貸し付けると言っているのだから、救済できるのと違いますか」

「いずれにしても三項目の丸呑みはできません。経営側は三項目について修正案を出すべきです。労愛会に百パーセント譲歩《じょうほ》させて、経営側が一歩も譲らないという法はありませんよ。われわれはできる限りの譲歩をするつもりでいるんですから、経営側も誠意をみせるべきです」

国竹の発言は、いわばこの時点での組合側のぎりぎりの姿勢と言えた。しかし、久保知事、辻市長、井上議長の三氏が坪内支持の態度を明確にしたことは組合側にとって大きな衝撃であり、倒産の危機を背景に「坪内社長を絶対に辞任させてはならない。組合も我慢すべきときだ」という世論が高まっていることも労愛会に大きな圧力となっていた。

井上は、坪内と親しく接して、坪内の誠実な人柄に魅了《みりょう》された一人である。いままでは頑固一徹《がんこいってつ》で、ひとの意見に耳を貸さない狷介孤高《けんかいここう》の経営者という印象をもたないでもなかったが、決してそうではなかった。佐世保重工の再建に懸《か》ける執念、気魄には圧倒されるものがある。そのためには従業員が犠牲になることなどものともしない――そう誤解していたふしがあったが、十億円もの個人資金を救済のために供与すると聞いたとき、従業員に対する配慮、思いやりの深さに胸を打たれた。しかも、坪内は人員の合理化は極力回避し、来島グループで吸収するとまで言い切っていた。

気持が坪内に傾斜すれば国竹に対する気持が変化するのは当然である。井上は口にこそは出さないが、国竹は方法論を間違えていると思わざるをえなかった。

十九日の第十回労使協議会で、組合側は修正案の提案を求めたが、会社側は三項目の無条件受け入れ以外に解決の方途はない、と強調してやまなかった。

6

一月二十四日の第十一回労使協議会で、上野所長が「今月中に組合が三項目を受け入れなければ、坪内社長は二月一日の緊急取締役会で辞任する決意を固めている」と言明し、一気にヤマ場を迎えた。坪内の二月一日辞任は、いわば最後通告である。各紙が大きなスペースを割《さ》いて報じたのも当然と言えよう。

上野はあくる日の午後、知事公舎に久保を訪れ、労組説得で協力を要請した。

上野は技術系出身の経営者で律儀《りちぎ》な男である。労働貴族の国竹に対する感情的な反発もあるが、それ以上に坪内に心酔《しんすい》していた。

公舎の応接室で、上野と会った久保は、しばらく見ないうちに上野がげっそりやつれているのに同情した。

「上野さんも苦労しますね」

「いや、坪内社長の苦労にくらべれば、わたしなぞは苦労らしい苦労のうちに入りません」

「しかし、坪内さんはいくら苦労しても痩《や》せ細ることはないでしょう」

久保は、かしこまって椅子《いす》に座っている上野の気持をほぐすように冗談を飛ばしたが、上野の緊張し切った表情はゆるむことはなかった。

「なんとか労愛会を説得していただけませんでしょうか。合理化三項目は再建のための絶対的な条件です」

「三項目は坪内さんがSSKの社長を引き受けたときの条件のようですね。だとしたら組合は呑まなければいけない。辻市長とも連絡をとって、ことがうまく運ぶように努力します」

「よろしくお願いします。坪内社長が辞めるようなことになれば、SSKは倒産します。それがわかっていて、なんで国竹会長があんなに突っ張るのか理解に苦しみます」

上野はメタルフレームの眼鏡の奥で眼をしばたたかせながら、しきりにぼやいた。

「坪内さんを辞めさせるようなことがあれば、佐世保市、いや長崎県全体の恥ですよ。そんなことは断じてあってはならない。せいぜい犬馬《けんば》の労をとらせてもらいますよ。坪内さんは生活困窮者に対して別途救済方法まで考えてるんだから、生活が破壊されるという組合の言いぶんは通らんのです。ここまでゆき届いた配慮をする人はいませんよ。わたしは敬服しました」

「ありがとうございます。わたしどもも誇るに足る社長だと思っております」

上野は初めて笑顔を見せた。

「辻市長と相談して一両日中にも、労愛会の幹部と会って説得しますよ」

久保の約束を取りつけて、上野はだいぶ気持がらくになった。

この日、二十五日の夕方には下請け企業二十二社でつくっている佐世保重工協力会の鶴崎安男《つるさきやすお》会長ら十五人が造船所と労愛会事務所に押しかけ、早期決着を要望するなどあわただしい動きがあった。

久保、辻、井上の三者連名による調停案が労愛会に提示されたのは一月二十七日の夕方である。

調停案の内容は、

①組合は会社提案の合理化三項目の実施を了承する
②会社は一五パーセントカットによる生活困窮者を救済するため別途提案の救済策を検討し実施する
③会社は中期経営計画より業績が好転の際は、賃金関係の改善につき検討する
④前記の件はいずれも二月一日より実施する
——となっている。

井上は、前日この調停案をもって松山へ行き、坪内の了承を取りつけていた。

労愛会は二十七日の執行委員会で、原則的に受諾やむなしの結論に達するが、造船重機労連の意向もあって業績好転後は週休二日制の復元も検討事項に入れるべきだとして、修正を要求、③の「賃金関係」の表現を「三項目」に修正することを条件に受諾する方向で検討すると回答した。

これを受けた井上は、組合の修正案が調停案の骨子をそこなうものではないと判断し、二十七日の夜、電話で坪内に承諾を求めた。

坪内は、深夜、東京の一色を電話口に呼び出した。坪内は早朝であれ、深夜であれ、なにか用件を思い出したときは、即刻電話を入れなければ気がすまないほうである。従って幹部、側近といわれる人たちは、つねに行き先を明らかにしておかなけれ

ばならない。一色は十一時過ぎに自宅で坪内からの電話を受けた。

「井上議長から電話で調停案の修正を求めてきよった。組合は業績好転後は週休二日制を復元してほしい言いよる。井上議長は、三項目を無条件で受け入れさせた調停案の骨子にかかわることではないから、了承してくれと言いよるが、あんたどう思う？」

一色は咄嗟《とつさ》の返事に窮《きゆう》したが、組合の顔を立ててやることもこの際、必要ではないか、と考えぬでもなかった。

「たしかに三項目を丸呑みするということですから、組合としては断腸《だんちよう》の思いで受諾してきたんだろうと思います」

「なにが断腸の思いなものかね。約束ごとを履行するまでのことじゃろうが」

「しかし、ふりあげたこぶしをおろすにはそれなりの仕かけが必要なんじゃないですか」

「なにをごちゃごちゃ言ってるんじゃ。結論を言いなさい」

坪内がじれったそうに返した。

「骨子をそこなうものじゃないんですから、了承してあげたらどうですか」

「一色はそれでいいと思うか」

「…………」

「来島グループの人たちのことを考えんでええのか」

一色はハッとした。

「佐世保だけが二日制になって、来島どっくは一日制では不公平ではないのかね。佐世保も来島グループの一員にならないかんのと違うか。二日制は将来、来島どっくが実施することがあれば、佐世保もやったらええのと違うかね。どっちにしても、いまうんぬんすべき問題じゃなかろうが。心機一転しなければならんときに、週休二日制にこだわるほうがおかしい。じゃから、おまえは配慮が足らん言うとるんじゃ」

坪内の声がだんだん高くなっている。一色はしまったという顔で、受話器を耳から遠ざけた。

「よくわかりました。社長のおっしゃるとおりです」

「わかったら、あした井上議長に電話せんか」

「そうします」

坪内に頭ごなしに罵倒《ばとう》されることはしょっちゅうだから、さほど気にはならないが、一色はいまさらながら周到な坪内の目くばりに舌を巻いた。来島どっくと佐世保重工が密度の濃い人事交流を行なおうとしているときに、将来一方が週休二日制で一方は一日制という変則的なことがあっていいはずはない。そこまでは考えが及ばなかったが、言われてみれば至極もっともなことである。

いずれにしても、坪内が組合の修正案についてこうした指摘をしてきたことは、辞表を撤回するつもりになったことを示しているようにも思えた。

「組合が調停案を原案どおり受け入れれば、社長は辞任を思いとどまってくださいますか」

「わたしなりにいろいろ考えていることもあるが、まだなんとも言えんな」

坪内は言葉をにごしたが、一色はイエスの感触をつかんだような気がした。

二十八日の朝、一色は井上に電話をかけ、修正案に応じられない事情を説明し、再度協力を求めた。

約五十人の管理職の有志が労愛会事務所に詰めかけたのは三十一日の夜七時過ぎのことだ。船殻《せんこく》課長の三甲野隆優、計画課長の姫野《ひめの》有文《ありふみ》もその中に加わっている。ほとんどの者が作業衣にヘルメット姿なのは、技術系の管理職が多いせいだろうか。管理職が大挙して、労愛会事務所に押しかける——。こんなことは、かつて考えられなかったことである。

事務所には、国竹、高野、大塚の三役は不在だったが、数人の執行委員が残っていた。

「組合の事情で会社をつぶすようなことはしないでもらいたい」

「三項目は呑むべきだ」

「組合をおもちゃにするのもいい加減にしてほしい」

「社長に辞められたらどうする。組合はその責任をとれるのか」

管理職の中には血相を変えて言い募《つの》る者も見受けられたが、多くの者は無言で執行委員を睨《にら》みつけている。管理職の一団は一時間ほどで引きあげたが、その夜、帰宅した管理職は一人もいなかった。いま、坪内に見放されたら佐世保丸は沈没してしまう。心配で心配でたまらないという思いで、眠れぬ夜をすごした管理職たちは、あくる日朝七時から、手分けして坪内社長留任嘆願の署名運動に入った。

三甲野も姫野も、気のおけない係長クラスを動員して、署名集めに駆けずり回った。危機感、悲壮感に駆られて、管理職も係長クラスの組合員も必死の思いで署名運動に邁進《まいしん》した結果、従業員のほぼ半数に当たる二千人以上の署名を集めることができた。

嘆願書には「私たちは会社再建のために懸命に頑張りますので、社長には今後ともわが社にお留《とど》まりいただき、私たちをご指導下さいますようお願い申し上げます」と書かれてあった。

三十一日の深夜には辻市長、井上議長が連名で坪内に「労使調停が思うにまかせず申し訳なく存じます。貴殿のお立場、お考えを理解し、わたくしどもも最後の最後まで努力を尽くしますので辞任は極力再考をお願いします」といった内容の電報を打った。

三十一日の夜、井上は国竹ら三役からの連絡を待って、市庁舎の議長室で六時過ぎから待機していたが、九時になっても連絡がなかった。こちらから連絡をとろうにも、三役のゆくえはわからず、どうしようもない。

ときおり新聞記者が様子をうかがいに部屋をのぞく。

「今夜はあらわれないんじゃないですか。すっぽかされたんですよ」

「そんなはずはない。必ずここへ来ることになっている。組合ももう少し常識的に行動してほしいな」

「市長も、〝組合は甘えとる、一度死んだくせにぜいたくだ〟と言ってましたよ」

若い新聞記者とやりとりしている井上の柔和な顔がいつになく険しい。

国竹ら三役が市庁舎にタクシーで駆けつけて来たのは九時半過ぎだった。

「坪内社長の辞任を回避するため、調停案を原案のまま受諾してほしい」と井上は懸命に説得した。

即答は得られなかったが、三役の言葉のはしばしから、受諾の方向で検討するといった含みが感じられた。

7

二月一日の午後、東京本社で開かれた緊急役員会に、もちろん坪内は出席しなかった。常務の川崎が議長役をつとめ、坪内社長の辞表の取り扱いについて協議した結果、坪内社長に辞表を撤回させ、留任を求めることを決議した。

役員会の後、記者会見した川崎は、概略次のように語った。

「坪内社長の留任要請を決議したのは、ほかに佐世保重工の再建を引き受けてくれる人がいないし、地元で市長、市議会議長、従業員、下請け業者などから辞表撤回の嘆願書が出されているからです。また、辞表提出の発端《ほったん》となった合理化三項目をめぐる労使問題は、タイムリミットの二月一日には間に合わなかったが、久保知事、辻市長、井上議長らの精力的な調停で一両日中に執行部段階で解決の見通しがついたことにもよると言えます。あす（二日）都合のつく役員は松山へ行き、坪内社長に本日の役員会の結果を報告し、留任をお願いするが、労使問題のほかに、社長就任時の約束ごとである金融機関、大株主、諸官庁の協力問題などでまだ実現されていない問題が多いので、辞表をすぐに撤回してもらえるかどうか心配です。しかし、なんとかわれわれのお願いは聞き届けてもらえると思います」

川崎、上野、一色ら六名の役員は、二日の午後、松山へ飛び、五時半からホテル奥道後カメリヤビレッジの六階にあるプレジデントルームで坪内に会った。佐世保から、従業員の嘆願書を携《たずさ》えて松山へやってきた従業員代表の伊藤哲也《いとうてつや》設計部長ら四人も同席した。

坪内は、引きつづき六時半から井上と会談し、調停の経過などの説明を聞き、七時過ぎから記者会見に臨《のぞ》んだ。

「朝日新聞」は三日付朝刊に次のように坪内との一問一答を載せた。

――一五パーセント賃金カット、三年間の賃上げ・賞与ストップ、週休二日制の中止を柱とした合理化案をのめないという組合側の主張をどう受けとめてきたのか。

「いままでの給料の八五パーセントでは食べていけない、というのなら私が個人的に金を貸してやろうというんです。年五パーセントの利子で三年間据え置き、五年間で返してくれればいい。週休二日制については、助ける側の来島どっくが実施していないわけだから、助けられる側の佐世保もならうべきでしょう」

——辞表提出の理由は。

「再建が始まって以来、社員の退職金も支払ったし、佐世保に仕事ももっていった。いろいろ含めて約百億円は使った。あと一年半分、つまり五万トン級の船で六隻分の仕事はすでにとってある。だから今後、佐世保はなんとかなる。ところが、組合は合理化案にノーという。半年も説得したんだから、と思ってね」

——今後、再建に必要な点は。

「佐世保の船が高くなるのは人件費のせいだ。それに、来島どっくほど生産性もあがっていない。現在、社員約四千五百人、役職者が約百九十人。役職者は三十人でいいと思う。残る百六十人は、来島どっくの関連会社に引き取ってもいい。来島どっくに比べ、人が倍もいるのに水揚げは半分。だから、従業員を減らしてもいいだろう。ただ、いますぐやるとはいっていない。今回、私が出している条件でみんなが一生懸命やっても会社がうまくいかないときは、仕方ないだろうというんだ」

また、「日刊新愛媛」は、以下のような坪内の談話を掲載した。

佐世保市議会議長、社役員、従業員、市民からの陳情を受けた。永野重雄さんの仲裁を断わった経緯《いきさつ》があるので、私の立場を考え、筋を通すため、早いうちに話を聞いて、引き受けるかやめるかの道を決めたい。

この際、一対一で腹を割って、金融機関、政府の約束の話や、受注の今後の見込みだけでも話し合いたい。今の状況は二階に上がって急にハシゴをはずされた形。佐世保重工は増資をしただけで何もできていない。労組の方向も明らかになったので、最終的な返事は、久保勘一長崎県知事と会い、長崎でやりたい。

坪内が正式に辞表を撤回したのは、労愛会が緊急代議員会で調停案を賛成七十二票、反対三十七票、無効二票の投票結果で受諾した二月十五日以降のことである。

# 第八章　スト突入

## 1

六月二十九日の午後、三時過ぎのことだが、新大手町ビルの佐世保重工本社の役員応接室で坪内寿夫と渡部浩三が話をしていた。

「さっそく佐世保に行ってもらうが、心構えはできてるじゃろうな」

「監査役を命じられたときからできてます。わたしはむしろ志願したいくらいでした」

「お父さんは、心配しとるじゃろう。一年ほど前じゃったか、佐世保へ行ってもらうとお話ししたときは、願ってもないことだと言われたが、いざとなると心配じゃろう」

「そうでもありませんよ。それに坪内社長にあずけた以上、煮て食われようが焼いて食われようが文句を言えた義理ではありませんから、しっかりやってこいと言いよりました」

「近代化闘争委員会などつくりよって。会社のおかれている状態がひとつもわかっておらん」

坪内は、眉《まゆ》をひそめてつぶやくように言った。

「労愛会は合理化三項目を無修正で呑《の》まされたことを敗北と受けとめよるんでしょうね。そのことの屈辱《くつじょく》感が怨念《おんねん》にまで高まって、執行部をして〝反坪内闘争〟へと駆り立てていったのだと思います」

労愛会が臨時大会を開いて近代化闘争委員会（委員長・国竹七郎会長）を発足させたのは五日前の二十四日のことだ。臨時大会は終戦直後に労愛会を結成してから三度目という異例なものである。このデモンストレーションぶりにも、坪内社長に対する組合執行部の激越な思いがうかがわれる。

近代化闘争委員会が〝反坪内闘争〟を明確に打ち出していることにも示されているとおり多分に感情的なもので、旧海軍工廠《こうしょう》以来の名門意識、プライドが、坪内のように組合の言いなりにならない経営者に対して強く反発しているとみることができよう。

「労愛会の幹部が合理化三項目を呑まされたことについて、いがの付いた栗を無理矢理口の中へ押し込まれたようなもの、と表現したそうですが、相当根に持ってるんじゃないですか」

「約束したことを守らせたことが、なぜいがの付いた栗になるんじゃろう。そういうことを言うこと自体、思いあがりと違うかね。助けに行ったわたしに対して〝反坪内〟いうのは、どう解釈したらええか、さっぱりわからん」

坪内は頰をふるわせている。

上野から組合が臨時大会を開いて近代化闘争委員会を設置しようとしていると電話で聞いたとき、坪内はわが耳を疑った。

新聞は〝反坪内で戦う姿勢〟〝反坪内闘争展開へ〟〝独裁者で組合無視〟と書き立てている。

会社側は二十二日、労愛会に文書で会社見解を提出した。その中で、近代化闘争委員会の常設は再建途上の重大な時期に、

①客筋、金融筋、官公庁に不信感を与え、受注減、資金づまりなどを招来する

②残業、休出を組み入れた生産計画を立てられない

③五十四年度事業計画の未達成により労働条件復活が遅れる
④従業員の不安、退職の増大につながる
——など問題を引き起こすことが予想されると批判し、紛争が予測される不安定な状況のもとでは定時間作業をベースとした生産計画に工程を組みかえ調整するための作業に着手せざるを得ないと警告を発した。

これに対し労愛会は労組法第七条、労働協約第四条に違反することは明白で、不当労働行為だと会社に抗議、佐世保重工の労使対立はエスカレートし、亀裂《きれつ》を深めていく様相を呈していた。

こうした最中に、渡部は常務取締役副所長として、佐世保に駐在することになったのである。渡部が取締役に選出されたのは二十九日の株主総会だが、同総会後の取締役会で渡部は常務に選任された。ついでながら川崎孝一、上野則義（佐世保造船所所長）の両常務が専務に昇格、石水煌三を含め三専務制となり、一色誠、戸上潮（佐世保造船所副所長）の二取締役が常務に昇格した。従来、副所長は戸上、溝口、八木の三人だったが、渡部が加わり四人に増員されたことになる。石水、一色、それに取締役の細川も非常勤だから来島グループからの派遣役員で専任は渡部一人である。渡部は単身、佐世保に乗り込むことになる。

渡部はまだ三十歳になったばかりだが、誰に対してももの怖《お》じせず言いたいことをずばっと直言する。それでいて憎まれない得な性分《しょうぶん》だ。坪内は、若い渡部の剛胆《ごうたん》さと明るさ、それにバイタリティを見込んで、抜擢《ばってき》したのだが、本人もやる気十分だ。あまり張り切り過ぎてもいけないが、実直な上野を補佐するにはうってつけと思える。

渡部がぬるくなった緑茶を飲んで言った。

「残業廃止の通告に組合は兵糧《ひょうろう》攻めだと反発しよりますが、〝毎日残業協定〟を結ばせるようないやがらせをしておきながら勝手なものですよ」

「救済資金を貸し付けると言えば、サラ金とかツボ金とか言いよる」

「善意を悪意にねじ曲げるのはお手のものなんでしょうね。あまりにも感情的になり過ぎてますから、なんとかほぐす手だてはないかと考えてるんですが……」

「近代化闘争委員会を解散するか凍結しない限り、わしは組合とは一切話す気にはなれない」

「よくわかってます」

「上野さんを助けて、しっかりお願いします」

「はい。頑張ります」

渡部は童顔を紅潮させて力強く返した。

肩に力を入れず自然体で臨《のぞ》もうと自分では思っているが、若造《わかぞう》の自分に、思いもかけない大役を当ててくれた坪内の期待に少しでも応《こた》えていきたいし、坪内の顔をつぶすようなことだけはしてはならない——そう思うだけで掌《て》がじっとり汗ばんでくる。いまからこんなに力んでどうすると、渡部は自分に言いきかせながら、廊下を歩いた。ふと、恋人まりの顔が眼に浮かんだ。

二十四日の日曜日に会って、「いよいよ佐世保へ行くことになったよ」と伝えたとき、黙って涙ぐんでいた。渡部にとって気がかりなことがあるとすれば、まりのことである。

斎藤まりは、短大を出て松山市内のコンピュータ関係の会社に勤めるＯＬだが、渡部は一年半ほど前、高校時代の友達の紹介でまりと知り合った。まりは、渡部より九つ歳下《としした》で二十歳になったばかりだったが、ふくよかな色白の美人で、快活な娘だったから、ひと眼で気に入り、この娘《こ》なら結婚してもいい、と渡部は思うようになっていた。

できることなら、まりと結婚して佐世保へ一緒に連れて行きたいが、両親に反対されているので、いますぐ強行するのもカドが立つ。三十面《づら》さげて、親に反対されたからと言って、結婚をあきらめるほどお人好しではないが、納得ずくで結婚するに越したことはない。目下《もっか》のところ、まりに会うことさえ拒否している両親を説得するのは困難だが、いざとなったら、強行するまでである。いまどき家柄がどうのこうのと時代錯誤《さくご》みたいなことを言うほうがおかしい。まりのほうが急いでいる様子ではないから、焦る必要はないが、一年以内に決着をつけたいと渡部は思っていた。

渡部が佐世保に赴任したのは七月九日である。所長なり副所長から、労愛会事務所へ挨拶《あいさつ》に行くように言われるかなと思わぬでもなかったが、それはなかった。坪内社長は、まっ先に労愛会事務所へ挨拶するよう進言され、首をかしげながらも拒否するのも大人《おとな》げないと思って、出向いたと本人から聞かされたことがあるが、渡部は断固拒否するつもりだった。だから、それが親切なのか不親切なのかわからないが、労愛会挨拶の慣習を持ち出されなかったことで逆に拍子抜《ひょうしぬ》けしたくらいである。

もっとも、誰がなんと言おうと労愛会事務所に出向いて挨拶する必要なぞない、と思い詰めたように考えること自体、肩に力が入っている証拠かもしれぬと渡部は思わぬでもなかった。

単純に考えれば、労愛会が近代化闘争委員会を設置したことによって労使の対立が深刻化している中で、一升瓶《びん》をぶらさげて挨拶でもないから、管理職の連中があえて慣習を無視したということになろう。あるいは、管理職研修を通じて坪内イズムが浸透し、組合に距離を置く骨のある管理職がふえているという見方もできる。

渡部は、三十年以上にわたってつちかってきた労使の癒着《ゆちゃく》体質なり甘えの構造が一《いっ》朝一夕《ちょういっせき》にして改まるとは思えないから、必ず、労愛会事務所への挨拶をすすめる管理職があらわれるに違いないとふんでいたのだが、見事に予想ははずれた。

渡部のことは〝ＳＳＫに30歳の常務、坪内社長の元秘書、渡部氏〟（毎日新聞、七月三日付朝刊）などと各紙がとりあげたから、労愛会事務所でもひとしきり話題になった。「あげな若造を常務で佐世保に常駐させるとはどげんこつか」「坪内が労愛会を舐《な》めとるこつがようわかるばい」「なんば神戸大出の秀才で、愛媛県議をやったえらかもんかしらんが、三十歳言えばひよこやなかですか」

渡部のような若造を佐世保に派遣してきた坪内の気が知れない、ということになるが、副会長の高野だけは、本館事務所三階の副所長室に渡部を訪ねて来た。

「労愛会副会長の高野です。よろしくお願いします」

「渡部です。こちらこそよろしくお願いします。ひとつお手やわらかにどうぞ」

渡部は丁寧に挨拶を返したが、高野は意外に折り目正しい男だという印象をもった。

十三日の午前十時半から行なわれた労使協議会に渡部は、細川とともに初めて出席した。細川は非常勤取締役だが、七月から新たに労使協議会の会社側メンバーになったのである。

会社側は上野、渡部、細川のほか戸上、八木、溝口の各副所長、渋谷勤労部長ら八名、組合側は国竹、高野、大塚の三役のほか大宅組織対策部長、柘植《つげ》生産対策部長、緒方賃金対策部長ら八名、合わせて十六名が労協のメンバーである。

渡部は、国竹の顔は新聞で知っている。ひとくせありげだが、組合の闘士というつから構えではない。国竹は渡部と細川の挨拶を顎《あご》で受け、自己紹介することはしなかった。国竹がそうだから、高野以下も自己紹介しそびれている。もっとも高野とは名刺を交わしていたが、渡部が大塚以下の組合側メンバーの顔を憶《おぼ》えたのは、労協を三回、四回とかさねてからだ。

近代化闘争委員会の設置後四日の第一回労協で会社側は「労愛会が近代化闘争委員会を設置したことは即《そく》、組合の闘争体制確立であり、いつ残業拒否や闘争をやられるかわからない。したがって、会社としては労愛会の主張は信用できないので、定時間ベースに組み替えざるを得ない」という見解を明らかにしていた。

第二回労協で会社側は二十一日から残業廃止に踏み切ることを通告した。席上、労使問題の基本的姿勢についてやりとりがあり、国竹が「労使は対等の立場で事前協議を徹底的に行なうべきだが、残念ながらこの一年間それが実行されていない」と発言、これに対し渡部は「坪内社長は組合無用論では決してない。労使協力を望んでおり、わたし自身も事前協議には基本的に賛成だ。ただ、ことがらによってスピーディーに処理しなければならないケースもあるので、労使間で百パーセント合意に達するまで待てないこともあり得る」と答えている。

2

十六日の午前十一時過ぎに国竹と高野が県庁に久保知事を訪ね、協力要望書を提出した。

同要望書の中で労愛会は、

①会社側は仕事量があるにもかかわらず二十一日から全面的に残業廃止に入る方針だが、これによって従業員の生活はさらに苦しくなる

②近代化闘争委員会は労使関係正常化のために設置されたものだが、会社はこれを

理由に組合つぶしにかかっている
③生活苦で退職者が増え、希望退職募集後、自己退職者は九百人を越え、六月だけでも七十九人が退職した。残業カットは非人道的なやりかたで、このままでは退職者の激増で会社は内部崩壊する
——などの点を強調し、久保知事に労使関係の正常化のために協力してほしいと訴えている。

これを受けて、久保は十九日の午後上京し、パレスホテルに滞在中の坪内と会った。

「〝むつ〟ではすっかりご無理を願って申し訳ありません。ありがとうございました」

「ご丁寧にどうも。こちらこそ知事には組合のことでお世話になってます。せっかく知事に調停していただいたのに、また、おかしなことになってしまい、申し訳ないと思うとります」

「三項目を受け入れさせたことが根にあるようですね」

「受け入れるのは約束ごとじゃから、当たりまえのことだと思うのですが……」

「坪内さん、この際ですから率直に申しあげるが、残業の打ち切りだけはなんとかや

らないでもらえませんか。三項目の実施で収入減になっているところへ、残業代が入らないのは従業員にとって相当な痛手になると思うんです」

　坪内は、秘書の石岡が淹《い》れてくれたコーヒーをゆっくりすすりながら、どう対応したものかと考えてるふうだったが、コーヒーカップをセンターテーブルに戻して、久保の眼をまっすぐとらえた。

「せっかく仕事があるんじゃから、できれば残業廃止はしたくないんですよ。しかし、毎日毎日組合とその日の残業協定を結んでやっているような状態なんです。その日の午後四時にならなければ、残業が決まらないような不安定な状態です。知事さん、これをどう思われますか。組合のほうがそういういやがらせを仕掛けてるんですよ。マスコミはそういうことを知ってるのか知らないのか、あるいは組合が書かせないようにしてるのか知りませんが、残業廃止のことばかり一方的に書き立てよる。毎日残業協定では受注の見通しが立ちません。じゃから、この点を見直すのがスジじゃと思うのです。近代化闘争委員会にしても、反坪内を公然とかかげよります。わたしどもは佐世保に助けに行きよったんじゃから、反坪内と言われる憶えはありません。佐世保重工がいまどういう状態におかれてるかを考えたら、労使は結束して再建に取り組まなければならんのに、不平ばかり言いよるし、要求ばかり出しよります。だいたい辛抱するということを忘れよるんです。甘やかされ放題甘やかされてきたから、一度約束したことでも守れんのと違いますか」

坪内は堰《せき》を切ったようにまくしたてた。久しぶりに坪内の長広舌《ちょうこうぜつ》に接して、久保はたじたじとなっている。

「生活保護世帯以下言いよるが、生活保護を受けた者など一人もおりませんよ。労愛会は月収九万円以下だとキャンペーンしよりますが、生協（生活協同組合）で米、味《み》噌《そ》、しょう油から衣料、家庭用品までの生活必需品を買《こ》うて、ローンや生命保険を天引きされた残りの手取りが九万円以下ということでしょうが。たしかに住宅ローンなどで苦しい人もおるじゃろうから、わたしが個人的に貸し付けて救済すると言えば、サラ金地獄よりひどいツボ金地獄と言いよる。銀行の半分の利息ですよ。無利子でもわたしはいっこうに構わんのですが、それでは贈与と見なされる。じゃから低利で融資しよう言いよるのに、ツボ金言うて、わたしをサラ金業者か高利貸しみたいにおとしめよる」

「坪内さん、お気持はよくわかりますよ。しかし、残業カットだけは、なんとしても撤回してください」

久保は強引《ごういん》に言葉を挟んだ。

坪内はいやいやをするように太い首を振っている。

「組合が近代化闘争委員会をつくったのは、ストをする前ぶれのような気がしてならんのです。残業廃止に愚図愚図《ぐずぐず》言いよりますが、組合のほうから残業拒否を言い出そうとしていたのと違いますか」

「たしかに先手を打たれて頭に来てるということは考えられますが、ストを準備しているというのは考え過ぎですよ」

「じゃが、上部団体がうしろについて、けしかけよることはないですか」

「うーん」

久保は小さな唸《うな》り声を発し腕組みして、天井を仰いでいる。

一月に合理化三項目に関する調停案を出したとき、労愛会は週休二日制の復活について修正案を出してきたが、背後から労愛会をしてそう仕向けたのは造船重機労連である。

造船重機労連は、労愛会の上部団体であるが、造船会社の労組の寄り合い世帯であり、ある意味では呉越同舟《ごえつどうしゅう》というか、会社間の利害が絡む機関でもある。造船重機労連が週休二日制に拘泥《こうでい》したのは、佐世保重工一社だけが週休一日制で、実働時間が長くなればそれだけコスト競争力が強化されるので、同業他社としてはおもしろかろうはずがない。

大義名分としては時代に逆行するとか、ＩＬＯ（国際労働機関）とのかねあいもあろうが、かつて佐世保重工安楽死論《あんらくしろん》が取り沙汰されたことを考えれば、造船重機労連が労愛会を煽《あお》ってストへ向かわせるようにリードしていると勘繰《かんぐ》って勘繰れないことはない。

坪内は、修正案を峻拒《しゅんきょ》したが、そのことの恨《うら》みは労愛会よりもむしろ造船重機労連側により強く残ったとみてさしつかえあるまい。久保は長崎県の首長として、佐世保重工を倒産に至らしめることだけは絶対に回避しなければならないと思っているから、坪内の口をついて出た〝スト〟という言葉はやはり気になった。

「国竹君もひとかどの労働運動家なんですし、長崎県の名士なんですから、ストを打つほど先の見えない男ではないでしょう」

久保は視線を天井から坪内に戻して言ったが、わが胸に言い聞かせ、気持を鎮めるつもりもあった。

「わたしが仲介しますから、いちど労愛会の三役と話し合ってもらえませんか。ざっくばらんに話し合うことが大切だと思うんですよ。それによって解決の道が見いだせるかもしれません。とにかく労使が対決の構えを解くことが先決です」

久保は語調を強めた。

「わたしどもは組合とことさらに対決する気はありません。じゃが、いまの組合はあまりにもひど過ぎます。会《お》うて話す気になれません。近代化闘争委員会をつくったのはわたしを名指しで非難し、挑戦してるのと一緒でしょうが。これを解散するのが先決じゃ思います」

「しかし、不当労働行為と騒ぎ立てられますよ。労組にもメンツ、体面があるでしょうから、そういっぺんにはいかんと思います。佐世保の市民感情、職場の雰囲気といったものも把握してくださらんか」

坪内は、久保にずけっと言われて、一瞬むっとした顔になったが、気を取りなおして返した。

「久保知事さんが仲に入ってくだされば いつでも三役と会いますよ。じゃが、近代化闘争委員会は解散しないまでも、闘争言いよるのはおだやかではないじゃろう思います」

「その点は考えましょう。対話することが、いちばんです。辻さんは引退してしまったが、桟《かけはし》市長とも連絡をとって、労使が対話する場面をつくりますよ」

久保は笑顔を見せ、中腰になって、坪内の手を握りしめた。

久保が再び上京し、坪内と会談したのは八月五日である。

久保は、近代化闘争委員会から闘争の二字を取り除くなり、当面、同委員会の活動を凍結することによって、労使トップ会談の地ならしができるのではないか、と考え、坪内の意向を打診したところ、「組合が対決の姿勢を緩《ゆる》めてくれれば話し合いに応じる」との回答が得られた。

久保は、同日夕刻、桟市長と電話で連絡をとり、

①労使の感情的な対立を取り除くため、労愛会は近代化闘争委員会を当面、凍結する

②残業については、一日ごとの協定では受注見通しが立たないので、三〜六ヵ月の協定とする

③会社は従業員の収入安定のため仕事量を極力ふやすことに努力する

——の斡旋《あっせん》案をまとめ、桟を通じて労愛会に提示したが、国竹ら執行部は「坪内サイドに立った斡旋案だ。これでは呑めない。坪内ワンマン経営にこそ問題がある。組合側からの譲歩《じょうほ》はあり得ない」と、逆に態度を硬化させた。

しかも、労愛会は七月の執行委員会で「近代化闘争委員会の名称変更、凍結はあり得ない」ことを確認し、この旨《むね》を近代化闘争委速報第一号のかたちで組合員に流した

のである。国竹は新聞記者に対して「七月十六日に久保知事に会ったのは労使関係の実情報告と、組合の考えかたを説明したに過ぎない。知事に斡旋を頼んだことは一切ない」と話し、各紙とも八日付で〝労使問題は自主解決、知事にあっせん頼んでない〟（読売）、〝SSK労組、知事あっ旋に反発〟（西日本）などと取りあげている。

さらに労愛会は、十日には長崎県地方労働委員会に対して不当労働行為で会社を提訴、ぬきさしならぬ泥沼《どろぬま》に突き進んでいくことになる。

労愛会が地労委に提訴した申し立て書の内容は、

①会社と上野所長は、労愛会を非難、批判する文書を従業員、その家庭に配布するなど労組の運営に介入してはならない

②会社は七月二十一日から実施している残業撤廃、定時間操業体制を正常な操業体制に復元せよ

③会社と坪内社長は誠意をもって労組との団体交渉に応じよ

④会社、坪内社長、上野所長は造船所正門前に〝こんご不当労働行為をしない〟との陳謝《ちんしゃ》文を提示せよ

――などとなっている。

国竹ら労愛会の常任委員ら六十五人は、国鉄長崎駅のある大黒町《だいこくまち》から県地労委のあ

る江戸町《えどまち》までの約一キロメートルをこの日午後一時過ぎに〝坪内社長は不当労働行為をやめよ〟と大書した横断幕を掲げてデモ行進して、気勢をあげた。

「坪内の兵糧攻めには負けないぞ！」

ときならぬシュプレヒコールに道ゆく人は立ち止まって、デモ行進をやり過ごしている。

会社側が「労組の近代化闘争委員会は、坪内社長の経営方針を否定するものである。残業廃止は企業防衛上やむを得ない措置で、不当労働行為には当たらない」という趣旨《しゆし》の答弁書を県地労委に提出するのは八月二十一日のことだ。

3

十月二日に造船重機労連が労愛会と諮《はか》ったうえで佐世保近代化闘争対策委員会（中央近闘委）を設置して、労愛会に対する支援体制を整えたことによって、佐世保重工の労使紛争は地方レベルから中央レベルへと拡大する。

十一月に入って、労愛会が〝越年生活救済金〟を要求、佐世保重工の労使問題は新しい局面を迎えた。要求額は有扶養者十五万円、単身者十二万円で、十二月十五日の支給を求めている。

越年生活救済金に関する第一回労協は十一月十五日に行なわれたが、会社側は要求を受けたということにとどめ、十九日の第二回労協で回答することになった。

佐世保重工従業員の給料の手取り額が九万円以下という組合のキャンペーンが浸透し、巷間《こうかん》でひろく噂《うわさ》されるようになるのはこのころだが、会社側は〝SSK従業員の平均月収調べ〟なる文書を上野所長名で金融機関などの関係方面へ郵送した。

これは、住宅貸付金、生保・火災保険、家庭生活用の購買代金などを給料控除しているためで、実質的な手取り額は平均十一万八千十七円となる――という内容を示したものである。

第二回労協で、冒頭、上野が会社回答書をたんたんと読みあげた。

「佐労愛第五十号に関する件、題記につき下記のとおり回答します。一、越年生活救済金は、その性格からして年末一時金に相当するものと判断されます。一時金については、合理化三項目協定に記すとおり三ヵ年停止することになっています。また、合理化三項目協定内にある〝業績好転時の措置〟についても業績の好転が見られない現在、これを適用することはできません。従って、今回の組合からの要求は応諾《おうだく》出来ません。以上」

国竹の顔がひきつれ、高野の口から吐息が洩《も》れた。柘植がすさまじい形相《ぎょうそう》でさっそく嚙《か》みついた。

「こげん無茶苦茶《むちゃくちゃ》な回答は人間の言うことやなかばい！」

渡部が柘植を手で制して、発言した。

「ちょっと補足させていただきますが、五十四年度上期の実績を見ますと、中期経営計画に達してません。通期を見通した場合でも中間決算から想定して、計画数値に到底及ばないと思います」

「坪内経営からすれば予想されぬでもなかったが、それにしてもゼロ回答は少しひど過ぎないかね。こげな会社の態度では従業員はみんな辞《や》めちまうよ」

国竹が、テーブルをへだてて向こう側の中央に並んでいる上野と渡部をこもごも睨《にら》みつけながら言い放った。

渡部は負けずに国竹を見返した。

「佐世保重工は坪内社長のもとに動いてるわけです。その経営方針に絶対反対では話し合いの余地さえないじゃないですか。退職者がふえているのは賃金問題だけではないでしょう。労使関係の異常さに起因しているとは思いませんか。先行きの不安を取り除くためには組合の協力が望まれているんです」

「あ、あんた……」

国竹は口ごもりながら、渡部を指差してつづけた。

「俺を怒らせるのか。まるで退職者の続出が組合の責任みたいに聞こえるじゃねえか」

「そんなことは誰も言ってません」

渡部も語気を荒らげた。

二十二日の第三回労協で、会社側は、
①組合が要求している越年生活救済金は合理化三項目協定の範疇《はんちゅう》であり、年末一時金要求以外のなにものでもない
②労使のいがみあいを解決することが先決で、反坪内の態度を解除することこそ基本的な問題解決である
③生活の苦しさは理解するが、三項目協定の過程にあることを認識してもらいたいと見解を述べ、組合側は、
①組合員の生活実態を直視し、交渉事項として協議していく主体性をもってほしい
②反坪内は、すべて会社側が蒔《ま》いたタネであり、労務政策の欠陥が原因である
③人心をつかむためにも、これをワンステップとしてとらえ交渉していくべきであ

る

——などと主張した。

第四回労協は二十八日の午前九時から午後八時半まで、途中数回の中断を挟んで十時間以上に及んだ。

上野、渡部、細川ら会社側メンバーが繰り返し主張したのは次のような点である。

「合理化三項目協定事項の一つであり、一時金に相当すると判断せざるを得ない。したがって交渉事項ではない。組合のいう生活困窮《こんきゅう》の実態は理解できないではないが、そのためには基本問題を解決することが条件である」

「反坪内という組合の姿勢では対応できるはずがない。われわれが経営していくうえで昔といまは違うことを認識すべきである」

「会社も退職者の歯止めについて救済制度などによって対応している」

「年末救済金の要求は三項目の破棄《はき》であり、筋が通らない。組合はこぶしを振りあげてカネを出せという姿勢を改めるべきである」

組合側は「会社がこれまでの主張から一歩も出ず、再考の姿勢がないとすれば、組合としても職場崩壊を黙視することはできないので、重大な決意をせざるを得ないが、その責任はすべて会社側にある」と発言、初めてだんびらに手をかけたと言える。すなわちスト権という伝家《でんか》の宝刀《ほうとう》をちらつかせたということができよう。

第四回労協で、組合側は次回から団体交渉に切り替えたいと通告、会社側も団体交渉に応じていくと回答した。

団体交渉は十二月一日、六日、十五日二回、十八日、二十日と六回にわたって行なわれたが、労使の主張はあまりにも懸隔《けんかく》があり過ぎ、ついに交わることはなかった。

団体交渉では激しい言葉が飛び交《か》い、聞くに堪《た》えない言葉を投げあい、ときにはテーブルをたたきあったり、椅子から起《た》ちあがって睨み合う場面もあったが、労使ともに一歩も引かないという態度に終始した。

第一回団体交渉で、国竹と渡部が激しくやり合った。

「会社は一時金だからダメの一点張りだが、それに変わる対案があったら示すべきじゃないか」

「いま、会社は二百億円の借金をかかえています。労働条件の改善は自らの手でつくりあげていくという姿勢がなければおかしいでしょう。組合があまりにも坪内反対や批判をひろげたので〝SSKは信用できないし、協力もできない〟と第三者から言われて、会社はその弁解に走り回っているのが現状です。だいたい近闘委をつくるタイミングが悪過ぎます。そこに重大なミスリードがあったんです」

「なんば言うか。近闘委の狙いは退職者の歯止めと災害防止を果たすことで、明るい職場を取り戻すことにある。会社が勝手に誤解してるに過ぎん」

「組合が近闘委をつくったからといって退職者が減ってますか」

渡部に切り返されて、国竹は口をつぐんでしまった。

柘植がドーンと思い切りテーブルをたたいて、助け舟を出した。

「なんばごちゃごちゃ言うとるんや。ほんなこつ職場では、はようはっきりしてくれ言うて執行部決断ば求めとるやなかか。そげな組合員の感情をこれ以上硬化させてどげんするとね」

細川がぐっと声を落として、答えた。

「それは組合が火をつけたのと違いますか。自分で消すべきでしょう」

「なんば言うと、おまえら、いちど職場を回って組合員の気持ば聞いてみたらよか。なんもせんで、組合員の気持ばわかるね」

柘植は激昂《げっこう》した。国竹も高野も、緒方も口々になにやら言い立てているが、言葉にならず怒号に過ぎなかった。

一瞬静まった間隙《かんげき》をつくように細川が言った。

「ＳＳＫの平均月収は十二万九千六百円です。妻帯者十五万と独身者十二万円の要求は一ヵ月分以上になります。これが一時金ではないというのは、牽強付会《けんきょうふかい》ではありませんか」

第二回団交で組合側は坪内社長の出席を要求したが、上野が「われわれは会社を代表しています」と言い返してとりあわなかった。

労愛会が闘争委員長（国竹七郎）名で、「昭和五十四年十二月十二日十八時より佐世保市民会館において〝越年生活救済金要求貫徹総決起大集会〟を開催する。組合員は全員集合せよ」と闘争指令第一号を発したのは十二月十日のことである。

十日から十二日の夕刻までの三日間、管理職は係長を対象に夜を徹して説得に懸命な取り組みを見せていた。

とくに造船部の三甲野と艦艇造兵部の姫野は文字どおり獅子奮迅《ししふんじん》の活躍で、労愛会執行部の憎しみを買った。

三甲野は顔が浅黒く、見るからに気骨がありそうな感じを与える。姫野は、色白で柔和な面《おも》だちだが、顔に似合わず柔道五段の猛者《もさ》である。

管理職研修会で「大学の運動部はこんなものじゃないですよ」とうそぶいて並みいる仲間を驚かせたが、管理職の中で研修会をいちばん礼讃《らいさん》したのは姫野かもしれない。三甲野と姫野は入社以来の親友で、二人とも技術屋である。二人に共通している点は頑健《がんけん》な躰《からだ》の持ち主であることと、部下思いで、上に向かっていくところであろう。

二人とも部下の気持をつかんでいたから、係長クラスで、共鳴者は少なくなかった。

姫野は佐世保で生まれ佐世保で育った男だったから、佐世保重工に対する愛社精神は人後《じんご》に落ちない。

「労愛会はストを打つ構えやが、そげなことしたら、こんどこそ坪内社長は辞《や》めるばい。ばってん、SSKはつぶれると思わんかのう。ほんなこつ元も子もなくなるばい。国竹さんはわかってなかよ。ストを打ったらおしまいよ」

姫野は、地元の部下には長崎弁で、そうでない者には標準語でスト回避に立ちあがってほしいと訴えた。係長の中には、坪内社長のほうこそ組合員の人権を無視していると食ってかかる者もいたが、姫野は、坪内社長がSSKの救済でいかに大きな犠牲を払っているかを諄々《じゆんじゆん》と説いた。

姫野に説得された係長は、部下の現場長から平社員にストに反対しようと持ちかける者もいたが、労愛会執行部の防戦も激しく、つるしあげを食って、ノイローゼになった係長もいる。

三甲野の守備範囲は造船部の船殻《せんこく》という大きな部門で、千人からの部下を擁《よう》していたから、この大票田《だいひょうでん》をめぐる攻防は最も激しかった。労愛会執行部の厳しい監視体制の中で三甲野は頑張ったが、執行部の締めつけの前にはほとんど無力であった。

十二月十三日の朝、出勤するなり労愛会の職場選挙管理委員から投票用紙を手渡された組合員は、それによってスト権委譲の賛否を問われたが、三千三百五票の投票総数に対して賛成は三千九十四票で、賛成率九三・六パーセントの結果となった。反対票は二百十一票、白票は二十五票であったが、この中に艦艇造兵部の票が多数投じられていることが執行部の知るところとなり、姫野は厳しい立場に追い込まれることになった。結果的に造船部門は賛成票に回ったが、三甲野も労愛会執行部の恨《うら》みを買った一人である。

ともあれ、スト権は確立されたのである。スト権を盾《たて》に組合側は力ずくで有額回答を引き出しにかかった。

十二月十五日午前九時からの第三回団交において、労愛会は国竹会長名で坪内社長宛《あ》てに争議行為の予告について次のような文書を提出した。

今次越年生活救済金要求について、労使協議会四回、団体交渉二回開催するも具体的回答を提示する誠意はまったくみられず極めて不満であります。したがって、労働協約百三十一条の規定に基づき、次のとおり争議行為の予告をします。

記
一、争議行為の開始日時　昭和五十四年十二月二十日十二時
二、争議行為の態様　全面九十二時間ストライキ
三、なお、協定勤務者の取り扱いについては別途協議されたい

4

十三日の夜、渡部はフェリーで小倉《こくら》から松山に向かい、十四日の朝六時前に坪内に会った。

もちろん電話で事前に連絡してあるが、指示を仰《あお》ぐべく坪内邸へ駆けつけて来たのである。

渡部は、紀美江から朝風呂をすすめられた。

「ご苦労さま。疲れたでしょう？　お風呂に入ってください」

「いや、けっこうです」

「遠慮しないで。主人もさっき入ったばかりです」

「こんな朝早く申し訳ありません」

「六時にはいつも起きてますよ。四時とか五時に起こされることもしょっちゅうです。お風呂に入って、もう一度寝《やす》みなおすこともありますよ。とにかく一風呂浴びてすっきりしてください」

渡部は、紀美江に熱心にすすめられて、風呂をつかわせてもらった。小倉―松山間の航行時間は七時間だが、あれこれ考えることが多く、神経のずぶとい渡部でも三時間か四時間しか眠っていないから、朝風呂に浸《つか》ってやっと人心地がついたような気がした。

食卓の前に丹前《たんぜん》姿の坪内があぐらを掻《か》いて待っていた。

「おはようございます」

「おはよう。ご苦労さん」

「大変なご馳走ですねえ」

渡部は食卓を見回した。

ほうれん草のおひたし、いくらのみぞれ和《あ》え、とろろいも、海草入りの和風サラダ、ひじきの煮もの、さけのかす漬《づ》け焼きなどが食卓にひろがっている。

紀美江が豆腐の味噌汁を運んできた。

「会社の食堂で食べてるものとはえらいちがいですよ。こういう手をかけたものとは五ヵ月近く縁がありませんでした」

「カロリーの少ないものばかりじゃ」

めしをよそった茶碗を受けながら坪内が言った。

「渡部さん、せっかく松山へ帰りよったんですからご両親のところへお顔を出してくださいよ」

と紀美江に言われ、

「忙しくてそれどころじゃありませんよ」

渡部はうるさそうに返して、「いただきます」と大きな声を放った。

うっかり話に乗ると、碌《ろく》なことはない。坪内夫妻が両親から、斎藤まりのことでこぼされていることは十分あり得る。

渡部は、労使協議会から団交、そして組合のスト権確立に至るまでの経緯《いきさつ》を食事をとりながら、要領よく坪内に報告した。

坪内も箸《はし》の手を休めず、ときおりうなずきながら聞き入っている。

坪内には折りにふれて電話で報告しているから、重複している面もあるが、まとめて報告するのは久しぶりのことだ。

ひととおり報告が終わり、茶を飲みながらの話になった。

「組合はストをやりよるつもりか」

坪内の表情が厳しくなっていた。

「きのうも遅くまで会社側のメンバーで情勢分析を試みてみたのですが、いまの勢いではおそらくやると思います。十五日の団交でスト予告があるでしょうが、スト予告を圧力に会社から有額回答を引き出す算段でしょう。ゼロ回答なら、予定どおりスト突入は必至だと思います」

「組合の執行部は一致してストを指向しよるのか」

「いろいろ情報を取り寄せてますが、大塚書記長はたとえゼロ回答でもストは回避すべきだという意見のようです。もっとも大塚さんは肋膜《ろくまく》で入院してしまいましたから、影響力を行使できる立場にはありませんが……」

「国竹会長はどうなんじゃ」

「地労委の尋問では、労愛会はストをやるような組合ではない。穏健かつ健全な組合だと証言してますが、ここのところ考えかたを変えてきよるんじゃないでしょうか。きょうは十四日ですね……」

坪内が小さくうなずくのに、うなずき返しながら、渡部がつづけた。

「たしか、きょう造船重機のオルグ団が佐世保入りするはずです。造船重機にたきつけられて、よけいその気になるのと違うでしょうか」

「久保知事の顔をつぶすようなことをしよって、なにを考えてるのかわからん。労愛会は佐世保重工を倒産させたいのか！」

坪内は思わず声高《こわだか》に言って、きまり悪そうに顔をしかめた。

「九三パーセントの賛成率でスト権を確立されたのは意外でした。もっと低い数になると予想したのですが……」

渡部が申し訳なさそうに言ったが、坪内は考えごとをしていてうわの空だったのか、返事はなかった。

「組合がストをするようだったら、わしは社長を辞任する。ストをやるようじゃ、佐世保の再建は見込みがない。ま、一度つぶれて出直すのもええじゃろう」

坪内のそのひとことは、渡部の胸にずしりと響いた。

「モチ代のようなかっこうで、多少色をつけることは考えられませんか」

「おまえたちはどう考えとるんじゃ」

坪内に反問されて、渡部はうろたえぎみに返した。

「筋みちが立ちません。組合の要求は理不尽《りふじん》なことだと思います。三項目を受け入れて一年にもなりよりません。せめて二年は我慢してもらいたかったです」

「上野さんときみにまかせてある」

「上野所長が最も強硬です。ヘタな妥協はできないと一歩も引かない構えです」

「辞表を書きよるから、上野さんに届けてもらおうか」

坪内は、残りの茶を喉《のど》へ流し込んで書斎へ立って行った。

渡部は、その日、石水、一色ら来島どっく在京役員への連絡や、佐世保の上野との意見調整やらで時間をとられ、気がついたときは二時を過ぎていた。飛行機の時間が迫っている。大阪乗り換えで佐世保に帰るつもりだが、そのためには松山空港に三時前に着いていなければならない。

まりにも会いたかった。十一月三日、四日の連休に帰ったとき以来だからひと月以上になる。

松山へ来て、黙って帰るのも気がひけたので、勤務先に電話をかけた。

まりは在席していた。

「松山へ来よったが、すぐ帰らなければなりません。いまから空港へ行きます」

「まあ。いついらしたんですか」

「けさ早くフェリーで来よりました。緊急の用件があったんです」

「お会いしたかったわ」

まりは周囲を気にしているのか聞き取りにくいほど小声で言った。いくらか恨みがましい響きもある。

「僕も会いたいが今度ばかりはどうにも時間がとれなかった」

「飛行場へまいります。いま手がすいたところですから」

「そうしてもらえればありがたいな。でもこんな時間に大丈夫ですか」

思いがけないまりの返事に、渡部はわくわくしながら返した。

「はい。ではのちほど……」

電話が切れた。

初めて会ったときから、丁寧な言葉遣いをする娘だった。まりは商家の娘だから、そのせいかもしれない。

渡部がタクシーを飛ばして空港へ着き、全日空のカウンターで搭乗手続きをしているところへまりがあらわれた。紺色のコートが女学生のように清々《すがすが》しい。実際、ショルダーバッグを下げているところで、辛《かろ》うじて女学生と区別しているように思える。ショートカットの髪形のせいかもしれない。

二人は二階のロビーに移動して、ベンチに座った。

「きみに会えるとは思わなかった」

「わたくしも、あなたからお電話いただけるとは思いませんでした。相変わらずお忙しいんでしょう」

「うん。組合がストをやりそうな気配なんだ。なんとか短期に収束したいが、こじれ出すとどうなるかわからない。正月休み返上ということも考えられる」

「そんなことになってるんですか」

まりの美しい顔が翳《かげ》った。

「階級闘争とちがって、エモーショナル（感情的）なものだから、始末が悪い。越年救済生活金を出せと要求してきているから経済闘争なんだろうが、もっと複雑です」

「越年救済生活金なんて、ずいぶん古めかしいんですのね。いまどき、そんな要求があるんでしょうか」

「以前、きみにも話したと思うが、組合としては合理化三項目を吞まされたことが悔しくて仕方がないらしい。その意趣返しみたいな面もあるんです。佐世保の人たちは、腐っても鯛《たい》というか、誇りが高く、われわれを四国の山猿《やまざる》だと思っているから、四国の山猿に牛耳《ぎゅうじ》られてると思うと我慢できないのかなあ。ある意味では民族闘争めいたところもあるし、いずれにしても通常の労使紛争とはだいぶわけが違うっていう感じです。坪内イズムに対する反発が一部の管理職にもあるみたいだし……。いや一部どころではないかもしれない。組合が強くて、管理職の大半は組合に管理職にしてもらった人たちだから」

渡部は夢中で話していて気がつかなかったが、乗客のほとんどが搭乗ロビーのほうへ移動し、ベンチのまわりが急に静かになった。

「お正月ぐらいゆっくりお会いできると思ってましたのに……」

「まだそうと決まったわけじゃない。多分そんなことにならないと思う」

渡部は、まりにあわれっぽい眼で見上げられ、笑いかけた。できることなら抱きしめてやりたいところだ。

「もしあなたがお正月に松山へお帰りになれないようでしたら、わたくしが佐世保へ行きます」

「それは大歓迎だ。いちどアパートの掃除もしてもらいたいしね」

渡部はアナウンスで呼び出され、あわてて搭乗ロビーへ向かった。

ふり返ると、まりが小さく手を振っている。渡部は右手を大きくあげて、それにこたえた。

搭乗券のチェックを終えて搭乗ロビーから、ゲートへ向かう廊下の左手が見送り客用のロビーになっている。まりは、厚いガラスの壁にぴったりと頬をすり寄せるようにして、佇《たたず》んでいた。渡部は、立ち止まってガラス越しに人差指で頬を突くような仕《し》種《ぐさ》をした。

まりは涙ぐんでいる。

「まるで永遠《とわ》の別れみたいじゃないか」

渡部は大声で話したが、まりに聞こえるわけがなかった。せめて握手ぐらいしてくればよかった、と渡部は思う。

あわただしい束《つか》の間《ま》のデートだったが、まりに対するいとおしさが募《つの》った。

5

十五日午前九時からの第三回団交では組合からスト予告が行なわれたにとどまったが、同日三時から第四回団交が開催された。

冒頭、上野が発言を求め、悲痛な表情で「実は、昨日、坪内社長から代表取締役を辞任するという届けが出されました。辞表はわたしがおあずかりしています。つい最前まで、何度も松山に電話をかけ、わたしの段階で慰留《いりゅう》してますが、社長の決心は固いようです」と話した。

一瞬、会議室は水を打ったように静まり返ったが、組合側メンバーの一人が「ちぇっ」と舌打ちしてから、吐き捨てるように言った。

「そげな茶番は一度でたくさんばい」

渡部が発言者を睨みつけた。

「茶番とはなんですか！　言っていいことと悪いことがあります。すぐ取り消してください。社長がどんな気持でいるのか、あなたがたにはわからないんですか」

上野がとりなすように渡部を制して、話をつづけた。

「わたしにも社長の気持はよくわかります。ＳＳＫ再建のために社長は躰を張ってそれこそ命がけでやってきたんですよ。社長就任時に協力を約束した組合に裏切られて、日ごとに反対を強化されたら、どんな思いになりますか。あなただったらどうです……」

指差された執行委員はふてくされたように顎を突き出して天井を仰いでいる。

「これではなんのために、誰のために再建を引き受けたかわからないではありませんか。坪内社長は万策尽きたんです。組合の態度にはこれ以上我慢できない、そう思ったからこそ辞める決心をしたんです。それを茶番とはなんですか」

渡部をとりなしたはずの上野のほうがしゃべっているうちに興奮していた。

上野は三十分にわたって熱弁をふるい、組合の非を鳴らした。

国竹がたまりかねたようにうんざりした顔でさえぎった。

「社長の辞任は会社の人事問題だから組合は関与しない。責任ある交渉体制の確立を急いでもらいたいな」

十五日は、長崎市、佐世保市を中心に県下一斉に組合のビラ入れが行なわれた日でもある。造船所の構内には旗、幟《のぼり》、ビラの類《たぐ》いが氾濫《はんらん》した。

二日後の十七日に東京本社で開催された臨時役員会で、石水、川崎、上野の三専務を代表者として経営に当たらせることを決めた。坪内社長が辞任願いを出しているための緊急避難的措置といえるが、これを撤回させるためにあらゆる努力をしていくことがあわせて確認された。役員会後、上野が記者団に取り囲まれ、「坪内社長をここまで追い込んだ国竹労愛会会長のミスリードを恨みます。社長としては、国竹会長に辞めてもらわなければ辞表を撤回できない心境ではないでしょうか」という意味の不用意な発言をし、これが新聞に大々的にとりあげられ、翌十八日の第五回団交で組合側から追及されることになった。

この日の団交で会社側は、まず「構内に設置してある旗、幟の撤去、回収を求めているのに実施されていない」と抗議したが、組合側は国竹会長に関する上野の発言の真偽を明らかにするのが先決だと反論、会社側は新聞報道は誤報だと突っぱねた。新聞は、〝坪内社長の辞表撤回は国竹会長の辞任が条件となろう〟と上野談話を載せていたので、ニュアンスはたしかに異なるから誤報で通らないことはない。

「坪内社長が手を引かれたことについて、国竹会長はどう思っているんですか」と、上野に訊かれた国竹は「そんなことより、このまま放置すれば、スト突入は避けられない。会社に善後策はないのか」と反問した。

「SSKは、瀕死《ひんし》の重病人なんですよ。酸素吸入によってかろうじて呼吸しているような状態です。ストを打つということは酸素ボンベをはずすようなもので、死に至らしめることになります。ストだけはなんとしても回避してください」

渡部が訴えたが、組合側は「ゼロ回答でふざけるんじゃない」と一蹴《いっしゅう》した。

二十日の午前九時から始まった第六回団交でも労使の歩み寄りはみられず、一時間後についにスト指令が出された。

〝昭和五十四年十二月二十日十二時から十二月二十四日八時まで九十二時間ストライキに突入せよ。ただし、組合と会社で協定した就業要員は除く〟

# 第九章　大将倒れる

## 1

坪内寿夫に模《も》したワラ人形が造船所の西門にあらわれたのは十二月二十八日朝のことだ。

ワラ人形は等身大よりふた回りほど小ぶりだが、坪内の特徴をとらえている。右手には、〝マイッタ、私が悪かった!〟と書かれた白旗を持たせ、紙でくるんだ胴体の胸にも背中にも〝吸血鬼〟〝ドラキュラ〟〝四国の山猿〟などの落書きがびっしり書き込まれてある。

市中《しちゆう》引き回しの刑罰でもあるまいが、そのワラ人形が造船所の構内を引き摺《ず》り回されたすえ、本館前広場で焼き打ちにあったのは十二月二十九日の夕刻であった。

本館三階の応接室からワラ人形の炎を凝視《ぎょうし》している姫野と三甲野の表情は暗く沈んでいた。

二人とも不精髭《ぶしょうひげ》で口のまわりがうす汚れている。

第一波の九十二時間全面ストに続いて、組合は二十六日八時から三十日八時までの第二波九十六時間全面ストに突入し、佐世保重工の労使紛争は泥沼《どろぬま》化の様相を呈していた。造船重機労連オルグ団の動きも活発化してきた。

姫野と三甲野はスト回避で派手に動いたため、労愛会幹部の恨《うら》みを買い、上野所長を含めた三人を「野組《のぐみ》三悪」と称して攻撃、「野組三悪を殺せ!」「上野! 姫野! 三甲野! 殺せ!」とシュプレヒコールでやられていた。

ついさっきも、広場をジグザグデモした一団がこぶしを本館のほうへ一斉に突き出して、

「野組三人! 殺すぞ!」と喚《わめ》きちらしたところだ。

三甲野はトイレで、初めて「三野、死ね!」「三野、地獄へ行け!」の落書きを見たとき、なんのことかぴんとこなかった。

「三野《みつの》って誰のことかわかるかね」

姫野に訊《き》くと、姫野も首をひねっている。

「三野《みつの》、知らんなあ」

「便所の落書き見てないか。〝三野《みつの》、死ね！〟とマジックで大きく書いてるぞ」

「それなら三野《みつの》じゃなくて、三野《さんの》の間違いだろう。つまり、上野、三甲野、姫野の三人のことだろうが」

「なるほど三野《さんの》か」

「えらく憎まれたものだな」

「それだけ仕事をしてるってことだろう。出る杭《くい》は打たれるということもある」

「三甲野は課長になったとき、組合本部へ挨拶《あいさつ》しに行ったか」

「いや。行ったほうがいいと注意してくれた部長もおるが、俺は関係ないと言って断わった」

「実は、俺も行かなかったが、課長就任の挨拶で組合本部に顔を出さなかったのは俺たちぐらいのものだろう。国竹さんにはその恨みもあるんじゃないのか」

「国竹さんに課長にしてもらったわけでもないのに、なんで挨拶しなければいかんとです」

「俺もそう思う。しかし、国竹さんたち組合幹部はそうは思っとらんのだろう。組合がノーと言えば課長になれんかったと考えとるかもしれんよ」

この三人に坪内を含めて「四人組」という言いかたもされ、「四人組打倒!」「四人組を倒せ!」とやられることもある。

「あげなことまでせんと気ばすまんのやろうか」

三甲野がざらつく頬をさすりながら言った。

怒りに燃える眼で炎をみつめていた姫野が「坪内社長がどげんこつしたとね」と声をふるわせた。

ワラ人形は灯油でも撒《ま》かれているのか勢いよく夜空に炎を吹きあげていた。

姫野が作業衣のポケットから、四つにたたんだビラを取り出してひろげた。

〝市民アピール、市民のみなさん!〟とあり、越年生活救済金を要求したいきさつが印刷され、〝せっかく佐世保市民の協力によって、佐世保経済浮揚のため再建されたSSKが再び倒産の危機すら出てきました。私たち働く者を人間あつかいしない坪内社長の非人道的な再建策がつづくかぎり、真の再建はありえません。私たち労愛会組合員は、真の再建を勝ちとるため、ここに立ちあがりました。十二月二十日から九十二時間の全面ストライキをもって、会社の考え方を正すために闘《たた》かっています。この闘いは坪内社長の独善的な一企業悪を追放するだけでなく、今や社会悪として広く国民からも糾弾《きゆうだん》され、また全労働者の敵として徹底的に闘わねばなりません。この闘いは、社会正義の闘いであり、人間として生きる権利を求めてのギリギリの闘いであります。市民の皆さん、私たちはこの闘いに絶大なるご支援とご協力をお願いし、市民アピールとします〞と結んであった。

この市民アピールは労愛会が第一波スト突入三日目の二十二日午前十時に市内島瀬公園で開催した「要求貫徹決起大集会」で採択されたもので、ひろく佐世保の一般市民に配布された。

「うちの女房は、商店街を歩いとって、偶然このビラをデモ隊から手渡されたそうやが、坪内社長はひどかもんたい言いよる。俺が縷々《るる》説明してやっと納得したばってん、なんも知らん一般市民は坪内社長を極悪非道《ごくあくひどう》の悪人思いよるに違いなか。会社は、もっとPRなり説明したほうがよか」

「坪内社長は一切弁解してはいかん言うとるそうや。耐えて耐えて耐え抜け言うとるらしい。いつの日か必ず真実がわかってもらえるいうことやろう」

「しかし、なんもせんで耐えるいうのもつらかもんたい」

二人は窓際から移動し、テーブルの前に腰をおろした。

三甲野が話題を変えた。

「大塚氏がおったらどうなっとたかね。あの人のことだから、ストライキなど無謀なこつを黙って見とったとは思えん。国竹さんの暴走を必死になって止めたんじゃなかろうかね」

「少なくともこんなドロ沼の闘争にはなってなかったかもしれんとよ」

大塚が肋膜炎《ろくまくえん》で市内の病院に入院したのは十月下旬だが、三甲野も姫野も大塚が労使交渉のテーブルから離れたころから、組合側が過激の度合いを深めてきたような気がしてならない。

「組合をストに導いた国竹さんの罪は深いと思うな。いったいあの人はどげんこつ考えとるんかね。初めて研修で松山へ行ったときに、坪内社長は、自分のメンツしか考えていない、と国竹さんのことを評していたが、俺も同感だ。あのときの社長の訓話は凄《すご》い気魄《きはく》だった。三甲野のときはどうだった?」

「俺は第一班で、まだ組合が合理化案に反対しとらんかったから、社長の話はそれほど激しくなかった」

「だいたい、国竹さんが労愛会の会長にとどまっとること自体おかしいんだ。二度も辞《や》めるチャンスがあったのに……」

「そうだな。たしかに二度チャンスがあった。一度目は、坪内社長がSSKの再建を引き受けたときだ。経営者は川崎さんを除いてみんな辞めたんだから、労組トップの国竹さんも、村田社長に殉《じゅん》じるべきだったね。村田さんの前の中村社長のときもそうだったが、経営陣ともたれあって、好き放題やってきたんだから、引責辞任せんほうがおかしい」

「そのとおりだ。労組のトップなのか経営トップなのかわからんほど権力をほしいままにしてきて、悪いのは経営者だと言って口をぬぐっているのは、ゆるせんね。人事への介入はもちろんのこと、購買にまで口を出してたという話だし、ある意味では社長よりも権力をもってた人なんだから、SSKを倒産寸前にまで追い込んだ張本人の一人と言われても仕方がないような人じゃなかとね」

「二度目のチャンスは、組合が合理化三項目を吞《の》んだときだな」

三甲野がライターで煙草《たばこ》に火をつけてから、話をつづけた。

「責任をとって辞めるでもいいし、わたしは会長職を辞任するから、SSK再建のために三項目を吞んでもらいたい、という言いかたтака でできたはずだ。二度のチャンスに辞めていたら、あの人の人気はあがるし、国会議員ぐらいにはなれたかもしれないのに、引き際《ぎわ》を知らない人だ」

「というより甘えの体質が改められないのとちがうか、永いこと権力の座にあぐらをかいていて、甘い汁をすすることに狎《な》れ切っているから、いつまでもしがみついていたいのさ。恥を知らない人なんだよ」

「仮りにも労愛会の会長で、佐世保の名士といわれてる人なんだから、出処進退《しゅっしょしんたい》を考えてもらいたかったな」

「同感だ。それはそうと腹が減ったな」

「もうこんな時間か」

姫野は、七時三十分を指している腕時計に眼をやりながらソファから起《た》ちあがった。

「今夜は俺の当番だが、インスタントラーメンでいいか」

「コックさんにおまかせします」

三甲野はおどけた調子で言って、煙草の煙を天井めがけて吐き出した。

応接室から出て行った姫野がほどなく戻って来た。

「おい、ガスを止められたぞ」

「えっ！　まさか」

「いや、ほんとうだ。元栓《もとせん》がどこにあるか知ってるか」

「いや、まいったなあ」

「ひどいことをする。便所の落書きぐらいは我慢するが、ここまでやられるとゆるせん」

姫野が険《けわ》しい顔で言ったとき、応接室の蛍光灯が消えた。

「停電じゃないな。これも組合の仕業だろう」

「ここは忍《にん》の一字ですかね」

三甲野がライターを鳴らしながら返した。

姫野はこぶしを握りしめて、仁王立《におうだ》ちになっていたが、きまり悪そうに手をひらいた。

三甲野はライターのあかりをたよりに、応接室を抜け出して、事務室から大型の懐中電灯と小型の携帯ラジオを探して引き返して来た。

「組合の連中は、ここでわれわれがバタバタ騒ぎ立てるのを待ってるんじゃなかとですか」

「社長じゃないが、耐えて耐えて耐え抜くしかないね。石油ストーブでよかったよな。めしの一食や二食抜くのはなんでもないが、寒いのはかなわん」

「それにしても、どうしてこんな陰険なことをするんだろう」

「…………」

「ぶつぶつ言っても始まらんとよ。ラジオでも聴いて、気を鎮めますかね」

三甲野がラジオのスイッチを入れたとき、ノックの音が聞こえた。

「どうぞ！」

二人は同時に起ちあがって身構えた。

ドアが開いた。

細川だった。

「驚かして申し訳ない。腹を減らしてると思って差し入れに来たんです」

細川は、懐中電灯の光をゆらめかせながら応接室に入り、姫野の隣りに腰をおろし、小脇に抱えていた円形の缶をテーブルに置いた。

「ドライパイですが、甘いものは駄目ですか」

「いいえ。この際贅沢《ぜいたく》は言ってられません」

「これでコーヒーがあれば言うことはないんですけどね」

三甲野と姫野はさっそくドライパイに手を伸ばした。

「美味《おい》しいですねえ」

「そうでしょう。神戸オリエンタルホテルの特製ですからね」

細川は、三甲野に返して、自分でもハート型のドライパイを一つ抓《つま》んだ。

ラジオのボリュームを小さくして、ドライパイを食べながら、三人で小一時間ほど雑談した。三人とも作業衣姿だが、細川だけはワイシャツにネクタイを着けている。

「あしたの午後から正月休みに入るが、ストは長期化するでしょうか」

「そう思います。造船重機がうしろについてますからね。国竹さんもかなり意地になってますし……」

姫野は首をねじって、細川のほうへ向けていた顔を正面へ戻し、三甲野の同意を求めるようにじっと見据《みす》えた。それに誘われるように三甲野が言った。

「造船重機も、労愛会の執行部もSSKをつぶす覚悟でストを打っているようなところがありますよね」

「ぬるま湯に浸《つ》かり切ってて、会社の倒産がどんなものか知らないからなあ。それに造船重機の人たちは、対岸の火事みたいなもので、身に沁《し》みたところで考えているわけじゃない。それどころか、SSKがつぶれてくれたほうがありがたいくらいに思っている人もいるかもしれないものねえ」

細川は、つけっぱなしの懐中電灯を天井へ向けたり、窓のほうへ光を当てたりしながら話している。

「国竹さんは自分の意のままにならないから悔《くや》しいのかなあ。それともほんとうに組合員のことを考えているつもりなんだろうか」

「あの人は、自分のことしか考えん人ですよ。坪内社長がどれほど犠牲を払ったか、そんなことはまったく考えようともせん人です。社長は占領軍方式をとらず、SSKの人間を教育することによって、SSKを再建しようとされとるのに、そのことの意味さえわかろうとせんとです」

薄暗い中で姫野が唇を嚙《か》みしめているのが三甲野にも見てとれた。

「坪内体制になってから、管理職も、組合員もずいぶん辞めて行ったが、坪内社長の気持をわかってくれないのですかねえ」

「どうしても昔のことが忘れられん人、つまり体質改善できない人は辞めて行かざるを得ないんじゃなかとですか。それと労使の対立に、厭《いや》けが差して見切りをつけた人もいるでしょう。中には気骨があり過ぎて、来島どっくに助けられるのはプライドがゆるさんと思ってるひともいるかもしれんとです。しかし、いま姫野君が言ったように、占領軍方式をとらずに自分たちの手でSSKを再建させようとしている社長の気持を考えたら、やる気になれんはずはなかとです。奥道後の研修で、フィーバーにかかったみたいに、会社再建に身を挺《てい》して頑張ると誓い合った人がどうして、ぞろぞろ辞めて行くのか不思議です」

「国竹さんに管理職にしてもらった人もたくさんおるからなあ」

姫野がつぶやくように言った。

細川が懐中電灯をテーブルに置いた。

「前市長の辻さんが、組合の幹部を煽《あお》ってストを長びかせているということはないですかね。辻さんは油断ならん人だからねえ。まさか坪内社長を退任に追い込んで、自分がＳＳＫの社長になろうとしているわけでもないのでしょうが……」

「うーん」

三甲野は、ドライパイを二つに割って片方を口へ放《ほう》り込んで天井を仰いだ。

「辻さんと国竹さんが盟友関係にあるのかどうか知りませんが、技術屋の大量スカウト一つ取ってもＳＳＫは、辻さんには煮え湯を呑まされてますよね。それに退職金問題でも一部を市が負担すると言明しておきながら約束を破ってるでしょう」

「食言《しょくげん》が多すぎるということですか」

細川は、姫野の横顔を見やりながらつづけた。

「オーナーが辻さんの人間性に疑問を持っていることはたしかですよ」

三甲野が口の中のドライパイを嚥下《えんか》して、断固とした調子で言い放った。

「辻さんが煽動《せんどう》しているにしろいないにしろ国竹さん自身に問題があるんです。誰がなんと言おうと、再建途上の重大な時期にストライキを指導するなんてゆるせませんよ。執行部の中にそうしたハネあがりがいたら、それを抑えるのがリーダーじゃないですか」

「三甲野君の言うとおりだが、自分の権益が縮小されるなり、侵されることへの反発が強かったんじゃないかな」

「権益を侵される？」

細川がまた首を姫野のほうへねじった。

「つまり人事なり、重要なポリシーについてつねに相談にあずかっていたわけです。ときには自分のほうから容喙《ようかい》していたことだってあるのに、坪内体制になって、それがなくなり、疎外感みたいなものをたっぷり味わわされたわけです」

「なるほど。そういう意味ですか。しかし、いままでが異常だったわけだから、そのことにもっと早く気づくべきだったんですよ」

「去年の五月から七月までの管理職の全員出向のときも、国竹さんはガタガタ言ってましたが、たしかに疎外されたと思ったんでしょうか」

三甲野は遠くを見るような眼をして、話をつづけた。

「全員出向といっても二ヵ月間教育のために来島どっくの大西工場なり関連企業に出されたわけですが、坪内社長はわれわれのダラ幹ぶりを見かねて、坪内イズムというか来島どっくの経営方式をわれわれに叩《たた》き込み、吸収させようとしたんでしょうね。あのときぐらい勉強したことはなかったなあ」

「ダラ幹ぶりを見かねたわけでもないでしょうが、オーナーは教育というものに重きをおいてますからね。われわれにしてもいままでに何度研修を受講させられているかわかりませんよ」

「それにしても、あの二ヵ月間で、昔のSSKのぬるま湯を断ち切れたような気がします。来島グループに融和《ゆうわ》したというか、違和感が払拭《ふっしょく》できましたからね。三甲野なんかよく言ってたじゃないの。〝こんなにしてもろうていいんだろうか〟って」

「そうそう。3DKの社員アパートに一人で入れてもらって、テレビから冷蔵庫から至れり尽くせりで、一銭も払わずに只《ただ》で勉強させてもらったんですから、感謝感激ですよ」

「出向が解けて、佐世保へ帰って来るときに社長の奥さんが松山港まで見送ってくれたんです。永い間ご苦労さまでしたと、われわれ一人一人に頭を下げて、餞別《せんべつ》までくださった。あのときは泣けてきました」

姫野はくぐもった声で言った。

細川は、二人のやりとりを満ち足りた思いで聞いていた。

十時過ぎ、ストーブの灯油が切れたのをしおに三人は寝袋にもぐり込んだ。上野と渡部は役員室に泊まり込んでいる。この夜は、ガスも電気も止まったままであった。三甲野と姫野は、第一波と第二波ストの合い間に一度帰宅しただけだから、かれこれ十日も籠城《ろうじょう》していたことになる。

あくる日は、仕事納めだが、午前八時から午後三時までは下請け工事会社の作業員を指揮するため、三甲野も姫野も現場に出た。係長も現場長もいないので、なにからなにまでひとりでやらなければならない。

組合から下請けの作業員にもストに協力してほしいと執拗《しつよう》な呼びかけが行なわれているが、「顎《あご》が干《ひ》あがっちまうよ」と取りあおうとはしなかった。大量の下請け作業員が動員されているため、現場管理者の苦労はひととおりではない。

夜になって、三階の応接室には三甲野がひとりいるきりだった。姫野が長崎へ所用で出かけたからだ。

こんな日に限って、海からの風が吹きまくり、窓ガラスをカタカタ鳴らす。心細いことおびただしい。正月休みに入って、組合のピケも解除され、造船所の広い構内は人っ子ひとりいない。風が無気味な唸《うな》り声をあげているだけだ。

この夜はいやがらせの停電はなかったし、ガスも止められなかった。三甲野が自転車で構内をひと回りし、ついでに本館内も警邏《けいら》して十時過ぎに応接室に戻ると、直通に切り替えた電話が鳴っていた。

「はい。SKです」

「なんね。おったとですか」

「なんだ、おまえか。びっくりするじゃないか」

　妻の香代だった。

「びっくりしたのはわたしのほうですよ。さっきから何度も電話しとりましたのに……。労愛会に攫《さら》われたんじゃなかかと思うたとです」

「なにを莫迦《ばか》なことを言うとると。用件を言わんか」

「正月休みだから今夜は帰れるんじゃなかとですか」

「そうもいかん」

　三甲野はぶっきらぼうに返した。

「大晦日《おおみそか》はどうですか」

「帰れると思うが、あしたにならんとわからんばい」

「子供たちが心配しとります」

「わかっとるとよ。それより変わったことはなかと？」

「変な電話は相変わらずですが、もう慣れました。さっきも出し抜けに〝おまえのおやじはなにやっとるんか〞と言いざまガチャンと切られました。なにか言い返そう思っとったんですけど……」

「…………」

「子供が学校で意地悪されとるのが可哀相《かわいそう》です」

香代は涙声になっている。

「子供まで……」

三甲野は体内の血液が頭に逆流してくるようなたぎる思いで、言葉を押し出せなくなった。

大晦日は、姫野がひとりで本館事務所に泊まり込んだ。姫野は夜の七時、十時、午前一時と三度構内を巡回したが、異状はなかった。

## 2

渡部は、正月休みに松山へ帰らなかった。

大晦日から正月休みに入り、組合のいう〝佐世保闘争〟は一時休戦の状態だが、なにが出来《しゅったい》するかわからなかったし、正月早々、まりのことで両親から愚痴《ぐち》を聞かされるのもかなわないので、アパートで寝正月を決め込むことにしたのである。

しかし、まりには逢《あ》いたかったから、電話で呼び出した。

元旦の午後、渡部は長崎空港でまりを出迎えた。まりは十二月十四日に松山空港で逢ったときと同じ紺のコートを着ていた。小型の旅行鞄《かばん》が一つと、おせち料理を詰め込んだ三段重ねの重箱の風呂敷包みを持って、渡部の前にあらわれたまりは、初めて佐世保に呼び出されたことがよほどうれしかったとみえ、輝くばかりの笑顔をみせている。

「あけましておめでとうございます。本年もよろしくお願い致します」

「おめでとう。どうする？　少し寒いが長崎の街でもぶらついてみようか」

「いいえ。きょうはおさんどんをさせていただきます」

「そうしてもらえるとありがたい。朝めしもまだなんだ」

渡部は大晦日の夜、三甲野の家で馳走《ちそう》になり、よっぴて酒を飲みながら話し込み、天神町のアパートへ帰ったのはあけがたの五時過ぎだった。二日酔いで昼過ぎまで寝ていたのである。

自分ではわからないが、まだ、息が熟柿臭《じゅくしくさ》いはずだ。だから空港から佐世保市内へ向かうタクシーの中でも、なるべくまりから離れるようにして、窓際に躰《からだ》を寄せていた。


「こないだ逢《お》うたときはめそめそしよったが、きょうは元気がいいね」

「めそめそなんてしてませんでした。ちょっぴり感傷的になっただけです」

「ご両親には佐世保へ行くと話してきよったの？」

「はい。話してきました。あなたによろしく申してました」

「一泊できる？」

「………」

まりは小さなこっくりをしてうつむいた。

白い項《うなじ》が渡部の眼にまぶしい。

「アパートは狭いし、汚いからホテルをとろうか」

「いいえ」

まりは、かぶりを振った。

「お洗濯《せんたく》はどうしてるんですか」

「自分でやりよるよ。学生時代に戻ったと思えばいいわけだ」

「まだずっと佐世保にいることになりますか」

「最低三年はいないとかっこつかんな。いや、ほんとうは佐世保に永住するぐらいの気持にならんと、SSKの人たちの中に融《と》け込めないかもしれないなあ」

「わたくしはかまいませんわ。押しかけてまいります」

「押しかけ女房か。それも悪くないな。親父《おやじ》やおふくろの返事を待ってたら、日が暮れちゃうものな。いずれわかってもらえると思うが……」

「でも、わかっていただけるまで、待ちます」

「押しかけ女房の話はリップサービスか」

「いいえ。でも……」

「一年や二年は一人で気張る覚悟はできてるが、僕も生身《なまみ》の人間だから、いつまでもというわけにはいかんよ」

空港から佐世保市内まで、タクシーで約一時間の距離だが、まりは1LDKのアパートに着くなり、さっそく大掃除にかかった。手をつけ出したらきりがないほど汚れている。押し入れの中まできれいにし、汚れたシーツや枕《まくら》カバーを洗濯した。掃除の合い間に、昼食がわりに餅《もち》を焼いて食べたが、ひととおり気の済むまでやり終えたときは夜九時近かった。

翌日の昼過ぎに、渡部とまりは、散歩がてら商店街へ買い物に出かけた。

買い物を終わって、繁華街を歩いているとき、すれちがいざま「渡部じゃねえか」という声が聞こえた。

渡部がふり返ると、六人の若い男たちが立ち止まって、こっちを見ていた。

ＳＳＫの社員だな、と渡部はぴんときた。こんな場所で、からまれたら始末が悪い。しかも、まりが一緒なのだ。

「行こう」

まりを促して急ぎ足に遠ざかろうとする渡部の背後で「逃げるのか」という声が追いかけてきた。渡部はかまわずまりの肩を抱くようにして、先を急いだ。

六人のうち三人が小走りに先回りして、二人の前に立ちはだかった。

「挨拶もせんと逃げるこつなかよ」

革ジャンパーを着てるほうが言った。

いずれも見慣れない顔だから現場の者だろう。事務部門の社員なら一度や二度は顔を合わせているはずだし、いんねんをつけられるようなことはない。

「別に逃げなければならないような悪いことはしていない。ただ、先を急いでるだけだ」

後方の三人も接近して来て、六人で二人を取り囲んだ。

まりは、蒼白《そうはく》な顔で小刻みに躰をふるわせて、渡部にぴったり寄り添っている。

「常務さん、たまにはわれわれ下々《しもじも》の話を聞いてもよかでしょう」

「われわれがろくに餅も食えんと、ひもじい思いばしとるのに、でれでれデートとはどげんつもりばい」

「道路の真ん中にこんなに大勢で立ち話をしよったら、通行人の邪魔になるだけです。話があったら、休みあけに会社で聞きましょう」

渡部は、言いざま前方の二人をかき分けるように前進した。それでよろけた一人に「なんばするとね」と食ってかかられた。

「失礼。ちょっと急いでるんです」

渡部はにこやかに言ってまりの腕をつかみ、ずんずん歩き出した。

「ふり返るんじゃない」

こわごわうしろをふり向いたまりに小声で注意し、渡部は先を急いだ。

「まだ、こっちを見ています。怖いわ」

「心配することはない。ただ、からんでみたいだけだよ」

「毎日、こんな危険な目に遭《あ》ってるんですか」

「僕はなじみがないせいか、それほどのことはないが、殺すぞと言われよる管理職もおる」

「ストライキはまだつづいてますの？」

「いま正月休みで休戦中だが、休みあけにまたやりよるだろうな」

まりが息を切らしているので、渡部は歩行をゆるめた。

「きみを空港まで見送ったら、また造船所へ行くつもりだ」

「三箇日《がにち》はお休みではないんですか」

「四日の朝ではピケ隊に阻止されて構内に入れない心配もあるし、姫野さんや三甲野さんたちも元旦に一日休んだだけで、きょうから造船所に寝泊まりしよると言うてたからな」

「姫野さん、三甲野さんとおっしゃるかたは役員のかたですか」

「いや、課長だが、さっき話した組合から名指しで〝殺すぞ！〟と威《おど》されている人たちや。命がけで会社のために頑張ってる人たちいうことになる。大晦日に、三甲野さんのお宅でご馳走になって、元旦の朝まで飲んでた」

「くれぐれも無理をしないようにしてください」

「ま、命までとられることはないから心配しなさんな」

渡部は笑いながら返した。

暮れの二十八日の午後二時過ぎに所長の上野が官公庁への挨拶回りから造船所へ帰って来たが、二十人ほどのピケ隊に阻止《そし》されて入構できないという騒ぎがあった。

「どこの上野かわからんばい」

「上野、知らんなあ。怪我《けが》せんうちに家に帰ったほうがよか」

「造船所では用がなかと言うとるやなかか」

組合員たちは、上野を押しのけ、小突《こづ》いた。

上野はいったん西門から離れ、電話で副所長の戸上と連絡をとり、戸上が労愛会の事務所へ電話を入れ、直ちに上野を入構させるよう抗議したが「本部ではそんな指示はしていないが、組合員が感情的になるのもやむを得ない」と木で鼻をくくったような返事だった。

そんなことがあって、渡部も緊張していたことはたしかである。

その日、まりは大阪から松山までの最終便に間に合うように長崎空港をあとにした。

搭乗口《とうじょう》の前で、まりはまた涙ぐんだ。

「別れるとき、いつも泣きよるんやね」

まりはかぶりを振りながらも、ぽろぽろ涙をこぼした。

「泣いてません」

「まるで今生《こんじょう》の別れみたいだよ」

「こんどはいつお逢いできますか」

「ストが収束したらゆっくり逢えるさ」

「でも、いつ終わるかわからないんでしょう？」

「そんなことはない。労使とも、そんなにいつまでも突っ張っていられるものじゃないよ」

渡部は、快活に言ったが、それが気やすめに過ぎないことはわかっている。目下のところまったく見通しの立たない状態なのだ。

3

坪内邸に組合員から抗議の電報と葉書がどっと送り付けられたのは一月初旬から中旬にかけてであった。

ジンケンムシノロウムセイサクヲタダチニヤメロウドウシャヲニンゲントシテアツ

カウヨウキョウコウニコウギスル（人権無視の労務政策を直ちにやめ、労働者を人間として扱うよう強硬に抗議する）

ワガコヲモタナイハライセヲクミアイインニナスリツケルキカ（わが子を持たない腹いせを組合員になすりつける気か）

セイギノミカタロウアイカイシコクノヤマザルタイジ（正義の味方労愛会、四国の山猿退治）

キミノズノウハクサッテルスグセイシンカヘユキタマエ（君の頭脳は腐ってる。すぐ精神科へ行きたまえ）

シコクノヤマザルドウブツエンヘイクヒハチカイ（四国の山猿、動物園へ行く日は近い）

葉書の抗議文は五千通に及んだ。一月下旬の一週間ほどの間に毎日、どかっと送り付けてきた。電報も含めて、ほとんどが匿名《とくめい》だが、労愛会本部の指令に基づくことは明らかであった。

葉書の文面も「会社は再建どころか倒産へまっしぐらにすすんでいる。これでいいのか。くされ頭を冷やして出直して来い」といった内容のものがほとんどだが、ときたま、ストを指導した労愛会執行部を非難する文面の葉書が紛《まぎ》れ込むこともあった。

紀美江は、電報のことも葉書のことも坪内に話さなかった。不愉快にさせるだけで、得るところはなにもないと思ったからだが、深夜の電話だけは耳に入れておくべきかどうか迷った。

受話器を取っても、相手は黙っている。「もしもし……」と呼びかけても、応答はない。

受話器をはずしておくとか、天気予報ないし時報の電話をかけっぱなしにしておく手もあるが、緊急の電話がかかることが往々にしてあるから、それもできない。

電話当番は紀美江の役目で、坪内が直接出ることはないし、坪内が夜中に電話の鳴っていることに気づかないこともあるが、「誰からじゃ?」と訊かれたときは、「間違い電話です」と答えていた。しかし、間違い電話がそうそうつづくわけはないから、いずれ話さなければならないと思っていた矢先に、一月十八日の朝、門の柱に、五寸《ごすん》釘《くぎ》でワラ人形を打ち込まれたのである。それを見つけたのはお手伝いの佳子だった。佳子は朝、庭掃除のときにそれに気づいたのである。

血の気《け》の失《う》せた蒼《あお》い顔で、佳子が紀美江のところへ飛んできた。

紀美江も、ワラ人形を見たとき、嘔吐《おうと》感を催し、門前にへたり込みそうになった。五寸釘は奥深く打ち込まれ、女手で抜き取るのに難儀したが、佐世保の人たちが坪内を呪《のろ》い殺したいほど憎んでいると思うと、紀美江は胸苦しさで息がつまった。

紀美江はさすがに隠しておけなくなって、電話の件を含めて坪内に話した。

「組合の連中じゃろう。佐世保から松山まで来よったのか。ご苦労なことじゃ。電話は何度もかかるか」

「ええ。十二、三度はかかってると思います」

「いっとき奥道後へ避難するか」

「そうですねえ。まさか危害を加えられることはないと思いますけど……」

「おまえにも苦労をかけるなあ」

「わたしの苦労なんて、苦労のうちに入りませんけれど、あなたが気の毒で、見ているのがつらくなります」

「おまえは、佐世保を引き受けるとき、厭《いや》な予感がする言うてきつく反対しよった。

柴田さんもそうじゃった。来島の幹部で賛成したものは一人もおらんかった」
坪内は妙にしんみりした口調である。気が滅入《めい》っているのかしら、と紀美江は思った。

事実、この時期、坪内は胸突《むなつ》き八丁《はっちょう》にさしかかっていたというか、いくぶん弱気になっていた時期であった。

組合は新年に入って、七日からの第三波九十六時間の全面ストにつづいて、十七日にはスト権の再集約を図《はか》るべく二回目のスト権委譲投票を実施した結果、前回を上回る九五・二パーセントの賛成率を得ていた。

ストは第四波、第五波へとつづき、泥沼の闘争が一段と激化することは十分予想されていたのである。

「厭な予感がするなどと言いよりましたか？　忘れましたよ。もし言うたとしたら、あなたが苦労しよるのがわかってましたから、心配しよったんでしょう。でも、佐世保の人たちも、いまにあなたのことをわかってくれますよ、こんなに一生懸命やりよるんですから……。あなたが弱音を吐くなんて珍しいですね」

紀美江に笑顔を向けられて、坪内はきっとした顔になった。

「弱音など吐いておらん。いまは耐えるときじゃと思うとるだけじゃ」

「それなら安心です」

しかし、坪内は体調が思わしくなかった。食欲もいつもほどないし、躰が気《け》だるく、血尿《けつにょう》、血痰《けったん》が出ていた。血尿、血痰のことまでは知らなかったが、紀美江は心労、過労で元気がない夫を心配し、健康診断を受けるようにすすめた。

坪内は、初めのうち病院へ行くのを厭がっていたが、血尿は心配だったので、松山市朝生田《あそだ》町の南松山病院へ二十日の昼前に紀美江に伴《ともな》われて出かけ、院長の尾崎光泰《おざきみつやす》博士の診察を受けた。

尾崎は昭和七年生まれで四十八歳。岡山大学の出身で、大学時代の仲間と数年前に南松山病院を開業した際、坪内の資金援助を受けたことがあった。

「正しい治療をすることが担保じゃ思います。そんな心配はご無用です」

坪内は、尾崎が担保を差し出すと申し出たとき、そう言って首を振り、尾崎を感激させた。南松山病院は二百四十床のベッドを保有する松山市でも指折りの病院に成長した。土曜日も平常診療を行ない、献身的な治療をしてくれる病院として、市民に知られるようになったからだ。

診察、諸検査の結果、直ちに入院の診断がくだされた。血糖値は一〇〇ccの血液中二二四ミリグラムパーセントで、正常値をはるかに越えている。血圧も高い。血尿は、黴菌《ばいきん》に対する抵抗力が弱くなっているために膀胱炎《ぼうこうえん》を起こした結果生じたものである。血痰は、気管支炎によるものと診断された。

「入院せないけませんかねえ」

「ええ。糖が出ていますが、おそらく過労によるものでしょう。糖尿病は規則正しい生活がいちばんです。重症の合併症はありませんが、軽い合併症もありますから、半年ほど入院されたほうがよろしいと思います」

「あなた、この際ですよ。思い切って休養してください」

尾崎と紀美江にすすめられて、坪内は入院することになった。

「付添婦としてわたしも一緒に入院します」

「それはいい。ついでに奥さまもオーバーホールしたらよろしいと思います。六階の医局をお使いください」

尾崎は、坪内夫妻のために医局を別室に移し、六階のワンフロアを開放した。二十坪ほどの広いフロアにベッドが二つ置かれ、ソファなど三点セットも用意された。

坪内夫妻は一月二十四日に入院し、病院の厳しい管理を受けることになる。紀美江も太り肉《じし》なので、坪内と同じ糖尿食をつきあうことにし、減量に取り組むが、大食漢の坪内が一六〇〇カロリーほどの低カロリー食を守れるかどうか心配だった。ところが、坪内は驚くほど強靱《きょうじん》な意志で、糖尿食に耐えたのである。

空腹になると不機嫌になるのは仕方がない。

長時間口をきかずに、パジャマ姿でテレビの前のソファに座っていることが多かった。ものを言う気力もないほど腹が減っている。

夜、チャルメラの音が聞こえたりすると、腹がグウグウ鳴る。いちど、坪内はたまりかねて「おい、支那そばでも買《こ》うてこんか」と紀美江にねだったことがある。

「これっきりですよ。先生に叱《しか》られますから」

夜啼《よな》きそばを買いに病室を出ようとする紀美江を坪内は押しとどめた。

「ええ。やめておく」

「あら、よろしいんですか。わたしはいただきたいわ」

「ええと言うとるじゃろうが。おまえ、ひとりで食うてこい」

「そうはいきません」

紀美江は、空腹に耐えている夫がいじらしかった。

永野や松平が見舞いに来てくれたし、池浦からもお見舞いが届いた。

入院早々にさっそく松平が見舞いに駆けつけて来た。

「不死身《ふじみ》の坪内さんが入院とは、びっくりしましたよ。佐世保の紛争がよほどこたえてるとみえますねえ」

「糖が出よったので大事をとって入院しましたが、たいしたことはありません。このとおり元気でしょうが」

「いや、お見かけしたところ、やっぱり病人らしいですよ。それにしても奥さんまで入院につきあうとは相変わらずのおしどり夫婦ぶりですね」

「わたしは主人の監督をしよります」

紀美江が茶を淹《い》れながら言った。

「これも肥《こ》えとるから、ちょうどええんですよ」

「来島グループの参謀本部が奥道後から南松山病院へ移ったようなものですね。よくこんな立派な病室がありましたねえ」

松平はあたりを見回しながら、しきりに感心している。

「医局をあけてくださったんです」

「なるほど、都心の大病院にもこんな豪華な病室はありませんよ。エレベーターで六階まで上がって来て、右側が屋上で、この部屋は頑丈そうな鉄のドアでさえぎられてますから、ドアの向こう側にこんな部屋があるとは思いませんものねえ。マスコミや労愛会の連中が押しかけて来ても、ここなら安心です。偶然とはいえ、よくもこんなおあつらえむきの部屋があったものです」

「ほんとうに助かります。主人も院長先生の好意に感謝しよります」

午後四時過ぎで空腹の極に達しているときだから、ものを言うのも億劫《おっくう》な時間だが、坪内は終始にこやかに松平に対した。

「労愛会に、造船重機やら金属労協やらたくさん応援団がついて、さながら総労働対坪内の闘いみたいになってるから、絶対に負けられないだろう、と言っている人もいますが、マスコミが組合側に味方しているような報道の仕方には腹が立ちます」

「記事を書く人も、テレビのカメラマンもみんな組合員じゃから、組合に同情的になる分、わたしにつらく当たるんじゃろう。上野さんや渡部君にもきつく厳命してあるが、どんなに中傷されようが、組合から脅迫されようが、外部に対して一切弁解してはいかんと言うてますんじゃ。大衆の人には必ずわかってもらえると思うてます」

「池浦さんが新聞の偏向的な報道に憤慨して部長クラス、デスククラスを集めてレクチュアをしようかと言ってましたよ」

「ご好意はありがたいと思いますが、じっと辛抱しよれば、必ず報《むく》いられるときが来ると信じてますんじゃ。いまは我慢し、耐えるときです。人間はこういう試練に耐えて、大きくなるんじゃから……」

「坪内さんの辛抱哲学もそろそろ限界に来てるのと違いますか」

松平に顔を覗《のぞ》き込まれたが、坪内は微笑を浮かべているきりだ。

4

坪内は、南松山病院に入院してから午後の散歩が日課になった。むろん紀美江も一緒である。

二人は時間をかけて奥道後までゆっくり歩く。ふだんは寝る間も惜しんで仕事をする坪内のことだから、夫婦で散策など考えられなかったことだ。

ホテル奥道後に立ち寄って、休息することもあるし、市街へ戻り、松山国際ビルのティールームでコーヒーを喫《の》むこともある。もちろん砂糖抜きのコーヒーだが、紀美江もブラックでつきあう。

紀美江は、神が夫に休養を与えてくれたのだと思うことにしている。

もっとも、坪内の頭の中は仕事のことでいっぱいだ。わけても佐世保重工のことは片時も離れない。

一度、国際ビルのティールームで日本経済新聞社の若い記者につかまったことがある。

国際ビルは、四つの映画館のほか食堂、喫茶店、クラブ、バー、ゲームセンターなどを擁《よう》し、四国随一を誇る一大娯楽センターである。もちろん坪内グループが経営しているが、四館の映画劇場を一人の映写技師で集中管理するシステムの導入など新機軸が随所に施されている。

日経の記者は、三階のティールームで坪内夫妻を見かけるなり、コーヒーカップを持って坪内たちのテーブルに移動してきた。坪内は褞袍《どてら》姿で、不精髭を生やしている。紀美江はワンピースの上にコートを羽織っていた。

「ご無沙汰《ぶさた》してます。日経の木村《きむら》です」

「やあ。しばらくじゃね」

坪内は笑顔で、木村を迎えた。療養中のことでもありマスコミの取材には一切応じていないから、迷惑至極だが、坪内は厭な顔を見せなかった。もっとも、木村芳文《よしふみ》とはこれまでに何度か会っている。

木村は松山支局詰めになって二年足らずだが、妙に人なつっこいところがある。入社後三、四年で、坪内から見れば孫といってもおかしくない。一メートル八十五センチの長身だが、スリムな体型に似合わず、浅黒い顔には面魂《つらだましい》といったものを感じさせる。

「入院されたと聞いてましたが、もう退院されたんですか」

「いや、まだ入院したばかりじゃ」

「少しお痩《や》せになりましたね」

「そうかねえ。減食の効果が出とるんじゃろうか」

坪内はうれしそうな顔を紀美江のほうへ向けた。

「ケーキかサンドイッチでもどうです？」

「いま、昼食替わりにサンドイッチを食べたばかりですから」

「そうですか」

坪内はちょっとうらめしそうな顔をした。木村をだしにして、お相伴《しょうばん》にあずかろうかと考えぬでもなかったのである。

「どうぞめしあがってください」

木村に言われて、坪内はちらっと紀美江をうかがった。紀美江は坪内の視線に気づかないふりをしている。

「わたしはええんです」

「糖尿病とお聞きしましたが……」

「たいしたことはないんじゃが、食事制限がきついですわ」

「坪内社長は大食漢だから、さぞかしつらいでしょうね」

「シベリアの抑留《よくりゅう》生活を考えれば、これしきのこと、なんでもないですよ」

まだ、二時を過ぎたばかりなのに、坪内はもう腹がグーグー鳴っていた。

木村がコーヒーを喫みながら、さりげなく言った。

「SSKのドロ沼紛争はいつまでつづくんでしょうか」

「国竹さんに聞いてください」

坪内の顔がこわばっている。

木村はかまわずに踏み込んだ。

「このままドロ沼の争議をつづけていたら、来島どっくも危ないんじゃないですか」

坪内はそれには答えず、「木村さんも組合に同情しよりますか」と反問した。

「いいえ。ただ、SSKを取材してる同僚の話を聞くと、労愛会が莫迦に感情的になっているのが心配です」

「じゃが、一度約束したことは守らないかんのとちがいますか。みんなが辛抱しよるのに組合だけが辛抱でけんとわがまま言いよる」

「坪内社長が再建を急ぎ過ぎてるということはないでしょうか。合理化三項目は、再建を急ぐあまりに出てきた要件ですよね」

「再建は急がなできません。いっとき辛抱することもようできん言うのは、やる気がないと言うとるのと一緒でしょう」

坪内はがぶりとコーヒーを喫んで、コーヒーカップをテーブルに戻した。

「それにしても、今度のストで再建のスケジュールが大きく狂うことになりますね」

「…………」

坪内は不承不承《ふしようぶしよう》うなずいた。

「坪内社長はSSKの再建を受けたことを後悔してるんじゃありませんか。こんなひどい目にあうとは思わなかったでしょう」

「組合の幹部には裏切られたと思うてますが、大多数の社員はわかってくれてると信じてます。いまわからん者にも必ずわかってもらえる思うてますんじゃ」

「社長がゼロ回答をつづけている限りストは終結しないと考えられますが、そうなるとSSKの倒産は避けられませんね」

「SSKがつぶれるようなことはありません。社員に倒産の悲哀を味わわせたくない。組合員も一部のリーダーを除いて、わかってるはずじゃ」

坪内のきっぱりとした口調に気圧《けお》されて木村は次の質問を発するまでに、ちょっと手間取った。

「この期《ご》に及んでも再建の自信があるということですか」

「いずれストは終結しますじゃろう。佐世保重工は必ずわしの手で再建します」

木村は返す言葉がなかった。坪内の意気軒昂《けんこう》ぶりは、カラ元気というか引かれ者の小唄《こうた》というか、実体が伴っていないようにも思える。まさに、坪内は、いま四面楚歌《しめんそか》のまっただ中にいるのだ。

しかも、糖尿病を患《わずら》って、見るからに生彩を欠いているように木村の眼には映っていた。

「すると、辞表は撤回したんですか」

「まだ撤回しよりませんが、ストが終結して造船所が再開したら、わしが見ないかんじゃろう思うてます。わしが投げ出したら、大勢の社員が路頭に迷うことになる」

坪内は話しているうちに血色がよくなり、以前の赭《あか》ら顔に戻ったように見受けられた。

この人は、本気なのだ。決してやけっぱちで大ボラを吹いているわけではない――。木村は瞬時のうちに、坪内に対する考えかたを訂正した。

「社長の士気がいささかも停滞していないことがよくわかりました」

「わしがしょげよったら、社員はどうなるんじゃ」

例の坪内スマイルに接して、木村はなにかしら爽快な気分になっていた。

「そろそろ戻りませんと、先生に叱られますよ」

終始、微笑を浮かべて二人のやりとりを聞いていた紀美江に促《うなが》されて、坪内はテーブルを離れた。


一月二十四日の朝七時に、佐伯正夫が南松山病院の特別室に顔を出した。

佐伯は、業務上の報告と判断を仰ぐため三日にあげず坪内に会いにやって来るが、時間は朝七時と決まっている。

坪内はソファに座ってテレビを見ていた。

テレビの画像は、佐世保重工労働組合が造船所の各門でピケを点検中の模様を映し出していた。

あたかも革命前夜のような様相をかもし出している。

「示そう労愛会の底力！」

「独裁経営から守ろう暮らしと権利を！」

「坪内社長の人権無視の経営方針を許すな！」

「会社の組合介入を許すな！」

「坪内社長は団体交渉に出てこい！」

いずれも黒々と筆太に染め抜かれた幟旗《のぼりばた》が何十本、いや何百本となく組合員の手によって揚げられている。

画像が、構内のジグザグデモに変わった。

ナレーションは、まるで悪魔の申し子ででもあるかのように、坪内を攻撃している。

坪内の後方で棒立ちのまま画像を睨《にら》みつけていた佐伯は、悔しさのあまり涙がこぼれそうになった。

「ＮＨＫに抗議してきよります」

「おう、来とったのか」

坪内は背後をふり返った。いましがた佐伯が「おはようございます」と挨拶したとき、返事を返されたように思えたが、テレビに気持を奪われてて、うわの空だったようだ。

「座らんか」

坪内は、座っている位置をずらして、佐伯にソファをすすめた。

「ＮＨＫともあろうものが、こんな一方的な報道しおって、ゆるせません」

佐伯は下唇《したくちびる》を嚙みながら腰をおろした。利《き》かん気な顔がひきつっている。

「心配せんでええ」

坪内は二センチほど伸びた顎髭をしごきながらつづけた。

「わしはなんにも悪いことしとらん。佐世保に助けに行きよったんじゃ。なにも弁解せんかて、必ずわかってもらえる。会社を辞めて行きよる組合員がよけいおるのは、組合の執行部に不信感をもってるからじゃ」

「………」

「わしが辛抱しよるんじゃから、おまえたちが辛抱できんでどうする」

「はい」

佐伯は、返事をするのが精いっぱいであった。坪内の心情を思うと、胸が張り裂けそうになる。佐伯はなんともやり場のない気持をもてあまし、懸命に歯をくいしばった。

## 5

労愛会は一月十八日午前十時から二十九日ぶりに再開された団体交渉で、次のような見解を会社側に示した。
一、越年生活救済金については、交渉を重ね、実力行使をもって猛省を促したが、会社はなんら解決の姿勢を示さず今日に至っており、この責任は重大である。今後生活救済金として交渉していく。
二、法を犯し、いままで数限りなく繰り返した不当労働行為は断じて許されない。全面的な根絶を要求する。
三、会社が行なった残業撤廃は事実上の協定破棄であり、ここに至れば会社再建の礎《いしずえ》として合理化三項目の改定を要求する。
四、人命軽視の安全管理と会社の責任に対し労働災害の徹底した対策を要求する。
五、今日までの労務政策の誤りを根本的に正し、事態解決の方策を求める。
六、組合は強力な闘争体制のもとに実力行使をもって具体的検討を求める。
七、次回交渉を二十一日十時に設定し、会社の具体的提示を求める。
生活救済金にとどまらず合理化三項目の改定にまで要求を拡大したことになったが、二十一日の第九回団交で局面が変化することはなかった。

この日の午後、〝坪内社長は労働者の敵だ〟〝人権無視の坪内社長を許すな〟〝打倒坪内〟などのゼッケンをつけた国竹以下の二十五名のオルグ団が同盟全国大会に参加するため東京へ向かった。そして第四波四十四時間の全面ストに突入したのは二十三日の正午のことである。

さらに二月一日には、造機部門（組合員五百五十人）を除く第五波二百六十四時間の重点ストに突入、組合は長期闘争体制で臨《のぞ》む姿勢を固めていく。全面ストから重点ストに変わったのは、明らかに組合が戦術転換を図ったことを意味する。つまり、繁忙職場に対してはスト指令を出してピケ要員として外からの攻めに徹するようにし、仕事量が不足気味の職場には就業要員として内からの攻撃を命じて、経営側にゆさぶりをかけたわけである。

前日の三十一日に、坪内は上野、渡部、細川の三人を南松山病院へ呼んで、意見を聞いた。

第五波の重点ストについては三十日に組合の指令が出ていたから、坪内も承知している。

組合は二月一日八時から十二日八時までの二百六十四時間に及ぶ長期ストを構えているという。

重点スト職場は造船部、修繕部、艦艇造修部、艦艇造兵部、造船設計、機械設計、鉄構設計、ＳＥＣ、鉄構部、坪内電算センター、ＮＨＳ、造船検査、機械検査、鉄構検査、看板実行委員会、品質保証部、佐世保重工興産などとなっている。

三人は沈痛な面持ちで坪内の前に腰をおろした。

しばらく会わないうちに坪内はずいぶん痩せ、頬のまるみが失われていた。白い不精髭が顔の半分を覆《おお》っている。

糖尿食の効果があらわれ、減量がすすんでいる証拠だったが、渡部や細川にはそうは見えない。心労がかさなって、げっそりやつれているとしか思えなかった。その痛々しさに息を呑む思いだった。

「申し訳ありません。わたしたちの力量不足で、社長にご苦労ばかりおかけしまして……」

細川が深々と頭を下げた。

坪内がにこやかに三人をねぎらったあとで、言った。

「急に呼び出して悪かったが、いまの状況をどう考えとるか聞きたいと思うて来てもろうたんじゃ」

「二百六十四時間の長期重点ストを通告してきましたが、最後のあがきではないでしょうか。ここまできましたら、われわれとしても一歩も引けません」

「両方が突っ張りよったら、会社はつぶれてしまう。上野さん、組合が屈服しよると思いますか」

「つらいのはお互いさまです。多少譲歩すれば、組合も収拾する大義名分ができるんじゃないでしょうか」

「捨身できよるし、応援団もたくさん付きよる。少々の譲歩で、組合は折れんじゃろう。折れても禍根《かこん》が残りよることになりませんか」

「久保知事に調停をお願いする手はないでしょうか」

細川の質問に対して、坪内は即座にかぶりを振った。

「仏の顔も三度言いよるが、久保知事は斡旋《あっせん》案を坪内寄りや言うて拒絶されたんじゃから、お願いするわけにはいかんじゃろう。心配して、電話をくださったが、申し訳なくてようお願いできん」

「坪内社長が団交に出席されることは考えられませんか」

「上野さん、わたしは辞表を出してる身です。じゃから、団交に出るのは首尾一貫せんのと違いますか。このままでは佐世保は確実に倒産します。佐世保がつぶれてよろこぶ人も仰山《ぎょうさん》おるが、つぶしてはいかんのと違いますか。そろそろ年貢《ねんぐ》の納めどきじゃ思うとりますが、どうじゃろう?」

「年貢の納めどきと言いますと……」

上野が訊き返した。

「組合もここまで来よったら、ひっこみがつかんじゃろう。少々の譲歩では呑まんと思う。スト中も含めて、なんぼ辞めよったかな」

「千四百人ほどになります。もう少し頑張れば、確実に千五百人になると思います。それだけ合理化、減量ができることになります。自己都合《つごう》退職ですから、平均百万円ほどの退職金で合理化ができるわけです。苦しいのは会社も組合も同じです。もうひと頑張りさせていただけませんか」

「上野さんは戦闘的じゃな」

坪内は苦笑まじりにつづけた。

「じゃが、これ以上退職者を出してはいかん。千五百人になったら、それが目当てで会社がストを長引かせたと思われよる。それどころかこのままストをつづけさせていたら、人がいのうなってしまう」

「そうしますと、生活救済金の要求を呑むいうことになりますか」

坪内は、上野から渡部に視線を移した。

「組合の要求を可能な限り呑んでやったらどうじゃ」

「はっ……」

渡部は絶句し、上野も細川も信じられないといった顔で坪内を凝視している。

上野がうわずった声で言った。

「それでは全面敗北ではありませんか。われわれはなんのために頑張ってきたのかわからなくなります」

「上野さんの気持はようわかる。じゃが、あんたたちの苦労はわしもよう知っとるし、いずれ組合の人たちにもわかってもらえるじゃろう。考えてみなさい。やる気のない人、あるいは、労使紛争に厭けが差した人が千四百人も辞めよった。さっき、あんたは合理化、減量ができたと言いよったが、名を捨てて実《じつ》を取ったと考えて考えられんこともない」

「しかし、合理化三項目まで譲歩するというのは、いくらなんでもひど過ぎます。ストを打てば、会社はなんでも屈服すると思われるだけですよ。もう少し、われわれにやらせてください」

「細川、渡部はどんな？」

「三項目についてはやはり引くべきではないと思います」

「少なくとも時間をかけて協議しながら見直していくべきじゃないでしょうか」

細川と渡部がこもごも答えた。

坪内は入院生活で弱気になっているのだろうか、と渡部は怪しんだ。そうでなければ三項目まで引こうとするわけがない――。

二月一日午後五時から第十回団交が開催された。第五波重点ストを背景に、組合側の意気は、大いに上がっているように見えた。

上野がこわばった顔で切り出した。

「ただいまから第十回団体交渉を開催します。初めに、会社側の見解を述べさせていただきます」

上野はメモに眼を落としたまま、かすれた声で話し始めた。

「会社は、労使間に不当労働行為をめぐる紛争が発生している事態を深く遺憾《いかん》とし、この紛争を解決するため次の三点について提案致します。ひとつ、会社は組合申し入れの三点の見直しを含む諸要求につきまして、速やかに協議に入る用意があります。ひとつ、会社は生活救済金として有扶養者に対して十五万円、単身者に対して十二万円を支給します……」

組合側メンバーから大きな吐息が洩《も》れた。

「ひとつ、会社は定時間操業体制をとき、即刻残業を実行する体制をとります。ただし、ストライキが行なわれている中での協議はできません」

　国竹と上野の応酬《おうしゅう》になった。

「つまり、いまの体制では協議に入れんいうことか」

「スト体制のまま協議に入ることはできません。まずストを解いてください」

「そんなことでは話にならん。今後の協議いかんによってどうなるかわからんじゃないか」

「とにかく、会社は最大限、可能な限りの譲歩をしました。スト続行の中では協議に応じられません。いま申しあげたことを検討してください」

「話し合いは、このままの状態でできるではないか。なぜできんのだ！」

　国竹はこぶしでどーんとテーブルをたたいた。そして高飛車《たかびしゃ》に言いたてた。

「組合はもう騙《だま》されんぞ。だいたい去年の今月今日、どんな手を打って組合に迫ったか考えてみろ！　卑劣なやりかたをやっておきながらいまさら信用しろというほうが無理や。坪内社長のやりかたを真似《まね》するわけではないが、会社が基本的態度を変えないかぎり絶対許さんばい。会社が丸呑みしない限り闘争体制は解かない。これまで会社がやってきたことをよく考えてみるがいい！」

「ストをやりながらでは話はできません。協議に入る用意があると言ってることを理解してください」

上野は蒼《あお》ざめた顔をひきつらせた。身内《みうち》のふるえが止まらず、涙がこぼれないのが不思議なほど、口惜《くや》しい思いで胸がつまった。

その夜、上野は所長室へ閉じこもって考えつづけた。ここで国竹に屈服したら元の木阿弥《もくあみ》ではないか。国竹は居丈高《いたけだか》に合理化三項目の逆丸呑み、つまり撤回を迫ってきたのである。弱味を見せてはいけなかったのだ。会社は譲歩してはならなかった。ここを先途《せんど》とつけ入って、三項目の逆丸呑みを突き付けてきたのである。

国竹のような男が労愛会の会長としてのさばっている限り、労使の正常化など思いもよらぬ。ここで国竹の要求に屈していたら、坪内の登場によってせっかく会社側が手中にしかけた人事権、経営権が労愛会の手に戻ってしまう。特定の業者と結託して購買にまで介入するような男なのだ。もともと権力志向の強い男だから、会社を屈服させたら、どこまで増長するかわからない。三項目の逆丸呑みなどとんでもないことだ。生活救済金で譲歩することは三項目の修正を意味するが、せめて修正にとどめるべきではないか——。

上野は、デスクの電話に手を伸ばし、ダイヤルを回し始めた。南松山病院六階の特別室に直通電話が仮設されていたのである。

紀美江夫人が出てきた。この人の声を聞くとなぜか心がやすらぐ。いつ会っても笑顔で迎えてくれる。心やさしい人だ。

「夜分恐縮です。造船所の上野ですが……」

「先日はお見舞いをいただきましてありがとうございました。いつもご苦労をおかけします。いま、主人に代わります」

「坪内です」

「夜遅く申し訳ありません……」

上野は、団交の結果を報告した。煮えくり返るような思いで、つい声が高くなる。

「いかがでしょう。当面は救済金の支給にとどめて三項目の撤回だけは踏みとどまるべきではないかと思うのです。ここで屈服しますと、どこまで要求をエスカレートしてくるかわかりません。再建も難しくなります」

「あんたの気持はようわかる。じゃが、それでストライキは終わるかね。こないだも話したが、このままストライキをつづけさせよったら人がいのうなってしまう。会社がつぶれてしまってええと思いますか」

「国竹をのさばらせておくくらいなら、つぶしたほうがましです」

「それは上野さんの感情じゃろうが。わしもそう考えんでもなかった。じゃから、あんたの気持はようわかるが、会社はつぶしてはいかんのじゃ。みんなが泣きよる。悲惨なことになる」

「三項目を撤回しますと、収支的にも会社は苦しくなりますよ。再建計画が大きく狂ってしまいます」

「わしが持ち出すことになりよるじゃろうが、覚悟はしておる」

「また、組合の言いなりになるだらしない経営に戻ってしまうんですか」

上野は声をつまらせている。こんな屈辱《くつじょく》に甘んじるくらいなら、死んだほうがましだ、といった気持にもなってくる。

「そんなことは断じてない」

坪内の声が高くなった。だが、すぐに平常の声にもどった。

「国竹さんは必ず馬脚《ばきゃく》を現わしよる。天網恢々疎《てんもうかいかいそ》にして漏らさずです。流れは変わるはずじゃ。あんたの苦労は報いられる……」

「そんな、気休めに過ぎません」

そう言い返して、さすがに言い過ぎたと思い、上野が懸命に言葉を探しているうちに、

「あんたの気持はようわかるが、あした石水を佐世保へやりよるから、よく相談して

くださいﾞ」と、坪内の優しい声が返ってきた。

坪内は、上野との電話が切れたあとで、東京の石水に電話をかけた。

時間は九時を二十分過ぎたところだったが、石水は帰宅していなかった。

折り返し石水から電話がかかったのは十一時近かった。

受話器を坪内に手渡しながら、紀美江が「こんな忙しい入院患者がいよるんでしょうか」と微苦笑を浮かべた。

「あした土曜日じゃが、予定はどうなっとる?」

「とくにありませんが……」

「佐世保へ行ってもらおうか。長期出張になるかもしれんが、仕事のほうはどうや」

「あした中にいろいろやりよることがありますから、夜までに佐世保に入ります」

「よく実態を見きわめてもらいたい。どう収拾するかはあんたに任せる。必要なら川崎、一色を呼んだらええ。神戸の矢野も応援に出す。上野所長は突っ張りたいらしいが、わしの見るところ、そういう段階ではないように思うんじゃ。よろしくたのむ」

「承知しました」

坪内と話し終わったあと石水は、営業部門の部下の一人に電話をかけ、あすの緊急会議の招集を指示した。

上野がひとりで南松山病院へ坪内を訪ねて来たのは二月五日の夕刻である。

一週間ほど前に会ったときもそうだったが、上野のやつれぶりが一層高《こう》じているように思え、坪内は胸を痛めた。

「石水専務とお会いしました。わたくしは引っ込めということですから、いよいよ組合に屈服することになるんでしょうか」

上野は坪内とソファで向かい合うなり、思い詰めた口調で切り出した。

「わしもそうじゃが、上野さんにいま必要なのは休息じゃと思います。あとは石水たちにまかせておけばええでしょう」

「…………」

「上野さんはわしの気持をようわかってくださった。ようやってくださってると思うてますんじゃ。感謝してますんじゃ」

坪内にしみじみとした口調で語りかけられて、上野は眼がしらが熱くなった。

「なんのお役にも立てなかったわたくしに……」

上野は声をつまらせている。

紀美江が茶を運んできた。上野には煎茶を淹れたが、坪内は番茶である。

「もう少し頑張るわけにはいきませんでしょうか。わたくしが労使交渉のメンバーから外れることはいっこうにかまいませんが、組合の要求を丸呑みするような妥協の仕方はおかしいと思うんです。組合員の大多数は国竹から心が離れています。国竹のような男が、あんなやりかたで、組合員の気持をつかめるわけがありません。わたくしは係長のころから、あの男の労働貴族ぶりをいやというほど見てきました。あとちょっと頑張ればリコールにもっていけると思います」

「…………」

坪内は当惑した顔で番茶をすすっている。

「せめてあとひと月わたくしにやらせてください。お願いします」

上野はうなだれたままなかなか顔をあげようとしなかった。

労使交渉のメンバーから外れることはかまわないと言ったそばから、あとひと月やらせてくれと訴えていることの矛盾《むじゅん》に、上野は気づいていない。

「国竹は選挙に出たくて、そのために名前を売り込みたくて、組合員を犠牲にしてストを長びかせているんです。国竹のミスリードに執行委員の一部は気づき始めてます。わたくしなりに組合の幹部と接触してますが、生活救済金で譲歩することによって、ストを終わらせることはできると思うんです」

「わしが辞表を出したのは、わしの気持を国竹さんたちに理解してもらえんとも限らん思うたこともあるが、それだけじゃない。こっちのほうは淡い期待に終わってしもうたが、わしが辞任し、このままストをつづけよったら佐世保重工は確実に倒産する。倒産すれば、更生法に基づいて再建に取り組むことになるが、管財人の引き受け手はおらんじゃろう。結局、わしのところへ回ってくるんじゃ。組合幹部にはお引き取り願えるし、それもええと思わんでもなかった」

「それなら、なおさらのこともう少し頑張らせてください。お願いします」

上野の声が悲痛なひびきを伴っている。

「あと一ヵ月もストが続けば、千四百人の退職者が二千人になるかもしれんが、人がいのうなってはいかんのじゃ。やはり倒産させてはいかんのです。ストの終結は一日でも一時間でも早いほうがええとわしは思うてますんじゃ。石水がどう収拾しようとしているのかよくわからんが、石水、川崎、一色の三人にまかせたらどうですか。あなたにはほかにやってもらうことがたくさんあります。組合との交渉は選手を交代したほうがええでしょう」

「どうしても、わたくしでは駄目ですか」

「上野さんの気持はようわかるが、わしはいまが潮時《しおどき》と思うてますんじゃ」

上野は不意に背広の内ポケットから白い封書を取り出して、センターテーブルに乗せ、それを坪内のほうへ押しやった。封書には「辞職願い」と墨書されてある。

上野がふるえ声で言った。

「お納め願います」

「こんなことをしたらあかん」

「社長に不信任されました以上、辞めさせていただくのが筋だと思います」

「上野さん、勘違いしたらいかん。あんたにはもっと働いてもらいたい思うとるんじゃ。これはしまいなさい」

「そうはまいりません」

上野は、辞表を置いたまま逃げるように病室をあとにした。

紀美江が上野のコートを持って追いかけて来た。

紀美江も上野と一緒にエレベーターに乗り込んだ。

「今夜は奥道後でゆっくりしよってください。ホテルへ電話を入れておきますから」

「いいえ。奥さまのお気持だけいただいておきます」

「お願いですからそうしてください。そしてあすの朝にでも、病院のほうへもう一度おいでいただけませんか」

エレベーターが止まった。

紀美江がコートを着せようとしてくれたが、上野はそれを拒んだ。

6

石水が佐世保市谷郷町《たにごうちょう》のホテル万松楼《ばんしょうろう》に到着したのは二月二日の夜八時過ぎだが、上野、渡部、細川、戸上、矢野の五人が待ち受けていた。五人は、労愛会に気づかれないように、ひそかに集まったのである。

矢野繁《しげる》は、まだ四十歳だが神戸のオリエンタルホテルの人事部長で、同ホテルの労使紛争の解決に手腕を発揮し、坪内に認められた男である。佐世保重工の役員でも社員でもないから、団交に加わることはできないが、アドバイザーとして石水を助けるように坪内に命じられ、神戸から駆けつけてきた。

神戸のオリエンタルホテルといえば名門ホテルとして知られているが、総評系の組合の力が強く、ストが絶えなかった。

ホテルの結婚式場に腕章、赤ハチ巻き、要求のワッペンを胸につけたままの従業員が自由に出入りするようなホテルが客にそっぽを向かれないはずがない。役員人事にも組合が介入し、人事権は組合に掌握《しょうあく》されていた。赤字が累積し、動きがとれなくなって、兵庫県知事、神戸市市長、川崎重工社長などゆかりのある人たちに懇望《こんもう》され、坪内が再建に乗り出すのは四十七年になってからだが、坪内は労使の正常化などに力を尽くし、名門ホテルをよみがえらせた。

石水は、来島どっくの専務だが、佐世保重工の筆頭専務でもあり、坪内につぐナンバーツーである。営業部門を担当していたので、造船所に顔を出すことはほとんどなかった。もっとも、労使の紛争の経緯《いきさつ》も現状も熟知しているつもりだったが聞くと見るとは大違いというか、地元の反坪内感情のすさまじさに、立ち竦《すく》む思いであった。街のいたるところに反坪内のポスターやビラがあふれている。会社再建に助けに来た者が鬼のように恐れられ、蛇蝎《だかつ》のように嫌われる——そんなことがあっていいわけはない。労愛会がいかに反坪内のキャンペーンに傾注しているかの証左《しょうさ》でもあるが、労使の相互不信感を解消し、相互信頼関係を取り戻すことが急務だと石水は思った。そのためには、会社側は相当な犠牲も覚悟しなければならない。多少拙速と言われてもスト体制を解かせ、争議を収束させることが自分の使命だと石水はわが胸に言いきかせた。まず労使交渉の会社側最高責任者である上野におりてもらわなければならなかったが、上野は会社が大幅譲歩する方向で団交に臨むことをいさぎよしとしなかったから、あっさりおりることを承諾し、辞表をも提出した。上野の出処進退のさわやかさは、その後も語り草になったが、坪内の慰留にも耳を貸さず、労使交渉不調の責任をとるかたちで上野が退任したのは三月に入ってからだ。

二月七日午前十時から開催された第十一回団交に石水は経営側の責任者として出席した。川崎専務と一色常務も新たに加わり、経営側の意気込みをうかがわせた。

上野所長から辞表が出されている、と聞かされた組合側メンバーは、してやったりといった顔でうなずき合っている。

「経営の最高責任者である坪内社長の出席をわれわれは何度も要求してきたが、ついに容《い》れられることはなかった。しかも会社側は交渉メンバーの交代という醜態《しゅうたい》まで演じた。かさねて坪内社長の出席を要求する」

石水は、上体をテーブルに乗り出すように国竹のほうへ接近させた。押し出しも立派だから、やせぎすの上野にはない威圧感がある。

「メンバーの交代が醜態とは思いませんが、わたしどもは責任をもって団交に臨んでおります」

「あんたは坪内側近でナンバーツーだから前任者のようなこつはないと思うがのう。しかし、坪内社長が出席するのが組合に対する礼儀ばい」

石水は首をねじって発言者を鋭くとらえた。

「組合が坪内社長の出席にこだわるようなら、あすにでも連れて来ます。糖尿病で入院中ですが、無理をすれば出席できないことはない……」

思ってもいなかった石水の返事に、組合側は唖然《あぜん》としている。びっくりしたのは川崎も一色も同様である。袖《そで》を引っぱる左隣りの一色を無視して、石水はオクターブを高めた。

「ただし、一つだけ条件があります。反坪内の看板やポスターが造船所の構内のみならず街中に氾濫《はんらん》してますが、それをすべて取り除いていただきたい。坪内社長が出席する日に限ってでもけっこうです。それを容れていただけるなら、わたしの責任で坪内社長の出席を約束します。どうです。ささやかな条件とは思いませんか。反坪内一色に塗りつぶされたような中で、坪内社長に団交に出席してくださいと言うことは、わたしは人間としてできない。それが血も涙もある人間というものでしょう。まして、坪内社長は、私財を投げ打ち、心血を注《そそ》ぎ込んで佐世保重工の再建に取り組んでいる人ですよ。恩人に対して、あなたがたは吸血鬼、四国の山猿よばわりしている。一日でけっこうだから反坪内の看板を取り除いてください」

「石水専務のお話はわかりました。本題に入りましょう」

高野がさえぎった。

石水の気魄に気圧《けお》されたのか、以後何回となくつづけられた団交で、組合側が坪内の出席を求めたことは一度もない。

この日の団交で、石水が会社回答書を読みあげた。

「労使紛争が長期化し、未《いま》だ解決に至っていないことは、甚《はなは》だ遺憾とするところであります。会社は現在、約二百億円に及ぶ累積赤字をかかえており、株主、金融機関をはじめ関係者のご厚意、ご協力により曲がりなりに経営を維持しているという現状からして到底組合の諸要求に応《こた》えられる経営状態ではありません。しかしながら今日の事態を考えるとき、一刻も早く当面する危機を回避するため、英断をもって以下のとおり回答することとしました。ついては組合におかれても会社の意のあるところを十分にご理解いただき、本回答をもって早期解決方をお願いします」

記

昭和五十五年一月十八日付佐労愛第八十六号（佐労愛第五十号関連を含む）をもって要求のあった諸項目に対する回答。
一、不当労働行為の根絶について
不当労働行為の問題については、会社は組合指摘のような不当労働行為と疑われるような行為があった事実を認め、その根絶を含め今後の正常な労使関係の確立につとめる。

そのための諸問題の解決を図るため最善の努力をする。

今後は、労使が相互の基本権を尊重し、信頼関係の上に立って、真の労使協力の実をあげる。

二、生活救済金について

有扶者に対しては十五万円、単身者に対しては十二万円を支給する。なお、支給日については別途協議する。

三、三項目の改定について

㈠ 基準賃金……鋭意検討中

㈡ 定期昇給

昭和五十五年四月一日付で従来の定期昇給規程により実施する。

㈢ 年間一時金……応じられない

㈣ 隔週週休二日制、週休二日制

応じられない。

四、労働災害の撲滅《ぼくめつ》について

従来から会社は人命尊重、安全第一を基本方針としており、今後ともこの方針に変わりはない。

ただし、昨年は一昨年と比較すると、災害が多発したのは事実であり、これが対策については、そのつど必要な措置を講じてきたところである。今後は、さらに安全管理の機能を強化し、安全衛生教育に留意し、各種基準を厳守することなどを指導して、労働災害の撲滅を期す。

五、操業体制について

定時間操業体制から可及的速やかに残業を実施する体制に移行する。

以　上

組合側は、年間一時金、隔週週休二日制について、応じられないとする会社回答を不満として再検討を強く求めた。また、賃金カット復元についても、鋭意検討では納得できないとし、具体的な回答を要求した。

これに対し会社側は、石水が「賃金カット復元については数日、可及的速やかに回答します。年間一時金については、現時点では応じかねるという表現にとどめておきたいと思います」と答えている。

また、隔週週休二日制、週休二日制の問題に関しては一色が答えた。

「これは当社といいますか、来島グループの金看板みたいなものですから、時代に逆行すると言われましても応じることはできません」

第十二回団交を翌八日午前九時半から開催することで、この日の団交は午後一時過ぎに終了した。

八日（第十二回）、九日（第十三回）、十日（第十四回）と連日団交が続けられたが、隔週週休二日制、週休二日制を中心に論議は平行線をたどっていた。十日の団交後、夜九時半から、造船重機労連の藤井委員長代行、金杉書記長、田代組織局長の三氏を含めた三者会談が行なわれた。組合側は国竹、高野、会社側は石水、川崎、一色が出席し、午前二時半まで延々五時間にわたって論議がくりひろげられた。

藤井、金杉、田代はもとより組合側の応援団だから、一方的に会社の譲歩を迫るだけである。金杉が「最悪の事態を回避するためにも決断すべきではないか。せめて隔週週休二日制は制度として復元すべきです」と発言すれば、藤井は「あなたがたの考えかたは間違ってますよ。それによって労働者はやる気を出すんだからそのことが会社再建の礎《いしずえ》になるんです」と言い添えるといった具合だが、石水、川崎、一色は、来島グループの足並みを乱すことのデメリットを強調し、また、来島グループを今日あらしめる原動力にもなっていると切り返し、三者会談はもの別れとなり、翌日の第十五回団交に持ち越された。

翌十一日午後二時から始まり、何度か中断し、労使が別途協議する場面があったが、午後十一時三十三分に、石水が「現状から考えて、到底出せるものではありませんが、最後のハラを出します」と前置きして、次のような回答案を提示した。

一、賃金カット復元

①五十五年四月一日から一〇パーセント

②五十五年十月一日から五パーセント（完全復元）

二、隔週週休二日制

①五十五年より夏季期間中（七月一日〜九月十五日）隔週週休二日制をとる

②債務超過を解消した時点で完全隔週週休二日制とする

十、十一日の連休を返上して、労使は団交をかさねたことになるが、労愛会は会社回答を不満として、翌十二日の闘争委員会で次のような見解をまとめた。

第十五回団体交渉会社回答に対する組合見解

一、二月十一日の会社回答では事態の解決案にならない

①賃金カット復元の一〇〜一五パーセントの回答は評価する。実施期日の点では

組合案と相違しているが、この点はトータルの中で判断していく。
②隔週週休二日制の回答については制度復元の回答ではなく、解決策にはならないので基本的に反対である。組合は、隔週週休二日制の問題については、明確な制度復元を会社が回答することを解決の条件とする。
二、今後の闘いの進め方
①二月十二日の団体交渉に際しては基本方針のもとに会社に対し、問題解決のため再考を強力に求める。
②会社が依然として早期解決に応じない時は、闘争体制をさらに強め、第六波実力行使を決行していく。

第五波二百六十四時間の重点ストが解除されたのは二月十二日の午前八時だが、同日午後二時から行なわれた第十六回団交でも結論は得られなかった。

同日夕刻、組合は隔週週休二日制に関する組合対案を会社に提示した。
一、隔週週休二日制（第一、第三、第五土曜日休日）については昭和五十五年七月から実施する。
二、昭和五十五年度（五十五年七月～五十六年三月）は第一、第三、第五土曜日は

休日とする。但《ただ》し、再建途上の暫定《ざんてい》措置として土曜日休日のうち九日を出勤日とする。
三、昭和五十六年度以降は、あらためて協議する。
四、業績が好転した場合完全週休二日制に復元する。
五、以上については二月十四日午前十時までの期限付き回答を求める。

石水は、川崎、一色らと意見を調整したうえで、指示を仰ぐべく南松山病院の坪内に電話をかけた。

石水が組合の対案を説明すると、坪内はくぐもった声で訊いた。

「ほかの人たちは、どんな意見かね」

「両論あります」

「あんたはどうなんじゃ」

「呑まざるを得ないと思います。組合員の厭世《えんせい》気分がこれ以上大きくなりますと、これからの再建にさしつかえます。退職者の歯止めをかける必要もあると考えます」

「ストが終結して、生産向上に従業員の気持が向かうじゃろうか」

「ストに飽き飽きしてますから、当然そうなると思います。譲歩のし過ぎといいますか、会社の全面敗北のような印象を世間に与えるかもしれませんが、終結のラストチャンスと考えるべきではないでしょうか」

「隔週週休二日制は、来島どっくが佐世保に合わさなならんな」

「はい。やむを得ません」

「あんたに任せたんじゃから、それでええ。ご苦労じゃった」

坪内は、石水と電話で話し終わったその夜はさすがに不機嫌で、紀美江と口をきかずに押し黙っていた。空腹も手伝って、どうにも腹の虫がおさまらなかったが、ここは忍《にん》の一字だと思うほかはない。

夜十時半に、渡部を通じて組合にあす十三日の午前十時から第十七回団交を開きたい旨《むね》の申し入れをし、石水はその夜、久しぶりに万松楼に帰った。

翌日の団交で、冒頭、石水は「昨日、組合から隔週週休二日制について対案が出されましたが、最後通告ということですか」と向かい側の八人を見回しながら訊いた。

「そうです」

「そうだ」

「決まってるだろう」

そんな返事が一斉に返ってきた。

石水は、腕組みし、眼を瞑《つむ》って、三分ほど沈黙していたが、やおら話し始めた。

「坪内社長就任後のいろいろないきさつをはじめ、ここまで悪化した労使関係について、言いたいことはたくさんありますが、ことここに至っては言うべきではないと思います。わたしは、この争議を勝ち負けでとらえるのではなく、なんとしても会社再建のために相互の信頼関係を取り戻すことが優先されなければならないと考えます。二度とこのような不幸な労使の争いがあってはならないと思います。労使の信頼関係を回復するために、会社は組合案を呑みます。わたしは、会社の再建を、組合とそこに結集する組合員に賭《か》けます」

石水は大きく深呼吸して、話をつづけた。

「わたし自身、全力をあげて佐世保重工の再建に取り組むつもりです。微力を尽くすつもりです。労使の不信感が大きければ大きいほど、それ以上に信頼関係が強固にならなければなりません。労使の共通の課題はいうまでもなく会社の再建です。組合は、団体交渉の場でくり返し会社再建に対する熱意を説かれましたが、そのことに会社は賭けようと思うのです。従業員の幸せのためにも、わたしたちの賭けに組合は応えてほしいし、応える義務があると思います。わたしたちもせいいっぱい努力します」

石水は、うっすら涙ぐんでいる。川崎も一色も、渡部も眼に涙を浮かべていた。それは、組合側にも伝播《でんぱ》し、高野が指で涙をぬぐっている。

国竹が発言した。

「会社再建途上における会社の立場はよくわかる。労使の相互信頼関係を回復し、労使の結束した力で、力強い協力体制をつくることが大切だと思う。この一年間を振返ると忘れがたい教訓を残しているように思います。二度と再びこのようなことを起こさないよう誓い合いたい。なお、指定回答日前に回答のあったことを評価したい」

石水と国竹は起ちあがって、テーブル越しに握手を交わした。全員が起ちあがって拍手し、手を握り合った。

# 第十章　奥道後の決意

## 1

労使紛争が解決した直後から造船業界にミニブームがおとずれ、佐世保重工の業況は急速に回復し、五十六年三月期決算は経常段階で四十二億八千万円の利益を計上することができた。五十四年三月期は百十一億一千万円、五十五年三月期は二十五億八千万円の経常損失を出し、とくに五十四年三月期決算では希望退職者の退職金など特別損金として計上したため百八十三億円もの赤字を計上せざるを得なかったのだから、まさに驚異的な回復ぶりである。五十五事業年度は、争議の後遺症が残ると予想され、出血を止め収支とんとんになればよしとしなければならない、というのが大方の見るところであったから、嬉《うれ》しい誤算ということができる。

泥沼の闘争といわれ、延べ五百九十二時間に及ぶ長期ストを切り抜けたとたんにちょっとした造船ブームが到来するなど、坪内は経営者としてツイていたとも言えるが、それ以上に会社側が百八十度方針を転回し、大幅譲歩したことが従業員のやる気を引き出し勤労意欲を掻《か》きたてたのではないだろうか。

五十七年三月期、すなわち五十六事業年度は三月中旬の段階で、売上高約八百四十九億円、営業利益約百八十八億円、経常利益約百六十九億円、利益約百七十二億円と予想されていた。佐世保重工の経営は軌道に乗り、再建は成功した、と見なしてさしつかえあるまい。

管理職研修、従業員研修も軌道に乗り、坪内イズムの浸透も大いに与《あずか》っているとみてよかろう。

労愛会の国竹会長が辞任したことがひとつのきっかけとなって、労使の協調体制が整備されたことが生産性の向上に結びついたともいえる。

国竹は五十五年六月の衆参ダブル選挙で、民社党から衆議院選挙に立候補したが、あえなく落選した。そして五十六年の労愛会役員の改選期には周囲の情勢を読んで立候補を断念し、ＳＳＫを去った。

国竹は衆議院選挙の立候補補に際して、臆面《おくめん》もなく坪内にカンパを求める鉄面皮《てつめんぴ》ぶりを発揮し、坪内の側近を驚かせたが、坪内は「男が頭を下げて、頼みにきよるものを追い返すわけにもいかんじゃろうが」と言って、何百万円かのポケットマネーを出してやった。

国竹は、中央政界入りを目指して、佐世保重工業の労使紛争を利用し、自分の顔を売り込もうとした、という噂が立ち、一般労働者の支持を失ったことが落選の憂《う》き目をみる結果をもたらしたのではないか、と見る向きが少なくないが、果たしてどうであろうか。また国竹は相当額の借金が会社に残っていたが、坪内のポケットマネーで割り増しの退職金を支給して清算させた。それは社員の一般感情としても会社がそこまでやる必要はないと幹部に反対されたため、やむなく坪内が用立てたのである。

五十七年三月十八日の夜、坪内は永野と久しぶりに酒を飲んだ。佐世保重工の現況報告をかねて、赤坂の料亭〝中川〟で一席設けたのである。永野のほか、永野とも昵《じっ》懇《こん》の二人の船主も招かれ、招待側の佐世保重工は坪内と石水が出席していた。

永野はことのほか上機嫌であった。

「佐世保はいろいろありましたが、もう安心です。しかし、おととしの冬は、どうなることかと思いましたよ」

「永野さんにも心配をかけよりましたが、お陰さまで軌道に乗ったように思います」

「いちど造船所を見せてもらいましたが、造船所が佐世保の要《かなめ》であることは、なんといいましたかねえ、山の上から見渡すとよくわかりますね」

「弓張岳《ゆみはりだけ》でしょう」

石水が答えた。

「そうそう、弓張岳いいましたな。展望台から佐世保の街が一望のもとに見渡せるが、造船所は、佐世保湾の中央部、ちょうど扇《おうぎ》の要の位置にある。要がこけたら、みんなばらばらになってしまう。徳田局長も同じような話をしてたが、造船所が再建されたことの意義は、はかり知れませんよ。組合も従業員も坪内さんを誤解してたようだが、やっとわかってきたわけですね」

坪内が年増《としま》芸者の酌を受け、杯を口へ運びひと口すすってから言った。

「提案件数をみよりますと、社員のやる気の度合いがわかります。一つのバロメーターですね。たとえば、わたしどもが経営を引き受ける以前の提案件数のピークは四十九年で四千六百件です。これを従業員数で割ると一人当たり〇・七件になります。五十二年で千八百件ほどですが、五十三年は七十四件、五十四年はなんと四十六件です。一人当たり〇・〇一件、つまり百人中一人しか提案しよらんかったことになります」

「あのころはひどかったねえ。最悪だった。さすがの大将が病気でダウンしちゃいましたものねえ。それで、五十五年、五十六年はどうなんです?」

よくぞ訊《き》いてくれたというように坪内はにこっと笑った。

「五十五年の提案件数は三百六十件です。一人当たり〇・一件、それでも前年の百人に一人から十人に一人提案するようになりよりました。五十六年はなんと一万七千六百件です。一人当たり五・四三件、前年の五十倍に増えたことになりよるんです」

「ほう。それはすごい」

永野以下、全員が感嘆の声を洩《も》らした。

坪内の眼が一筋の糸になって消えた。

石水がうれしそうに補足した。

「今年はさらに、五十六年の倍ぐらいになるんじゃないでしょうか」

「すると一人当たりざっと十件の提案をすることになりますねえ。それで、提案というのは具体的に成果につながりますか」

永野が芸者の酌を受けながら訊いた。

「中には取るに足らないものもありますが、ほとんどは有効な提案です。ちょっとした省エネの提案で、一年に一億円以上のコストダウンになったようなケースもたくさんあります」

石水はそう答えて、右隣りの坪内のほうへ首をねじった。

「三拡《みひろ》工業の緒方さんのことを永野さんにお話ししてかまいませんか」

「うむ」

坪内は生返事《なま》をして、照れくさそうに頰をさすっている。

「緒方さんって?」

「SSKの組合の幹部だった人です。労愛会の執行委員で、国竹会長の下で賃金対策部長をやってました。いま、四十三、四歳と思いますが、地声のめっぽう大きな人で、〝生活保護世帯以下の月収九万円〟などと、いい加減なキャンペーンを張って、坪内を攻撃した男です」

「生協で食糧、衣料、家庭用品などの生活必需品を買《こ》うた分を天引きされて、ローンや保険を差っ引いた残りの給料が九万円なんですが、そういう注釈ぬきで手取り九万円とやられたのには、まいりました」

坪内の話を今度は石水が引き取った。

「あれは五十五年の九月でしたか、緒方さんがうちの細川、細川というのは来島どっくの業務部次長で、SSKで勤労担当の取締役をしている男ですが、その細川に連れられて入院中の社長を訪ねて来たそうです。争議のお詫《わ》びということなんでしょうが、緒方さんは八月の組合の役員選挙に落ちて、九月にすぱっとSSKを退職したものですから、身の振りかたについて細川に相談し、細川のすすめで社長に会いに来たわけです。社長は、労組に関する恨《うら》みつらみは一切話さなかったそうですが、熱心に相談に乗って、SSKを退職した人を集めて下請け会社をつくったらどうかとアドバイスしたわけです。緒方さんの三拡工業はSSKの下請け工事会社として成功し、いま四十人ほど従業員がいるそうですが、ついきのうまで吸血鬼だの四国の山猿だのと敵対視してた人をそこまで包容できますかねえ」

「坪内さんという人のうつわの大きさがそうさせるんでしょうねえ。僕にはとっても真似《まね》ができない」

永野はすっかり感じ入っている。

「細川いうのもおもしろい男で、宇和島造船で組合の書記長をやりよりました。初めはわたしに反発しよりましたが……」

坪内が話しているとき、仲居が宴席に入ってきて、なにやら石水に耳打ちした。

石水は硬い顔で「失礼します」と席を起《た》った。

廊下に、秘書の石岡が待っていた。

た。

「わかった。現地へ電話をかけて、いま現在の状況を聞いてくれ」

石水は時計に眼を落としながら、てきぱきと指示した。時刻は八時に近づいてい

手洗いに立つふりをして、坪内が廊下へ出て来た。

「佐世保で船内火災が発生したそうです。死者が出ているようです」

坪内は顔色を変え、帳場へ急いだ。

石岡が現地と電話で連絡していた。石岡の背後に、坪内と石水が蒼白《そうはく》な顔で佇《たたず》んで

いる。

電話が切れた。石岡がメモを見ながらふるえる声で聞いたばかりの現地の状況を説

明した。

「インド船籍のバラウニ号、四万五千七百重量トンのタンカーですが、本日午後三時

四十分ごろ修理中に船体後部の機関室付近で出火し……」

「死傷者はどうなんじゃ？」

坪内がせき込むように訊いた。

「七時現在で二遺体が発見されたそうです。逃げ遅れた八人が行方不明になってるそ

うですが、全員絶望的ではないかと……」

「十人も……」

坪内は絶句した。茫然《ぼうぜん》と立ち尽くしている坪内の眼から涙がこぼれた。

仲居から知らせを聞いて、女将《おかみ》が帳場へ駆けつけて来た。

「佐世保でえらいことになったそうですね。ご愁傷《しゅうしょう》さまです」

「どうも」

坪内は急いで涙を拭《ふ》き、「永野さんたちに心配かけるわけにはいかんから、伏せておいてください。わたしもすぐ席にもどりますが、みなさんのお相手をお願いします」

と、女将に頼んだ。

「石水君も席にもどりなさい」

「そうします」

石水と女将が帳場から出て行ったあとで、坪内が石岡に訊いた。

「〝むつ〟は大丈夫か」

「はい。火災事故の現場は蛇島《へびじま》南岸壁ですが、〝むつ〟が係留されているのは甲岸壁で二百五十メートル離れてますから、安全だと言ってました」

坪内はいくらかほっとしたようだが、すぐ厳しい顔にもどった。

「切符の手配をしてくれんか。今夜は無理じゃろうと思うが、いちばん早く現地に行けるのがええ。一刻も早く遺族のかたがたにお詫びしなければ……」

「かしこまりました」

「それから喪服《もふく》を現地へ届けるように松山へ連絡してくれんか」

「はい」

石岡はすぐに行動に移った。

永野たち招待客は佐世保の火災事故を知らずに、終始上機嫌で、十時過ぎにおひらきとなった。

2

佐世保重工の修理船タンカーの船内火災は、インド人乗組員の溶接《ようせつ》の火花が床《ゆか》の廃油に燃え移ったことによって生じたもので、死者十人を出す佐世保造船所始まって以来の大惨事となった。インド人乗組員があわてて逃げ出したりせず、落ち着いて対応していたら、小火《ぼや》程度でくい止められたかもしれない。死者は、佐世保重工の三人と下請けの七人だが、坪内の指示で現地の対応も素早く、その夜のうちに所長の川崎(五十五年二月に就任)を本部長とする「SSK事故対策本部」が設置された。

翌朝、〝合理化が生んだ大惨事〟〝安全より生産性のSSK〟と書きたてた新聞が多いが、「大勢のかたが亡くなったり行方不明になるという大きな事故を起こし、ご家族のみなさまにご心配をかけ申し訳なく思っている。しかし合理化による人減らしと今度の事故は全く関係ない。安全と事故には心を配っていたのに残念だ」という川崎所長の談話(朝日、十九日付朝刊)に示されているとおり、合理化とは無関係なことがその後の事故究明結果からも証明されたが、新聞報道に誘発されて、当初遺族の怒りは会社に向けられた。

翌朝の一番機である七時五十分羽田発の長崎行き直行便の切符は一枚しか取れなかったため、石岡が先乗りすることになり、坪内は大阪経由で午後二時過ぎに長崎空港に着いた。

石岡が十時前に長崎入りしたときは、新聞記者とカメラマンが何人か取材に来ていたが、坪内が搭乗していなかったことがわかると「乗ってないじゃないか」「来るわけないと思ってたんだ」などと言いながら退散して行った。たしかに乗客名簿に坪内寿夫の名前はあり、それを確かめて新聞記者たちは押しかけて来たのだが、石岡にすり替わっていたのである。坪内が長崎空港へ着いたときは幸いというべきか新聞記者たちは一人もいなかった。

三甲野と姫野が供養の生花を用意して空港に坪内を出迎え、東京、松山の両秘書を含めて五人で遺族宅を訪問することになった。三甲野は勤労部長、姫野は所長室長に昇格していた。空港ロビーで三甲野が心配そうに坪内を見上げた。

「いま、姫野君とも話したのですが、遺族のかたがたは気が立ってますから、二、三日様子をみたらいかがでしょう。社長にもしものことがあったら大変です。もう少し落ち着いてからでもよろしいと思いますが……」

「それに、事故の原因はインド人乗組員の不注意によるものです。遺族宅の訪問は川崎所長にまかせてもよろしいのではありませんか」

「原因はどうあれ、会社で起きたことは、すべて社長であるわたしの責任じゃから、たとえ石をぶつけられても、土下座《どげざ》してお詫びする以外にない。お詫びして、遺族のお怒りを少しでもやわらげてもらうことが大切じゃ思う」

坪内は、もうタクシー乗り場のほうへ向かって歩き始めている。

タクシー二台に分乗し、先行車に坪内と姫野、後続車に三甲野、石岡、それに松山の秘書である稲田の三人が乗車した。姫野は、稲田から喪服をあずかっていた。

姫野は、喪服をかかえて助手席に乗り込んだが、「それをもらおうか」と背後から坪内に手を伸ばされて、びっくりした。さっきから、スーツと喪服をどこで着替えさせたらいいか考えていたのだが、社員寮の今福荘に立ち寄るしかないと結論し、それを坪内に申し出ようと思ったところであった。坪内はタクシーの中で着替えようとしているようだ。

「ちょっと失礼させてもらう」

坪内は、もぞもぞ大きな躰《からだ》を動かしながら、ひとりで着替えはじめた。人一倍大きな躰だから、後方シートを一人で占領してちょうどいいようだが、手を貸す者がいないので、まだるっこしいことおびただしい。

「新聞記者から社長が佐世保にみえたら記者会見をお願いすると言ってきてますが、いかが致しましょう」

「遺族のかたがたにお詫びして回るだけでいっぱいじゃろう。そんな時間はないじゃろうが」

「はい」

三時過ぎにまず山手町《やまてちょう》の内田《うちだ》網次《あみじ》宅を訪問した。内田は、下請け工事会社である太田工業の作業員で、六十五歳だった。

坪内は、遺族の前に両手を突き、畳に額をこすりつけて叩頭《こうとう》した。熱いものが喉《のど》もとにこみあげ、涙が滂沱《ぼうだ》とあふれ出る。しばらく顔をあげられなかった。

「このたびは、ほんとうに申し訳ありません。深くお詫び申しあげます」

やっと声を押し出す。

うしろに控えている姫野や三甲野も、胸をつまらせている。

遺族も泣いている。

焼香し、冥福を祈ったあとで、坪内は遺族にもう一度頭を下げた。

「何か心配ごとや相談がありましたら、なんなりとわたしに言いつけてください。できる限りのことはさせていただきます」

坪内は四時間ほどかけて十軒の遺族宅を弔問《ちようもん》した。佐世保の街は丘陵が多く、どの家を訪ねるにも急な坂や石段を昇り降りしなければならない。急坂に息を切らして、何度か足を止めることもあった。姫野たちは、うしろから押すわけにもいかず、なんともつらい思いをした。社長をこんなひどい目にあわせて申し訳ない、そうした思いで胸がつまる。

鹿子前町《かしまえちよう》の野崎勝男《のざきかつお》の家では、胸をしめつけられる思いで、坪内は涙が止まらなかった。野崎は、佐世保重工の社員である。修繕部機械課に所属しているが、三十七歳の若さで逝《い》ってしまったのだ、愛妻と二児を残して。長女は小学四年生、次女は四月に一年生になるという。

坪内はおかっぱの次女の手を取って、はらはらと涙を流した。

これほどまでに遺族と悲しみを共にしてくれる人がいるだろうか——。悲嘆にくれる遺族の前で涙を流し、声をつまらせながら謝罪し、励ましの言葉を述べる坪内の姿に、佐世保重工の社員は心をゆさぶられた。こんな誠実な心の優しい人を鬼よばわりし、山猿と悪態をついてきたことをどう恥じたらいいのだろう、と思った者も少なくなかった。

坪内は、初七日《しょなのか》、合同葬、三十五日、四十九日には必ず顔を出し、一軒一軒遺族宅を弔問して回った。

合同葬の前夜、佐世保入りした坪内は、今福荘に泊まった。姫野が不寝番《ふしんばん》に立った。午前三時ごろ、人のいる気配を感じたらしく、「誰かおるのか」と次の間に坪内から声がかかった。

「はい」

姫野が返事をすると、「いま、何時や」と坪内が訊いた。

「まだ三時です」

「そうか。もうひと眠りできるな。きみも寝《やす》みなさい」

坪内はその夜は考えごとがあるせいか、まどろむ程度で、何度も寝返りを打っていた。

合同葬の当日はあいにくの雨だった。遺族との挨拶で、言葉をかわす坪内に、社員が背後から傘をさしかけようとしても「心配せんでええ」と坪内は雨に濡《ぬ》れることをいとわなかった。

三十五日、四十九日でも、そうだったが、坪内は果物、そうめん、干魚などのお供《く》物《もつ》を必ず持参する。

そんな坪内の誠意が遺族に通じないわけがない。総勢四十人ほどの遺族団が松山にお礼にうかがいたい、と言い出したのである。坪内はお礼を受ける筋あいではないと固辞したが、このままでは気がすまないと言われて、受けることになった。ただし、せめて招待させてほしいと坪内が申し出、菊花展開催中の十月中旬に奥道後を遺族が訪問、坪内夫妻はホテル奥道後で、歓待することになった。

3

遺族団一行が来松《らいしょう》する前日から、坪内はそわそわしていた。

夜九時過ぎに帰宅し、一風呂《ひとふろ》浴びて居間で茶を飲んでいるとき「そろそろフェリーが出港するころじゃ」と呟《つぶや》いたが、紀美江にはなんのことかわからない。

「フェリーってどこのフェリーですか」

「バラウニ号関係の遺族の人たちがあす松山に来よるんじゃ。おまえにも話しとったじゃろうが」

坪内は咎《とが》めるような眼で紀美江を見た。

「ええ、そうでしたね」

「あすは一日あけてある。おまえにもつきあってもらう」

「そのつもりですよ」

「今夜十時に小倉を出港する関汽のフェリーに乗船することになっとるが……」

坪内は居間の掛時計を見上げた。

「心配しなくても大丈夫ですよ」

「小さい子もおるんじゃ」

「そんなに心配なら、佐世保までお迎えに行きよればよかったですね」

紀美江は微笑を洩《も》らした。そう言えば朝から、落ち着きがなかった。出がけに「あしたの天気はどうじゃろう」と天候を気にしていたが、紀美江は遺族団来松のことを忘れていたわけではないけれど、そこまでは気が回らなかったのである。

「恵美《えみ》ちゃん言うたかね、一年生の遺児も来よるそうじゃが、元気に学校へ行きよるんじゃろうか」

紀美江は微笑を誘われた。遺児たちに優しい気遣いを見せる夫に、心があたたまってくる。

就寝前に、坪内は窓をあけて夜空を見上げた。

「星は出とらんが、雨が降らねばいいんじゃが」

「なんだか遠足へ行きよるみたいですね。てるてる坊主でもつるしましょうか」

紀美江はめずらしく冗談を言ったが、坪内はまだ夜空を見上げている。

あくる朝、坪内は四時前に眼が覚めてしまった。しばらくベッドの中でもぞもぞしていたが、トイレに立った。

坪内がトイレから戻ると、寝室のあかりがついて、紀美江も起きていた。

「おい、星が出とるぞ。ええ天気じゃ」

「よかったですね。いま、何時ですか」

「そろそろ四時じゃが、眼が覚めたついでに松山港まで出迎えるか」

「十時まで待てませんか」

「おまえは寝とったらええ。四時半にタクシーを呼んでくれんか」

「はいはい。お伴《とも》しますよ」

紀美江は、外出の仕度にかかった。

予定では十時に、ホテル奥道後で遺族団と対面することになっているが、坪内がその気になっている以上、従うほかはない。

坪内と紀美江は、東の空がかすかに白み始めたころタクシーで松山港へ向かった。

遺族団一行を乗せた関西汽船の大型フェリー〝はやとも丸〟は定刻どおり午前五時に松山港へ入港した。一行には、姫野がアテンドし、世話役をつとめている。

トラック、乗用車につづいて船客の下船が始まり、五時十五分過ぎに一行四十三人が栈橋《さんばし》に降りて来た。

坪内夫妻を遠くから見かけたときの姫野の驚きといったらない。立ち止まって何度も眼をこすったが、坪内の巨軀《きょく》を見間違えるわけがなかった。

姫野はわれに返って、小走りに坪内夫妻に近づいた。

「おはようございます。ただいま全員無事に到着致しました」

感激と緊張とで、声がうわずっている。

「ごくろうさん」

「ごくろうさまです」

「こんなに朝早く、まさか社長と奥さまにお出迎えいただけるとは思いもよりませんでした」

「いや、眼が覚めてしもおたんじゃ」

「きのうからずっとそわそわしよったんですよ」

坪内も紀美江もこぼれるような笑顔で、姫野と話している。

「子供たちもみんな元気にしよるかね」

「はい。社長にお会いできることをみんなたのしみにしております」

「そうか。わしもこれも首を長くして待っとったんじゃ。ほんとうによう来てくれた」

立ち話をしている三人を遺族団一行が遠巻きにして、いつの間にか大きな輪になっていた。

「よく来てくれましたね」

「ようこそおいでくださいました」

坪内夫妻は一人一人に、丁寧に挨拶し、握手をかわした。

坪内が遺族の一人と話をしているとき、紀美江は野崎母子《おやこ》の前で屈《かが》み込んだ。

「恵美ちゃんだったかな」

オカッパの可愛《かわい》い女の子は、気恥ずかしげに返事をして、手をつないでいる姉を見上げている。

紀美江は、野崎勝男の二人の遺児のことを、新聞で読んだ記憶があった。五年生と一年生と聞いていたが、ずっと二人で手をつないでいたから、たぶん野崎姉妹にちがいないと見当をつけて話しかけたのである。

「お姉さんは知子《ともこ》ちゃんだったかしら」

「はい。野崎知子です」

知子は、紀美江が自分の名前を知っていたことがよほどうれしかったと見え、大きな声で返事をした。知子もオカッパで、二人はおそろいのセーターを着ている。

「二人は仲良しなんじゃねえ。恵美ちゃんは一年生だったかな」

「そうです」

知子のほうが答えた。

「学校はたのしいですか」

「…………」

恵美は、こっくりしてまた姉を見上げた。

「お父さんがおらんでも、元気にしよるから小母《おば》さん安心しました。ほんとうに良いお子や……」

紀美江は涙ぐんでハンカチで口をおさえた。

子供たちの背後にそっと佇んでいた母親の文代《ふみよ》がハンカチを口にあてて、嗚咽《おえつ》の声を洩らした。

文代は、子供たちに躰を寄せて、紀美江に深々と一礼した。

「ありがとうございます。こんなにお心遣いをいただきまして……」

「遠いところをおいでいただいて、かえって申し訳ないと思ってます」

「…………」

「知子ちゃんも恵美ちゃんも立派なお嬢さんで、お母さんも安心ですね。きっとお父さんの分まで、親孝行しよりますでしょう。あなた、野崎さんの奥さんとお嬢さんですよ」

「わしも、そうじゃろうと思うとったんじゃ」

坪内は未亡人に目礼し、姉妹のオカッパをかわるがわる撫《な》でながら、つづけた。

「小父《おじ》さんのことは憶《おぼ》えとるかね」

「はい」と知子は答え、恵美は黙ってこっくりした。

坪内も涙ぐんでいる。

姫野は胸がいっぱいになった。

みんなすすり泣いている。中には肩をふるわせて号泣している未亡人もいた。

「さあ、みなさんバスが待ってますよ。バスに乗りましょう」

姫野が眼をごしごしこすりながら、大声を放った。

一行はバスでホテル奥道後へ向かい、ゆっくり温泉につかって、七時から、ホテルの大食堂で揃《そろ》って朝食をとったが、坪内夫妻もバイキング方式の和食につきあった。

夫妻は、菊花展の会場に一行を案内し、見事な大輪の菊花を褒《ほ》め、菊人形を観賞し、ロープウェイで杉立山にも登った。

奥道後温泉から杉立山まで、ロープウェイで六百メートルほどの距離だが、ロープウェイから眺める秋の山々は眼に痛いほどきれいである。

ゴンドラの中で、紀美江が二つか三つの男の幼児を抱きあげた。

「さあ、これで外の景色が見えるかなあ」

「うん。軍艦みたいだ」

眼下の左側に見えるホテル奥道後の威容ぶりを幼児は、軍艦と形容したが、横に細長くひろがるそれは、まさに軍艦を思わせる。

「そうねえ。軍艦みたいだね。あれは僕がさっきごはんを食べたところですよ。ホテル奥道後いうところで、今夜はあのホテルに泊まるんですよ。わかるかな」

「うん」

幼児はすっかり紀美江になついたが、若い母親は恐縮し切っている。

杉立山の山頂で、ロープウェイが一台あとになった坪内を待っている間も、紀美江は遺児たちと語りつづけた。

この日、坪内夫妻はすべての用事を投げうって、終日、遺族団をもてなした。夕食のときはホスト、ホステスをつとめたが、坪内の心あたたまる挨拶に遺族の人々はひとしきり涙をさそわれた。

「本日は遠路はるばる松山までおいでくださって、ほんとうにありがとうございます。家内ともども、愉《たの》しい一日を過ごさせていただき、そしてみなさまのお元気なお姿を拝見することができまして、こんなにうれしいことはありません。七ヵ月前、バラウニ号の火災事故で、尊い生命を奪われたかたがたは十人を数えます。いくらお詫びしてもし切れるものではありませんし、亡くなったかたがたが再び帰ってくるわけでもありませんが、みなさまがたがあの日の不幸、悲しみを乗り越えて、雄々《おお》しく生きておられることに、わたしども感動を新たにしております。同時に、わたしどもの不始末に寛大なお気持で接してくださったみなさんのご好意をわたしども胸に刻んで生涯忘れてはならないと思っております……」

「社長さんやSSKの人が事故を起こしたわけでもなかろうに」「社長さんはえらかもんたい」

そんなささやき声が広間の隅《すみ》のほうで聞こえた。

「心配ごとや相談ごとがありましたら、なんなりと申しつけてください。わたしどもに出来ることはなんでも致します。わたしは社員を家族の一員だと思うとります。じゃから、みなさんがたも家族の一員です。わたしをおやじだと思うて、なんでも相談してください。なんのおもてなしもできませんが、今夜は心ばかりの食事を用意しましたので、ゆっくりめしあがってください。みなさん、ほんとうにきょうはありがとうございました」

あいさつのあと坪内は、遺族の人たち一人一人に酌をして回った。酒を呑めない者や子供たちにはジュースを注《つ》ぎ、自分もジュースの返杯を受けた。

## 4

バラウニ号火災事故の遺児たちに慈父のような優しい心遣いをみせた坪内だが、事業、仕事に対する厳しさは相当なものである。とくに、部下が自己のエラー、ミスを隠蔽《いんぺい》するなり糊塗《こと》するために、虚偽の報告をしたときの秋霜烈日《しゅうそうれつじつ》ぶりは、文字どおり怒髪天《どはつてん》を衝《つ》くすさまじさである。

「おどれ、わしを騙《だま》すのか！」と、坪内に浴びせかけられた上に、テーブルの灰皿を投げつけられた幹部社員は、佐世保重工でも一人や二人ではあるまい。

また、怠慢、怠惰による失策に対しても、仮借《かしやく》なく叱責《しっせき》する。

「無能！」「ボケ茄子《なす》！」と面罵《めんば》された幹部の数は、数え切れないほど多い。それでぺしゃんこになるようでは坪内の部下はつとまらない。

坪内のほうも「脈が無いものを怒鳴《どな》りつけても始まらない。もてる能力を出し惜しみしよるから叱《しか》りつける」のであり、それによって社員のやる気、反発を引き出そうという狙《ねら》いのあることは明らかだ。

勤労部長の三甲野にこんな経験がある。

ある部内の人員四十人を大幅に削減するよう指示され、なんとかやりくりして二十四人に減員する計画を立案した。これなら褒めてもらえるものと胸を張って坪内に報告したところ「なにをやってるんじゃ。こんなことで経営ができるか。ひと桁《けた》じゃ」と一蹴《いっしゅう》された。

「そんな、とても無理です」

三甲野は顔色を変えて反論したが、坪内は「やれるかやれんか、やってみなければわからんじゃろうが」と、とりあってくれない。

結局、九人まで減員し、一部を外注することによって補い、坪内の厳しい要求を満たすことになるが、このことの合理化効果は、三甲野の予想をはるかに越えていた。そこから生じた余剰人員は、当然、他部門に吸収され、さらに相乗効果を高めることができたからだ。

坪内の心くばりに、三甲野は何度脱帽させられたかわからない。

感謝状の文面にまで、「とおりいっぺんの内容ではないか。もっと心のこもったものにせんか」といく度もダメを出す。

ちなみに五十九年六月に表彰された造船部塗装課の高山彗《たかやまさとし》は、坪内から次のような感謝状を贈られている。

「あなたは米海軍横須賀《よこすか》基地内における米軍フローティングドック（ＡＦＤＭ－8）の修理工事において日夜献身的に努力され至難と思われた納期を守り立派に工事を完成され無事引渡すことに大きく貢献されました。

ご承知の如《ごと》く昭和五十九年度の当社は新造船が操業規制を受け生産量が落ち込むため何としても修繕工事の売り上げを拡充しなければなりません。そのためには造船他社がひしめき合う関東地区に出向いてまでも仕事を確保する必要があります。今回のフローティングドック修理工事が最初の例ですが、あなたは当社の現状を強く認識され率先して関東に出向かれ、家庭をもかえりみず血のにじむような努力をされました。

これもご家族なかんずく奥様のあなたに対する深いご理解と、会社と家庭は一体であるという常日頃《つねひごろ》からの認識によるものであります。

あなたとご家族の努力のおかげで当社は信用を著しく高め今後の受注につながる大きな足がかりをつくることができました。よってここにその功績に対して記念品を贈り深く感謝の意を表します」

記念品の高級腕時計の裏蓋《うらぶた》に「高山彗君の労を謝す　坪内寿夫」と刻み込ませるよ

う命じたのも坪内自身である。それによって贈られたほうの受けとめかたは、まるで変わってくる。

「この時計はわが家の家宝です」とまで感激したとしても不思議ではない。

だからといって、坪内はオーナー経営者にありがちな独断専行、唯我独尊《ゆいがどくそん》タイプの経営者ではない。

部下の意見にはじっくり耳を傾けるし、自説に固執《こしつ》せず、部下の意見に従う度量を示すことも往々にしてある。

佐世保重工の五十八年三月期における決算で、坪内は復配を決意した。一割配当なら無理な注文ではないと判断したからである。

佐世保重工は五十七年三月期決算で百七十二億五千三百万円の利益を計上し、累積損失を一掃した。そして、五十八年三月期は八十億円の経常利益、四十億円の利益を出せる見通しとなったことから、三月三日の夕刻パレスホテルで、「佐世保重工再建完了報告会」を開催する運びとなった。

同報告会には、取引先の銀行約二十行の首脳、大蔵省幹部、それに大蔵省を退官し商工中金の副理事長に転出していた徳田博美などが招かれたほか、新聞記者も多数会場に詰めかけていた。いわば、坪内にとって晴れの舞台でもある。ここで復配を言明することができれば、名実ともに佐世保重工再建を世間に誇示することにもなり、報告会に錦上花《きんじょうか》を添えることにもなる。新聞記者の関心も、その一点に集中していた。

坪内は何度か口に出かかった「復配」の言葉を喉もとで押さえ、ついに胸の奥深くへしまい込んでしまったのである。一色常務（来島どっく取締役兼務）が、強く反対していることに思いを致したからだ。けさも、一色からそのことでしつこく念を押されていた。

「復配はもう一期、待つべきだと思います」

「一色は慎重過ぎるんじゃ。佐世保はコスト競争力もついてきたから、この勢いでいけるじゃろう」

「景気の動向がいまひとつ不透明ですし、造船業界のおかれている状況は楽観をゆるしません。もう少し帰趨《きすう》の見きわめがつくまで様子を見るべきです」

「再建完了と宣言する以上は、復配が条件じゃ。無配継続で再建完了では株主が納得せんじゃろう」

「来島グループがＳＳＫの株式の二分の一を保有してるんですから、社長が我慢してくだされぱいいんです。ここは慎重に行くべきで、いくら慎重であっても、過ぎることはないと思います」

しかめっつらで押し黙ってしまった坪内に、一色が追い打ちをかけた。

「ひとたび復配しましたら、一割配当を堅持する必要があると思います。すぐに減配したり無配転落ということのないように、慎重の上にも慎重にまいるべきです」

結局、坪内は一色の意見を容《い》れて復配を一期見送る方針を決めるが、「果断でありながら、慎重に対処する経営者」として、坪内に対する金融筋の評価はさらに上がることになる。

5

来島グループの社員は、半年に一度ないし一年に一度研修を受けることを義務づけられているが、五十九年六月の研修終了後、坪内は造船部門の社員にポケットマネーから記念品代として十万円を贈った。妻帯者には本人と妻に懇切《こんせつ》丁寧な手紙を添えて五万円ずつ分けて贈ったのだ。ポケットマネーといっても、グループの全社員ともなれば二十億円である。したがって研修のたびに大盤振舞《おおばんぶるまい》するわけにもいかないだろうが、社員の夫人がそうした恩恵にあずかったことで少なからぬ反響を呼び、坪内のもとに礼状が多数寄せられた。

坪内が社員の夫人たちに宛《あ》てて出した手紙は次のようなものである。

謹啓
新緑の季節を迎えられ奥様には益々《ますます》御健勝のことと存じます。

日頃は大変御苦労をおかけ致しております。

思いおこせば第一次オイルショック以降の造船不況以来はや十年が経過いたしましたがこの間厳しい企業間競争のなかにあってもそれぞれ与えられた目標を完遂《かんすい》して頂き今日迄《まで》の不況を乗り越えてくることが出来ました。

これはひとえに皆様方の御主人が私を信じ私の方針を真正面から受けとめて必死の努力をされてこられた賜物《たまもの》であることは申すまでもありませんが、御家庭にあって御主人を励まし支えてまいられた奥様のひとかたならぬ御苦労があってはじめてなし得たものであります。

この奥様の御支援と御苦労に対し心より敬意を表するとともに厚く御礼申し上げます。

しかし会社をとりまく環境は益々厳しくなっております。

特に造船業界においては低船価と第三勢力の台頭により生き残るための熾烈《しれつ》なコス

ト競争が行なわれています。

我社においてもこの厳しい競争に打ち勝ち会社の存続と家庭の平和を守るために全社一丸となって日夜血みどろの闘いを展開いたしております。

この度の研修において御主人はこの様な会社を取り巻く厳しい状況を再認識され〝何が何でもこの難局をのりきって会社と家庭を守るんだ〟と強く決意されております。

奥様におかれましてもこの様な状況をご理解下さいまして尚《なお》一層の激励と御協力を賜わりますと共に御主人が安心して働ける温かい御家庭を築いていただき、御主人が朝出勤されるときは笑顔で送りだし、夜疲れて帰られるときも笑顔でお迎えして下さいます様くれぐれもよろしくお願い申し上げます。

ここに感謝の意をこめて一金五万円をお贈りして、今迄の奥様の並々ならぬ御苦労と今後の御協力に対して厚く御礼申し上げます。

御家族ともども有意義にお使い下さい。

最後に季節の変わりめになって参りましたが御家族ともどもお身体《からだ》を大切に御自愛下さいませ。

敬白

(株)来島どっく
代表取締役社長　坪内寿夫

昭和五十九年六月九日

奥　様

毎月第一日曜日に、来島グループの部課長会議が松山市内のホテル奥道後別館のイワゼキヒルで開催されるが、七月八日の部課長会議でも夫人宛ての金一封は話題になった。

「ウチの女房は涙をこぼしてよろこびよった」

「お陰さまで亭主の株が上がったよ」

「朝、家を出るときカミさんが〝いってらっしゃい〟と言うようになったし、帰りが遅くなっても愚図愚図《ぐずぐず》言わなくなった」

そんな雑談が交わされたが、もちろん部課長会議では私語は一切禁じられているから、昼食中、あるいは会議が始まる前のひとときのことである。

部課長会議は午前中が全体会議、午後から分科会で、テーマごとに、あるいは業種別に行なわれる仕組みである。

部課長会議といっても、出席者は坪内以下系列会社の社長、役員、幹部社員がメンバーで、実際はグループ全体の役員会というべきかもしれない。事実、一人で何役も受けもたされ、関係会社の役員をしていない者を探すほうが難しいほどだから、立派にグループの役員会で通る。出席者は約五百五十人。

イワゼキヒルは、昭和三十八年にオープンし、坪内が経営するホテル第一号として隆盛を誇ったが、五十七年十二月に閉館、いまは部課長会議と研修に利用されているに過ぎない。

玄関を入ると、すぐ右手に収容能力七百人の大ホールがあるが、そこで九時から全体会議が始まった。

ホールに入って正面に演壇がしつらえてあり、背後は大劇場のスクリーン風にビロードの幕で覆《おお》われているところをみると、舞台になっていたのだろう。

演壇から会場に向かって右手に坪内と来島どっく副社長の杉山が座っている。左手に、八人の発言者が着席していた。

全体会議では、多くの場合、赤字克服に悪戦苦闘しているか、労使紛争など問題を抱えている企業の幹部が、反省の弁と経営強化の決意を表明する機会を与えられ、経営が軌道に乗っている企業の幹部が登壇する機会は少ない。

来島グループにとって最大の懸案事項であった佐世保重工の再建は成功したが、関西汽船など再建途上の企業も少なくない。なにしろ百七十社余の大企業集団なのである。

関西汽船の社長は、来島どっく取締役業務部長の沖守弘が兼務している。同社は五十五年以来赤字続きだが、来島グループのテコ入れで、五十九年十二月の決算では経常段階で待望の黒字化が予想されている。

この日、全体会議の発言者の中に紅《こう》一点の広瀬《ひろせ》智子《ともこ》が含まれていた。智子は関西汽船の若い女子社員に過ぎないので、異例の扱いである。もちろん女子社員が全体会議に出席したのは智子が初めてだ。

智子は、奥道後で六月下旬に女子社員研修を受けたばかりだが、研修の専任講師である村上のはからいで、特に全体会議で発表の機会を与えられたのである。

智子は、坪内をはじめとする来島グループの幹部を前にして、脚が竦《すく》み、躰のふるえが止まらなかったが、発言者の最後に、司会の細川に名前を呼ばれ、坪内の前に進み出て一礼し「関西汽船女子社員研修生代表の広瀬智子です。決意文を読ませていただきます」と挨拶した。そのとき、坪内が笑顔でうなずき返してくれた。智子はそれで気持が落ち着き、嘘《うそ》のように心悸《しんき》昂進《こうしん》がおさまっていた。

智子は演壇に立ち、真率《しんそつ》さのあふれた顔を紅潮させて、アルトのしっかりした声でメモを読みあげていった。

「株式会社来島どっく代表取締役社長、坪内寿夫殿、関西汽船女子社員研修生代表広瀬智子……。

決意文、この度わたくしたち関西汽船女子社員のために貴重な時間と多額の費用をかけ意義ある研修の機会を与えていただき誠に有難うございました。

開講にあたり坪内オーナーの厳しい中にもわたくしたちに対する期待と愛情あふれるご訓示を賜わり身のひきしまる思いが致しました。研修生一同厚くお礼申し上げます。

来島グループより血と汗の結晶である二百三十億円もの莫大《ばくだい》なご支援を受けていることも知らずにいた過去のわたくしたちを謙虚《けんきよ》に反省し、日本ではじめての女子社員による会社の再建にチャレンジするため、先兵となって、男子社員を引っ張っていくよう、わたくしたち一人一人が意識改革を行ない、やる気とバイタリティを身につけ組織活動に不可欠な効率化を追求し、わたくしたちの身近な仕事の能率アップとコスト意識に徹し、女子社員としてのあるべき姿を理解すると共に、お客様に対しピカイチのサービスを行ない、一人二役、三役をこなし、関西汽船に女子社員ありとの評価を得られる社員になるため次の通り反省と決意をいたします」

智子は、メモから眼を離して、会場にちらっと眼をやった。気持に余裕が出てきたようだ。もちろん、それは瞬時のことである。

「反省、ひとつ、わたくしたちは今まで、直接給料にひびかなかったので、我社が倒産同然だということや、来島グループから、二百三十億という莫大な支援を受けているという現状認識に欠けていました。ひとつ、組織人としての自覚が全くなく、自分一人ぐらい抜けてもどうにかなるだろうという甘い考えがありました。ひとつ、プロとしての意識を強く持っていなかったため、仕事に必要な地理や商品などの知識を得ようとする努力が足りませんでした。ひとつ、女子社員に何が出来るんだという気持があったので、上司の話を聞いても聞き流していました。ひとつ、わたくしたちはお客様から給料をいただいているという自覚が足りず、めんどうくさがったり、気分が悪かった時お客様に対して、あいさつや笑顔がなく正しいマナーに欠けていました。ひとつ、コスト意識に欠けていたために、食器や消耗品の取り扱いや節約が十分に出来ていませんでした。ひとつ、自分の失敗に対して注意をうけても、人のせいにしたり、口実をつくったりして素直に反省するという心が足りませんでした。以上の通り猛反省の上、次の通り決意致します」

会場は水を打ったように静まり返っている。智子の声だけがマイクに乗って流れてゆく。棒読みではなく、感情をこめ、抑揚をつけて話しているから、聞く者の胸に沁《し》み込むようにひびいてくる。

「決意、ひとつ、顧客のニーズを的確につかみ、利益を上げるよう努力を致します。ひとつ、多能的に自分から進んで一人二役、三役をこなすよう仕事に取り組みます。ひとつ、この研修で決意した事は必ず守ります。守らない人がいたら、お互いに注意して守らせます。以上、決意致しました事項につきましては、即実践、実行に移し、目的必達のため何が何でもやり抜く事をお誓い致します。最後になりましたが、坪内オーナーにはご健康にくれぐれもご留意下さいまして、今後共きびしくご指導賜わりますようお願い申し上げます」

会場から、拍手がわきおこった。

坪内はタオルで何度も眼をこすった。こすってもこすっても涙があふれてくる。喝采《かっさい》はまだ続いていた。石水が、河野が、沖が、一色が顔を紅潮させて拍手を続けている。細川、矢野、佐伯、玉柳、村上、それに川崎、三甲野、姫野たちの表情も誇らかに輝いている。まりと結婚して間もない渡部もこの中にいた。熱いなにかがかれらの胸の中を駆けめぐり、喉もとへこみあげてくる。

広瀬智子のけなげさに打たれたこともあろうが、坪内の涙に感動したのであろうか――。

気がつくと、智子が演壇から降りて、坪内の前に立っていた。

「社長、ありがとうございました」

坪内は、深々とお辞儀をされて、椅子から腰を浮かせて、会釈《えしやく》を返した。

「ありがとう。ありがとう」

ほとんど声にならなかった。

坪内は椅子に腰をおろして、もう一度涙をぬぐった。そして晴れやかな笑顔で、智子が会場から出て行くのを見送った。

6

九月二十八日の午後、パレスホテルに滞在中の坪内を北海道知事の横路孝弘《よこみちたかひろ》が訪ねて来た。

横路は、経営危機に直面している函館ドックの再建を坪内に要請するため上京して来たのである。

坪内が、函館ドックの主力銀行である富士銀行の松沢卓二会長、荒木義朗《あらきよしろう》頭取ら同行首脳から同社の再建を要請されたのは五月のことだ。六年前、造船不況で経営難に陥ったのは佐世保重工だけではなかった。函館ドックも倒産寸前まで追い込まれ、坪内に再建を求める声が富士銀行を中心に強まったこともあるが、「函館ドックには、旦那《だんな》がついているではないか。いくら坪内さんでも二つの造船会社を同時に再建することは至難だから、労働組合が同盟系で穏健な佐世保重工のほうをお願いしたい」と永野重雄に言われたことを坪内は憶《おぼ》えている。

永野の言う「旦那」とは富士銀行を指しているが、総合商社の丸紅《まるべに》が筆頭株主でもあり、芙蓉《ふよう》グループの支援によってなんとかもちこたえてきたものの、六百億円にものぼる累積債務を抱え、函館ドックは重大な経営危機に見舞われていた。

同社は六月五日の臨時取締役会において経営責任をとるかたちで田代雄二郎《たしろゆうじろう》社長、保坂清志《ほさかきよし》副社長が退任し、平林雅男《ひらばやしまさお》、相馬宏二《そうまこうじ》両専務をそれぞれ代表取締役会長、同社長に選任したが、この日記者会見した相馬新社長は、「累積債務を親会社に残したまま新会社を設立し、現在千六百人いる従業員をおよそ二分の一に縮小し、現会社から生産設備のリースを受けて事業を行なうが、この際、来島どっくグループ入りし、再建を図りたい」と語った。当初、人員削減に強く反対していた労組（総評系全造船機械函館ドック労連）も態度を軟化させ、函館ドックが九月七日から十四日までの期限付きで希望退職者を募集したところ、会社側が予測した七百九十人には達しなかったものの、六百四十二人が応募、また、労組が来島どっく入りを原則的に了承したことによって、問題は坪内が函館ドックの再建を引き受けるかどうかにかかっていた。

こうした最中《さなか》に、横路は坪内に再建引き受けを要請すべく上京して来たのである。

パレスホテルの一室で、坪内は横路と面会した。

「初めまして。北海道知事の横路孝弘です。本日はお忙しいところをご無理をお願いして申し訳ございません」

横路は柔和な顔を心もちこわばらせて丁寧に挨拶した。

「ようこそおいでくださいました。さあ、どうぞどうぞ」

坪内は、笑顔で横路を奥のソファへ導いた。

「知事はなにがよろしいですか。冷たいものでもいかがですか」

「いただきます」

横路は、坪内に気さくに語りかけられて気持がほぐれたと見え、穏やかな笑顔がもどっている。

「秘書君、レモンスカッシュでもたのんでくれんか」

「はい。承知しました」

東京駐在秘書の石岡はさっそく電話でレモンスカッシュをオーダーした。

坪内は、松山でもそうだが、秘書に対して「秘書君」という呼びかたをすることが多い。

女性秘書を使わず、松山と東京に男性秘書を一人ずつ置いているきりだが、石岡は坪内の上京中に限って秘書に早変わりして、フルアテンドするが、普段は有能な営業部員である。

横路は道内経済の現状について、かいつまんで説明したあと、本題に入った。

「ご存じのとおり函館ドックは、明治二十九年に設立された歴史のある企業です。函館では唯一の地場《じば》産業でもありますし、北海道にとりましても大切な企業です。道内の産業、経済を活性化するためにも、倒産させるわけにはまいりません。函館ドックを再建するために、ぜひとも坪内社長のお力をお貸しいただきたいと思います」

「佐世保重工のときもそうじゃったが、家内も幹部もみんな反対しよりました。人助けに行ったのに、鬼じゃ吸血鬼じゃ言われて往生しました」

「函館ドックでは決してそんなことはありません。厳しい現状につきましては労組もよく認識しております」

「…………」

「函館の市民もドックの灯を消さないことを願ってます。坪内社長にご指導いただければ、函館ドックは再建できると確信しています。奇蹟《きせき》の再建といわれた佐世保重工さんの実績ひとつを見ましても、このことは言えるのではないでしょうか。函館ドックの首脳が来島どっくさんの大西工場を見学させていただいたそうですが、彼我《ひが》の格差を思い知らされたと聞いております」

坪内の表情が和《なご》んだ。

函館ドックの平林会長と相馬社長が富士銀行の石井康裕《いしいやすひろ》取締役融資部長らと大西工場を見学したのは七月七日の朝だが、横路はこの話を聞き及んだのであろうか——。

平林ら一行は、その日午前七時過ぎに大西工場に到着し、従業員の出社から就労までの様子を眼《ま》の当たりにして、驚嘆した。

大西工場に限らないが、来島どっくグループの工場、造船所では七時過ぎには従業員が一斉に出勤し、各班ごとに朝礼があり、七時二十分には完全就労に入る。平林が早番と遅番に区分されているのかと勘違いしたほどだが、まさに百聞《ひゃくぶん》は一見《いっけん》に如《し》かずで、わが函館ドックとの違いぶりを見せつけられて、その甘さを改めて痛感させられた。

レモンスカッシュが運ばれて来たので、坪内はストローでひと口すすってから、話し始めた。

「函館ドックさんは設備が老朽化してますし、冬場の気象条件の厳しさも不利な条件です。現地をよう見んことには詳しいことはわかりませんが、五百人もおれば十分やっていける造船じゃろうと思います。しかし、わたしなりになんとか再建できないものかと考えてますんじゃ」

「よろしくお願いします」

「あす函館の市長さんと室蘭《むろらん》の市長さんが松山へ来られるそうですから、市長さんからもよくお話を聞いて、早急に現地を見た上でご返事させていただきます」

「道《どう》としてもできる限りの応援をさせていただきます」

横路は何度も頭を下げ、名残り惜しそうに帰って行った。

あくる日の午後五時に、坪内はホテル奥道後のプレジデントルームで、函館市長の柴田彰《しばたあきら》と室蘭市長の岩田弘志《いわたひろし》に会った。

「函館ドック再建のため、なんとしましても坪内社長のお力添えをお願いします」

「室蘭にも函館ドックの工場がありますが、下請け業者も多いので、函館ドックが倒産しますと大変大きな影響が出ます。坪内社長のお力でなんとか助けていただきたいのです」

柴田と岩田は、すがるような眼で坪内をとらえながら、こもごも訴えかけた。

「きのう横路知事からも要請を受けましたが、みなさんの熱意はよくわかりました。あさって、細田《ほそだ》運輸大臣に呼ばれてますので、大臣の話を聞いてから最終的な態度を決めたいと思うてます。函館ドックの窮状はよくわかってますし、このままではお気の毒だと思います。なんとか助けてあげたいと思うてますんじゃ」

坪内は確約はしないまでも、前向きの態度を示し、二人の市長をホッとさせた。

坪内は十月一日に再び上京し、この日午後二時半に運輸省に細田吉蔵《きちぞう》大臣を訪ね、約一時間にわたって意見を交換した。細田は「函館ドックを引き受けてください。国としても支援策を考えます」と、函館ドックの再建を坪内に要請した。

坪内はあくる日の朝八時十五分に羽田を発《た》ち札幌経由で函館に飛んだ。

一色、檜垣、森本、石岡の四人が随行し、二日と三日の両日、函館造船所の工場をつぶさに視察したが、設備の老朽化は坪内の予想を越えていたし、生産性の低さは溜《ため》息《いき》が出るほどで、再建の前途が思いやられた。

「引き受けても、なんのメリットもありませんよ。できることならUターンしたいですね」

一色が吐息まじりに言ったが、坪内は逆にやる気をかき立てられたのか「わしがやらんでほかに誰がやるんじゃ」と決意をのぞかせた。

四日の夜、東京に戻った坪内は五日の朝にはパレスホテルで函館ドックの労組幹部と会い、再建に当たって労組の協力を取りつけ、午後四時過ぎに運輸省の大臣室で細田と会見し、正式に再建引き受けを約束、細田は、設備調整で一万八千五百総トンに抑えられている函館造船所の能力を特例として三万総トン程度まで拡大する考えのあることを明らかにした。

細田運輸相との会談後、記者会見した坪内はあらまし次のように語っている。

「函館ドックの設備は古いので作業能率も悪いが、大臣や地元の熱心な要請もありますので、再建引き受けを約束しました。函館ドック程度の造船所なら、瀬戸内では五百人程度でやってますが、大臣から現在の人員のままでやってほしいと要請されましたので、当面は人員の削減を避け、橋梁《きょうりょう》やボイラーなど他分野への進出も検討したいと考えております。組合と話し合って函館ドックの人たちに生産性の高い瀬戸内の造船所で、その仕事ぶりを実地に見て、勉強してもらう必要があると思うてます」

函館ドックの管理職研修は、十月二十三日から奥道後と大西工場で実施に移されるが、坪内は約五億円の経費をかけて、千三十三人の全従業員に大西工場を見学させるなど意識改革に乗り出すという。

十月七日日曜日の夜、坪内は久しぶりに自宅で紀美江の手料理に舌つづみを打った。

「佐世保のときは愚図愚図言いよったが、今度はあまり言いよらんな」

「一度だけ言いましたよ。あなたがどう思うかと訊きよりましたから、反対ですと答えました。函館は寒いところですし、心配しよります」

紀美江は一杯のワインで頬《ほお》を赤く染めている。

「あなたは死ぬまで仕事をしよるんでしょうね」

「世のため人のため、まだまだ働かないかんと思うとる」

坪内は、グラスを乾《ほ》して、白ワインの酌を受けながら、ふとあることに気づいた。

「背広のポケットに一枚の書類が入っとる。もって来んか」

「はい」

紀美江は居間から立って行ったが、ほどなく食卓の前に戻って来た。

「これですか」

「そうじゃ」

紀美江は四つにたたんだ週刊誌大の紙をひろげながら、手渡そうとすると、坪内にそれを押し返された。

「おまえ、読んでみんか。ある大手建設会社が、わしのことを分析してまとめたそうじゃ。秘書君がどこで手に入れたのか知らんが、届けてくれよった。まともなことを書いとる」

紀美江は老眼鏡をかけて、タイプ印刷された書類を黙読した。そこには〝坪内流経営の根底にあるもの〟の小見出しにつづいて次のように記されてあった。

坪内流経営の個々の具体的諸施策は、それらが再建企業という特殊事情の中で行なわれていることを考慮してもなお、我々第三者から見れば、一般の従業員にとってかなり苛酷《かこく》なものであり受け入れ難いものであろうことは容易に想像出来る。そうした、一見非常に厳しい就労に全従業員を従事させ、しかも百数十社に及ぶ企業群を統轄《とうかつ》していける坪内流経営の根底にあるものは一体何であろうか。言い替えれば、二万人に及ぶ社員をして、坪内の下に「ヤル気」を持たせ「生きがい」を感じさせながら働かせているものは何か、ということである。

こうしたことを考えた時、まず挙げられるのが、集合教育による意識革命とか、少数精鋭による能力開発……等であり、個々に見れば、それらに具体的な解答がありそうに見える。

しかし、これらは単なるスキル（熟達）に過ぎないのであって、どの企業でもそのスキルを実行しさえすればすべてうまくいくというものでもない。

ここで問題なのは、これらの手段そのものではなく、経営者がこうした手段を使いこなせる経営者であるかどうかではなかろうか。このあたりに坪内流経営の本質があるように思える。

芝居小屋を見て育った幼少時代や、シベリアでの過酷な捕虜《ほりょ》生活を通じ培《つちか》われた、坪内思想の根底にあるものは、〝人間愛の大切さ〟であり、また〝奉仕の精神〟であった。こうした坪内のもつ信念が、通常いわれているいわゆる独裁者とかカリスマとは一味異なった人間像を作り出しているように見える。

よくいわれている、坪内個人の強烈な個性とか、強力なリーダーシップとかは、その背景に、むしろ人間的な暖かさがあって初めて成り立っているのではなかろうか。

「社員に愛される経営者に私はなりたい、そのためには自らも社員を理解し愛さなければならない……」と坪内自身はいっている。そのために何事に対しても率先垂範を常に心がけ、自ら社員に愛される為《ため》に質素な生活を送っている。

こうしたことが、坪内の人間的な吸引力を醸成《じょうせい》し、ひいては、人の熱意（ヤル気）を呼びおこす大きな原動力になっているものと思われる。

『史記』に「士は己れを知るものの為に死す」という言葉がある。


坪内は、うつむきかげんの紀美江の顔をじっと見つめていた。途中で思い出したようにワイングラスに手を伸ばしたが、それを口へ運ぶことはしなかった。

紀美江が面《おもて》をあげた。その眼が潤《うる》んでいる。

「わしは、命ある限り仕事をしつづけるつもりじゃ。会社の再建もやりよる。それが使命じゃ思うとる」

「わたしもまだまだ老《ふ》け込んでられませんね」

「おまえにも張り切ってもらわな……」

坪内は、紀美江のワイングラスにボトルを傾けた。

紀美江がグラスを持つと、坪内は手を伸ばして自分のグラスを軽くぶつけて、にこっと笑いかけた。

# 創作ノート

高杉　良

昭和六十二年（一九八七年）三月に、私は次のような一文を書きました。

風の冷たい早春の某日、私は、松山市内の南松山病院に糖尿病治療のため入院中の坪内寿夫さんをお見舞いがてらお訪ねしました。

ひところ百キロを超えていた体重は食餌《しょくじ》療法の甲斐あって九十二キロまで減量、あと二キロ落したい、とのことでしたが、思っていたよりお元気で、四時間も話し込んで大いに旧交を温めた次第です。

朝日新聞を読みましたが、よくぞ思い切られましたね、と水を向けたところ、坪内さんは例の包み込むような笑顔を見せて、「あたりまえのことをしたまでです」と、いともあっさり答えてから、背後の紀美江夫人のほうを振り返って、「これを説得しましたんじゃ。ようわかってくれよりました」と、つづけたのです。

私は、胸が熱くなりました。

昨年（昭和六十一年）十二月二十八日付朝日新聞朝刊は〝わしは裸になっても構わん〟〝来島どっくの坪内寿夫社長、個人資産二百八十億円提供〟〝再建へ充当申し出〟の大見出しで、次のような記事を掲載しました。

経営難で再建策が練られている来島どっく（本社・愛媛県越智郡大西町）の坪内寿夫社長（七二）が、「ホテル奥道後」の土地六十三万平方㍍や松山市内の高級住宅地にある自宅を含めた不動産、株券など総額約二百八十億円にのぼる個人資産のほとんどをなげうち再建資金に充てるよう再建グループに申し入れていることが、二十七日わかった。「四国の大将」とまでいわれた坪内社長だが、今回の処分は自らの意思で決め、側近には「わしは裸になってもかまわんのだよ。雑炊でも食って生きる」と話しているという。

＝中略＝

同社のある幹部は「残るのは出身地の同県伊予郡松前町の旧家ぐらいではないか。社長は自らの身を切って、経営者としての責任を果たそうとしているのでしょう。普通の経営者なら、会社はつぶしても資産は守ろうとするだろうに」としんみりしていた。

私は、この記事を読んで日本興業銀行元頭取の中山素平さんから聞いた河上弘一氏(興銀第八代総裁)にまつわる挿話を想起せずにはいられませんでした。

中山さんは河上さんを大変に尊敬しており、この人のことだけで私に何時間も話してくれたほどに惚れ込んでいます。河上さんは明治十九年生まれ、芦田均元首相、石坂泰三・元経団連会長と親友だった、という年代の人ですから、私が直接知る由《よし》もありません。東大では銀時計組の秀才だったということですが、河上さんは、いわゆる秀才のイメージとは異なる大人物だそうです。

この人の生き方を聞いていると、世のあらゆる経営者に耳を傾けてもらいたいと思うことが、ずい分あるんです。たとえば、出処進退。中山さん自身、頭取を辞める時にみせたあざやかな退陣ぶりは今でも語り継がれていますが、中山さんが河上さんを尊敬するのも、ひとつにはその見事な出処進退にあったと思います。

河上さんは興銀がGHQから〝戦犯銀行〟のレッテルを貼られ、閉鎖寸前にまで追込まれた時の総裁です。その時彼は、自分が辞めれば、GHQの追及も少しはやわらぐだろう、という判断で興銀の総裁を辞任しました。その直後に公職追放の指定を受け、河上さんの判断が正しかったことを証明しますが、その後、昭和二十五年に吉田茂首相に、どうしても、と請われて、日本輸出入銀行の初代総裁になりました。河上さんにまつわる話でとくに印象に残ったのは、藤田銀行に関することです。

大阪の藤田銀行は昭和二年の大恐慌で取り付け騒ぎに巻き込まれて倒産しました。その時創業者の藤田家は私財の一切を日銀に提供し、日銀から融資を受けて預金者を保護したのです。

その時河上さんは興銀で鑑定部長をやっていて、藤田家の財産を評価したそうです。河上さんは、その時の藤田家の見事な態度に感動しその後、彼が副総裁、総裁へと昇進していく過程で藤田家とのつき合いは深まっていきます。

藤田家は後に藤田観光、同和鉱業等の名門企業を成功させて再興するのですが、藤田家も河上さんの徳を忘れず、河上さんが追放になった時、藤田観光の前身である藤田興業の会長に就任するよう依頼し、河上さんは昭和三十二年三月、亡くなるまで同社会長のポストにありました。

創業者、オーナー社長と言われる人たちの中には企業が経営危機に陥ったときに、とかく自分の資産だけは保全する、というケースが多いのですが、個人資産をすべて投げ出して預金者保護に当たった藤田家の態度、そしてそれを手本に見事な出処進退劇を演じて見せた河上さんとの交流は、まさに感動的なドラマであります。

昨年秋、坪内さんが率《ひき》いる来島どっくの信用不安説が伝えられました。〝坪内式経営の破綻〟〝坪内式経営の行き詰まり〟〝坪内王国の崩壊〟等々マスコミの報道ぶりは過熱気味で、夜テレビの一時間番組で、終始坪内さんを攻撃、罵詈雑言《ばりぞうごん》を浴びせかけたニュースキャスターさえ飛び出す始末です。

こうした極端なマスコミの報道ぶりに、多少なりとも実情を知っている私は、ごまめの歯ぎしりに過ぎないとは思いつつも、切歯扼腕《せっしやくわん》したものです。わが国造船業界を取り巻く環境、円高不況、構造不況、政策不況などの実情には一切触れず、坪内さんを個人攻撃するくだんのニュースキャスターなどは論外としても、坪内さんが強い逆風に見舞われ、厳しい局面に立たされたことは否定できません。

強気な経営が裏目に出たとみる向きもありますが、しかしながら造船業に対する坪内さんの情熱、意欲は、いささかも衰えていませんでした。

坪内さんが再建した「関西汽船」「オリエンタルホテル（神戸）」などの経営から、来島グループが撤退することがあったとしても、グループにとって生命線でもある造船だけは死守する、というのが坪内さんの基本的な考え方なのです。

造船などの基幹産業を全面的に海外に依存することはナショナル・セキュリティの関係からみても、きわめてリスキイではないか、というわけです。

「わたしに対する同情票を投じたいと考えてくださる面もありましょうが、今年に入って受注状況が好転しているのは、来島どっくのコスト競争力が圧倒的に強いからです。貿易立国の日本が物を運ぶ船を海外に依存したらどうなりますんじゃ。造船の火を消してはいかんのです」

「来島どっくは、中小船主の倒産を懸命に支えておるんです。三千億円余の資金ショートといわれてますが、中小船主が振り出している手形のすべてが落ちんことを前提にした数字で、万々そんなことにはならんでしょう。老朽船のスクラップ・アンド・ビルドによる需要が年末あたりから出てくると、わたしは見とるんです。銀行さんにご迷惑をかけましたが、いっとき辛抱すれば、来島どっくは必ずようなります」

こうした坪内さんの話を裏付けるように日本経済新聞は、二月二十一日付朝刊で〝短期プライム並み要請〟〝来島どっく　借入金利減免で〟の三段見出しにつづいて次のように書きました。

来島どっくは金融機関に要請していた借入金約三千百億円に対する金利減免措置

について、六十四年度末までゼロないし一%とする当初条件を改め、短期プライムレート（現行三・七五%）並みで返済する旨申し出た。造船業界を取り巻く環境は厳しさを増しているが、主力行を中心に取引行から金融支援の合意が得られた結果、来島の受注状況は信用不安の高まった昨年秋に比べ好転、業績も上向いているためという。これで六十五年度も含め金融支援要期間の金利減免はすべて短期プライムレート並みとなる。

金利減免の対象となる借入金約三千百億円は来島どっくをはじめグループ百八十社のうち日本債券信用銀行を主力行とする企業のうちの造船グループ計二十社の債務。昨年末に合意した金融支援策は元本を六十五年度末まで棚上げするとともに六十一年十二月二十六日から六十三年度まで金利ゼロ、六十四年度一%、六十五年度短期プライムレート並みとする内容だった。

来島どっくによると、金融支援策がまとまって以降、新造船建造の商談が増え、また受注・内定もチリ船主発注の冷凍船二隻をはじめこの二ヵ月間で八隻以上になっている。

三年前、昭和五十九年の六月から九月にかけて、私は松山、佐世保などの現地取材を重ねるとともに、坪内さんはじめ多くの人々から話を聞きました。もちろん数多《あまた》の〝坪内本〟も読み漁り、新聞、雑誌記事にも目を通しましたが、坪内さんの数ある再建劇の中でも〝佐世保重工〟は創作意欲をそそられ、胸をゆさぶられずにはおかなかったのです。

労使癒着の放漫経営によって佐世保重工は昭和五十三年一月に経営危機が一挙に表面化し、メインバンクの第一勧業銀行が会社更生法の適用を申請する以外に方途はないと判断するなど、倒産寸前に追い込まれました。

歴史にイフは禁句ですが、株主なり経営陣が第一勧銀の意向を容れていたら、佐世保重工の再建はあり得なかったでしょう。何故なら、更生会社に造船を発注する船主は少ないと考えられるし、債権をタナ上げされた取り引き業者が資材を供給し続けたかどうか、すこぶる疑問だからです。

海運、造船工業の権威としても知られている脇村義太郎東大名誉教授が当時「佐世保重工安楽死説」を提唱したのは、構造不況業種の造船業界が、大型ドックを保有する佐世保重工の倒産によって設備削減、船台圧縮の効果を享受できると判断したためで、それなりに説得力もあったと思われます。

しかし、佐世保重工に限らず大企業の倒産は、その社会的影響の重大性からみて、もとより〝安楽死〟のありえないことは、自明のことと言えましょう。

さらに、佐世保重工救済劇、再建ドラマには、原子力船〝むつ〟の寄港問題が絡《から》んでいたのです。

政・官・財界あげて、佐世保重工の再建を指向したのは、〝むつ〟の寄港、修理を佐世保重工に求めた結果でもあったと言えます。

政・官・財そして長崎県、佐世保市など地元自治体、さらには佐世保重工の労使までが坪内さんに三拝九拝して、佐世保重工再建を依頼した経緯は、本書によって読者諸兄におわかりいただけたと思いますが、坪内さんは同社の社長就任に際して、まず一千六百八十一名の退職金八十三億円の三分の一を個人で債務保証するという大きなリスクを背負うことになります。

仮りに銀行主導で更生法を指向していたら、一人平均五百万円の退職金の支給はありえなかったでしょうし、倒産ともなれば、惨憺《さんたん》たる結果をまねいていたであろうことは容易に想像できます。

この一事を以《も》ってしても、坪内さんを鬼よばわりできるはずはないのですが、賃金カットなどの合理化案をめぐる感情的なあつれきによって佐世保重工労使は鋭く対立、ついに組合はストライキという伝家の宝刀を抜いたのです。このストは五十四年十二月二十日から延べ五百九十二時間の長期に及びますが、〝四国の山猿退治〟〝吸血鬼〟などと中傷、誹謗《ひぼう》の限りを尽くされながら坪内さんは耐えに耐え、しかも最終的に組合の要求を全面的に受け容れたのです。

ドロ沼のストが続く限り、倒産の途《みち》以外に選択肢《し》がなかったから涙を呑んで合理化案を撤回したわけですが、スト中の組合の反坪内キャンペーンは凄まじいものでした。

組合員の生活苦をアピールするために、〝生活保護世帯以下の月収九万円〟〝兵糧攻めには屈しない〟などとキャンペーンを張りましたが、事実は、生協で食糧、衣料、家庭用品などの生活必需品を買った分を天引きされ、ローンや保険料を差し引かれた残りの給料の組合員平均値が九万円だったのです。

生活困窮者には坪内社長が個人的に救済資金を提供し、無利子では贈与と見做《みな》されるので銀行金利の半分の低利で融資する、と提案すればサラ金ならぬ〝ツボ金〟とやられる始末です。

判官びいきとでも言いますか、当時のマスコミの坪内攻撃は目に余るものがありましたが、坪内さんは一切弁解しませんでした。

本書の登場人物はすべて実名です。それだけに調査、取材に投じたエネルギーなり密度は、誇るに足るものだと自負しています。佐世保重工の現役の役員、社員は言うに及ばず、坪内さんと対極にあった国竹七郎元労愛会会長ら元組合幹部からも直接取材しました。

ただ、坪内さん側から書いたことの制約はまぬがれないし、D2P訓練について言えば、ひとによって激しいアレルギーを示すことは承知しています。また私自身もこの研修を受講する気にはなれませんが、研修の是非を論じる資格は、私にはありませんけれど、この効果を信じて疑わない人々がゴマンといることは、まぎれもない事実です。

昨今の坪内さんにとって最大の痛恨事は、「日刊新愛媛新聞」の廃刊にあったようです。「断腸の思いです……」と言って、絶句し、あふれ出る涙をぬぐっているきりでした。

同紙の廃刊に伴って八十六人の社員が来島どっくグループからの離脱を余儀なくされましたが、坪内さんの側近が「廃刊は、白石知事が銀行に圧力をかけた結果ではないですか。部数減を招いても、購読料を二割値上げして千八百円にすれば採算はとれたと思います」とコメントしてくれました。

強大な権力に立ち向かい、取材拒否、広告主への圧力などありとあらゆる苦難にあいながら、新聞を発行し続けた人たちにとって、同紙の廃刊ほどつらく切なかったことはなかったと思います。

松山市内で開業する新総合病院の事務部門に就職することになった足立正積さん（元日刊新愛媛新聞社社員、二十八歳）に、いま坪内さんに対して、どんな思いをお持ちですか、と訊《き》いたところ「申し訳ないやら、お気の毒やら複雑な気持です。しかし、来島グループにおった者は、どこで仕事をしても立派に通用すると思うてます。鍛えかたがちごうとります」と、胸を張って語ってくれました。

この足立さんのひとことは、坪内さんがいかに人心を収攬《しゅうらん》していたか、社員の気持をつかんでいたかを端的に示して余りあると思います。

坪内さんが、一時代を画した卓越した経営者であることは言うまでもありませんが、今後坪内さんが経営の第一線から退くことになったとしても〝率先垂範〟〝奉仕の精神〟〝人間愛の大切さ〟を旨とする坪内イズムは、新生来島グループに連綿と受け継がれていくでありましょう。

そして四年三ヵ月後の平成三年（一九九一年）五月下旬、私は集英社文庫版『小説会社再建』（『太陽を、つかむ男』改題）の創作ノートを書くために、坪内さんにお目にかかり、長時間インタビューしました。

坪内さんは経営の第一線から退いているとはいえ、佐世保重工業の取締役会長として、大所高所から同社の経営を見守っています。

十二年前、死に体同然の佐世保重工業を再建するために、坪内さんは身を挺し、全身全霊を捧げましたが、いま同社のおかれている経営状況はどうなっているのでしょうか。

平成三年五月二十五日に発表された佐世保重工業の決算短信によれば、当期（平成二年四月一日〜平成三年三月三十一日）の売上高は五百七十四億六千九百万円（対前期比二八・四％増）、経常利益四十八億七千三百万円（同二三六・五％増）、当期利益二十二億二千八百万円（同二〇三・九％増）、配当一割、と業績は好調です。

株価も五月下旬現在八百五十円前後と造船会社の中で最高水準をキープしています。

一方、日本債券信用銀行主導で再建整備が進められた新来島どっくも、売上高約七百億円、経常利益約八十二億円、当期利益約四十億円を計上し好決算となりました。

四年余前「生命線でもある造船だけは死守したい」と坪内さんは熱っぽく語りましたが、両社の平成三年三月期決算を聞いて、私は感慨を新たにしました。おいてをや坪内さんの感慨無量ぶりは察して余りあります。

坪内さんは前愛媛県知事白石春樹氏との永年の確執、言語に絶する圧力に屈することなく、また再建整備の方法論をめぐる日債銀とのあつれきにも耐え抜きました。マスコミの攻撃に対しても、弁解がましい発言は一切せず、ひたすら沈黙を守り通したのです。

佐世保重工業、新来島どっくの業況は〝坪内式経営〟〝坪内イズム〟の健全性を立証したと判断して差しつかえないと思われます。

旧来島どっくの経営危機は、円高不況、構造不況、政策不況などの要因が考慮されて然《しか》るべきですが、当時、坪内さんが病に倒れたことがその引き金になったとも考えられます。

坪内さんの療養中に旧来島どっくの営業部門責任者だった石水煌三副社長らが重大な経営判断ミスを犯したのです。

昭和六十二年三月十四日付で、石水氏らは〝反省と決意〟と題する以下のような〝詫び状〟を坪内社長（当時）に提出しています。

一、船台を埋め、アイドルを防ぐため、必ず契約できる見通しで、未契約のまま建造に着手したこと
二、来島どっくの資金調達力に頼り過ぎたこと
三、金融機関の融資態度の急変化も気づかず、船主の資金調達先を信じ、その裏付をとらずに契約したこと
四、二月十日迄に八十億円の資金調達不能により、日債銀、当社財務部門と打合せの上、止むを得ず大幅なコスト割れで転売したこと
以上、経済情勢の急激かつ大きな変化が発生したにせよ、営業幹部として情勢判断を誤りそのタイミングを失し、会社に多大の損害をもたらしたことに対し誠に遺憾に存じ、深く反省します。

経営は結果がすべてで、会社経営においてもイフは禁句です。しかし、あえて言及すればもし坪内さんが宿痾《しゅくあ》に倒れることがなかったら、旧来島どっくとグループの解体、再構築は回避できたのではないでしょうか。
しかも坪内さんは部下の過失をも一身に負って、新来島どっく再建のために二百八

十億円もの個人資産を抛《なげう》ったのです。

愛媛県が生んだ江戸時代の偉人、義農作兵衛を敬う坪内さんは、自己犠牲、無償の行為を抵抗なく行なえる人なのです。会社が経営難に直面したとき自己資産の保全に憂き身をやつす数多の経営者とは、人間の巨《おお》きさがひと桁も二桁も違います。

談論風発。話が弾み、三十年以上も昔、愛媛県今治市と広島県尾道を結ぶ〝瀬戸内大橋〟の建設を計画した話になりました。

坪内さんは、富士製鉄（現在の新日本製鉄）社長の永野重雄氏を社長に、近畿日本鉄道社長の佐伯勇氏を副社長に迎えて新会社を設立し、〝大橋〟建設計画を推進しようと精力的に動いたそうです。

佐伯孝夫さん、吉田正さんと当代一流の作詞、作曲家に依頼し、フランク永井さんがレコーディングした「でっかい夢」は、坪内さんが〝大橋〟建設の夢を唄に託したものです。

橋をかけよう　かけよう橋を
橋をかけよう　でっかい橋を
今治からだよ　尾道へ

瀬戸内海の　うず潮こえて
　橋をかけよう　天高く
　男の夢は　虹よりでかい

〝大橋〟の建設計画は、地元の有力県会議員の反対で、新会社の設立を待たずに潰《つい》えましたが、遥《はる》か昔に〝大橋〟の建設を発想した坪内さんに、男のロマンを感じない人はいないでしょう。

二十数年前、塩田廃止を時の専売公社副総裁に進言して実現させたのも、国鉄の民営化を最も早い時期に提唱したのも坪内さんです。

来島どっくとグループの解体と新来島どっくの再生にまつわる壮大な人間ドラマに、私は少なからぬ関心を寄せています。創作意欲をそそられないでもありません。

平成三年六月

# 解説

長野祐二
（文芸コラムニスト）

企業再生が今ほど言われなかった時代に、「会社再建」に生涯を懸けた男がいた。その男こそ本書の主人公、坪内寿夫である。

坪内は四国に居住し、来島どっくグループを率いるオーナー経営者であった。もし、彼がその地位に安住していたならば、「四国で〝大将〟と呼ばれる名物経営者」で終わっていたかもしれない。そうではなく彼が「会社再建」の神様として日本国中に知られる存在になったのは、誰もが嫌がる瀕死状態の佐世保重工業（ＳＳＫ）の救済に乗り出したからだ。

いかにして彼は救済に乗り出すのか。能でいう序・破・急の「序」の部分に登場するのが日商会頭の永野重雄だ。この財界首脳は佐世保重工の再建が経済界のみならず国家的急務であることを承知していて、その任に当たれるのは坪内寿夫をして他にないことを誰よりも理解していたのである。

かくして永野がアポイントメントなしで、四国の坪内邸を訪問するところから物語は始まる。永野は辞を低くして懇願する。さながら大石内蔵助の出馬をうながす赤穂浪士を連想させる。だが、公の場で一度ことわっている坪内だ。簡単に翻意すれば軽く思われかねず、返事を保留する。

永野と坪内の間で妻紀美江の存在が光る。妻はこれ以上夫の仕事の負担を増やしたくない。夫婦愛が重厚な経済小説にオアシスの役割を果たしている。緊迫した場面にもかかわらず、主人公を支える伴侶に目を向けたところに、著者の作家としての卓越した伎倆が窺える。

日商会頭の訪問により佐世保重工の再建を引き受ける肚《はら》を固めた坪内が最初にしたことは、来島どっくグループ幹部社員の諒解を取り付けることであった。まず、味方をその気にさせなければ事は成らないのである。今度は坪内が説得役に回る番だ。

誰も先のことなど読めないから、幹部社員はこぞって反対する。勝ち目のない危険な博打にわがボスを突っ込ませたくないのは人情だろう。坪内一人は先が見通せた。

自分なら不可能と思われる佐世保重工の再建をしてみせる、おそらく自分以外の誰もできはしまいと。「わしは日本一の経営者になりたいんじゃ」という彼の思いを遂げるのにまたとない機会なのだ。

さて、政府や関係銀行の後押しを取り付けて、いよいよ佐世保重工の本拠地の佐世保に坪内が乗り込むのが「破」である。ところが、長崎空港に出迎えたのはたったの二人。前途の厳しさが思いやられる場面だ。

坪内がせっかく用意した土産の饅頭が労組の受け取り拒否に遭う。個人の善意さえ調略としか受けとめない両者の感覚の断絶が鮮やかに描かれる。資本家は敵でしかないとする教条的な労愛会の国竹七郎会長。

八度にわたる労使交渉が不調に終わり、組合側は関係各庁へ直訴の挙に出る。身内に強大な敵を抱えた坪内がとった行動は意外にも辞表提出であった。己を空しくすることで、事態を打開しようとしたのである。

坪内を失って困るのは誰か。それは佐世保重工であり、同社員一同であり、佐世保市、長崎県ひいては日本経済だ。唯一、そう思わないのが労愛会幹部であったが、彼らとて坪内が去ったあとの展望は描けない。

一旦、和解したものの、坪内と労組の対立は再び激化、遂にスト突入となる。再建の救世主が自分しかいないことは分かっている。一方で、現状を打破しなければならない。周りの空気を読みきったところで、坪内が下した英断が、物語の最大の山場だ。反資本家という色はついているものの、労組員が佐世保重工社員であることに変わりはない。社員がいなければ企業は成り立たないし、再建もおぼつかない。ならばと三段論法で坪内は決意したのである。この英断により事態が大きく変わる。まさに「急」展開だ。

その後の物語の運びはじっくり楽しんでいただくとして、坪内においてなぜこれだけの英断が可能であったのかを論証すると、彼の独特の人間観に行き当たるのである。

坪内の人間観はまず、家庭生活に現れている。彼は口にこそ出さないが、愛妻家である。紀美江は平凡な女であり、夫の仕事の全貌を理解しているとは思われない。それでも彼が重大な決断を下す時、思考のキャッチボールの相手を務めるのは彼女だ。彼が子供のいないことをわざわざ持ち出して、婉曲に胸の内を吐露する場面に、妻を慮《おもんぱか》った上での裏返しの愛情表現が見られる。

坪内の独自の人間観の第二の発露は来島どっくにある友愛寮である。この寮に住むのは松山刑務所の受刑者たち。彼らは服役の身の上で作業を行い、造船技術を身につけつつ然るべき賃金を受けとる。ひと足先に社会復帰を果たすようなものだ。

一体、どこの経営者がそんな面倒なことを引き受けてするだろうか。なかなかできないことである。坪内は受刑者が社会に復帰後直面するであろう差別など困難な事態を見越した上で、彼らの味方になろうとしている。典型的な博愛主義といえよう。

もう一つ坪内の人間観が明確に現れるのが佐世保重工の修理船で火災が起きた時である。東京にいた彼は翌日には現地に赴き、遺族十軒の家すべてを弔問して回る。初七日、合同葬参列をはさみ、三十五日、四十九日のすべてに遺族宅を一軒一軒訪問した。

坪内はそれができたのである。とことん誠意を見せることしか人間にできることはないではないかという確固たる信念の持ち主である。それだけのことをされた遺族はどうなるか。満たされた彼らは坪内に対してお礼の気持を表そうとする。三十七歳の夫を亡くした野崎文代は事故を起こした会社の最高責任者の坪内に注文があってもおかしくないはずだが、坪内夫妻にただ心から謝意を表す。この人物の前では素直にならざるを得ないのだ。またそうなることで彼女は生きる力を与えられ、再生への希望を持つことができるはずだ。思いやることで相手と通じあえるという人間観こそ坪内を坪内たらしめる要因であった。

名経営者とは何か。業績をあげる人であり、社員の和を尊ぶ人であろう。世間は得てして業績の数字に目を向ける。業績がすべての世界であることもまた確かだ。ただ、業績を生む経営者のパワーの源は何かに思いを馳せることも大事だろう。本書の特色は、ドラマチックな佐世保重工業再建を成し遂げた男の裸の人間像を描き切ったところにある。

家庭における主人公、部下に接する時の主人公、取引銀行など社外関係者に対する主人公そのいずれの場合でも、人間坪内はありきたりの「経営者」ではくくれない人間味丸出しの、むしろ一人の好々爺の域に達している。それほどまでに普遍性を有した人物に掘り下げられて描かれているからこそ読んでいて深い共感を覚えるのである。

ところで、昭和六十一年秋、来島どっくが経営難に陥ったことがあった。一段落した翌春に著者が坪内を訪ねると、坪内は悠然とした態度であった。結局、坪内はこの時、個人資産約二百八十億円を吐き出して経営危機を乗り切ったのである。

さらに著者は平成三年にも坪内を訪問している。既に坪内は経営の第一線を退いていて佐世保重工業取締役会長の職にあった。寛《くつろ》いだ雰囲気の中、著者は坪内から三十年以上前の秘話を聞かされた。それは四国と本州を結ぶ架橋（本州四国連絡橋の原形）を立案し、関係者に働きかけたというものであった。結果は時期尚早で実現に至らなかったわけだが、その時の関係者の一人が永野重雄富士製鉄社長（当時）である。

本書で重要な役回りを演じる永野と坪内との人間関係は相当な歴史があるということであり、と同時に二人の傑出した人物が手を取り合えば、傾きかけた大会社再建というような偉業をも成し遂げられることを教えてくれる。本書は「人間力」とは何かをつくづく考えさせてくれる。本書が刊行以来、多くの読者に愛されてきた理由が分かるのである。希代の経営者坪内寿夫は平成十一年に逝く。享年八十五であった。

この作品は一九九一年七月に集英社文庫で『小説会社再建　太陽を、つかむ男』として刊行されたものです。

|著者|高杉 良　1939年東京都生まれ。専門誌記者・編集長を経て、'75年『虚構の城』でデビュー。以後、企業小説・経済小説を次々に発表する。著書に、『あざやかな退任』『懲戒解雇』『生命燃ゆ』『小説 日本興業銀行』『管理職降格』『辞令』『勇気凜々』『首魁の宴』『青年社長』『銀行大統合 小説みずほＦＧ《フィナンシャルグループ》』『不撓不屈』『小説 ザ・ゼネコン』『乱気流 小説・巨大経済新聞』『新・その人事に異議あり』など。また、『高杉良経済小説全集』（全15巻）も刊行されている。近刊に『腐蝕生保』『消失 金融腐蝕列島〔完結編〕』『挑戦 巨大外資』『亡国から再生へ』がある。

小説会社再建《しょうせつかいしゃさいけん》

高杉《たかすぎ》 良《りょう》



2008年８月12日第１刷発行

発行者――野間佐和子
発行所――株式会社 講談社
東京都文京区音羽2-12-21　〒112-8001
電話 出版部 (03) 5395-3510
販売部 (03) 5395-5817
業務部 (03) 5395-3615

Printed in Japan

講談社文庫
定価はカバーに表示してあります

デザイン―菊地信義
本文データ制作―講談社プリプレス管理部
印刷―――豊国印刷株式会社
製本―――株式会社大進堂

落丁本・乱丁本は購入書店名を明記のうえ、小社業務部あてにお送りください。送料は小社負担にてお取替えします。なお、この本の内容についてのお問い合わせは文庫出版部あてにお願いいたします。

ISBN978-4-06-276129-1

# 講談社文庫刊行の辞

二十一世紀の到来を目睫に望みながら、われわれはいま、人類史上かつて例を見ない巨大な転換期をむかえようとしている。

世界も、日本も、激動の予兆に対する期待とおののきを内に蔵して、未知の時代に歩み入ろうとしている。このときにあたり、創業の人野間清治の「ナショナル・エデュケイター」への志を現代に甦らせようと意図して、われわれはここに古今の文芸作品はいうまでもなく、ひろく人文・社会・自然の諸科学から東西の名著を網羅する、新しい綜合文庫の発刊を決意した。

激動の転換期はまた断絶の時代である。われわれは戦後二十五年間の出版文化のありかたへの深い反省をこめて、この断絶の時代にあえて人間的な持続を求めようとする。いたずらに浮薄な商業主義のあだ花を追い求めることなく、長期にわたって良書に生命をあたえようとつとめるところにしか、今後の出版文化の真の繁栄はあり得ないと信じるからである。

同時にわれわれはこの綜合文庫の刊行を通じて、人文・社会・自然の諸科学が、結局人間の学にほかならないことを立証しようと願っている。かつて知識とは、「汝自身を知る」ことにつきていた。現代社会の瑣末な情報の氾濫のなかから、力強い知識の源泉を掘り起し、技術文明のただなかに、生きた人間の姿を復活させること。それこそわれわれの切なる希求である。

われわれは権威に盲従せず、俗流に媚びることなく、渾然一体となって日本の「草の根」をかたちづくる若く新しい世代の人々に、心をこめてこの新しい綜合文庫をおくり届けたい。それは知識の泉であるとともに感受性のふるさとであり、もっとも有機的に組織され、社会に開かれた万人のための大学をめざしている。大方の支援と協力を衷心より切望してやまない。

一九七一年七月

野間省一

## 講談社文庫 最新刊

**薬丸 岳** 天使のナイフ
妻を殺した少年たちが、次々と襲われていく。犯人の正体は？ 第51回江戸川乱歩賞受賞作。

**大江健三郎** 治療塔惑星
近未来SF小説『治療塔』につづく。作者自身、特別な愛着を持っていると振り返る。

**内田康夫** 朝日殺人事件
殺された男の言葉を追って浅見は各地へ飛ぶ。複雑怪奇な事件の真相に名探偵は迫れるか!?

**太田蘭三** 夜叉神峠 死の起点
〈警視庁北多摩署特捜本部〉
所轄の警官二人が殺《や》られた。拳銃強奪事件の鍵を握るのは宿にいた男？ 相馬刑事の奪闘！

**高杉 良** 小説会社再建
経済成長の象徴であった佐世保重工の危機を救った男。その苦闘と信念を描いた力作長編。

**吉村 昭** 暁の旅人
幕末・維新の波に翻弄されながらも日本近代医学の土台を築いた松本良順の波乱の生涯。

**中村彰彦** 名将がいて、愚者がいた
信長、謙信、家康から幕末の志士たちまで。歴史の分岐点でこそ、人物の真価が問われる。

**童門冬二** 佐久間象山
〈幕末の明星〉
幕末の動乱期、卓越した見識で新たな日本の道筋を示した先覚者が、混迷する現代に喝！

**蘇部健一** 六とん2
あの『六枚のとんかつ』が再登場。バカです！ 腹が立ちます！ でも、クセになります!!

**日明《たちもり》 恩《めぐみ》** そして、警官は奔《はし》る
蒲田署刑事課勤務の武本は、外国人の子どもが売買される事件を追う。シリーズ第2弾。

**高里椎奈** 蟬《せみ》の羽
〈薬屋探偵妖綺談〉
妖怪で薬屋の三人組にまたまた怪事件の依頼が。人喰いの木とは!? 好調シリーズ第10弾。

**西尾維新** クビツリハイスクール
〈戯言遣いの弟子〉
少女救出のため潜入した学園で、ぼくが目の当たりにした惨劇は。戯言シリーズ第3弾。

講談社文芸文庫

小田実
# 「アボジ」を踏む 小田実短篇集
〈川端康成文学賞〉
解説＝川村湊　年譜＝著者
朝鮮から移民し日本で辛酸を嘗めた「アボジ」の人生最後の望みとは？　著者自身の義父を通して歴史の軛に喘ぎつつ逞しく生きる人間像を彫琢した表題作ほか六篇。
978-4-06-290021-8　おH3

小島政二郎
# 長篇小説 芥川龍之介
解説＝出久根達郎　年譜＝武藤康史
若き日に師事した芥川の姿を活写した、著者晩年の作。芥川の悲劇を養家への気兼ねと、物語作家から小説家への転身の不可能性に見定める、独自の論を展開した快作。
978-4-06-290022-5　こR1

野々上慶一
# 高級な友情 小林秀雄と青山二郎
解説＝長谷川郁夫　年譜＝野々上一郎
小林秀雄、青山二郎、河上徹太郎、そして吉田健一。昭和の文学史を彩る多くの文士達に愛された文圃堂主人が綴る壮絶なまでの〝友情〟ドラマ。文士達の青春交友録。
978-4-06-290023-2　のF1

谷川俊太郎訳 和田誠絵　マザー・グース 全四冊
立花隆　中核VS革マル (上)(下)
立花隆　日本共産党の研究 全三冊
立花隆　青春漂流
立花隆　同時代を撃つ I〜III〈情報ウォッチング〉
立花隆　生、死、神秘体験
高杉良　虚構の城
高杉良　大逆転！〈小説三菱・第一銀行合併事件〉
高杉良　バンダルの塔
高杉良　懲戒解雇
高杉良　労働貴族
高杉良　広報室沈黙す (上)(下)
高杉良　会社蘇生
高杉良　炎の経営者 (上)(下)
高杉良　小説日本興業銀行 全五冊
高杉良　社長の器
高杉良　祖国へ、熱き心を〈東京にオリンピックを呼んだ男〉
高杉良　その人事に異議あり〈女性広報主任のジレンマ〉
高杉良　人事権！

高杉良　小説消費者金融〈クレジット社会の罠〉
高杉良　小説新巨大証券 (上)(下)
高杉良　局長罷免―小説通産省
高杉良　首魁《しゅかい》の宴《うたげ》〈政官財腐敗の構図〉
高杉良　指名解雇
高杉良　燃ゆるとき
高杉良　挑戦つきることなし〈小説ヤマト運輸〉
高杉良　辞表撤回
高杉良　銀行大合併〈短編小説全集(上)〉
高杉良　エリートの反乱〈短編小説全集(中)〉
高杉良　金融腐蝕列島 (上)(下)
高杉良　小説ザ・外資
高杉良　銀行大統合〈小説みずほFG〉
高杉良　勇気凜々
高杉良　混沌《こんとん》 新・金融腐蝕列島 (上)(下)
高杉良　乱気流 (上)(下)
高橋源一郎　日本文学盛衰史
高橋克彦　写楽殺人事件
高橋克彦　悪魔のトリル

高橋克彦　総門谷
高橋克彦　北斎殺人事件
高橋克彦　歌麿殺《さつ》贋《がん》事件
高橋克彦　バンドネオンの豹《ジャガー》
高橋克彦　蒼《あお》夜《や》叉《しゃ》
高橋克彦　広重殺人事件
高橋克彦　北斎の罪
高橋克彦　総門谷R 阿黒篇
高橋克彦　総門谷R 鵺（ぬえ）篇
高橋克彦　総門谷R 小町変妖篇
高橋克彦　総門谷R 白骨篇
高橋克彦　1999年〈対談集〉
高橋克彦　星封陣
高橋克彦　炎《ほむら》立つ 壱 北の埋み火
高橋克彦　炎立つ 弐 燃える北天
高橋克彦　炎立つ 参 空への炎
高橋克彦　炎立つ 四 冥き稲妻
高橋克彦　炎立つ 伍 光彩楽土〈全五巻〉
高橋克彦　白妖鬼

南里征典 秘宴の紋章
中島らも しりとりえっせい
中島らも 今夜、すべてのバーで
中島らも 白いメリーさん
中島らも 寝ずの番
中島らも さかだち日記
中島らも バンド・オブ・ザ・ナイト
中島らも 休みの国
中島らも 異人伝 中島らものやり口
中島らも編著 なにわのアホぢから
中島らもほか 輝きの一瞬〈短くて心に残る30編〉
中島らも 空からぎろちん
中島らも
チチ松村 らもチチ わたしの半生〈青春篇〉〈中年篇〉
鳴海章 ニューナンブ
鳴海章 街角の犬
中嶋博行 検察捜査
中嶋博行 違法弁護
中嶋博行 司法戦争
中嶋博行 第一級殺人弁護

中嶋博行 ホカベン ボクたちの正義
中村天風 運命を拓く〈天風瞑想録〉
夏坂健 ナイス・ボギー
中場利一 岸和田のカオルちゃん
中場利一 バラガキ〈土方歳三青春譜〉
中場利一 岸和田少年愚連隊
中場利一 岸和田少年愚連隊 血煙り純情篇
中場利一 岸和田少年愚連隊 望郷篇
中場利一 岸和田少年愚連隊 外伝
中場利一 岸和田少年愚連隊 完結篇
中場利一 純情ぴかれすく〈その後の岸和田少年愚連隊〉
中場利一 スケバンのいた頃
中山可穂 感情教育
中山可穂 マラケシュ心中
中村うさぎ
倉田真由美 うさたまのいい女になるっ!〈暗夜行路対談〉
中山康樹 リッスン〈ジャズとロックと青春の日々〉
永井するみ 防風林
永井するみ ソナタの夜
永井隆 ドキュメント敗れざるサラリーマンたち

中島誠之助 ニセモノ師たち
梨屋アリエ でりばりぃAge
梨屋アリエ ピアニッシシモ
中原まこと いつかゴルフ日和に
中島京子 FUTON
中島京子 イトウの恋
奈須きのこ 空の境界(上)(中)(下)
中島かずき 髑髏《どくろ》城の七人
内藤みか
尾谷幸憲 LOVE※〈ラブコメ〉
永田俊也 落語娘
西村京太郎 天使の傷痕
西村京太郎 D機関情報
西村京太郎 殺しの双曲線
西村京太郎 名探偵が多すぎる
西村京太郎 ある朝海に
西村京太郎 脱出
西村京太郎 四つの終止符
西村京太郎 おれたちはブルースしか歌わない
西村京太郎 名探偵も楽じゃない

## 講談社文庫　目録

西村京太郎　悪への招待
西村京太郎　名探偵に乾杯
西村京太郎　七人の証人
西村京太郎　ハイビスカス殺人事件
西村京太郎　炎の墓標
西村京太郎　特急さくら殺人事件
西村京太郎　変身願望
西村京太郎　四国連絡特急殺人事件
西村京太郎　午後の脅迫者
西村京太郎　太陽と砂
西村京太郎　寝台特急あかつき殺人事件
西村京太郎　日本シリーズ殺人事件
西村京太郎　L特急踊り子号殺人事件
西村京太郎　寝台特急「北陸」殺人事件
西村京太郎　オホーツク殺人ルート
西村京太郎　行楽特急《ロマンスカー》殺人事件
西村京太郎　南紀殺人ルート
西村京太郎　特急「おき3号」殺人事件
西村京太郎　阿蘇殺人ルート

西村京太郎　日本海殺人ルート
西村京太郎　寝台特急六分間の殺意
西村京太郎　釧路・網走殺人ルート
西村京太郎　アルプス誘拐ルート
西村京太郎　特急「にちりん」の殺意
西村京太郎　青函特急殺人ルート
西村京太郎　山陽・東海道殺人ルート
西村京太郎　十津川警部の対決
西村京太郎　南神威島
西村京太郎　最終ひかり号の女
西村京太郎　富士・箱根殺人ルート
西村京太郎　十津川警部の困惑
西村京太郎　津軽・陸中殺人ルート
西村京太郎　十津川警部C11を追う
西村京太郎　越後・会津殺人ルート〈追いつめられた十津川警部〉
西村京太郎　華麗なる誘拐
西村京太郎　五能線誘拐ルート
西村京太郎　シベリア鉄道殺人事件
西村京太郎　恨みの陸中リアス線

西村京太郎　鳥取・出雲殺人ルート
西村京太郎　尾道・倉敷殺人ルート
西村京太郎　諏訪《すわ》・安曇野《あずみの》殺人ルート
西村京太郎　哀しみの北廃止線
西村京太郎　伊豆海岸殺人ルート
西村京太郎　倉敷から来た女
西村京太郎　南伊豆高原殺人事件
西村京太郎　消えた乗組員《クルー》
西村京太郎　東京・山形殺人ルート
西村京太郎　八ヶ岳高原殺人事件
西村京太郎　消えたタンカー
西村京太郎　会津高原殺人事件
西村京太郎　超特急《イベント・トレイン》「つばめ号」殺人事件
西村京太郎　北陸の海に消えた女
西村京太郎　志賀高原殺人事件
西村京太郎　美女高原殺人事件
西村京太郎　十津川警部　千曲川に犯人を追う
西村京太郎　北能登殺人事件
西村京太郎　雷鳥九号《サスペンス・トレイン》殺人事件

# 講談社文庫　目録

## 講談社文庫　目録

日本推理作家協会編　死導者がいっぱい〈ミステリー傑作選31〉
日本推理作家協会編　殺人前線北上中〈ミステリー傑作選32〉
日本推理作家協会編　犯行現場にもう一度〈ミステリー傑作選33〉
日本推理作家協会編　殺人博物館へようこそ〈ミステリー傑作選34〉
日本推理作家協会編　どたん場で大逆転〈ミステリー傑作選35〉
日本推理作家協会編　殺ったのは誰だ⁉〈ミステリー傑作選36〉
日本推理作家協会編　殺人哀モード〈ミステリー傑作選37〉
日本推理作家協会編　殺人者〈ミステリー傑作選38〉
日本推理作家協会編　完全犯罪証明書〈ミステリー傑作選39〉
日本推理作家協会編　密室＋アリバイ＝真犯人〈ミステリー傑作選40〉
日本推理作家協会編　殺人買います〈ミステリー傑作選41〉
日本推理作家協会編　罪深き者に罰を〈ミステリー傑作選42〉
日本推理作家協会編　嘘つきは殺人のはじまり〈ミステリー傑作選43〉
日本推理作家協会編　終日犯罪〈ミステリー傑作選44〉
日本推理作家協会編　殺人作法〈ミステリー傑作選45〉
日本推理作家協会編　零時の犯罪予報〈ミステリー傑作選46〉
日本推理作家協会編　トリック・ミュージアム〈ミステリー傑作選〉
日本推理作家協会編　殺人の教室〈ミステリー傑作選〉
日本推理作家協会編　殺人格差〈ミステリー傑作選〉

日本推理作家協会編　孤独な交響曲《シンフォニー》〈ミステリー傑作選〉
日本推理作家協会編　犯人たちの部屋〈ミステリー傑作選〉
日本推理作家協会編　仕掛けられた罪〈ミステリー傑作選〉
日本推理作家協会編　1ダースの殺意〈ミステリー傑作選・特別編1〉
日本推理作家協会編　殺しのルート13〈ミステリー傑作選・特別編2〉
日本推理作家協会編　真夏の夜の悪夢〈ミステリー傑作選・特別編3〉
日本推理作家協会編　57人の見知らぬ乗客〈ミステリー傑作選・特別編4〉
日本推理作家協会編　自選ショート・ミステリー〈ミステリー傑作選・特別編5〉
日本推理作家協会編　自選ショート・ミステリー2〈ミステリー傑作選・特別編6〉
日本推理作家協会編　謎001〈東野圭吾選スペシャル・ブレンド・ミステリー〉
日本推理作家協会編　謎002〈宮部みゆき選スペシャル・ブレンド・ミステリー〉
二階堂黎人　地獄の奇術師
二階堂黎人　聖アウスラ修道院の惨劇
二階堂黎人　ユリ迷宮
二階堂黎人　吸血の家
二階堂黎人　私が捜した少年
二階堂黎人　クロへの長い道
二階堂黎人　名探偵水乃サトルの大冒険
二階堂黎人　名探偵の肖像

二階堂黎人　悪魔のラビリンス
二階堂黎人　増加博士と目減卿
二階堂黎人　ドアの向こう側
二階堂黎人　魔術王事件(上)(下)
二階堂黎人編　密室殺人大百科(上)(下)
西澤保彦　解体諸因
西澤保彦　完全無欠の名探偵
西澤保彦　七回死んだ男
西澤保彦　殺意の集う夜
西澤保彦　人格転移の殺人
西澤保彦　麦酒《ばくしゅ》の家の冒険
西澤保彦　幻惑密室
西澤保彦　実況中死
西澤保彦　念力密室！
西澤保彦　夢幻巡礼
西澤保彦　転・送・密・室
西澤保彦　人形幻戯
西澤保彦　ファンタズム
西澤保彦　生贄を抱く夜《よ》

西村　健　ビンゴ
西村　健　脱出　GETAWAY
西村　健　突破　BREAK
西村　健　劫火1　ビンゴR《リターンズ》
西村　健　劫火2　大脱出
西村　健　劫火3　突破再び
西村　健　劫火4　激突
西村　健　笑い犬
楡　周平　青狼記(上)(下)
西村　滋　お菓子放浪記
西尾維新　クビキリサイクル〈青色サヴァンと戯言遣い〉
西尾維新　クビシメロマンチスト〈人間失格・零崎人識〉
貫井徳郎　修羅の終わり
貫井徳郎　鬼流殺生祭
貫井徳郎　妖奇切断譜
貫井徳郎　被害者は誰？
法月綸太郎　雪　密室
法月綸太郎　誰《たそ》彼《がれ》
法月綸太郎　頼子のために

法月綸太郎　ふたたび赤い悪夢
法月綸太郎　法月綸太郎の冒険
法月綸太郎　法月綸太郎の新冒険
法月綸太郎　法月綸太郎の功績
法月綸太郎　新装版　密閉教室
乃南アサ　鍵
乃南アサ　ライン
乃南アサ　窓
乃南アサ　不発弾
野口悠紀雄　「超」勉強法
野口悠紀雄　「超」勉強法・実践編
野口悠紀雄　「超」発想法
野口悠紀雄　「超」英語法
野沢　尚　破線のマリス
野沢　尚　リミット
野沢　尚　呼《よ》人《ひと》
野沢　尚　深紅
野沢　尚　砦なき者
野沢　尚　魔笛

野沢　尚　ひたひたと
野沢　尚　ラストソング
野口武彦　幕末気分
のり・たまみ　2階でブタは飼うな！〈日本と世界のおかしな法律〉
野崎　歓　赤ちゃん教育
半村　良　飛雲城伝説
原田泰治　わたしの信州
原田泰治／原田武雄　泰治が歩く〈原田泰治の物語〉
原田康子　海霧(上)(中)(下)
林　真理子　星に願いを
林　真理子　テネシーワルツ
林　真理子　幕はおりたのだろうか
林　真理子　女のことわざ辞典
林　真理子　さくら、さくら〈おとなが恋して〉
林　真理子　みんなの秘密
林　真理子　ミスキャスト
林　真理子　ミルキー
林真理子／山藤章二　チャンネルの5番
原田宗典　スメル男

## 講談社文庫　目録

原田宗典　私は好奇心の強いゴッドファーザー
原田宗典・文　かとうゆめこ・絵　考えない世界
馬場啓一　白洲次郎の生き方
馬場啓一　白洲正子の生き方
林　望　帰らぬ日遠い昔
林　望　リンボウ先生の書物探偵帖
帚木蓬生　アフリカの蹄《ひづめ》
帚木蓬生　アフリカの瞳
帚木蓬生　空　夜
帚木蓬生　空　山
坂東眞砂子　道祖土《さいど》家の猿嫁
花村萬月　皆　月
花村萬月　惜　春
林　丈二　犬はどこ？
林　丈二　路上探偵事務所
原口純子と中華生活ウオッチャーズ　踊る中国人
はにわきみこ　たまらない女
畑村洋太郎　失敗学のすすめ
遙　洋子　結婚しません。
遙　洋子　いいとこどりの女
花井愛子　ときめきイチゴ時代〈ティーンズハートの1987～1997〉
はやみねかおる　そして五人がいなくなる〈名探偵夢水清志郎事件ノート〉
はやみねかおる　亡霊《ゴースト》は夜歩く〈名探偵夢水清志郎事件ノート〉
はやみねかおる　消える総生島〈名探偵夢水清志郎事件ノート〉
はやみねかおる　魔女の隠れ里〈名探偵夢水清志郎事件ノート〉
橋口いくよ　アロハ萌え
服部真澄　清談　佛々堂先生
半藤一利　昭和天皇ご自身による「天皇論」
秦　建日子　チェケラッチョ!!
平岩弓枝　花嫁の日
平岩弓枝　結婚の四季
平岩弓枝　わたしは椿姫
平岩弓枝　花　祭
平岩弓枝　青の伝説
平岩弓枝　青の回帰(上)(下)
平岩弓枝　青の背信
平岩弓枝　五人女捕物くらべ(上)(下)
平岩弓枝　はやぶさ新八御用帳(一)〈大奥の恋人〉
平岩弓枝　はやぶさ新八御用帳(二)〈江戸の海賊〉
平岩弓枝　はやぶさ新八御用帳(三)〈又右衛門の女房〉
平岩弓枝　はやぶさ新八御用帳(四)〈鬼勘の娘〉
平岩弓枝　はやぶさ新八御用帳(五)〈御守殿おたき〉
平岩弓枝　はやぶさ新八御用帳(六)〈春月の雛〉
平岩弓枝　はやぶさ新八御用帳(七)〈寒椿の寺〉
平岩弓枝　はやぶさ新八御用帳(八)〈春怨 根津権現〉
平岩弓枝　はやぶさ新八御用帳(九)〈王子稲荷の女〉
平岩弓枝　はやぶさ新八御用帳(十)〈幽霊屋敷の女〉
平岩弓枝　はやぶさ新八御用旅(一)〈東海道五十三次〉
平岩弓枝　はやぶさ新八御用旅(二)〈中仙道六十九次〉
平岩弓枝　はやぶさ新八御用旅(三)〈日光例幣使道の殺人〉
平岩弓枝　新装版 おんなみち(上)(中)(下)
平岩弓枝　極楽とんぼの飛んだ道〈私の半生、私の小説〉
平岩弓枝　ものは言いよう
平岩弓枝　老いることと暮らすこと
東野圭吾　放課後
東野圭吾　卒業〈雪月花殺人ゲーム〉
東野圭吾　学生街の殺人

2008年6月15日現在